gelesen K.S.

grafit

© 2007 by GRAFIT Verlag GmbH
Chemnitzer Str. 31, D-44139 Dortmund
Internet: http://www.grafit.de
E-Mail: info@grafit.de
Alle Rechte vorbehalten.
Umschlaggestaltung: Peter Bucker
Umschlagfoto: Matthias Horn
Druck und Bindearbeiten: CPI books, Leck
ISBN 978-3-89425-654-8
2. 3. 4. 5. / 2009 2008 2007

Horst Eckert

Königsallee

Kriminalroman

grafit

Der Autor

Horst Eckert wurde 1959 in Weiden/Oberpfalz geboren. Aufgewachsen in Pressath, in der nordostbayerischen Provinz. Studium in Erlangen und Berlin (Diplompolitologe). Er lebt als Autor in Düsseldorf.

Von Horst Eckert sind nun neun Kriminalromane erschienen, für *Aufgeputscht* erhielt er von der Raymond-Chandler-Gesellschaft den ›Marlowe‹ für den besten deutschsprachigen Kriminalroman des Jahres 1997. Zudem war *Aufgeputscht* für den ›Friedrich-Glauser-Preis‹, den höchstdotierten deutschen Krimipreis, nominiert. Nicht nur nominiert, sondern auch ausgezeichnet wurde Eckert 2001 mit dem ›Friedrich-Glauser-Preis‹ für *Die Zwillingsfalle*. Seine Bücher sind ins Tschechische und ins Französische übersetzt worden.

Weitere Informationen auf der Homepage des Autors unter: www.horsteckert.de.

Kommen wir zum Ende

Kommen wir zum Ende
Wenn mich schon keiner hört
Laufe gegen Wände
Hab jeden nur gestört

Das Leben, das ich erbe
Drückt mir so hart aufs Herz
Benutzt mich, bis ich sterbe
Ich spüre keinen Schmerz

Henrike Andermatt, 1986–2007

Prolog

Jewgeni lehnte am Geländewagen, den er vor dem Restaurant *Kumatschok* abgestellt hatte, und quetschte den roten Gummiball im Sekundentakt, die stechenden Schmerzen in seiner Hand ignorierend. Ihm gefiel nicht, was sich auf der anderen Straßenseite abspielte.

Etwa zwanzig junge Leute hatten sich dort vor dem Büro der *Organisation für Sicherheit und Zusammenarbeit in Europa* versammelt, der einzigen ausländischen Institution in diesem Land. Ein Bursche stellte eine Leiter an das Haus, kletterte auf das Dach, riss die Fahne mit dem OSZE-Logo von der Stange und hisste stattdessen einen gelben Lappen mit dem Konterfei Che Guevaras und schwarzem Schriftzug: *Proriv*.

Die Demonstranten jubelten und skandierten: »Woronin ist ein Räuber! Für ein unabhängiges Transnistrien!«

Jewgeni tupfte sich den Schweiß von der Stirn. Trotz der Nachmittagshitze hatte er seinen schwarzen Zweireiher anbehalten, der seine Schultern noch breiter wirken und die Waffe im Holster nicht ahnen ließ. *Proriv* hieß Durchbruch – Jewgeni hatte keine Ahnung, was diese Leute bezweckten.

Niemand ließ sich blicken, weder OSZE-Mitarbeiter noch Polizisten. Dabei wurden in diesem Land politische Meinungsäußerungen sonst nur geduldet, wenn sie vom Präsidenten stammten.

Ein junges Ding, das zu den Demonstranten gehörte, klemmte Flugblätter unter die Scheibenwischer der Autos am Straßenrand, ein paar rostige Ladas und Dacias aus alten Zeiten und teure, schwarze Limousinen mit getönten Scheiben. Vor Jewgenis bulligem Porsche blieb das Mädchen staunend stehen. Er nahm ihm einen Zettel ab.

Schluss mit der Blockade! Schluss mit der imperialistischen Umklammerung!

Auch wenn das Jungvolk auf der offiziellen Linie lag, bewertete Jewgeni die Aktion als Zeichen des Verfalls.

Er fächelte sich mit dem Flugblatt Frischluft zu und blickte der Kleinen hinterher. Diese Beine, dieser Arsch. Knappste Shorts und nur ein dünnes Trägerhemdchen. Man konnte über Tiraspol lästern, aber Jewgeni mochte die Stadt. Jammerschade, dass seine Tage hier gezählt waren.

Vitali Karpow, Finanzdirektor des Magnum-Konzerns, trat aus dem Restaurant. Eine Kellnerin in Kosakentracht hielt dem kleinen, untersetzten Mittfünfziger die Tür auf und knickste. Alexandru, der Wirt, humpelte Karpow hinterher und verbeugte sich mehrfach. Das Transparent, das Alexandru an die Fassade seines Hauses gehängt hatte, war neu: *Ganzer Stolz des Volkes – die transnistrische Moldaurepublik!*

Jewgeni erinnerte sich daran, dass Alexandru noch vor Kurzem gegen die Schließung rumänischsprachiger Schulen gestänkert hatte. Doch seit eine Benzinbombe ins *Kumatschok* geflogen war und Präsident Turin als einziger Kandidat auch die jüngste Wahl gewonnen hatte, schrieb der Wirt seine Speisekarten auf Kyrillisch, wie es sich gehörte. Alexandru ahnte nicht, dass ein Machtwechsel bevorstand.

Jewgeni rückte die Sonnenbrille zurecht – ein Prada-Modell, auf Geschäftsreise in Zypern erstanden. Kontrollierende Blicke die Straße des 25. Oktober entlang. Er nannte sich Sicherheitsberater des Magnum-Konzerns und diente den Bossen als Fahrer und erster Leibwächter. Karpow hielt ihn besonders auf Trab.

Die politische Entwicklung machte die Konzernleitung nervös. Man war nicht mehr sicher vor CIA-Agenten, Randalierern von *Proriv* oder langbärtigen Koranjüngern, die sich beim Waffenkauf betrogen fühlten.

»Der Stör war früher auch besser«, raunte der Finanzdirektor beim Einsteigen. Karpow rülpste und klappte sein Schweizer Taschenmesser auf, um damit zwischen den Zähnen zu stochern.

Jewgeni drehte den Zündschlüssel. Mit einem Schnurren aus acht Zylindern meldeten sich schlappe 350 PS einsatzbereit.

Karpow sagte: »Alexandru will das *Kumatschok* neu anstreichen. Lauter Sterne in Rot und Gelb.«

Rote Sterne standen für das Regime, gelbe für den Konzern. Magnum-Eigner war Wladimir Turin, der Präsidentensohn, der auch Polizei und Zoll befehligte – dass die Bosse der Firma ihren Stör umsonst bekamen, verstand sich von selbst.

»Dabei kann er sich die Sterne demnächst in den Hintern schieben«, ergänzte Karpow und fuhr fort, seine gelblichen Beißer zu bearbeiten.

Manieren wie ein Schweinebauer, fand Jewgeni. Patruschew, Karpows Vorgänger, war von anderem Zuschnitt gewesen.

Sie passierten die Magnum-Tankstelle, den Magnum-Supermarkt und den Präsidentenpalast mit der Statue, die nach Moskau grüßte. Womöglich waren auch die Tage des guten alten Wladimir Iljitsch gezählt, befürchtete Jewgeni.

Der Wagen krachte in ein Schlagloch.

Karpow fluchte – er hatte sich ins Zahnfleisch gestochen.

Während sie auf der vierspurigen, maroden Leninstraße stadtauswärts rumpelten, fingerte Jewgeni den Gummiball aus der Hosentasche und setzte, mit der Linken lenkend, seine Reha-Übung fort. Es tat verdammt weh, aber er durfte seine Kraft nicht verlieren.

Karpow schielte hin. »Was macht der Bruch?«

»Fast verheilt.«

»Ausgerechnet die Rechte.«

»Welche sonst?«, erwiderte Jewgeni.

Karpow lachte unsicher.

Am *Complex Magnum*, dem neuen Stadion, ließ sich der Finanzdirektor absetzen. Wie alle Bosse gehörte er dem Vorstand des *FC Magnum Tiraspol* an.

Jewgeni parkte im Schatten der Arena und putzte seine Sonnenbrille. Er verabscheute den Gedanken an die Wiedervereinigung mit den Rumänisch sprechenden Maisbreifressern vom anderen Ufer des Flusses. Ein Stadion wie dieses hatten sie auf der Westseite nicht. Zweihundert Millionen Euro hatte Wladimir Turin dafür springen lassen. Dank mehrerer Legionäre aus Burkina Faso hätte der Verein fast die Champions-League-Qualifikation geschafft. Den Fußballsport hatte die Abspaltung des Landes von Moldawien nie berührt – auch ohne eine Kapitulation vor den Imperialisten und ihren Marionetten wirkte der Verein als Aushängeschild.

Eine Horde abgemagerter Hunde lief vorbei. Eine Zeitungsseite wirbelte über die breite, betonierte Piste. Ein gelber Stern auf dem Titel – die Magnum-Gazette.

Jewgeni hielt Ausschau nach jungen Frauen.

Ein rostiger Kleinbus fuhr vor und Jewgeni staunte, wie viele Menschen aus der Karre kletterten. Dann erkannte er, dass es sich um einige der Demonstranten von vorhin handelte. Offenbar setzten sie einen Genossen ab, der sich unter zahlreichen Umarmungen verabschiedete und mit seiner Sporttasche im *Complex Magnum* verschwand.

Ein Mädchen löste sich aus der lärmenden Gruppe und schlenderte auf Jewgeni zu. Es war die Flugblattverteilerin. Er setzte sein Sonntagslächeln auf, damit seine teuren Goldzähne zur Geltung kamen.

Im Stoff ihrer engen Shorts zeichnete sich der Spalt ab – geiles Luder.

»Schickes Auto«, sagte sie.

Er wippte auf den Absätzen. »Porsche Cayenne. Geht ab wie eine Tüte Mücken.«

»Deiner?«

»Hm, wie heißt du, meine Hübsche?«

»Aljona.«

»Schon was vor heute Abend?«

Das *Proriv*-Mädchen musterte ihn.

Er stellte sich die Kleine gefesselt vor, nackt und um ihr

Leben bettelnd. Ja, er könnte Spaß mit der Schlampe haben. Noch einmal richtig auf die Kacke hauen.

Die anderen riefen nach Aljona und sie tippelte zurück zum Kleinbus. Bevor sie einstieg, winkte sie Jewgeni noch einmal zu.

Karpow kam zurück und hatte es eilig, zum Eltromasch-Kombinat gefahren zu werden. Eine Erklärung gab er nicht. Schweinebauer.

Sein Vorgänger Patruschew war aufgeflogen – die Bilanzen frisiert, Geld abgezweigt.

Der Cayenne erreichte die Fabrikanlagen. Eltromasch produzierte Kalaschnikows für den Export. Herzstück des Magnum-Imperiums. Turin senior war nach seiner KGB-Zeit Direktor des Ladens gewesen, bis er die Loslösung von Moldawien betrieben hatte. Seitdem war er jedes Mal als Präsident Transnistriens bestätigt worden, manchmal mit mehr als hundert Prozent der Wählerstimmen.

Bevor er ausstieg, fragte Karpow: »Du warst früher in Deutschland stationiert?«

»Bei der Westgruppe in Wünsdorf, bevor ich zu General Lebed kam. Warum?«

»Sprichst du die Sprache?«

»Natürlich. Ich wurde in Verhörmethoden ausgebildet.« Jewgeni fragte zurück: »Wir gehen doch nicht nach Deutschland, oder?«

Keine Antwort. Karpow verschwand im Verwaltungsgebäude.

Jewgeni knetete den Ball. Deutschland kam nicht infrage, redete er sich ein. Der Präsident, sein Sohn und die halbe Konzernspitze standen als Kriegsverbrecher und Waffenschieber auf der Fahndungsliste von Interpol. Mit echten Pässen kamen sie allenfalls nach Südossetien oder Abchasien.

Im Pförtnerhäuschen lief das Radio. Jewgeni hörte die Nachrichten mit. Erleichtert stellte er fest, dass die Erpressungsabsichten von Gazprom noch nicht durchgesickert waren – ausgerechnet der Staatskonzern des großen Bruderlandes drohte damit, den Gashahn abzudrehen, wenn Transnistrien nicht rasch seine Schulden von fast zwei Milliarden US-Dollar beglich. Natürlich war das Land nicht zahlungsfähig. Der Präsident hatte auf seine persönlichen Rücklagen geachtet, nicht auf die Staatskasse.

Die Turins waren fest entschlossen: Lieber ein rascher Abgang als ein Machtwechsel auf Raten, der womöglich im Knast der Imperialisten endete.

Jewgeni würde den Clan begleiten. Abchasien lag am Schwarzen Meer. Eine schöne Küste, allerdings zu abgelegen für das internationale Geschäft. Wie Jewgeni die Turins einschätzte, war der Westen ihr Ziel. Ein Ort, an dem die Behörden ein Auge zudrückten. Wo man mit Geld vieles regeln konnte. Vielleicht Zypern oder Marbella – zahlreiche Perestroikagewinner hatten dort ihre Zelte aufgeschlagen.

Bloß nicht Deutschland! Schon der Gedanke daran bereitete Jewgeni Magengrimmen.

»Hey!«

Karpow eilte heran und winkte mit hochgerecktem Arm. Wladimir Turin schritt an seiner Seite.

Jewgeni öffnete ihnen die Türen.

Der Präsidentensohn zwinkerte vertraulich und nahm auf dem Rücksitz Platz, den er bevorzugte. »Zum Palast!«

Jewgeni glaubte, die Luft im Auto werde dünn. Das ging ihm jedes Mal so. Der Konzernboss verkörperte alles, was er bewunderte und fürchtete.

Jewgeni fuhr los.

Wladimir sagte: »Ich habe Anna ein Geburtstagsgeschenk für ihre Mutter besorgt und prompt plappert sie aus, was es ist.« Anna – Wladimirs fünfjährige Tochter.

»Süß«, antwortete Karpow.

»Nein, dumm!«, blaffte Wladimir seinen Oberbuchhalter an. »Ein Mensch braucht seine Geheimnisse! Anna muss lernen, Kraft daraus zu schöpfen. Wie kann sie wissen, wer sie ist, wenn sie all ihre Geheimnisse preisgibt? Anna darf nicht enden wie dieses Land!«

»Nein, wirklich nicht«, stimmte Karpow zu.

»Zöllner aus EU-Staaten kontrollieren die eine Grenze, CIA-Agenten regieren jenseits der anderen. Wir sollen unsere Flugverbindung nach Zypern einstellen. Und jetzt fällt uns auch noch Gazprom in den Rücken. Man will uns unserer Macht berauben.«

»Diese imperialistischen Hunde!«

»Karpow, du kennst die Summen, die ich verteile. Wenn wir trotzdem nicht mehr Herr im Land sind, brauchen wir eine neue Heimat.«

»So ist es, Chef.«

»Hier sind die guten Zeiten vorbei. Im Westen fangen sie für uns erst an. Was meinst du, Jewgeni?«

Der Angesprochene räusperte sich. »Wenn du es sagst, Wladimir.«

Wehmütig dachte Jewgeni an fünfzehn gute Jahre zurück. Vierzigtausend Tonnen an Waffen und Munition hatten die Russen bei ihrem Abzug aus Osteuropa nach Transnistrien geschafft und der Obhut ihrer 14. Armee übergeben. Ein Schatz, der noch längst nicht komplett verhökert war. Kriegsgerät war das begehrteste Exportgut des Landes, noch vor Nutten und Designerdrogen.

»Alle reden von der Globalisierung«, fuhr Wladimir fort. »Wir verkaufen Magnum an die dummen Oligarchen aus dem Donbass und ziehen nach Westen. Trinken wir auf unsere Geheimnisse!«

»Ja, ein Baltyka wäre jetzt nicht schlecht«, stimmte Karpow zu.

»Wer redet denn von Bier!«

Im Rückspiegel beobachtete Jewgeni, wie Wladimir eine Flasche Dom Pérignon aus der Kühlbox angelte und sich am Verschluss zu schaffen machte.

»Hauptsache, *du* hast keine Geheimnisse vor mir, nicht wahr, Karpow?«

»Um Himmels willen, Chef!«

»Es ist nämlich deprimierend, wenn ich an der Buchführung zweifeln muss. Dein Vorgänger hat mich unendlich enttäuscht. Da fällt mir ein, Jewgeni, wo ist eigentlich dein Gips?«

»War mir lästig. Heilt auch so.«

»Eisenfaust, was?«

»Normal schlage ich auf die Kehle, aber der Kerl hat sich geduckt.«

Der Oberboss wandte sich wieder an den Finanzdirektor. »Jewgeni hat Patruschew den Schädel zertrümmert. Mit der bloßen Faust. Ein einziger Schlag. Beachtlich, Karpow, nicht wahr?«

»Hm.«

»Jetzt stiert der arme Patruschew an die Decke, sabbert und erkennt seine eigenen Kinder nicht. Und warum das ganze Unglück, Karpow?«

»Weil Patruschew ...«

»Ach, schweig und nimm!« Der Präsidentensohn reichte zwei volle Gläser nach vorn.

Jewgeni nahm eines davon entgegen und bemühte sich, nichts zu verschütten, während er mit einer Hand um die Schlaglöcher steuerte.

Hier sind die guten Zeiten vorbei ...

Bitte nicht Deutschland, dachte Jewgeni. In Wünsdorf hatte ihn eine Schlampe angezeigt, die seine Behandlung überlebt hatte und aus dem Keller entwischt war. Russische Militärpolizei hatte ihn verhört. Dabei waren es seine Kontakte gewesen, die den damaligen Schwarzhandel mit Heizöl aus Armeebeständen möglich gemacht hatten. In jenen Tagen waren die Turins auf ihn aufmerksam geworden.

Zwischen den Lagerhallen flackerte die untergehende Sonne, die sich im Fluss spiegelte. Jewgeni verspürte Wehmut.

Die Jahre in diesem seltsamen Landstreifen hatten ihm gefallen. Nirgendwo hatte er seine eigenen Geheimnisse so gut wahren können.

Das Flutlicht im *Complex Magnum Tiraspol* strahlte bereits, als sie vorbeifuhren.

»Die Spiele werden uns fehlen«, bemerkte Jewgeni.

Im Rückspiegel sah er, wie Wladimir sein Glas hob. »Fußball gibt's auch anderswo. Wir bauen uns ein neues Stadion, wenn es sein muss.«

»Wo werden wir uns niederlassen?«

Wladimir lachte nur. »Prost«, sagte er – ein deutsches Wort.

Das Brennen in Jewgenis Magen nahm zu.

Hier sind die guten Zeiten vorbei. Dort fangen sie an.

Jewgeni räusperte sich. »In welcher Stadt?«

»Egal, Jewgeni«, antwortete der Präsidentensohn. »Wir kaufen sie!«

Teil I

Alarmsignale

Weil die Menschen halt keine sind.

Ödön von Horváth, *Geschichten aus dem Wienerwald*

Dienstag, 15. Mai, *Blitz*, Lokalnachrichten:

***GEKKO-BEACH* VOR DEM AUS?**

Die Zeichen für das beliebte Strandlokal *Gekko-Beach* im Düsseldorfer Hafen stehen schlecht. Das Verwaltungsgericht lehnte gestern den Einspruch des Betreibers gegen den Räumungsbeschluss ab, den die Stadtverwaltung auf Anweisung von Oberbürgermeister Dagobert Kroll erwirkt hatte. Bereits ab Montag soll das Lokal abgerissen werden, das in den letzten Jahren mit seinem künstlich aufgeschütteten Strand für Karibik-Flair am Rhein gesorgt hatte – grünes Licht für das geplante Hafen-Congress-Centrum (HCC) an gleicher Stelle, das OB Kroll schon jetzt als »Leuchtturm der Düsseldorfer Wirtschaftskraft« lobt.
Gekko-Betreiber Arne Echternach bezweifelt jedoch, dass mit dem Bau des HCC in nächster Zeit zu rechnen ist. Er schlägt einen Kompromiss vor: Bis im Herbst die Bagger anrücken, sollten die Eidechsen bleiben dürfen. Zum Ende der Sommersaison würden sie das Gelände an der Speditionsstraße dem neuen Nutzer übergeben, pünktlich und besenrein.
Von Dagobert Kroll war hierzu keine Stellungnahme zu erhalten. Seine Referentin Simone Beck stellte jedoch klar: »Der Investor für das HCC will klare Verhältnisse. Die Stadt kann es sich nicht leisten, den Anschluss an die Weltspitze der Wirtschaftsmetropolen wegen eines Biergartens zu verspielen.«

Mittwoch, 16. Mai, *Morgenpost*, Landespolitik:

**WIRD ›RICHTER GNADENLOS‹
DEM WERBEN WIDERSTEHEN?**

Seine harten Urteile haben Konrad Andermatt, Richter am Düsseldorfer Landgericht, über die Grenzen der Landeshauptstadt hinaus bekannt gemacht. Verbrechen müssten härter und konsequenter bestraft werden, so die Ansicht, die der von seinen Gegnern gern als ›Richter Gnadenlos‹ titulierte 52-Jährige auch im Bundesvorstand der FDP vertritt.

Seinen nordrhein-westfälischen Parteifreunden erscheint Andermatt als idealer Nachfolger für Hansgünter Scheuring, der sein Amt als Landesinnenminister krankheitsbedingt aufgeben musste. Noch hat Andermatt sich nicht entschieden, bittet um Bedenkzeit.

Das Etikett »rechtsliberal« kontert er schon mal mit einem sanften Lächeln: »Wenn das bedeutet, endlich dem Recht Geltung zu verschaffen, so bin ich damit einverstanden. Freiheit ist ohne Sicherheit nicht möglich.«

Am morgigen Himmelfahrtstag wollen die Fraktionsspitzen von CDU und FDP die Personalie beraten. Ministerpräsident Fahrenhorst hat signalisiert, den Vorschlag des Koalitionspartners zu akzeptieren. Jetzt liegt es nur noch an Konrad Andermatt selbst, den Sprung ins Kabinett zu vollziehen und aus ›Richter Gnadenlos‹ einen ›gnadenlos guten Minister‹ zu machen.

Donnerstag, 17. Mai, *Morgenpost* (Feiertagsausgabe), Feuilleton:

KEINE RÜCKKEHR DER ›NACHT‹ IN SICHT

Nächste Woche jährt sich der Raub von Max Beckmanns Meisterwerk *Die Nacht* aus der Kunstsammlung Nordrhein-Westfalen zum zweiten Mal. Im letzten Jahr wurden die Täter geschnappt und zu mehrjährigen Haftstrafen verurteilt, doch zum Verbleib des 1919 entstandenen Ölbilds, das als Meilenstein der bildenden Kunst des zwanzigsten Jahrhunderts gilt, verweigerten sie jede Aussage.

Die *Morgenpost* hat sich nach dem Stand der Ermittlungen erkundigt. Zuständig ist das zur Kriminalgruppe ›Organisierte Kriminalität‹ gehörige Kriminalkommissariat 22, das im Mai letzten Jahres in Korruptionsverdacht geraten war, nachdem ein Drogenprozess gegen einen bekannten Düsseldorfer Gastronomen überraschend geplatzt war. Es gab interne Ermittlungen, jedoch keine Ergebnisse. Der Skandal habe keine Auswirkung auf die Suche nach dem Beckmann-Bild, versichert der Polizeisprecher. Nach dem millionenteuren Bild werde weiterhin mit ganzer Kraft gefahndet. Der Kunstmarkt werde überwacht, man gehe jedem Hinweis auf mögliche Hintermänner des Raubs nach. Es sei unvorstellbar, dass ein Kunstwerk diesen Rangs nicht früher oder später wieder auftaucht. Lieber früher, so hofft man in der Kunstsammlung NRW, wo seit zwei Jahren eine empfindliche Lücke klafft.

1.

Der Strick war am Dachbalken befestigt, die Schlinge drückte ihm die Luft ab. Er war zu schwach zum Schreien. Nur noch undeutlich bekam er mit, was die Eindringlinge mit seiner Frau und dem Kind anstellten.

Und die Folterknechte gaben keine Ruhe. Vor Stunden schon waren sie in die Dachkammer gedrungen und hatten die Familie überfallen.

Ihr Anführer war ein feister Mann mit kugelrundem Schädel. Das Haar streng gescheitelt, weißes Hemd, adrette Weste. Er bellte Befehle, ohne seine Pfeife aus dem Mund zu nehmen, packte den Arm des Familienvaters und kugelte mit einem Ruck das Schultergelenk aus.

Ein großer Bursche mit grauer Mütze hielt Sarah zurück, das blonde Kind, das entsetzt seine Mutter anstarrte. Die halb nackte Frau hing mit gefesselten Händen an einem zweiten Seil, ihre Beine zum Spagat gespreizt. Der Schmerz hatte sie in Ohnmacht fallen lassen.

Gaffer verharrten im Hintergrund. Ein Hund kroch unter den Tisch und winselte – der Einzige, der Mitleid zu empfinden schien.

Es war Nacht. Keine Rettung weit und breit.

Ein schreckliches Bild, dachte Jan Reuter. Was muss ein Maler erlebt haben, um so etwas auf die Leinwand zu bringen? Wie hoffnungslos muss er gewesen sein, um dem Grauen einen so kalten Ausdruck zu geben?

Reuter wusste nicht, warum er das Kind in seiner Fantasie Sarah nannte. Vielleicht, weil er sich selbst ein Mädchen wünschte, das er so nennen würde.

Aber nie dürfte es solche Qualen erleben.

Er faltete den Farbausdruck und steckte ihn ein. Weil er mehrere Kopien zu Hause hatte, musste er nicht erst ins Präsidium fahren, bevor er sich mit der Vertrauensperson treffen würde. Er hatte dem Informanten das Bild bereits einmal gezeigt, aber er würde es immer wieder tun.

Der Raub des berühmten Werks von Max Beckmann aus der Kunstsammlung Nordrhein-Westfalen vor zwei Jahren wurde der organisierten Kriminalität zugeschrieben. Damit war Reuters Dienststelle dafür zuständig – das KK 22, dem er seit elf Monaten als Kriminaloberkommissar angehörte.

Zwei Wachleute, junge Männer mit ukrainischem Pass, hatten eines Nachts das Putzpersonal bedroht und das Bild aus dem Rahmen geschnitten. Die Männer waren längst gefasst. Im letzten Herbst das Urteil: sechs Jahre Willich, bei guter Führung vermutlich vier. Die Räuber hielten dicht. Kein Wort über ihren Auftraggeber oder den Verbleib des Gemäldes.

Reuter glaubte zu wissen, wer hinter dem Coup steckte: Manfred Böhr, stadtbekannter Inhaber von Diskotheken und Restaurants. Eine schillernde Figur aus guter Familie, mit Beziehungen und regelmäßiger Präsenz in den Klatschspalten der Presse – die Schreiberlinge bezeichneten ihn je nach Sympathie als »Partylöwen« oder »Düsseldorfer Original«.

Insider kannten Böhr als Koksbaron. Das *Pleasure Dome*, in dem er die Puppen tanzen ließ, galt als Düsseldorfs Drogenumschlagplatz Nummer eins.

Der Koksbaron gab sich als Kenner der Künste. Keine Vernissage ohne ihn. Galeristen verdienten sich dämlich an ihm. Akademieprofessoren verkehrten in seinen Lokalen. Und das Wachschutzunternehmen, in dem die Ukrainer gejobbt hatten, gehörte zu seinem Firmenimperium.

Reuter war sich sicher: Sobald er das Gemälde fand, war Böhr geliefert. Dann würden ihm weder seine Gerissenheit helfen noch sämtliche Beziehungen. Auch nicht sein Geld, mit dem er korrupte Kollegen schmierte.

Katja kam die Treppe heruntergestiefelt. Sie hatte sich schick gemacht für die anstehende Familienfeier und wich seinem Blick aus – es herrschte dicke Luft, aber Reuter konnte nichts daran ändern. Er hatte den Frühstückstisch gedeckt, inklusive Croissants und frisch gepresstem O-Saft. Mehr als dieses Friedensangebot war nicht drin.

»Mama ist enttäuscht, auch wenn sie es am Telefon nicht zugibt«, murmelte Katja und rührte in ihrem Kaffee.

Reuter reichte Katja den Brotkorb. »Croissants oder Vollkornbrot?«

Auch die Fische im Aquarium bekamen Frühstück – mit einem Schnarren entließ der Futterautomat die programmierte Portion in das Becken.

Seine Freundin schüttelte den Kopf. »Alle werden da sein, nur du hast plötzlich einen Termin. Mama hat die Fete extra auf den Feiertag gelegt.«

»Hör zu, Renate wird es verstehen.«

Er wusste, dass es Katja nicht um den Geburtstag ihrer Mutter ging. Sie selbst fühlte sich vernachlässigt. Zu oft kam er abends erst spät nach Hause. Auch seinen Urlaub hatte er schon ein paarmal verschieben müssen.

Wenn er wenigstens mit Erfolgen glänzen könnte. Dann wäre sie stolz und würde nicht meckern. Ein Durchbruch gegen den Koksbaron wäre mein Karrierebeschleuniger, dachte Reuter. Kripochef Engel hielt große Stücke auf ihn. Zumindest hatte der Leitende Kriminaldirektor das behauptet, als er Reuter ins KK 22 versetzt hatte. Kurz zuvor war ein Prozess gegen Böhr unter spektakulären Umständen geplatzt: Beweismittel waren aus dem Büro des aktenführenden Kollegen verschwunden. Zu diesem Zeitpunkt hatte Reuter noch dem Inneren Dienst angehört, einer Gruppe von Beamten, die dem Führungsstab des Kripochefs angegliedert war und sich um schwarze Schafe in den Reihen der Polizei kümmerte.

Reuters Job war es gewesen, den Skandal aufzuklären. Doch der mutmaßlich bestochene Aktenführer hatte sich als harter Brocken erwiesen. Norbert Scholz, ein alter Hase im KK 22. Ein ausgekochter Kriminalhauptkommissar von Ende vierzig, dessen Einstellung zum Dienst von Zynismus geprägt war. Reuter hatte Scholz zwei Telefonate mit Böhr nachweisen können. Gespräche ohne großen Inhalt: Der eine rief an, der andere legte sofort auf – eine Art stille Verständigung, vermutete Reuter.

In den Augen der Staatsanwaltschaft hatte es nicht für eine Anklage gereicht, die strafrechtlichen Ermittlungen waren bald eingestellt worden. Das interne Disziplinarverfahren ruhte jedoch nur – vielleicht würde sich der mutmaßliche Maulwurf eine Blöße geben, sobald er sich sicher fühlte.

Für die Dauer des internen Verfahrens war Scholz einer Dienststelle zugeteilt worden, in der er weniger Schaden anrichten konnte. Gehaltskürzung, Beförderungsstopp – mehr war ohne Zustimmung des Personalrats nicht drin gewesen.

Unterdessen hatte Böhr seinen Freispruch ausgekostet und sich feiern lassen. Scharte Prominenz aus Politik und Showgeschäft um sich. Spielte das verfolgte Unschuldslamm. Drehte der Polizei eine Nase. Die Puppen tanzten weiter im *Pleasure Dome*.

Kripochef Engel hatte Reuter auf Scholz' bisherigen Posten gesetzt und ihm die Ermittlungen gegen den Koksbaron übertragen: *Höchste Zeit, frischen Wind ins KK 22 zu bringen.*

Doch es gab Widerstand, mit dem Reuter nicht gerechnet hatte. Die Staatsanwaltschaft bremste, wo es nur ging. Kostenmanagement lautete die Devise – der Staat musste angeblich sparen.

Noch in den Neunzigerjahren war die Bekämpfung der organisierten Kriminalität großgeschrieben worden, jedenfalls in der Öffentlichkeit. Naturgemäß waren die Ermittlungen langwierig und komplex – und damit nicht billig zu haben. Inzwischen gaben die Staatsanwälte jedoch nur noch grünes Licht, wenn der Erfolg vorab garantiert schien. Und der Landesregierung war es ohnehin am liebsten, wenn organisiertes Verbrechen erst gar nicht in der Statistik auftauchte – als sei ausgerechnet Nordrhein-Westfalen frei davon.

Seit Monaten waren auf Böhr nur noch zwei Beamte angesetzt: Reuter und sein Kollege Michael Koch. Im Inneren Dienst hatte Reuter gegen Kollegen größere Geschütze auffahren können als heute gegen Gangsterbanden.

»Kannst du dein Treffen nicht verschieben?«, maulte Katja.

»Wie stellst du dir das vor? Soll ich meinem Informanten sagen, nein, es geht heute nicht, die Mutter meiner Lebensgefährtin feiert sechzigsten Geburtstag?«

»Zum Beispiel.«

Reuter schüttelte den Kopf. Der V-Mann war sein wichtigster Zuträger. Vor zwei Monaten war es mit seiner Hilfe gelungen, einen Kurier abzufangen. Dreißig Kilogramm Kokain waren in die Asservatenkammer gewandert, aber der Fahrer hatte aus Angst um sein Leben jede Kooperation verweigert – das gleiche Phänomen wie bei den Kunsträubern aus der Ukraine.

Reuter löffelte Eigelb, etwas davon tropfte auf die Jeans. Er spuckte auf sein Taschentuch und rieb. Sein Handy klingelte. Er fand es unter der Zeitung. »Jan Reuter.«

»Es klappt mit dem Hotel«, meldete Kollege Koch.

»Wer ist dran?«, fragte Katja dazwischen.

»Michael«, gab Reuter zurück. »Dienstlich.«
Katja verdrehte die Augen.
Reuter verließ den Esstisch und stieg die Treppe hoch. »Wieso das Hotel? Der Inder im Carsch-Haus tut es doch auch.«
»Robby ist nervös geworden. Er verlangt einen Treffpunkt außerhalb der Stadt.«
Im Bad drehte Reuter den Heißwasserhahn auf, befeuchtete ein Handtuch und schrubbte am Hosenbein. Der Fleck blieb.
»Keine Ahnung, was unser Einstein plötzlich hat«, fuhr Koch fort. »Am Telefon war er nicht sehr gesprächig.«
Robby Marthau, der Informant, gehörte der Türsteherszene an. Ein Muskelprotz, angestellt im besagten *Pleasure Dome*. Seit einiger Zeit nannte er sich *Assistent der Geschäftsleitung* – reine Angabe.
Die Kollegen von der Rauschgiftfahndung hatten den Türsteher einst mit einer Portion Koks erwischt, die zu groß gewesen war, um als Eigenbedarf durchzugehen. Weil Marthau sich als auskunftsfreudig erwies, hatte ihm der Staatsanwalt ein Angebot gemacht. So war der Diskothekenangestellte als Vertrauensperson an die OK-Ermittler geraten.
Es war Kochs Einfall gewesen, den jungen Russlanddeutschen *Einstein* zu nennen. Nicht, weil Marthau intelligent wirkte. Eher im Gegenteil.
»Ich geb dir die Zimmernummer durch«, sagte der Kollege. »Warte.«
Reuter ging hinüber ins Schlafzimmer und tastete zwischen Zeitschriften und Büchern auf dem Nachtkästchen – kein Stift. Sein Blick fiel auf den Koffer seiner Freundin, der geöffnet auf dem Bett lag. Erstaunlich viele Klamotten für eine Übernachtung in der Provinz. Katja war Referendarin für Deutsch und Musik am Max-Planck-Gymnasium. Den Freitag hatte sie unterrichtsfrei, ein Brückentag. Morgen Abend würden sie sich wiedersehen.

Er griff in die Innentasche des Koffers und wühlte nach einem Kugelschreiber. Tampons, lose Kräuterpastillen, Kondome, ein Stift mit Werbeaufdruck.

»Nummer 312«, tönte Kochs Stimme im Hörer.

Reuter stutzte. Wozu Kondome?

»Bist du noch dran?«, fragte sein Kollege.

»Klar.« Reuter wiederholte die Zimmernummer, schnappte sich eine aufgeschlagene *Brigitte* und kritzelte die Ziffern an den Rand.

»Um zwölf«, fügte sein Kollege hinzu. »Und denk dran: Die Autobahn könnte voll sein. All die Vatertagsausflügler.«

Reuter bedankte sich, beendete das Telefonat und sah sich die Kondome an. *Billy Boy*. Zwei Pariser in schwarzer Hülle mit dem Aufdruck *Perl*.

Schritte auf der Treppe.

Reuter steckte die Gummis zurück in die Tasche für lose Kleinigkeiten und riss die Seite mit der Zimmernummer aus der Frauenzeitschrift.

Katja kam ins Schlafzimmer und machte sich am Kleiderschrank zu schaffen. Sie zog ein Paket hervor, das sie obenauf in den Koffer legte. Rosafarbenes Geschenkpapier.

»Was ist da drin?«, fragte Reuter.

»Ein Twinset. Kaschmir und Seide, heruntergesetzt. Renate wird es lieben.«

»Du schenkst immer das Gleiche.«

»Du würdest dich nie darum kümmern, das ist mir klar!«

Reuter fand, dass Katjas Züge etwas Edles hatten, selbst wenn sie aufgebracht war. Jeder sagte, dass sie ein bildschönes Paar waren. Gummis brauchten sie nicht, denn Katja nahm die Pille. Wenn es nach ihm ginge, hätte sie auch darauf verzichten können. Sie waren im besten Alter für Nachwuchs.

Eine Tochter würde ein wahrer Engel sein – Sarah.

Reuter fasste in den Koffer und präsentierte ihr seinen Zufallsfund. »Was soll eigentlich das hier bedeuten?«

»Schnüffelst du in meinen Sachen?«

»Erklär mir, was du vorhast! Fideles Münsterland?«
»Das ist wirklich krankhaft, was du hier veranstaltest!«
Er wedelte mit den Gummis. »Ich warte auf eine Antwort.«
»Ohne Anwalt sag ich gar nichts mehr!«
Katja klappte das Gepäckstück zu und rauschte damit aus der Wohnung.

2.

»Ich habe über jeden ein Dossier. Über jeden!«

Oberbürgermeister Dagobert Kroll stopfte Unterlagen in den Aktenkoffer und zeigte grimmig lächelnd seine tadellosen Zähne. Wie zum Zeichen, dass mit ihm nicht zu spaßen war.

Simone Beck hielt ihrem Chef die Tür auf – der Fortuna-Aufsichtsrat wartete im Besprechungsraum auf seinen Vorsitzenden. Krolls Terminplan zuliebe hatten die Honoratioren das Treffen auf den Feiertag gelegt.

Der OB tupfte sich mit dem Taschentuch die Glatze ab. »Einer von ihnen hatte vor Jahren eine Affäre, die ihn noch heute alles kosten würde, was ihm lieb ist, wenn's rauskommt. Der andere nennt sich Unternehmer, fährt Jaguar, ist aber pleite. Wissen Sie was, Frau Beck? Seine Gattin beantragt Zuschüsse für die Klassenfahrten der Kinder. Ich hab's prüfen lassen. Völlig korrekt, dass die Familie Beihilfe kassiert. Aber nach außen spielt der Mann den großen Max, weil er seinen Geschäftspartnern gegenüber als zahlungsfähig erscheinen muss. Dossiers, meine Liebe. So funktioniert Politik!«

Kroll ging zum Schrank, zog einen Fortuna-Schal heraus und schlang ihn um den Hals.

»Der Mann, von dem ich rede, Frau Beck, gehört übrigens der Opposition an, aber er ist mein treuester Gefolgsmann, wenn's drauf ankommt. Das hat man Ihnen im Studium nicht beigebracht, oder? Bei mir können Sie noch was lernen!«

Kroll verließ das Büro, den Aktenkoffer liegen lassend.

Simone Beck brauchte eine Sekunde, bis sie begriff: Der OB ging davon aus, dass sie ihm das Lederding hinterhertragen würde.

Was sie natürlich auch tat.

Auch dafür hatte Kroll sie offenbar eingestellt und ihr den Titel ›Referentin für Strategische Planung‹ verliehen. Simone machte sich nichts vor: Eine rothaarige Kofferträgerin im Business-Kostüm, die schlanke Beine und eine üppige Oberweite vorweisen konnte, war für das Stadtoberhaupt ein Statussymbol, mit dem es Eindruck schinden wollte.

Ihr sollte es recht sein.

Simone hatte ihre neue Karriere geschickt eingefädelt, wie sie fand. Ein Kurzstudium in Politischer Kommunikation an einem norddeutschen Privatinstitut, das keine Ansprüche stellte, aber klingende Titel verlieh. Das Thema ihrer Examensarbeit hatte sie zielgerichtet gewählt: *Kommunale Amtsführung neuen Typs am Beispiel Dagobert Kroll.*

Damit hatte sie sich beim Verwaltungschef der Stadt beworben, an deren Uni sie einmal für drei Semester eingeschrieben gewesen war. Zunächst um einen Praktikumsplatz. Natürlich hatte Kroll ihr den Wunsch nicht verweigert – und Simone war es gelungen, einen Schlussstrich unter ihre Hamburger Vergangenheit zu ziehen.

In Rekordzeit von der Praktikantin zur Referentin. Natürlich wollte Simone noch höher hinaus: die Leitung des OB-Büros, einen Chefposten bei Messe oder Flughafen. Oder irgendetwas mit Medien – sie hatte das Zeug dazu.

Kroll betrat den Sitzungssaal und erntete Aufmerksamkeit. Simone kannte die Taktik bereits: Lass die Leute auf deinem Territorium antanzen und erscheine selbst als Letzter.

Sofort raunzte der OB den rotgesichtigen Fortuna-Geschäftsführer an: »Ballscheidt, willst du der Dame nicht den Koffer abnehmen? Sei einmal in deinem Leben ein Kavalier!«

Simone konnte sich ein Grinsen nicht verkneifen. Ballscheidt war völlig verdutzt. Er deutete sogar eine Verbeugung an, als er Simone das Lederding abnahm. Zu Wochenbeginn hatte es der Geschäftsführer des Traditionsvereins als einziger Funktionär gewagt, in der *Morgenpost* Einwände gegen die Pläne seines Aufsichtsratsvorsitzenden anzudeuten. Jetzt stolperte er mit dem Aktenkoffer dem OB hinterdrein.

Bei mir können Sie noch was lernen.

Kroll nahm die Parade ab. Wie ein Defilee von Untertanen schüttelten Vereinsvorstände und Aufsichtsräte erst seine Hand, dann die von Simone. Sie spürte, wie ein Teil des krollschen Glanzes auf sie abfiel. Die Leute akzeptierten sie. Mehr noch: Erwachsene Männer und Frauen, die in der Stadt hohes Ansehen genossen, hatten Heidenangst und kuschten.

Dossiers, dachte Simone.

Dann erblickte sie Ulrich Lohmar – und ihr wurde sofort flau im Magen.

Kein Zweifel, er war es: weißes Haar, drahtige Figur, ein wettergegerbtes Gesicht, das jugendliche Frische ausstrahlte. Mitte fünfzig, von Beruf selbstständiger Unternehmensberater. Ein Typ aus ihrem früheren Leben – der Gedanke daran schnürte Simone den Hals zu.

Kroll stellte sie vor: »Frau Beck ist der Engel, den mir der Himmel geschickt hat. Es gibt niemanden im Rathaus, auf den ich mich besser verlassen könnte.«

Der OB wies auf den Weißhaarigen und sagte zu Simone: »Mein Freund Lohmar, ein Ass auf dem Golfplatz. Ich habe ihn in den Vorstand geholt, damit er uns Sponsoren an Land zieht.«

»Angenehm«, antwortete Lohmar – kein Zeichen des Wiedererkennens. Er wandte sich Kroll zu: »Stell dir vor, Dagobert, ich habe tatsächlich jemanden an der Hand, der die Fortuna voranbringen könnte. Wir sollten so rasch wie möglich einen Termin vereinbaren.«

»Das höre ich gern, Ulrich. Frau Beck organisiert meine Agenda.«

Simone nickte und brachte kein Wort heraus. Damals hatte sie sich anders zurechtgemacht. Und vielleicht hatte Lohmar bei ihrer Begegnung in Hamburg die Testosteronausschüttung einen Filmriss beschert. Sie konnte nur hoffen, dass sich der Unternehmensberater tatsächlich nicht erinnerte.

Der Kerl setzte sich neben sie.

Simone vernahm, wie Kroll das Treffen eröffnete: »Wir sind zusammengekommen, weil die Vertragsverlängerung unseres Sportdirektors ansteht. Ich stimme dafür. Wer ist dagegen?«

Der typisch krollsche Frontalangriff.

Alle blickten Ballscheidt an.

»Er mag ja ein ehemaliger Weltmeister sein«, stotterte der Dicke. »Aber er kassiert ein Wahnsinnsgehalt und hat bislang nur Nieten angeheuert. Die Verteidigung ist ein Hühnerhaufen und der Sturm ...«

»Ballscheidt, was hast du gegen mich?«, donnerte Kroll.

»Natürlich nichts! Aber ...«

»Der Geschäftsführer muss sich den Beschlüssen des Aufsichtsrats fügen. Oder willst du etwa die Satzung infrage stellen, Ballscheidt?«

»Natürlich nicht, aber ...«

»Dann stelle ich fest: ohne Gegenstimme angenommen.«

Simone warf einen Seitenblick auf Lohmar. Kein Ring an seiner Rechten. Wenn der Typ nicht verheiratet war, hatte sie nichts gegen ihn in der Hand, überlegte Simone – kein Untreuevorwurf. Kein Dossier.

In diesem Moment drang ein Scheppern von der Straße herauf. Rufe, die lauter wurden. Kroll runzelte die Stirn. Simone stand auf, um für ihn aus dem Fenster zu spähen.

Auf dem Rathausvorplatz bauten junge Leute einen Infostand auf. Einige verteilten Flugblätter. Eine Frau sammelte Unterschriften. Daneben ein Typ mit Megafon.

Transparente: *GEKKO-BEACH DARF NICHT STERBEN!*

»Demonstranten«, meldete Simone.

Kroll erhob sich. Auch die übrigen Sitzungsteilnehmer traten an die Fenster. Ein Raunen ging durch die Gruppe.

Gekko-Beach war der angesagteste In-Treff der Stadt. Der Inhaber hatte tonnenweise Sand von der Ostsee herangekarrt. Ein neues Wahrzeichen der Stadt. Allerdings eins, das Kroll im Weg war.

Seit Langem plante er das Hafen-Congress-Centrum: zwei Hochhäuser mit Edelbüros und einem Hotel der Klasse Fünf-Sterne-Plus. Natürlich fanden notorische Nörgler ein Haar in der Suppe. Sogar die Zeitungen käuten die Oppositionspropaganda wieder.

»Bezahlte Randalierer!«, wütete Kroll, tippte auf seinem Handy herum, bekam eine Verbindung und brüllte so laut, dass jeder im Saal mithören konnte. Er hatte den Beigeordneten Miehe an der Strippe, den Dezernenten für Wirtschaft und Ordnung. »Sorgen Sie dafür, dass diese Randalierer sofort verschwinden! – Was heißt hier Feiertag? Gefällt Ihnen Ihr Job nicht mehr?«

Das sitzt, dachte Simone. Kroll war ein Naturtalent – Simone bezweifelte, jemals diese Klasse zu erreichen.

Dann spürte sie, wie Lohmar seine Hand auf ihre Schulter legte. Der große, drahtige Mann mit dem weißen Haarschopf lächelte, als ginge ihn die ganze Aufregung nichts an.

»Wir kennen uns, nicht wahr, Frau Beck?«, sagte er leise und zwinkerte.

3.

Um Viertel vor zwölf verließ Reuter die Autobahn im Kreuz Moers.

Seine Gedanken schalteten von Katja zu Robby.

Er war gespannt, was die Vertrauensperson heute zu erzählen hatte. Robby Marthau: vierundzwanzig Jahre alt, eine

Tunichtgut-Existenz zwischen Muckibude, Solarium und Disko. Umgänglich und mit einem sonnigen Gemüt gesegnet.

Was den Türsteher auszeichnete, war sein Drang, sich wichtigzumachen. Marthau wollte gefallen, aber darin bestand auch ein Risiko: Manchmal behauptete er Dinge, die er nicht wissen konnte – Reuter hoffte, dass der Junge kein doppeltes Spiel trieb. Ob Robby selbst noch immer dealte, wollte Reuter lieber nicht wissen. Informanten mussten sauber sein, zumindest offiziell.

Das Hotel lag an der Landstraße, kurz vor der Moerser Stadtgrenze. Reuter war pünktlich. An der Rezeption fragte er nach dem Schlüssel.

Die Frau hinter dem Tresen erkannte ihn und wies in Richtung der Aufzüge. »Ihr Kollege ist schon oben.«

Als Reuter die Tür zu Zimmer 312 öffnete, roch er Zigarettenqualm. Kollege Koch lehnte am offenen Fenster und rauchte.

»Spinnst du, Michael?«

»Mach die Tür zu, dann zieht es nach draußen.«

»Willst *du* etwa die Bude bezahlen?«

Koch schnipste die Kippe ins Freie und schloss das Fenster. Der Deal mit der Geschäftsführung des Hotels lautete, dass die Polizei bei Bedarf ein Zimmer umsonst bekam. Aber höchstens bis vierzehn Uhr und unter der Bedingung, dass es anschließend nicht gereinigt werden musste. Die meisten Räume waren Nichtraucherzimmer. Die Behörde war auf eine Gratisunterkunft angewiesen. Kostenmanagement.

Koch fragte: »Hab ich dir schon erzählt, was die Ehe und ein Hurrikan gemeinsam haben?«

»Ja, hast du.« Keine Lust auf schale Scherze.

Reuter schaltete den Fernseher ein und zappte durch die Programme. Im Dritten eine Sportsendung. Der Düsseldorfer Oberbürgermeister wurde als Aufsichtsratschef der Fortuna interviewt. Er lobte den Sportdirektor und erging sich in Andeutungen über einen neuen Sponsor, der dem Regionalligisten aus der Klemme helfen würde. Konkretes blieb Kroll schuldig. Schaumschläger, dachte Reuter und knipste die Glotze aus.

Kollege Koch sagte: »Ich habe heute noch ein Date. Wenn meine Frau dich fragt, dann hatten wir bis in den Abend in der Festung zu tun. Aktenarbeit oder so.«

Reuter fielen Katjas Kondome ein.

»Nein«, antwortete er.

»Bitte?«

»Ich lüg deine Frau nicht an. Du missbrauchst ihr Vertrauen. Marion hat es nicht verdient, dass du sie so verletzt.«

»Spinnst du? Sie weiß doch nichts davon. Wie kann sie da verletzt sein?«

»Ich mach bei so was nicht mit.«

»Du bist mir ein schöner Kamerad!« Michael sah auf die Uhr. »Wo bleibt unser Einstein nur?«

Um halb zwei klopfte es. Reuter sprang auf und öffnete die Tür. Robert Marthau trat ein und grinste. »Hey, Leute, was geht so?«

Die Hautfarbe stammte aus dem Sonnenbank-Toaster. Das enge T-Shirt brachte die Türstehermuckis zur Geltung. Eine klobige Goldkette baumelte um den Hals – als bemühe sich Robby, jedem Klischee gerecht zu werden.

Der Junge fuhr sich durch die Haare. Er hatte sich Strähnchen färben lassen. Fleckig wie ein Hyänenpelz.

Zu Reuters Erstaunen war Robby nicht allein. Eine Frau schob sich hinter ihm ins Zimmer, groß und sehr dünn. Nicht viel über zwanzig, langes, dunkles Haar. Ein auffällig kurz gestutzter Pony betonte ein hübsches Gesicht. Ein knappes T-Shirt, *boom-boom* stand auf der Brust. Die Jeans saß besonders tief auf der Hüfte. Flacher Bauch, spitze Hüftknochen. Wenn der Bund noch tiefer rutschte, würde die Möse frei liegen. Reichlich Kajal um die Augen – betont gelangweilt sah sich Robbys Begleiterin in dem Raum um.

»Wer ist das?«, fragte Reuter. »Und was soll die Verspätung?«

Robby grinste noch immer, als hätte er irgendwelche Pillen geschluckt. Er machte Anstalten, sich auf das gemachte Bett zu lümmeln.

Reuter drückte ihn in einen Sessel und wandte sich an das Mädchen mit dem kurzen Pony. »Du kannst hier nicht bleiben.«

»Das ist Lena«, erklärte Robby.

»Unten ist ein Café, Lena. Bestell dir 'ne Cola.«

»Hab kein Geld dabei«, antwortete sie.

Reuter bugsierte Lena hinaus auf den Flur und wühlte zwei Euro aus seiner Hosentasche. Sie starrte den Eierfleck auf seiner Jeans an. Dann nahm sie das Geld in Empfang und schob ab.

Er kehrte ins Zimmer zurück und verriegelte die Tür. Robbys Grinsen war unsicher geworden, als fühle er sich ohne Lena nicht wohl.

Reuter fuhr ihn an: »Was hast du deiner Freundin über uns erzählt?«

»Sie ist nicht meine ...«

»Was dann?«

»'ne Bekannte von Juli.«

Juli – Reuter kannte den Namen. Marthau hatte sie einmal als seine Flamme erwähnt.

»Wer sagt uns, dass sie dich nicht verpetzt?«

»Ist ein feines Sahnestück, die Alte. Bessere Kreise und so. Arbeitet beim Radio.«

»Eine Journalistin? Du tickst wohl nicht richtig! Soll die ganze Welt erfahren: Handlanger des Koksbarons arbeitet für die Polizei? Willst du das?«

»Bin kein Handlanger.«

»Ach ja, Assistent der Geschäftsleitung.«

Reuter wählte die Nummer des Zimmerservice und bestellte Kaffee für drei.

»Und Snickers«, ergänzte Marthau.
Reuter gab den Wunsch weiter.
Der Türsteher leckte sich die Lippen, sein Fuß wippte nervös. Er ließ den Blick schweifen. »Eigentlich 'ne geile Location. Ob es hier auch Suiten mit Whirlpool gibt?«
»Red keinen Scheiß«, sagte Koch.
»*Gangbang*, versteht ihr? Gebt doch zu, ihr würdet es auch gern mal mit einer wie Lena treiben.« Robby warf Koch eine Visitenkarte zu. »Kommt mal vorbei. Ich geb euch Rabatt.«
Reuter fragte: »Bist du jetzt unter die Zuhälter gegangen?«
»Quatsch. Party ist doch kein Strich.«
Koch klappte den Laptop auf. Sie hatten noch zwanzig Minuten. Reuter stützte die Hände auf Marthaus Sessellehne.
»Zur Sache, Robby. Was gibt's Neues?«
Der Junge starrte auf den Teppichboden. »Gilt das noch, was ihr mal über euer Zeugenschutzprogramm gesagt habt? Starthilfe in 'ner anderen Stadt und so, wenn's für mich zu heiß wird?«
»Wieso, wo brennt's denn?«
Es klopfte. Der Kellner brachte drei Kännchen Kaffee und einen Teller mit Schokoeiern – offenbar von Ostern übrig geblieben. Robby maulte, weil er seinen Lieblingsschokoriegel vermisste. Der Kellner entschuldigte sich – ausverkauft.
Reuter bezahlte, steckte den Beleg ein und schloss die Tür hinter dem Kellner.
Robby zupfte an der Folie eines der Eier und murmelte: »Die Kolumbianer haben Böhrs Eltern als Geiseln genommen. Die sind schon siebzig oder so.«
»Was sagst du?«
»Indirekt ist es meine Schuld. Wegen dem Stoff, den ihr beschlagnahmt habt. Kennt ihr Alfonso aus Amsterdam?«
Reuter nickte. Kolumbianer organisierten den Kokaintransport aus der Karibik nach Schiphol und Frankfurt. Alfonsos Bande stand den rechtsgerichteten Paramilitärs der

AUC in Kolumbien nahe. Die Region um Düsseldorf hatten sie bislang Zwischenhändlern wie Böhr überlassen.

»Was fordert Alfonso?«

»Böhr soll ihm den Stoff bezahlen, den ihr abgefangen habt.«

Bingo, dachte Reuter. Wenn die Kolumbianer Geld von Böhr forderten, war dies ein Beleg dafür, dass die dreißig Kilo tatsächlich für den umtriebigen Geschäftsmann bestimmt gewesen waren. Dem Staatsanwalt konnte die Neuigkeit nicht egal sein. Zumindest eine Aufstockung der Ermittlungsgruppe musste drin sein, fand Reuter.

Er beschloss, die Schrauben anzuziehen. »Wo werden die Eltern gefangen gehalten? Wie soll die Geldübergabe vonstatten gehen? Wir sind hier nicht beim Kaffeeklatsch. Fakten, Robby! Sonst müssen wir annehmen, dass du uns verarschen willst. Und das würde dir schlecht bekommen!«

»Ey, was ist das für ein Ton?«

»Wir können den Spieß nämlich auch umdrehen und Böhr einen Tipp geben, woher wir über den Kurier Bescheid wussten.«

Robby sprang auf. »Spinnst du?«

Kollege Koch drückte den Türsteher in den Sitz zurück. »Also?«

»Ich ... ich hab gehört, dass der Boss nach Zürich fliegen will.«

Koch setzte sich wieder hinter den Laptop.

Reuter fragte: »Will er Bares besorgen oder bringt er das Lösegeld dorthin?«

»Ey, woher soll ich das alles wissen?«

Koch unterbrach das Tippen. »Beruhig dich, Einstein.«

Robby wurde laut. »Du sollst dich nicht über mich lustig machen!«

Reuter sagte: »Wir haben nur noch fünf Minuten. Denk an unseren Deal.«

»Kann sein, dass der Boss hinschmeißt und alles verkauft, um seine alten Leute freizukriegen.«

»Verkauft? An wen? Alfonso?«

»Glaubt ihr, der Boss erzählt mir das?«

Koch spottete: »Ich dachte, du bist Assistent der Geschäftsleitung.«

Reuter fragte: »Woher weißt du von der angeblichen Entführung?«

»Wieso angeblich?«

»Woher, Robby?«

»Von Sascha.«

Sascha Maisel, ebenfalls Aussiedlerspross und Robbys Türsteherkumpel. Also nur ein Gerücht aus zweiter Hand. Reuter schüttelte den Kopf. Koch verdrehte die Augen.

»Da sollen also Kolumbianer bei Böhr aufgetaucht sein, die ihn erpressen«, fasste Reuter zusammen. »Wir brauchen ihre Namen, Personenbeschreibungen, Autokennzeichen. Mensch, Robby, du weißt doch, wie das läuft!«

Der Informant glotzte ihn an.

Der tragbare Drucker surrte und spuckte das Protokoll aus. Koch hielt es dem Türsteher hin.

Robby unterschrieb, ohne seine Aussage zu lesen. Reuter blätterte das Honorar auf den Tisch. Einhundert, wie immer. Dann zog er die Farbkopie aus seiner Jackentasche und hielt sie dem Informanten hin.

Die Nacht von Max Beckmann.

»Wieso kommst du mir schon wieder mit dem Scheiß?«, maulte Robby. Unruhig wanderte sein Blick zwischen den beiden OK-Ermittlern hin und her.

Etwas stimmt da nicht, dachte Reuter.

»Hat Böhr das Bild?«

»Das hätte ich doch erzählt.«

»Wirklich?«

»Ey, Leute, ich bin euer bester Mann!«

»Wie kommt's dann, dass ich den Eindruck hab, dass du nicht ehrlich zu uns bist?«

Koch hatte erneut das Fenster geöffnet und sich eine Zigarette angesteckt. Reuter war zu müde, um zu protestieren.

Er sagte: »Der Kerl weiß etwas über das Bild. Ich bin mir sicher.«

»Vergiss das Gemälde. Das ist seit zwei Jahren verschwunden. Wer weiß, wo es jetzt hängt.« Koch schnippte die Kippe nach draußen. »Da unten gehen sie. Einstein und seine *Gangbang*-Queen.«

Reuter lugte ebenfalls hinaus. Der Muskelprotz im knappen T-Shirt. Das Mädchen mit dem kurzen Pony. Die jungen Leute stiegen in den knallroten Pick-up, den Robby seit Neuestem fuhr. Ein wuchtiges Gefährt auf Basis eines Dodge-Geländewagens, hochbeinig, extrabreit bereift, martialisch wirkender Kühlergrill – das reinste Imponiergeschoss.

Michael sagte: »Schuss in den Ofen, oder?«

»Ja. Nichts als heiße Luft.«

Reuter sammelte die bunten Alufetzen ein, die Robby hinterlassen hatte, und stellte das Tablett vor die Tür. Sie nahmen den Aufzug.

»Haben wir etwas über Böhrs Eltern?«, fragte Reuter.

»Irgendwo in den Akten.«

»Und was wissen wir über Alfonso?«

»Mal das Landeskriminalamt fragen.«

»Ich wäre gern dabei, wenn Böhr nach Zürich fliegt.«

»Klar.«

Sie schwiegen, bis sie im Erdgeschoss aus dem Lift stiegen. Die Staatsanwaltschaft würde die Observation niemals genehmigen. Nicht auf Basis dieser dünnen Aussage. Viel zu teuer.

Reuter überlegte, ob sie in Böhrs Kontoauszügen etwas übersehen hatten. Eine Schweizer Bankverbindung oder Überweisungen nach Amsterdam. Ihm graute vor der Sucherei. Die Stadtsparkasse hatte der Polizei erst nach einem Auskunftsersuchen der Staatsanwaltschaft die Unterlagen überlassen und dann auch noch in Papierform statt als Datei, die viel leichter zu durchforsten wäre. Ein ganzer Umzugskarton voller Ausdrucke und Kopien gammelte in ihrem Dienstzimmer vor sich hin. Auch mit der Auswertung der Telefonüberwachung hinkten sie um Tage hinterher – zu viele Anschlüsse in den diversen Läden des Koksbarons.

»Wir sollten uns noch einmal die Akten vorknöpfen.«

»Eine Staublunge riskieren? Nichts da, mein Lieber. Mein Date geht vor und für Überstunden kriegen wir bloß einen Anschiss. Du solltest dich auch besser um dein Privatleben kümmern, sonst wirst du noch ein mentaler Krüppel.«

»Wie meinst du das?«

Reuters Handy gab Laut. Der Klingelton war das Eingangsthema von *Mission Impossible*, das er aus dem Internet heruntergeladen hatte.

Katja, dachte er.

Doch es war Hauptkommissar Kai Hennerkamm, der Leiter des KK 22, genannt *Broiler*, nach dem ostdeutschen Wort für Huhn. Die Stimme des Chefs klang aufgekratzt.

»Das Bild ist aufgetaucht, Jan. Der Zehn-Millionen-Schinken, für den du Böhr drankriegen wolltest.«

»Ist nicht wahr!«

»Können wir uns im Präsidium treffen? Kripochef Engel hat nach dir gefragt.«

»Bin schon unterwegs.«

Reuter steckte das Handy ein und legte den Zimmerschlüssel auf den Tresen der Rezeption.

Koch setzte seine Sonnenbrille auf. Sie war modisch geformt und verlieh ihm etwas ungewohnt Verwegenes.

»War das dienstlich?«, fragte der Kollege.

»Ja, aber nur für mentale Krüppel.«

4.

Benedikt Engel fand in der Türablage seines Golf ein Salbeibonbon und hoffte, dass es das Kratzen in seinem Hals lindern würde. Sein Handy piepste um Hilfe, der Akku musste geladen werden. Der Anruf des Chefs der Düsseldorfer Staatsanwaltschaft hatte Engel im Bett seiner Freundin erwischt. Aber seine Gereiztheit rührte nicht nur daher, dass er am Feiertag gestört worden war.

Die Wende in Sachen Beckmann-Raub: Geschädigte und Staatsanwaltschaft hatten hinter dem Rücken der Kripo den Rückkauf eingefädelt. Solche Verhandlungen waren langwierig, schätzte Engel. Hätte der Leitende Oberstaatsanwalt ihn früher informiert, wäre der Polizei viel Arbeit erspart geblieben.

Zudem widersprach es Engels Prinzipien, man gab Erpressern nicht nach. Und es ließ die Behörde dumm dastehen – zu einem Zeitpunkt, da ein Wechsel an der Spitze des Innenministeriums anstand. Der Neue würde Duftmarken setzen wollen, seinen Stempel aufdrücken. Wenn da ein Kripochef negativ auffiel, war er schnell weg vom Fenster.

Engel parkte seinen Porsche im Innenhof des Präsidiums und nahm den Seiteneingang. Im Flur vor seinem Büro warteten Meinhard Münch, der Leitende Oberstaatsanwalt, sowie einer seiner Dezernatsleiter, ein Oberstaatsanwalt in Golferkleidung namens Westhoff, knapp vierzig Jahre alt, zuständig für organisierte Kriminalität. Engel gab den beiden Juristen die Hand, dann schloss er die Tür auf.

Er knipste das Deckenlicht an, denn die Jalousie vor dem Fenster hing schief und ließ sich nur zur Hälfte hochziehen – seit Wochen führte er deshalb einen Papierkrieg mit der Verwaltung. Sie nahmen Platz.

Münch trug wie immer eine Fliege zum Anzug, heute ein

auffälliges Ding in Türkis und Hellblau. Westhoff beklagte sich, dass er ein Spiel mit dem Oberbürgermeister hatte abbrechen müssen. Er fingerte Zigarette und Streichhölzer hervor und fragte, ob er rauchen dürfe.

Engel verneinte. Er konnte den Kerl nicht leiden.

KK-22-Leiter Hennerkamm klopfte, trat ein und sicherte sich den letzten Besuchersessel. In seinem Schlepptau folgte Reuter, der einen Drehstuhl aus dem Geschäftszimmer hereinrollte.

Jan Reuter, ein markanter Lockenkopf wie das Abbild eines jungen Kaisers des Alten Rom – Engel konnte sich vorstellen, dass die Frauen auf den Kerl flogen. Der Kriminaloberkommissar trug ein modisch geschnittenes Glencheck-Sakko, im Präsidium keine Alltäglichkeit. Engel wettete darauf, dass der Kollege darunter ein Schulterholster verbarg: Outfit und Waffe als Stützen des Selbstbewusstseins, wo anderen ein ruppiger Ton oder ein schnoddriger Scherz genügten.

Als Kommissar im Inneren Dienst hatte Reuter als Shootingstar gegolten. Zielstrebig und belastbar. Inzwischen war er neunundzwanzig Jahre alt, hatte ausschließlich sehr gute Beurteilungen eingefahren und auch sein neuer Dienststellenleiter Hennerkamm schien große Stücke auf ihn zu halten. Doch für Engels Geschmack hatte der Junge zu wenig frischen Wind ins KK 22 gebracht.

Der Kripochef wandte sich an Meinhard Münch. »Wo ist der Beckmann?«

»Wo er hingehört.« Der Leitende Oberstaatsanwalt faltete die Hände und blinzelte zur Decke. »Die Kunstsammlung Nordrhein-Westfalen ist wieder im Besitz des großartigen Meisterwerks.«

»Worin bestand der Deal?«

»Darin, dass die Ermittlungen ab sofort eingestellt werden.«

»Das ist nicht Ihr Ernst!«, entfuhr es Reuter.

Engel sagte: »Und zudem ist eine Menge Geld geflossen, nehme ich an.«

»Die Summe liegt unter dem Versicherungswert, tut also nicht einmal besonders weh.«

»Das nennt man Artnapping«, ließ Reuter sich wieder vernehmen. »Sollen die Gangster straffrei ausgehen?«

Münch würdigte ihn keines Blicks. »Der Strafanspruch des Staates tritt hinter das Interesse der Öffentlichkeit an der Wiederbeschaffung eines außerordentlichen Kulturguts zurück. Zudem würden wir das Leben der Vermittlungsperson gefährden, wenn wir gegen die Abmachungen verstießen.«

»Meine Dienststelle könnte für Schutz sorgen«, gab Kai Hennerkamm zu bedenken.

Ein Räuspern. »Nein, keine weiteren Aktivitäten. Das ist eine dienstliche Anweisung.«

»Wer hat den Rückkauf vermittelt?«, fragte Hennerkamm.

Engel kannte die Antwort bereits. Er spürte wieder das Kratzen in seiner Kehle und zog die Schublade auf. Salbeibonbons an allen strategisch wichtigen Orten.

Der Chef der Staatsanwaltschaft zupfte an seiner Fliege. »Der Mann ist absolut integer. Er wurde ausschließlich vom Museum und nicht von der Gegenseite honoriert. Die Rechtslage ist wasserdicht.«

Reuter insistierte: »Wer sagt uns, dass der Vermittler nicht trotzdem mit den Räubern unter einer Decke steckt?«

»Seit wann liefen die Verhandlungen?«, fragte Engel.

»Die ersten Gespräche gab es vor etwa einem Jahr. Wir waren von Anfang an eingebunden.«

Ohne uns zu informieren, dachte Engel. Er hätte Münch gern die Meinung gegeigt. Aber der Leitende Oberstaatsanwalt saß am längeren Hebel, die Staatsanwaltschaft war Herrin des Verfahrens.

»Wir sind uns also einig«, sagte Münch. »Morgen werden wir das Bild der Öffentlichkeit präsentieren.«

»Warum reden wir um den heißen Brei herum?«, warf Reuter ein. »Manfred Böhr hatte das Bild in seinem Besitz. Soll er schon wieder straffrei ausgehen?«

Engel erinnerte sich an den Prozess gegen den Koksbaron. Verschollene Beweise – der Skandal tat heute noch weh.

»Ihre Fixierung auf Böhr ist absurd«, widersprach Westhoff. »Wir haben das schon mehrfach durchgesprochen.«

Reuter schüttelte den Kopf. »Die beiden Ukrainer waren Böhrs Angestellte.«

»Das muss nichts bedeuten.«

»Wenn Sie uns mehr Spielraum bei den Ermittlungen gegeben hätten, wäre das Bild längst ohne Lösegeldzahlung zurück im Museum. Und Böhr säße im Knast, statt sich ins Fäustchen zu lachen.«

»Lass gut ein«, versuchte Hennerkamm, seinen Mitarbeiter zu bremsen.

Oberstaatsanwalt Westhoff lächelte gönnerhaft. »Seien Sie nicht gleich beleidigt, Reuter. Nur weil Sie gegen Böhr nichts erreicht haben.«

Reuters Wangen glühten. »Es gibt neue Erkenntnisse. Die Kolumbianer haben Böhrs Eltern entführt und fordern die Bezahlung der Lieferung, die wir abgefangen haben.« Er fixierte Münch. »Oder gilt das Ermittlungsverbot gegen Böhr generell?«

»Schicken Sie mir die Unterlagen«, antwortete Westhoff.

Münch erhob sich – ganz der gestresste Spitzenbeamte, der Wichtigeres zu tun hatte, als sich mit starrköpfigen Kommissaren abzugeben.

Er gab dem Kripochef die Hand. »Halten Sie Ihre Leute im Zaum, Herr Engel.«

Reuter schnappte sich das Streichholzbriefchen, das Westhoff auf dem Tisch hatte liegen lassen. Der OK-Ermittler kam jetzt richtig in Fahrt. »*Zum Goldenen Einhorn*. Ihr Stammlokal, Herr Westhoff?«

Die Chefjuristen ignorierten ihn und verdrückten sich.

Engel nahm sich noch ein Bonbon – er fühlte sich gar nicht wohl. Ihm war klar, worauf Reuter anspielte. Das Restaurant gehörte Böhr. Gerühmte Küche, üppige Weinkarte, geschultes Personal. Schauspieler und Fußballstars dinierten dort. Mitglieder der Landesregierung, Wirtschaftsbosse. Und Böhr glänzte als Gastgeber. Keine Woche ohne sein Foto in den Klatschspalten der Zeitungen.

Da war Fingerspitzengefühl angesagt, fand Engel.

Der Kripochef schaltete seine Espressomaschine ein und platzierte zwei Tassen unter den Brühkopf. Er hatte den Jungspund gebeten zu bleiben – ein Gespräch unter vier Augen.

»So können Sie nicht mit Staatsanwälten reden, Reuter.«

Der OK-Ermittler war noch immer aus dem Häuschen. »Artnapping mit Rückendeckung der Justiz! Ich mag's nun mal nicht, wenn diese Verbrecher straflos …«

»Das mag keiner«, unterbrach ihn Engel. Gib ihm noch eine Chance, dachte er. Vielleicht steckte in dem einstigen Shootingstar doch ein Kriminalist von Format. »Sie sind nicht Miles Davis, Reuter.«

»Was meinen Sie damit?«

Engel drückte den Hebel. Die Maschine brummte. Mit dünnem Strahl ergoss sich die schwarze Brühe in die Tassen.

»Miles konnte mit dem Rücken zum Publikum spielen und die Leute vergötterten ihn trotzdem. Sie dagegen müssen sich das Wohlwollen der Staatsanwaltschaft erst noch erarbeiten.«

»Ich soll Westhoff in den Hintern kriechen?«

»Nein, aber wollen Sie in Zukunft Fahrräder kodieren oder Schulkindern die Verkehrsregeln beibringen?«

Engel dachte an die Zeit zurück, als er selbst in Reuters Alter gewesen war – Anfang der Neunziger, vor seinem Aufstieg zum Kommissariatsleiter und dem Lehrgang zum höheren Dienst. Wie verhasst waren ihm Bürokraten und Bedenkenträger damals gewesen. Jetzt zählte ihn Reuter vermutlich ebenfalls dazu.

»Als OK-Ermittler ist man der letzte Paria«, schimpfte der junge Kollege. »Für Westhoff zählt nur der schnelle Erfolg.

Ständig zieht uns die Staatsanwaltschaft den Teppich unter den Füßen weg. Die OK-Gruppe weiß nicht einmal mehr, wem in dieser Stadt die Puffs gehören.«

»Aber in puncto Böhr sind Sie sich sicher? Das nehme ich Ihnen nicht ganz ab. Sie haben noch immer keinen Trumpf gegen den Koksbaron in der Hand. Ehrlich gesagt, ich habe mir mehr von Ihnen versprochen.«

Reuter wich seinem Blick aus.

»Soll ich Ihnen verraten, wer den Rückkauf vermittelt hat?«

»Jemand, den ich kenne?«

Engel wusste, dass seine Antwort dem jungen Kollegen wehtun würde. Er nahm einen Schluck. Schwarz und stark war ihm der Kaffee am liebsten.

»Ihr Bruder«, sagte Engel. »Rechtsanwalt Dr. Edgar Reuter.«

Der Kommissar schwieg. Seine Kiefer mahlten.

»Sie nehmen ihm noch immer übel, dass er den Koksbaron vor Gericht vertreten hat, nicht wahr?«

Reuter blickte auf, Feuer in den Augen. »Edgar arbeitet für die andere Seite.«

Engel dachte an Andermatt, den vermutlich kommenden Innenminister, dem es zu beweisen galt, dass die Düsseldorfer Kripo trotz der Panne mit Böhr etwas taugte. »Und wir hatten doch diesen Telefonmitschnitt, auf dem der Koksbaron unzweifelhaft einen Drogenkauf verabredete.«

»Ja, aber die Kollegen vom OK konnten dem Gericht die Datenträger nicht lückenlos vorlegen.«

»Ich weiß. Wie war noch mal das Argument, das Ihr Bruder vorbrachte?«

»Er meinte, sein Mandant hätte den Handel bei einem der übrigen Telefonate, die wir nicht dokumentieren konnten, wieder abgesagt. Und der Richter ließ sich darauf ein. Freispruch mangels Beweisen.«

»Ihr Bruder ist eben ein erstklassiger Strafverteidiger.«

»Dass jetzt ausgerechnet Edgar den Rückkauf vermittelt hat, kann kein Zufall sein. Wenn Sie an Böhrs Stelle wären, an wen würden Sie sich wenden, um das Bild zu versilbern, nach dem die Polizei fahndet? An den Anwalt Ihres Vertrauens.«

»Beweise wären nicht schlecht.« Engel überlegte, dass ein später Erfolg gegen die Artnapper bei Andermatt Eindruck machen würde. Nebenher könnte er dem Chef der Staatsanwaltschaft eins auswischen.

Dazu konnte er einen ehrgeizigen Spürhund wie Reuter gebrauchen.

»Graben Sie weiter«, sagte Engel und leerte die Tasse. »Bleiben Sie dran an dieser Gemäldenummer und halten Sie mich auf dem Laufenden.«

Reuter schien zu begreifen.

Engel verabschiedete ihn mit Handschlag und nahm sich vor, Reuter den schwarzen Peter zu verpassen, falls die Staatsanwaltschaft von der Sache Wind bekommen und Protest einlegen sollte.

5.

Jan Reuter nahm die Treppe zur zweiten Etage. Der Flur, der an den Büros der Rauschgiftkollegen vorbei zu den OK-Kommissariaten führte, lag still und menschenleer, auch vom hinteren Treppenhaus drang kein Laut herauf, nur seine eigenen Schritte hallten. Er schloss sein Zimmer auf und kippte das Fenster. Abgestandener Rauch hing in der Luft, dabei hatte er dem Kollegen Koch das Qualmen verboten. Ihr gemeinsames Büro war ein enges, mit alten Möbeln zugestelltes Kabuff: zwei Schreibtische, drei Stühle sowie ein Schrank zum Verstauen von Akten und Ordnern.

Der Abreißkalender zeigte noch den Mittwoch an. Reuter zupfte das oberste Blatt weg. Er goss die Fette Henne auf dem Fensterbrett, die der strafversetzte Norbert Scholz zurückgelassen hatte.

Bleiben Sie dran an dieser Gemäldenummer – zunächst hatte Reuter sich über die Ansage des Kripochefs gefreut. Sie teilten ein Ziel, waren Verbündete im heimlichen Weiterforschen. Aber wie stellte sich Engel das vor? Ein Alleingang eines KK-22-Kommissars, der sich über das Verbot der Staatsanwaltschaft hinwegsetzte, konnte nicht gut gehen.

Ich habe mir mehr von Ihnen versprochen – Reuter verfluchte den Leitenden Kriminaldirektor, diesen Großkotz mit seinem Espresso-Getue.

Dranbleiben, Erwartungen befriedigen: Der große Karton mit den Unterlagen der Stadtsparkasse stand in der Ecke. Reuter zog ihn ins Licht und klappte den Deckel auf. Stapel von Schnellheftern. Er hatte das meiste bereits durchgesehen, dabei aber nicht gerade auf Verbindungen Manfred Böhrs nach Zürich geachtet.

Wenn der Koksbaron das Beckmann-Gemälde an die Kunstsammlung verkauft hatte, warum beglich er dann mit dem Erlös nicht seine Schulden bei Alfonso? Stattdessen hatten die Kolumbianer angeblich sogar Böhrs Eltern entführt, um ihr Geld einzutreiben. Das passte irgendwie nicht.

Das Personalblatt der Akte Böhr enthielt Angaben über Namen und Wohnort der Eltern. Gertrud und Josef Böhr, beide wohnhaft in Brilon, Am Renzelsberg 12. Die Polizeibehörde des Hochsauerlandkreises unterhielt eine Wache in dem Ort. Reuter rief an und trug sein Anliegen vor. Der Kollege, den er an der Strippe hatte, kannte das Paar nicht. Er bejammerte, dass seine Dienststelle am Feiertag unterbesetzt sei, versprach aber zu überprüfen, ob es Hinweise auf ein unfreiwilliges Verschwinden der Böhrs gab.

Reuter fuhr seinen Rechner hoch und schrieb eine E-Mail an die OK-Leute des Landeskriminalamts. Er schilderte den angeblichen Hintergrund des Eltern-Kidnappings und bat um eine Einschätzung Alfonsos. Ein Klick auf *sofort senden* – die Anfrage ging ihren Weg.

Voller Groll dachte Reuter wieder an Edgar. Sein Vater

hatte ihm den älteren Bruder stets als leuchtendes Beispiel vorgehalten. Dabei war Edgar oft fies gewesen. Jetzt ließ er sich mit Gangstern ein – und wurde von der Staatsanwaltschaft gefeiert. Es war ungerecht.

Reuter entdeckte eine E-Mail, die Katja ihm vorgestern geschickt hatte. Seine Freundin hatte sich ihren Schulstress von der Seele geschrieben: Ärger mit dem Fachleiter Deutsch, der ihr als Referendarin nur schlechte Noten gab, und Zickenkrieg mit einer Kollegin, der sie beim Vorbereiten des Schulkonzerts half.

Er spürte ein schlechtes Gewissen. Vermutlich hatte Katja erwartet, dass er Anteilnahme bewies und sich abends einmal nach ihrem Job erkundigte.

Reuter wählte Katjas Handynummer. Eine aufgekratzte Frauenstimme meldete sich: Renate, die Mutter seiner Freundin – mit sechzig Jahren jeck wie nie.

Im Hintergrund Klaviergeklimper und Gelächter.

»Soll ich dir Katja geben?«, fragte Renate. »Sie und Edgar spielen gerade ein Ständchen. Vierhändig.«

»Nein, lass mal.« Er wunderte sich nicht darüber, dass Katjas Mutter seinen Bruder eingeladen hatte. Es ist Edgars Charme, dachte Reuter. Die Leute hören ihn gern reden.

»Schade, dass du nicht mitgekommen bist, Jan. Wir haben so viel Spaß! Dein Bruder bestellt eine Flasche Champagner nach der anderen. Er sagt, dass er ebenfalls etwas zu feiern hat.«

»Ach ja?«

»Der verrückte Kerl macht ein Geheimnis daraus. Morgen, sagt er, würde das ganze Land davon sprechen. Edgar macht uns ganz betrunken!«

Reuter wünschte Katjas Mutter weiterhin viel Spaß. Als er aufgelegt hatte, fiel ihm ein, dass er vergessen hatte, ihr zum Geburtstag zu gratulieren.

Er ärgerte sich über Edgar, der mal wieder den tollen Hecht spielte.

Es war ungerecht und passte hinten und vorn nicht.
Bleiben Sie dran an dieser Gemäldenummer.
Reuter schaltete das Deckenlicht ein, um es heller zu haben. Die Neonröhre flackerte sekundenlang, dann brannte sie mit leisem Summen. Noch einmal Böhrs Kontobelege durchforsten – mehr konnte er im Moment nicht tun.

Den Abend widmete Reuter den Fischen. Das Aquarium im Wohnzimmer der kleinen Wohnung war eine eigene Welt, deren Schöpfer er war und die er in allen Parametern kontrollierte: Temperatur, pH-Wert, Salz- und Sauerstoffgehalt. Ein Meerwasseraquarium mit tropischer Fauna.

Die Technik war weitgehend auf dem neuesten Stand. Fast alles war automatisch geregelt, von der Beleuchtung bis zur Strömung. Kein Problem, wenn Reuter mal einen Tag nicht da war. Sorgen bereitete ihm nur die Silikonabdichtung der Glasplatten, die ihm porös erschien. Ein Leck war Reuters Horrorvorstellung – es würde das Ende der kleinen Welt bedeuten.

Seinen Schützlingen ging es sichtlich gut. Die Ringelclownfische schmiegten sich in ihre Seeanemone. Der Knallkrebs grub Gänge in den Sand. Zwei Partnergrundeln schnappten nach allem, was der Krebs aufwühlte. Die Maskenwimpelfische zogen ihre Bahnen, für sie war Reuter eigens auf ein größeres Becken umgestiegen. Ein Pärchen von jeder Sorte, sogar vom Federwurm – keiner sollte an Einsamkeit leiden.

Seine jüngste Anschaffung waren zwei Teufelsfeuerfische. Sie verhielten sich friedlich gegenüber allem, was nicht in ihr Maul passte, legten sich also nicht mit dem Rest der Familie an. Vor den giftigen Stacheln hatte Reuter allerdings Respekt, wenn er das Wasser auffrischte und den Filtereinsatz reinigte.

Heute half ihm das Aquarium nicht, seine Sorgen auszublenden.

Der Nachmittag, der Abend, die Nacht: Das Grübeln begleitete Reuter ins Bett und dauerte an, als er längst das Licht gelöscht hatte. Erst weit nach Mitternacht fand er Schlaf, unruhig und schweißnass.

Freitag, 18. Mai, *Blitz*, Lokalnachrichten:

HOFFNUNG FÜR *GEKKO-BEACH*?
Welle der Solidarität

Immer mehr Düsseldorfer wundern sich, warum das berühmte Strandlokal (sogar die *New York Times* berichtete) nicht bis zu dem für Herbst vorgesehenen Baubeginn des Hafen-Congress-Centrums (HCC) bleiben kann, gemäß des jüngsten Vorschlags des *Gekko*-Chefs Echternach.

OB Kroll bleibt jedoch bei seiner harten Linie: »Der sogenannte Kompromiss ist nichts als Augenwischerei und zeugt von böswilliger Verleugnung der Fakten. Ich stehe mit den Investoren für das HCC in Verbindung, sie begrüßen meine Entscheidung.« Doch auch Echternach will mit den Geschäftsleuten aus Toronto telefoniert haben: »Nicht einmal der Herbst als Baubeginn ist wirklich sicher.«

Unzählige Besucher des Biergartens aalten sich gestern in den Strandkörben, genossen noch einmal Frühlingssonne, Samba-Klänge und Würstchen vom Grill. Marius (24): »Coole Location. Kann mir den Sommer ohne *Gekko-Beach* gar nicht vorstellen.« Gudrun (49): »OB Kroll regiert wie ein Sonnenkönig, völlig an den Bürgern vorbei.« Und Herbert (31) lehnt gar das geplante HCC ab: »Ein größenwahnsinniges Prestigeobjekt.«

Eine Demonstration vor dem Rathaus ließ der OB gestern räumen. Begründung: Sie behindere die Vorbereitungen zum heutigen Japan-Tag. Die Stunden von *Gekko-Beach* sind gezählt.

Freitag, 18. Mai, *Morgenpost*, Lokales:

FEUERBLUMEN VERZAUBERN DEN HIMMEL
Eine Million Besucher zum Japan-Tag erwartet

Nachdem das große Feuerwerk im letzten Jahr wegen Sturmwarnung abgesagt werden musste, geben die Wetterfrösche für heute Abend grünes Licht. Als Höhepunkt des Japan-Tages werden ab 22 Uhr rund 4.000 handgefertigte Feuerwerkskörper, sogenannte Bomben und Bombetten, kunstvolle Motive an den Himmel über dem Rhein zaubern. Seit neun Monaten basteln japanische Pyrotechniker an dem Spektakel, zu dem mehr als eine Million Besucher an Rheinufer und Promenade erwartet werden.

Am Nachmittag eröffnen Oberbürgermeister Dagobert Kroll und der japanische Generalkonsul die Feierlichkeiten mit dem Anstich eines Sake-Fasses auf dem Burgplatz. Kampfsport-Vorführungen, Samurai-Heerlager und Kimono-Show bilden ein buntes Kulturprogramm. 7.000 japanische Mitbürger leben in Düsseldorf. Das ist die drittgrößte japanische Gemeinde der Welt außerhalb Nippons.

Einen Seitenhieb auf seine Gegner konnte sich OB Kroll bei der gestrigen Pressekonferenz nicht verkneifen: »Nicht ein Gecko bringt Düsseldorf voran, sondern über fünfhundert japanische Firmen, die sich in unserer Stadt niedergelassen haben. Investoren aus aller Welt sollen sich auch in Zukunft bei uns wohlfühlen, dafür stehe ich persönlich gerade.«

6.

Zwanzig nach eins am Freitagmorgen. Bislang eine ruhige Nachtschicht für das B-Team der Kriminalwache. Norbert Scholz zappte im Aufenthaltsraum durch das Nachtprogramm, immer dichteres Schneetreiben, dann gab der Empfang ganz den Geist auf.

Im Funkraum saß Hopp, der nicht gerade der Hellste war, nagte an einem Apfel und behielt den Monitor im Blick. Kollegin Marietta telefonierte wegen irgendwelcher Fingerabdrücke. Scholz schnappte sich die Zeitung, die jemand druckfrisch von einem Kiosk mitgebracht hatte.

Er blätterte den Lokalteil durch. Immer wieder *Gekko-Beach*. Der übliche Lauf der globalisierten Welt, dachte Scholz. Was interessant war, wich dem Profitablen.

Marietta hatte ihr Telefonat beendet und schnappte sich ebenfalls einen Teil der Zeitung. Nach einer Weile sagte sie: »Hier steht, dass die Zahl der Gewaltverbrechen hierzulande im letzten Jahrzehnt um sieben Prozent zurückgegangen ist.«

»Erzähl das mal den Opfern«, erwiderte Scholz.

Er erwischte sich dabei, dass er mit seinem Ehering spielte, und nahm sich wieder einmal vor, ihn ab morgen zu Hause zu lassen. Er und Bettina – das war einmal. Wie sollte er eine neue Frau kennenlernen, wenn ihn alle noch für gebunden hielten?

Dienstgruppenleiter Ritter betrat den Wachraum und wedelte mit einem Schreiben. »Die Obermuftis suchen Teilnehmer für die neue Projektgruppe Qualitätssicherung.«

Scholz gähnte. Sein Partner hatte sich krankgemeldet, Hauptkommissar Ritter sich selbst als Ersatz zugeteilt. Marietta wäre Scholz lieber gewesen. Und Projektgruppen konnten ihm gestohlen bleiben.

»Worum geht's denn?«, fragte Hopp, den die Kollegen Onkel Jürgen nannten, weil er mit seinen langen Haaren dem Schlagersänger Jürgen Drews ähnelte.

Ritter antwortete: »Qualitätskontrollen, Zielvereinbarungen, ihr wisst schon. Also, Freiwillige vor!«

»Super«, kommentierte Marietta voller Hohn.

Scholz überlegte, ob er die Kollegin mal ins Kino einladen sollte. Sie war nicht nur attraktiv, sondern auch klug. Er fragte sich, ob er Chancen hätte – ein übergewichtiger Kerl mit schütterem Haar und einer Gesichtsfarbe, die manchmal von Bluthochdruck gezeichnet war.

Onkel Jürgen fragte vorsichtig: »Was bedeutet das?«

»Mannomann, die beste Chance für dich, Hauptkommissar zu werden«, spottete Scholz. »Wetten, die Teilnahme gilt als Beurteilungsbaustein.«

»Tatsächlich?« Hopp fuhr mit der Rechten durch seine Haarpracht.

»Du bejubelst die Einfälle des Ministeriums und wirst mit Beförderung belohnt«, erläuterte Scholz. »So läuft das heutzutage. Und wir schreiben noch mehr Controllinglisten und erheben noch mehr Daten für sinnlose Statistiken. Wenn unser Dienstgruppenleiter Rückgrat hat, dann antwortet er den Obermuftis, dass er niemanden erübrigen kann.«

Ritter zupfte an seinem Schnauzer. »Unser Neuer reißt mal wieder die Klappe auf.«

Scholz winkte ab. *Unser Neuer* – dabei arbeitete er seit fast einem Jahr in der Kriminalwache.

Sein Chef ließ nicht locker. »Soll ich dir verraten, wie ich's zum Dienstgruppenleiter gebracht habe? Durch ehrliche Polizeiarbeit. So etwas kennst du gar nicht, Scholz.«

»Leck mich, Ritter.«

Hopp räusperte sich und deutete auf den Bildschirm: »Wohnungseinbruch in der Kölner Straße.«

Der Drucker surrte und spie die Adresse aus. Scholz riss den Zettel ab. Auf dem Weg nach draußen glaubte er, Unterstützung in Mariettas Blick zu erkennen.

Wenn die Sachbearbeiter der einzelnen Kommissariate Feierabend machten, kümmerten sich die Beamten der Kriminalwache um sämtliche Meldungen im Stadtgebiet. Im Schichtdienst erledigten sie die erste Tatortarbeit, den Rest übernahmen am nächsten Morgen die Fachdienststellen.

Die K-Wache genoss keine große Wertschätzung im Präsidium. Bewaffnete Verwaltung, so lautete ein gängiger

Scherz. Scholz wusste, dass sie für ihn das Abstellgleis bedeuten sollte.

Er trat auf den Hof, war als Erster am Einsatzfahrzeug und öffnete die Beifahrertür.

Ritter widersprach: »Du bist zwar älter und man sieht's dir auch an, aber Chef bin immer noch ich.«

Scholz umrundete den Opel Omega, zwängte sich hinter das Lenkrad und startete den Wagen. Das Fahren war ihm verhasst. Als Hauptkommissar konnte er diese Pflicht anderen aufbürden – solange er nicht den Dienstgruppenleiter zum Partner hatte.

Er nahm die Durchfahrt am Ende des Jürgensplatzes und beschleunigte. Sie passierten das neue Hochhaus am Graf-Adolf-Platz, Licht in jedem Fenster, als wollte der Investor auf diese Weise Mieter anlocken.

In der Bahnhofsgegend lagen die Straßen wie ausgestorben, nicht einmal Junkies und Kleindealer schlenderten um diese Zeit über das Pflaster.

Die Kölner Straße. Ritter nannte die Hausnummer. Scholz ging vom Gas und hielt Ausschau.

Ein dicker Mercedes fiel ihm auf, der in zweiter Reihe parkte. Zwei Anzugträger auf den Vordersitzen, die Gesichter von der Straßenlaterne schwach beleuchtet. Keine Bärte. Der Typ am Steuer rauchte. Scholz ließ den Opel vorbeirollen und schaute nicht hin.

»Da drüben ist es«, stellte Ritter fest und wies auf einen Hauseingang.

Scholz wendete und hielt. Sein Beifahrer wollte aussteigen.

»Warte«, sagte Scholz.

»Was ist?«

»Siehst du den Benz auf der anderen Seite?«

Ritter nickte. »S-Klasse. Achtzylinder. Die AMG-Version.«

»*Auto Bild*-Leser, oder was?«

»Erkenn ich an den Felgen.«

Mit diesen Worten verließ Ritter den Wagen und nahm

seine Tasche aus dem Kofferraum. Scholz fügte sich, schloss ab und folgte seinem Dienstgruppenleiter ins Haus.

Der Tatort war eine Wohnung im dritten Stock eines Miethauses aus den Fünfzigern des letzten Jahrhunderts. Im Flur fielen Scholz Koffer auf. Die Mieter waren gerade von einer Reise zurückgekehrt. Sie liefen aufgelöst durch die Zimmer und plapperten ohne Punkt und Komma. Der Mann staunte, dass die Einbrecher den Fernseher nicht angerührt hatten – als sei die Mattscheibe sein wichtigstes Gut.

Die Frau erinnerte Scholz an Bettina, wie sie vor zwanzig Jahren ausgesehen hatte: eine junge Blonde, das lange Haar seitlich gescheitelt, süßes Gesicht.

Er startete seinen Laptop. Der Schließzylinder der Eingangstür war geknackt, im Schlafzimmer standen Schubladen auf. Bargeld fehlte, etwas Schmuck. Einer von weit über tausend Einbruchsfällen pro Jahr in dieser Stadt.

Scholz tippte den Bericht, während Ritter auf der Suche nach Fingerspuren die Tür mit dem Rußpinsel einstaubte – reine Show, wusste Scholz: Gib den Wohnungsinhabern das Gefühl, man kümmere sich um sie. Vielleicht hatte sich Ritter auch in die junge Blonde verguckt und wollte Eindruck schinden.

»Sie werden sicher noch die Nachbarn befragen«, sagte die Frau.

»Klar«, log Ritter und strich über seinen Schnauzer.

Als sie wieder in den Omega stiegen, stand der S-Klasse-Benz noch immer vor dem Waschsalon.

»Fahr los, mir wird kalt«, drängte Ritter.

Scholz hörte nicht auf ihn.

»Mit dem Wohnungseinbruch haben die Typen nichts zu tun. Worauf wartest du?«

Im Mercedes ging die Innenbeleuchtung an.

Ritter polterte: »Glaubst du, der Schlitten ist geklaut?«

»Vielleicht.«

»Mafia. Überall witterst du Mafia. Ohne organisierte Kriminalität fehlt dir was, stimmt's?«

Der Mercedesfahrer hatte einen Stadtplan aufgefaltet und zeigte dem anderen etwas. Nach kurzer Zeit wurde der Innenraum wieder dunkel.

»Dein Getue beeindruckt mich nicht, Scholz. Glaubst du, ich weiß nicht, warum sie dich beim KK 22 rausgeschmissen haben?«

»Einen Dreck weißt du.«

Für einen Moment dachte Scholz an die schlimme Zeit, nachdem der Prozess gegen Böhr gescheitert war. Schlimmer als Abschaum hatten ihn die Kollegen behandelt. Sogar diejenigen, die zuvor seine Kumpel gewesen waren.

»Die K-Wache ist dir nicht interessant genug«, giftete Ritter. »Das ist tragisch, denn dein Zug ist abgefahren. Ende vierzig und die Weste voller Flecken. Wer will schon einen wie dich?«

Lass ihn reden, dachte Scholz. Er vermisste ein Fernglas oder eine Fotokamera mit ordentlichem Teleobjektiv.

Ritter nervte weiter: »Ich kann's nicht ab, wenn jemand glaubt, seine Fürze würden nicht stinken. Weißt du was? Ich melde dich für die Scheißprojektgruppe, ob du willst oder nicht.«

Die Beifahrertür der großen Limousine schwang auf. Ein Mann mittleren Alters stieg aus und schlenderte zu dem Hauseingang neben dem Waschsalon. Die überbreiten Anzugschultern erinnerten an die Achtzigerjahre, die Hosenbeine waren zu lang und bauschten sich auf den Schuhen.

Im selben Moment flammten die Scheinwerfer des Benz auf. Die Luxuskarre setzte sich in Bewegung und glitt vorbei. Scholz ließ sich tiefer in den Sitz sinken und spähte vorsichtig aus dem Seitenfenster. Der Fahrer schien noch jung zu sein, seine Haarspitzen waren mit Gel hochgezwirbelt. Mehr war nicht auszumachen.

Scholz notierte sich das Kennzeichen. Dazu Autotyp,

Straße und Nummer des Hauseingangs, durch den der Beifahrer verschwunden war. Ein Blick auf die Uhr – halb drei. Auch das hielt Scholz fest.

Er ließ den Motor an. Als sie die Graf-Adolf-Allee entlangfuhren, beschwerte sich Ritter über das Tempo. Zu langsam, meinte der Dienstgruppenleiter.

Als das trutzig wirkende Präsidium, das sie *Festung* nannten, in Sicht kam, bemerkte Scholz im Augenwinkel einen Radfahrer, der ohne Licht aus einer Seitenstraße schoss und erst im letzten Moment stoppte. Erschrocken und viel zu heftig trat Scholz auf die Bremse.

Die Reifen quietschten. Etwas polterte im Kofferraum und sein Beifahrer stieß sich den Kopf an der Scheibe.

»Spinnst du?«, brüllte Ritter und befühlte seine Stirn. »Was war das?«

»Schnall dich an«, antwortete Scholz, sich ungerührt gebend. Mit pochendem Herzen fuhr er weiter.

Ritter tobte: »Und ob ich dich in die Projektgruppe schicke! Du willst nicht in der Kriminalwache bleiben, und das ist ganz in meinem Sinn. Die Projektgruppe ist tatsächlich ein Beurteilungsbaustein. Kriech den Obermuftis in den Arsch. Betrachte es als deine letzte Chance!«

Scholz ignorierte ihn. Als er ausstieg, warf er die Tür mit Wucht zu. Was ihn am meisten ärgerte, war die überflüssige Bremsung wegen des Radfahrers – solche Dinge waren der Grund, warum er nicht gern Auto fuhr.

Er ging in den Wachraum, wo er seine Berichte ausdruckte und in die Fächer für die zuständigen Kommissariate legte. Den Wohnungseinbruch bekam das KK 32, den dicken Mercedes mit den Anzugträgern seine alte OK-Gruppe.

Zu Marietta sagte er: »Ab jetzt bist du meine Partnerin. Ich arbeite nicht mehr mit Ritter.«

»Wegen meiner schönen Augen oder weil du dich chauffieren lassen möchtest?«

Scholz fiel keine schlagfertige Antwort ein. Es kochte noch immer in ihm. Der Radfahrer hatte Erinnerungen geweckt: ein totes Kind – es war exakt drei Jahre, fünf Monate und einen Tag her.

Ein kleines Mädchen war ihm vor die Kühlerhaube gefahren. Blut aus Ohren und Nase, Bewusstlosigkeit beim Eintreffen im Krankenhaus. Hirntrauma. Eintritt des Todes fünf Stunden später.

In seinen Träumen durchlebte Scholz die Stunden in der Klinik immer wieder. Er schlief schlecht und war häufig so gereizt, dass seine Frau schließlich auszog und die Kollegen einen Bogen um ihn machten – vermutlich war er deshalb sofort zur Zielscheibe geworden, als man wegen des geplatzten Prozesses gegen Koksbaron Böhr einen Sündenbock gesucht hatte.

Scholz spielte mit seinem Ring.

Bettina trug ihn vermutlich schon lange nicht mehr.

7.

Simone streifte ihren rechten Pumps ab und knallte das rote Ding auf die Tischplatte. Die Teilnehmer der Verwaltungskonferenz zuckten zusammen.

Letzter Punkt der Tagesordnung: »Scheißkopfsteinpflaster! Heute Morgen bin ich schon wieder hängen geblieben und hätte mir ein Haar den Fuß gebrochen!«

»Wir haben erst kürzlich den gesamten Platz neu verfugt«, beteuerte der Verkehrsdezernent, knetete seine Krawatte und blickte sich Hilfe suchend um.

Angespannte Stille in der Runde, die jeden Freitagmorgen zusammentrat, um die Geschicke der Stadt zu besprechen. Zum ersten Mal leitete Simone die Sitzung. Sie genoss das Gefühl, dass die Beigeordneten und Amtsleiter vor ihr kuschten. Sogar in Abwesenheit des Oberbürgermeisters.

»Ich werde das prüfen lassen«, lenkte der Kerl mit der knittrigen Krawatte ein. »Wo die Fugen zu tief sind, wird selbstverständlich nachgebessert.«

Na, geht doch, dachte Simone. Am liebsten hätte sie den Marktplatz vor dem Rathaus asphaltieren lassen. Leider ließ sich der Denkmalschutz nicht so einfach aushebeln.

»Haben wir keine wichtigeren Themen?«, fragte Lohmeier, der Kulturdezernent, ein junger Schnösel im mausgrauen Anzug.

Die Runde hielt erneut den Atem an.

»Wichtiger als die Gesundheit der Düsseldorferinnen?«, erwiderte Simone, schlug ihr Notizbuch auf und stenografierte ein Memo. Bei Gelegenheit würde sie den Mann zurechtstutzen.

Ihr Blick streifte Astrid Cornelius, die Finanzdezernentin, die nicht die Größte war und ebenfalls gern hochhackige Schuhe trug. Die Geschlechtsgenossin schwieg. Simone stellte fest, dass sie die Finanzdezernentin nicht leiden konnte. Diese unmögliche Bluse mit dem Zebramuster. Diese aufgeschwemmte Visage. Am Kinn ein behaarter Leberfleck.

»Herr Lohmeier«, beschwichtigte Pröll, der Leiter des Amts für Kommunikation, »Sie mit Ihren Budapestern haben gut reden. Würden Sie schicke Stilettos tragen wie Frau Beck, hätten Sie diese ärgerliche Gefahrenquelle ebenfalls längst erkannt. Wir sollten den Marktplatz zum Musterbeispiel für die Gleichstellung der Geschlechter gestalten. Alltagstauglich für die Frauen der Landeshauptstadt, die bekanntlich auch beim Schuhwerk Stil und Geschmack beweisen. Und damit ein Pluspunkt für die ganze Stadt.« Der Pressemann schickte ein Lächeln in die Runde, das keiner erwiderte.

Simone wusste, dass Magnus Pröll aus der Reklamebranche stammte und wenig Ahnung von seinem neuen Job hatte. Daher war er auf das unbedingte Wohlwollen der Verwaltungsspitze angewiesen, pflichtete dem OB und seiner Referentin in allem bei und überschlug sich in vorauseilendem Gehorsam – der Grund, warum er eingestellt worden war.

Keine weitere Wortmeldung. Simone zog ihren Schuh wieder an und erklärte die Sitzung für beendet. Wieder gab sie ihrer Stimme einen schneidenden Klang und fand, dass sie das gut hinbekam.

Ohne jemanden eines Blickes zu würdigen, packte sie ihre Unterlagen ein. Sie wusste, dass die anderen ihr jede Sachkenntnis absprachen. Und natürlich würde sie ein anderer OB unverzüglich feuern. Auch sie war Dagobert Kroll bedingungslos verpflichtet.

»Schon wieder«, murmelte der Beigeordnete Miehe und riss Simone aus ihren Gedanken. Der Dezernent für Wirtschaft und Ordnung war ans Fenster getreten und deutete hinaus.

Simone stellte sich neben ihn, wie zufällig berührten sich ihre Hüften. Sie wusste, dass sie sich auf ihre Ausstrahlung verlassen konnte: Titten, Arsch und jahrelanges Training – Typen wie Miehe funktionierten besser, wenn man ihnen nicht nur mit der Peitsche kam.

Draußen schob ein Trupp junger Leute Schubkarren voller Sand über den Platz. In den Karren steckten Fahnen mit dem Eidechsen-Emblem, das ein Düsseldorfer Kunstprofessor kreiert hatte. Die Leute begannen, Flyer zu verteilen. Am Zaun des Jan-Wellem-Denkmals flatterte wieder das Transparent: *GEKKO-BEACH DARF NICHT STERBEN!*

»Vielleicht füllen sie mit dem Sand ja die Fugen im Kopfsteinpflaster«, lästerte der Beigeordnete.

Simone rückte von ihm ab und antwortete kühl: »Sie wissen, was zu tun ist, Miehe.«

»Die heutige Demonstration ist angemeldet. Und, ehrlich gesagt, ich kann keinen Grund erkennen, warum der Biergarten nicht noch ein paar Monate bleiben soll.«

»Die Entscheidung des OB ist richtig und unumstößlich«,

widersprach Simone streng. »Der Investor erwartet ein leeres Gelände.«

»Sie wissen es noch nicht?«, fragte der Beigeordnete, sichtlich irritiert.

»*Was* weiß ich nicht?«

Miehe blickte sich um. Die anderen hatten den Saal längst verlassen. Sie waren allein.

Der Beigeordnete senkte die Stimme. »Der Investor ist abgesprungen. In der Nacht kam das Fax aus Toronto. Hat Kroll es Ihnen noch nicht ...«

»Abgesprungen?«

»Wo steckt der Chef überhaupt? Warum ist er nicht hier? Der Sake-Anstich auf dem Burgplatz findet doch erst am Nachmittag statt.«

Simone blaffte zurück: »Unser Erster Bürger arbeitet achtzig Stunden pro Woche unermüdlich für die Stadt.«

Sie klammerte sich ans Fensterbrett. Blitzschnell bedachte sie die Konsequenzen. Die Gekkos waren beliebt. Der Räumungsbeschluss kam sogar bei der *Morgenpost* nicht gut an, die dem OB sonst wohlgesonnen war. Kroll war stur geblieben. Seine vollmundigen Versprechungen: Arbeitsplätze, Luxushotel, vielleicht ein Kasino obendrauf – die Stadt als Konferenzstandort von Weltrang.

Dagobert Kroll: *Auf der Immobilienmesse in Cannes reden sie nur noch über Düsseldorf. Wer die Chancen nicht sieht, ist blind oder will der Stadt bewusst schaden.*

Der Rückzug des lange umworbenen Investors für die Hochhäuser am Rheinhafen wäre ein Desaster. Und wenn Kroll wegen dieser Geschichte ins Wanken geriet, würde sie stürzen.

»Wie konnten die Kanadier abspringen?«, fragte Simone.

»Es war abzusehen, nachdem sie schon zwei Optionstermine verstreichen ließen.«

»Können Sie diese Leute nicht umstimmen?«

Miehe schüttelte den Kopf.

»Diese Pisser!«

Der Beigeordnete zuckte zusammen.

»Und die Alternative zu Toronto?«, fragte Simone.

»Kroll hat immer so getan, als sei längst alles unter Dach und Fach. Jeder Zweifel war so tabu, dass er schließlich selbst daran geglaubt hat. Einen Plan B gibt es nicht.«

Simone überlegte: Am kommenden Montag sollten die Pläne präsentiert werden. Eine aufwendige Videoanimation des Hochhauskomplexes war vorbereitet. Der Termin war angekündigt, eine Verschiebung würde die Medien hellhörig werden lassen. In spätestens drei Tagen würde die Seifenblase platzen, wenn nicht ein Wunder geschah.

Draußen rissen die Passanten den Demonstranten die Flugblätter aus den Händen und drängten sich, um zu unterschreiben.

Simone warf dem Dicken einen Blick zu. Sie erinnerte sich an Krolls Dossiers. Noch war die Schlacht nicht verloren.

»Wir müssen rasch einen neuen Investor finden. Tun Sie Ihren Job, Herr Miehe.«

Der Beigeordnete runzelte die Stirn. »Der Markt lässt wenig Chancen für ein weiteres Hotel der Nobelklasse. Das ist wie mit unserer neuen Fußballarena. Es gibt zu viele davon, um sie lukrativ betreiben zu können.«

»Düsseldorf ist nicht irgendeine Stadt!« Sie zitierte Kroll: »Auf der Immobilienbörse in Cannes …«

Der Dicke stöhnte.

Simones Handy klingelte. Es war der Rathauspförtner.

»Hier sind Leute, die Unterschriftenlisten abgeben wollen. Nehmen Sie die entgegen, Frau Beck?«

»Schicken Sie die Leute zum technischen Rathaus, Brinkmannstraße.« Zwar war dort niemand zuständig, aber Simone gönnte es den Gekkos, vergeblich durch die Stadt zu kreuzen.

Sie wandte sich wieder an Miehe. »Wenn diese Krawallmacher auch nur ein Sandkorn auf unser denkmalgeschütztes

Pflaster kippen, verdonnern wir sie zu einem Ordnungsgeld, das noch ihre Enkel abstottern müssen.«

»Eins muss man Ihnen lassen, Frau Beck. Sie haben schnell gelernt.«

Der Dicke walzte aus dem Saal. Simone fragte sich, ob sie ihm zu wenig Druck gemacht hatte. Wie hatte es dieser Versager nur zulassen können, dass ihm mitten in der Nacht die Investoren für das Hafen-Congress-Center absprangen?

Nur drei Tage Zeit, um Kroll zu retten. Und bislang kein Plan B.

8.

»*Die Nacht* markiert Max Beckmanns eindrucksvollsten Auftritt auf der Bühne der künstlerischen Avantgarde und nimmt eine Schlüsselstellung im Œuvre des Künstlers ein. Unter dem Eindruck des Ersten Weltkrieges entstanden, manifestiert das Bild Beckmanns Abkehr vom Impressionismus.«

Das Mikrofon gab pfeifende Geräusche von sich. Der Museumschef bedeckte es mit der Hand, was die Rückkopplung nur verstärkte. Ein Techniker eilte herbei und drehte die Lautsprecher etwas zur Seite. Der Direktor konnte fortfahren. Sein Vollbart und die lange, graue Mähne verliehen ihm ein Flair von Boheme und Draufgängertum.

Jan Reuter beäugte das Bild. Da hing es tatsächlich. An einer Stellwand mitten im Foyer, von Scheinwerfern bestrahlt. Der Stolz der Kunstsammlung Nordrhein-Westfalen. Die Leinwand war mehr als anderthalb Meter hoch. Das Bild wirkte bedrückend und brutal – kein Vergleich zu dem kleinen Farbausdruck, mit dem Reuter all die Monate hausieren gegangen war.

»... zugleich stellt es ein bedeutendes Dokument der gesellschaftlichen Bedingungen seiner Zeit dar. Der Künstler hat es ungewöhnlich exakt mit *August 18, März 19* datiert. Nach Ausbruch der Novemberrevolution herrschten in Deutschland Unsicherheit und Elend. Die Bevölkerung hungerte, ein Generalstreik wurde von der neuen Regierung blutig niedergeschlagen. In Beckmanns Gemälde dringt die Gewalt von der Straße ins Haus. Die drastische Darstellung ...«

Reuter gähnte. Geschlafen hatte er kaum. Am Morgen hatte er mit Katja telefoniert. Sie hatte fröhlich geklungen, als hätte es nie eine Verstimmung gegeben.

Sie hatten verabredet, sich heute Abend gemeinsam das japanische Feuerwerk anzusehen, das nach Einbruch der Dunkelheit am Rheinufer gezündet werden würde.

»... der Stil der Transzendenten Sachlichkeit fußt auf der Auseinandersetzung mit der Formensprache des Kubismus und der spätmittelalterlichen Tafelmalerei. Erst bei näherer Betrachtung erschließt sich der komplexe Aufbau aus spitzen Winkeln und gliedernden Diagonalen. Die Raumperspektive ist gebrochen, auch das fahle Licht ...«

Reuter hatte mit Versicherung und Museum telefoniert und wusste, um welche Beträge es bei dem Rückkauf gegangen war. Kurz nach dem Raub vor knapp zwei Jahren hatte der BEAG-Konzern die Versicherungssumme von zehn Millionen Euro ausbezahlt. Damit waren die Rechte an dem Bild zunächst dem Versicherungskonzern zugefallen. Doch dann hatte das Museum die Rechte für nur fünf Millionen zurückgekauft – die Versicherung hatte sich darauf eingelassen, weil ihre Detektive bei der Suche nach dem Gemälde nicht vorangekommen waren. Schließlich hatte vor einem Jahr Rechtsanwalt Dr. Edgar Reuter dem Museum seine Dienste angeboten.

Drei Millionen hatte der Rückkauf gekostet, sogenannte Vermittlungskosten, die der unbekannte Drahtzieher des Artnappings für das Gemälde erhalten hatte. Dazu das Honorar für Edgar – unter dem Strich blieb dem Museum noch ein satter Gewinn. Alle Seiten konnten zufrieden sein, nur die Versicherung hatte bluten müssen. *Der Strafanspruch des Staates tritt zurück gegenüber dem Interesse der Öffentlichkeit an der Wiederbeschaffung des Kulturguts.* Die Sache gefiel Reuter nach wie vor nicht.

Das Handy vibrierte in seinem Sakko.

Michael Koch, sein Partner: »Wo steckst du, Jan?«

»Wieso, was liegt an?«

»Hast du unsere Durchläuferin auf die Telefonaufzeichnungen unseres Koksbarons angesetzt?«

Durchläuferin – Koch meinte die frisch gebackene Beamtin, die acht Wochen ihrer Ausbildung im KK 22 verbrachte und Bea hieß.

»Wir sind zum Teil mehr als eine Woche im Rückstand«, antwortete Reuter.

»Bea will herausgefunden haben, dass Böhr sämtliche Firmen verkauft hat.«

»Tatsächlich?«

»Angeblich schon letzte Woche. Ich prüfe das gerade. Wo zum Teufel steckst du?«

»Bin gleich da.«

»Du denkst dran: Wir ermitteln nicht mehr wegen des geraubten Gemäldes. Ich habe keine Lust, mich mit der Staatsanwaltschaft anzulegen.«

»Ist klar, Michael.« Reuter beendete das Gespräch.

»... und die Figur rechts hat Beckmann, wie wir wissen, einem Fresco von Francesco Traini aus dem 14. Jahrhundert entnommen. Nicht alle Anspielungen sind bis heute entschlüsselt ...«

Hatte der Koksbaron seine Läden verscherbelt, um seine Eltern freikaufen zu können? Aber wer hatte dann die drei Millionen für das Bild eingestrichen?

Reuter entdeckte seinen Bruder. Edgar sah smart aus wie immer: ein hellbrauner, schmal geschnittener Nadelstreifenanzug, weißes Hemd, dezente Krawatte.

»Beckmann wollte den Menschen ein Bild ihres Schicksals

geben. Das Leid einer unschuldigen Familie steht für die Frage nach dem Sinn der menschlichen Existenz. Der Blick des Malers ist der des desillusionierten Chronisten. Seine Erkenntnis ist die des Ausgesetztseins in einer gewalttätigen Welt. Ich danke Ihnen.«

Applaus brandete auf und der Museumschef bat die Vorsitzende des Fördervereins auf das Podium, eine üppige Blondine fortgeschrittenen Alters. Sie trug ein Kostüm, das ein sonnenverbranntes Dekolleté zur Schau stellte, verziert durch eine mehrreihige Perlenkette. Der Direktor tätschelte ausführlich ihre Schulter.

Beherzt griff die Dame nach dem Mikro und bedankte sich bei Rechtsanwalt Dr. Reuter für seine »brisanten Verhandlungen mit der Unterwelt«. Als sie Edgar mit Bussi-Bussi empfing, ließen sämtliche Fotografen ihre Kameras blitzen.

Reuter spürte, wie seine Anspannung wuchs.

Sein Bruder bog den Mikrohalter zurecht. »Danke, Frau Castorp. Sie haben recht, die Rückführung dieses Meilensteins deutscher Malerei des zwanzigsten Jahrhunderts hat vor allem Nerven gekostet. Einer von uns bekam sogar graue Haare.«

Edgar zwinkerte zum silbermähnigen Museumsleiter hinüber. Das Publikum lachte.

»Stellen Sie sich die Leute, mit denen ich verhandeln musste, als hochkriminelle und skrupellose Personen vor, die ihren ganz eigenen Ehrenkodex haben und erwarten, dass ich mich daran halte. In solchen Kreisen herrschen Denkstrukturen, die ich zu durchschauen erst lernen musste. Tiefstes Misstrauen, natürlich auf beiden Seiten, und ich saß oft genug zwischen den Stühlen.«

Der Leitende Oberstaatsanwalt Münch stand im Hintergrund und lauschte ergriffen. Seine Fliege war heute gelb mit grünen Punkten – vielleicht glaubte er, als Papagei korrespondiere er gut mit Kunst.

Fünf Kamerateams und ein Pulk von Pressefotografen rangelten um die beste Sicht.

»Es gab eine Phase, in der ich mit einer halben Million Euro aus privatem Vermögen in Vorleistung treten musste, weil die Kunstsammlung aus nachvollziehbaren Gründen zögerte, aber die Kriminellen plötzlich mit der Vernichtung des Bildes drohten. Stellen Sie sich das Gefühl vor, wenn man mit so viel Bargeld nachts um eins in einem Parkhaus wartet. Noch schlimmer aber war, dass ich zunächst gar nicht wusste, ob die Leute, die mir das Geld abgenommen hatten, überhaupt im Besitz des Beckmanns waren. Eine verrückte Situation, in die sich kein normaler Mensch begeben würde, aber anders wäre ich nicht weitergekommen.«

Jeder im Saal schien die Luft anzuhalten und an den Lippen des geschniegelten Staranwalts zu hängen – Edgars Blabla nervte Jan Reuter zunehmend.

»Zu Beginn hatte ich keine Ahnung, wer das Bild hatte. Ich kannte nur den ungefähren Weg, es zurückzubekommen. Ohne die Rückendeckung der Justiz hätte ich es nicht geschafft. Und jetzt bin ich stolz, sagen zu können: Düsseldorf hat das Meisterwerk wieder.«

Beifall donnerte.

Der Oberbürgermeister schritt auf Edgar zu, schüttelte ihm beide Hände und zeigte makellose Gebissreihen – minutenlang hielt das Blitzlichtgewitter an. Kroll reckte sich, als sei er der eigentliche Beschaffer des Gemäldes.

Die Reporter bombardierten den Anwalt erfolglos mit Fragen: »Wo befand sich das Bild?« – »Wie erfuhren Sie davon?« – »Wer waren die Leute, die Ihnen das Bild übergaben?« – »Wo fand die Übergabe statt?«

Eine Dunkelhaarige, die aus der zweiten Reihe ihr Aufnahmegerät zwischen den Fragenden hindurchstreckte, kam Reuter bekannt vor: ein hübsches Gesicht unter einem auffällig kurz geschnittenen Pony. Lena, die Reporterin, in deren Begleitung Robby Marthau gestern im Moerser Hotel aufgekreuzt war.

Kellnerinnen in langen Schürzen drehten Runden und servierten Häppchen und Getränke. Reuter postierte sich zwischen den Kartenständern des Museumsshops in der Nähe des Ausgangs. Die Leute belagerten Edgar wie einen Popstar.

Reuter brauchte ihn unter vier Augen.

Die ersten Gäste verließen das Foyer. Eine Gruppe junger Leute kam an Reuter vorbei. Lena gehörte dazu. Sie blieb vor Reuter stehen, kramte in ihrem Portemonnaie und reichte ihm zwei Euro.

»Danke, Herr Kommissar.«

»Hallo, Lena.«

»Was sagen Sie zu dem Ganzen?«

»Ich bin nicht hier, um Interviews zu geben.«

Lena lächelte. Sie trug die Haare zum Pferdeschwanz gebunden. Eine schicke Bluse mit Paisleymuster. Kaum Schminke um die Augen. Sie wirkte reifer als gestern. Reuter fragte sich, warum sie mit einem Kerl wie Robby Marthau ihre Freizeit verbrachte.

»Sie sind also Reporterin, Lena?«

»Nein, nur Praktikantin. Wir sind fast alle Praktikanten. Das Schicksal unserer Generation.«

Ein Brillenträger aus der Gruppe mischte sich ein: »Wieso nennt der Typ dich Lena?«

Sie ignorierte den Burschen, trat dichter an Reuter heran und sagte: »Was war das gerade? Wir haben doch nur Blabla zu hören bekommen. Erzählen Sie mir, was Sache ist.«

»Ich weiß nur, dass der Drahtzieher noch frei herumläuft, um drei Millionen reicher ist und wir nicht mehr gegen ihn ermitteln dürfen.«

»Dafür ist das Bild wieder da!«

»So kann man es auch sehen. Was hat Ihnen Robby Marthau über unser Treffen in Moers erzählt?«, fragte Reuter.

»Nichts, aber Robby ist leicht zu durchschauen, nicht wahr?«

Na prima, dachte Reuter.

Lenas Begleiter drängelten zum Aufbruch, doch sie rührte sich nicht vom Fleck.

»Und was hat er über mich erzählt?«, fragte sie leise.

Gebt doch zu, ihr würdet es auch gern mal mit einer wie Lena treiben. Ihre Bluse schimmerte seidig. Ihre Augen waren dunkel wie ihr Haar. Sie runzelte die Stirn unter ihrem kurzen Pony – in Erwartung seiner Antwort.

»Nur Gutes.«

Lena lächelte und berührte Reuters Arm. »Ich muss los, der O-Ton wird im Studio erwartet.«

Der Praktikantentrupp schob ab.

Reuter blickte der jungen Frau hinterher. Mit ihrer Seidenbluse erschien sie ihm zu schick für eine einfache Praktikantin. Sein Handy vibrierte. Er wühlte es hervor. Wieder war es Michael Koch.

»Wo bleibst du? Der Broiler verlangt nach dir!«

Reuter beobachtete, wie sein Bruder Hände schüttelte und dem Ausgang zustrebte.

Er sagte: »Wir müssen unbedingt noch einmal mit Marthau reden.«

»Vergiss es. Warte, ich gebe dir unseren Chef ...«

Edgar stürmte mit großen Schritten auf die Tür zu.

Reuter drückte die Aus-Taste und trat ihm entgegen. »Hallo, Edgar.«

»Jan, was treibst du hier?« Sein Bruder setzte sein Anwaltslächeln auf. »Wir haben dich gestern vermisst.«

Keine Umarmung – die Kluft war zu groß.

»Wir müssen reden.«

»Keine Zeit, sorry. Ruf mich an, okay?«

Edgar wedelte zum Gruß mit der Hand, hastete weiter und verschwand durch die Glastür.

Jan Reuter lief ihm nach. »Mit wem hast du verhandelt?«

»Lass gut sein, Jan.«

»Bleib stehen und sieh mich an! Ich kann die Information vertraulich behandeln.«

Sein Bruder winkte ab. »Ich weiß, was los war. Sogar mit Münch hast du dich angelegt! Mit dem Schädel durch die Wand. Du denkst, du wärst der Saubermann und hättest die Moral gepachtet. So warst du schon als kleiner Junge.«

»Hör auf damit!«

Edgar erreichte den Eingang zur Tiefgarage.

Jan hielt ihn fest. »Wer hatte das Gemälde? Ich muss wissen, ob Böhr es war!«

In seiner Tasche vibrierte schon wieder das Mobiltelefon.

Edgar riss sich los. »Gar nichts musst du. Warum könnt ihr Bullen es nicht verkraften, auch mal den Kürzeren zu ziehen? Und wenn du noch einmal andeutest, dass ich mit den Kunstdieben unter einer Decke stecke, dann vergesse ich, dass wir Brüder sind!«

»Ist das dein letztes Wort?«

Edgar trabte die Treppe hinunter und verschwand im Dunkeln. Die Tür fiel mit dumpfem Krach ins Schloss.

Reuter zog sie auf und rief: »Das nächste Mal ziehst du den Kürzeren!«

Ein paar Museumsbesucher glotzten herüber.

Das Handy gab noch immer Alarm. Reuter nahm das Gespräch an.

Hennerkamms Stimme dröhnte ihm ins Ohr: »Reuter? Beweg deinen Arsch auf der Stelle ins Präsidium! Der Kerl, den ihr für einen großen Dealer haltet, hält sich seit Tagen in der Toskana auf, vermutlich gemeinsam mit seinen Eltern. Von wegen Entführung durch die Kolumbianer. Böhr hat das *Pleasure Dome* verkauft und pflückt jetzt Oliven. Weißt du, was das bedeutet, Reuter?«

Robby Marthau – ich muss mit ihm sprechen, dachte Reuter.

Der Kommissariatsleiter bellte: »Für die Staatsanwaltschaft sind wir die größte Lachnummer seit Chefinspektor Clouseau!«

9.

Simone stakste über das Pflaster der Mühlenstraße und entdeckte den Dienst-Mercedes des Oberbürgermeisters unweit der Kunstsammlung. Der Fahrer lehnte an der Mauer und paffte seinen Zigarillo. Als sie näher kam, eilte er heran und öffnete die Tür, eine Verbeugung andeutend. Kroll hatte ihn gut erzogen.

»Merken Sie nichts?«, fragte der Mann.

Jetzt erst fiel es ihr auf: ein nagelneues Auto.

»Das Beste, was Mercedes derzeit baut«, sagte der Fahrer. »272 PS, Multikontursitz mit Massagefunktion. Keine andere Stadt leistet sich so eine Karosse für ihr Oberhaupt.«

»Sehen Sie es als Investition in Ihren Arbeitsplatz, die sich Düsseldorf leisten kann, weil unser OB konsequent die Schulden der Stadt abgebaut hat. Aber sagen Sie niemandem, was das Auto gekostet hat. Wir wollen schließlich keine Neiddebatte.«

Auf dem Rücksitz überflog Simone den Pressespiegel, den das Amt für Kommunikation täglich zusammenstellte. Die unfrisierte Fassung – das OB-Büro erhielt im Unterschied zu allen anderen Empfängern auch die Meldungen, in denen Kroll nicht gut wegkam. Der Radau um *Gekko-Beach* nahm breiten Raum ein.

Nervös blickte Simone hinüber zum schwarz glänzenden Museumsbau. Sie verstand nicht, warum Kroll dieser Termin so wichtig gewesen war. Die Kunstsammlung gehörte dem Land und der OB hatte nicht einmal eine Einladung erhalten.

Endlich trat ihr Chef aus dem Gebäude. Der Fahrer riss die Autotür auf und salutierte.

Kroll blickte auf die Uhr. »Noch zwei Stunden bis zur Eröffnung des Japan-Tags. Wie zapft man eigentlich ein Sake-Fass an?«

Simone nahm all ihren Mut zusammen. »Was machen wir wegen Toronto?«

»Auf jeden Fall pinkeln wir uns nicht gleich in die Hose. Düsseldorf ist nicht auf diese kanadischen Heuschrecken angewiesen. Unseriöses Pack!«

»Aber ohne sie wird es kein HCC geben, Herr Kroll. Der Beigeordnete Miehe sieht das auch so.«

»Unsinn. Die Interessenten für den Bau stehen Schlange.«

»Wirklich?«

»Zumindest kommunizieren wir das nach außen, falls die Nachricht durchsickert. Briefen Sie unseren neuen Pressesprecher, damit er keinen Unsinn erzählt. Ich werde meinen Vetter einschalten. Gisbert kennt sich in der Baubranche aus wie kein anderer.«

Simone hatte von Gisbert Valerius gehört: Der Cousin ihres Chefs war Erbe und Geschäftsführer der alteingesessenen *Düssel-Bau* – die Firma hatte in allem ihre Finger, was die Stadt plante und verwirklichte. Die Geiferer von der Opposition faselten ständig etwas von Filz und buchstäblicher Vetternwirtschaft.

»Und die Präsentation am kommenden Montag?«

»Wird so bunt und prächtig, dass niemand danach fragen wird, wer das eigentlich bauen soll. Hören Sie, Frau Beck: Düsseldorf ist und bleibt der Hotspot im Europa des einundzwanzigsten Jahrhunderts. Die ganze Welt schaut auf uns. Nur böswillige Neider wollen uns kleinreden. Diese Scheißer werden wir erst gar nicht ignorieren. Ist das klar?«

»Sie haben völlig recht.«

Kroll kam Simone plötzlich wie ein Hütchenspieler vor, der die Öffentlichkeit mit immer neuen Tricks blendete. Ein funktionstüchtiger Plan B sah anders aus, fand sie.

Der Fahrer fragte: »Zum Rathaus, Herr Oberbürgermeister?«

»Nein«, antwortete Kroll. »Lohmar Consulting. Königsallee.«

Simone schloss die Augen und wünschte sich weit weg.

10.

Hennerkamm tobte: »Gegen wen wir ermitteln, entscheidest nicht du, Reuter!«

Alles an dem Kommissariatsleiter war dünn und lang: die Hände, die er auf den Tisch stützte, die blasse Hakennase, die sich zu Reuter herunterbeugte. Die ganze Gestalt, die manchmal linkisch wirkte und der man die tiefe, kräftige Stimme nicht zutraute. Reuters Chef pochte auf die Akten, die er mitgebracht hatte – drei, vier dünne Mappen aus hellgrauem Karton.

»Hier spielt die Musik!«

Lustlos schlug Reuter die oberste Pappe auf. Das Deckblatt sah aus, als hätten es die Kollegen aus dem KK 24 angelegt – dort saßen fünf ältere Kollegen, die für Analyse und Auswertung zuständig waren und sämtliche Vorkommnisse nach Hinweisen sortierten, die möglicherweise OK-relevant waren.

»Eure Ermittlungen haben nichts gebracht, so etwas kommt vor. Man muss sich das nur auch mal eingestehen können«, ergänzte Hennerkamm.

Reuter blickte sich nach Unterstützung um. Kollege Koch kauerte auf dem Heizkörper und kaute Fingernägel – ganz der zaghafte Exvopo aus der Ostzone.

Hennerkamm beugte sich noch tiefer herab. Ein bohrender Blick. »Westhoff wünscht übrigens, dass die Akten zur Kunstraubsache vernichtet werden. Datenschutz. Und du hältst dich dran.«

»Soll er doch die Unterlagen selbst vernichten«, antwortete Reuter.

Hennerkamm stieß mit dem Zeigefinger nach ihm. »Dein Stern ist schwer am Sinken, Reuter! Wenn sich die Staatsanwaltschaft noch ein einziges Mal beschwert, wird's finster für dich, ganz finster!«

Damit rauschte er aus dem Zimmer.

Koch seufzte und rutschte vom Heizkörper. »So habe ich den Broiler lange nicht mehr erlebt.«

»Du hättest auch mal den Mund aufmachen können, Michael.«

»Mir reicht's, wenn dein Stern sinkt. Meiner darf noch etwas blinken.«

»Hast du erfahren, wer Böhrs Firmen übernommen hat?«

»Ein Unternehmensberater namens Lohmar, Kanzlei an der Kö. Ihm gehören jetzt die Diskos, das Wachschutzunternehmen und das Fitnesscenter. Sogar das *Goldene Einhorn* hat Böhr versilbert.«

»Um seine Eltern auslösen zu können. Falls die Entführungsgeschichte stimmt.«

Reuter blätterte in den grauen Akten, die Hennerkamm zurückgelassen hatte. Vermutlich als Beschäftigungstherapie.

Die erste Mappe: seitenweise Notizen über nigerianische Kleindealer, die der Einsatztrupp der Polizeiinspektion Mitte in den letzten Wochen beobachtet hatte. Einige Festnahmen ohne Ergebnis, weil die Schwarzen ihre Bubbles verschluckt hatten und die Düsseldorfer Ärzteschaft sich weigerte, Brechmittel zu verabreichen. In einem Fall hatten die Kollegen im richtigen Moment zugegriffen und der Junkie hatte den Verkäufer belastet. Das für Rauschgiftdelikte zuständige KK 34 hatte die Sache bereits auf dem Tisch.

Kleinkram – Reuter sah nicht ein, warum er ebenfalls seine Zeit damit verplempern sollte. Ein Blick in die zweite Mappe: Stoff vom gleichen Kaliber.

Reuter schob den Stapel beiseite und knöpfte sich stattdessen die Protokolle der abgehörten Telefonate Böhrs vor. Die wichtigsten Stellen waren angestrichen.

Böhr wollte tatsächlich Bauer werden: *Ein steiniger Acker. Im Herbst ernte ich die ersten Oliven. Die Ölmühle besteht aus Steinrädern. Alles öko, pur Natur, keine Party weit und breit. Halte ich das aus?*

Von seinen Eltern und den Kolumbianern war nicht die Rede. Vermutlich ahnte Böhr, dass er nach wie vor abgehört wurde. Möglich, dass der Kerl ihnen nur etwas vormachte.

Das wird mir guttun nach dem Stress der letzten Zeit. Casa Dolce Casa heißt die Fattoria. Ihr müsst mich mal besuchen.

»Hast du unseren Türsteher schon kontaktiert?«, fragte Reuter seinen Kollegen.

»Lass Einstein aus dem Spiel, Jan.«

»Wir müssen wissen, für wen dieser Lohmar den Strohmann macht.«

»Nichts da. Wir halten uns an die Anweisung der Staatsanwaltschaft, okay?«

»Opportunist.«

»Realist.«

Reuter lehnte sich zurück und schloss die Augen. Er dachte an Katja und daran, wie schön es wäre, einfach nach Hause zu fahren.

Voller Widerwillen griff er nach der dritten Mappe, die sein Chef zurückgelassen hatte. Noch ein Bericht, den die Auswerter vom KK 24 weitergeleitet hatten: Einem Kollegen der Kriminalwache war nachts in der Innenstadt ein dicker Schlitten aufgefallen. Ein Achtzylinder der S-Klasse, aufgemotzt durch die schwäbische Tuningschmiede AMG. Darin zwei Typen, die offenbar etwas zu besprechen hatten.

Gauner, die eine Telefonüberwachung fürchteten, trafen sich gern in Fahrzeugen. Der Autotyp passte, die Uhrzeit auch – es roch nach Unterwelt. Offenbar hatte der K-Wachen-Beamte das ähnlich gesehen. Reuter staunte: ein detailreicher Bericht. Der Verfasser hatte Beobachtungsgabe und konnte schreiben.

Er bezeichnete den Fahrer als jung, Mitte zwanzig. Der andere war um die vierzig. So, wie die Kleidung des Beifahrers geschildert war, konnte der Anzugträger aus Osteuropa stammen. Ehemalige Sowjetunion, eher Provinz als Moskau, die Metropole.

Da hatte jemand ein ziemlich gut geschultes Auge. Das Namenskürzel unter dem Protokoll war unleserlich.

»Michael, machst du mal 'ne Halterfeststellung?«

»Erhalte ich neuerdings meine Anweisungen von dir?«

»Nein, von Hennerkamm. Und der will, dass wir diese Sache überprüfen.«

Der Kollege murrte, loggte sich aber bei der Kraftfahrzeugzulassungsstelle ein. Reuter las ihm die Nummer des Benz vor.

Dann griff er zum Telefon und tippte die Durchwahl der Personalabteilung. »Reuter hier. Könnt ihr mir sagen, wer in der Kriminalwache alles zur Dienstgruppe B gehört?«

Eine piepsige Frauenstimme am anderen Ende. Reuter erinnerte sich an die Mollige mit Sommersprossen, die an Altweiber versucht hatte, ihn anzubaggern.

»Ermittelst du wieder gegen einen Kollegen?«, fragte sie schnippisch.

»Ich hab hier eine Unterschrift, die ich nicht entziffern kann, und wüsste nur gern, an wen ich mich für Rückfragen wenden kann.«

»Okay, da haben wir: Ingo Ritter, Marietta Fink, Jürgen Hopp, Norbert Scholz ...«

»Danke, das reicht schon.« Reuter legte auf.

Scholz.

Koch fragte: »Ist uns schon mal ein Grusew begegnet?«

»Bitte, wer?«

»Der Halter des Mercedes heißt Grusew, Vorname Denis mit einem n, sechsundzwanzig Jahre alt, wohnhaft in Düsseldorf, Sauerweg 17.«

»Klingt nach einem Russki, oder?«

Reuter rief die Ausländerbehörde an und erfuhr, dass Denis Grusew seit fast drei Jahren in Deutschland lebte. Weil er ein Einkommen aus selbstständiger Arbeit nachweisen konnte, hatte man ihm eine befristete Aufenthaltserlaubnis erteilt, die jedes Jahr verlängert worden war.

Auflegen, neu wählen, Handelsregister.

Die Sachbearbeiterin verlangte für die telefonische Auskunft ein Passwort, das Reuter auf die Schnelle nicht finden konnte. Er bat um Rückruf über die Amtsleitung – Beweis genug, dass er für die Polizei arbeitete.

Während er auf den Rückruf wartete, sagte er zu Koch: »Du errätst nicht, wer uns diesen Grusew beschert hat.«

Der Kollege sah von dem Papierkram auf, den er in Arbeit hatte. »Sag schon.«

»Unser schwarzes Schaf. Norbert Scholz.«

»Du liebe Scheiße!« Michael streckte beschwörend die Hände aus. »Der Typ hat hier jahrelang den Obereifrigen gespielt und war in Wirklichkeit ein Maulwurf der Gegenseite. Er ist schuld daran, dass die Staatsanwaltschaft so schlecht auf uns zu sprechen ist. Wenn ausgerechnet Scholz uns einen Hinweis liefert, ist etwas faul.«

Es klingelte.

»Herr Rieder?« Es war die Tante vom Handelsregister.

»Reuter«, verbesserte er.

»Die Firma Tiras-Inter existiert seit Dezember 2004, ist eine GmbH und geschäftsführender Gesellschafter ist der von Ihnen erwähnte Herr Denis Grusew. Sitz der Firma ist Sauerweg 17, Gegenstand ist der Handel mit Mineralölerzeugnissen sowie der Import und Export von Waren aller Art.«

Das Übliche, dachte Reuter. »Nähere Erläuterungen?«

»Keine.«

»Können Sie mir den Ausdruck zufaxen?«

»Geht klar, Herr Rieder.«

Reuter rief das Finanzamt an und wurde mehrfach weiterverbunden. Er weigerte sich beharrlich, sein Anliegen schriftlich einzureichen – in dem Fall würden Wochen vergehen, bis er eine Antwort erhielt.

In der Warteschleife eine elektronische Version der *Kleinen Nachtmusik*. Reuters Magen knurrte im Takt.

Endlich bekam er Auskunft: Die Steuerfahnder bezifferten den Umsatz des Russen als gering, ein Ladenlokal besaß er nicht. Grusews gemeldetes Einkommen überstieg kaum den Freibetrag für kinderlose Ledige. Dafür fuhr der junge Russe ein Auto, das mehr als hunderttausend Euro kostete. Und betrieb eine ISDN-Anlage mit fünf Rufnummern.

Die man abhören sollte, dachte Reuter.

»Rufst du den Staatsanwalt an, Michael?«, bat er. »Auf dich hört er vielleicht noch.«

11.

Kroll fingerte an der Sitzlehne herum. »Wo schaltet man diese Massagefunktion ein?«

Der Fahrer half ihm. Der Beifahrersessel begann, leise zu rumoren.

»Ah!«, machte Kroll. »So einen Autositz hat nicht einmal Wowereit. Berlin kann sich das gar nicht leisten.«

Als sie die Königsallee erreichten, staute sich der Verkehr. Für die letzten zweihundert Meter brauchten sie fünf Minuten. Kroll rief den Verkehrsdezernenten an und befahl ihm, zu prüfen, ob man Zweite-Reihe-Parkern nicht den Führerschein entziehen konnte.

Dann hielten sie vor einem klotzigen Bürogebäude. Das Schild an der Granitfassade: *Lohmar Consulting.*

Kroll und Simone nahmen den Aufzug in den vierten Stock. Der Unternehmensberater empfing sie bereits im Flur.

Als er Simone die Hand gab, kniff er kurz seine faltenumkränzten Augen zusammen. Simone wich dem Blick aus. Ihr Magen krampfte sich zusammen. Sie hielt sich an ihrer Tasche fest und folgte den beiden Männern in Lohmars Büro.

Es war geräumig und hell. Abstrakte Kunst an den Wänden. In der Ecke eine Sitzgruppe aus schwarzem Leder, die an Bauhaus-Design erinnerte.

Als alle saßen, fragte Kroll: »Ulrich, hast du vielleicht eine Ahnung, wie man ein Sake-Fass ansticht?«

»Überlass das doch dem japanischen Generalkonsul, Dagobert.«

»Kommt nicht infrage!«

Lohmars Sekretärin betrat den Raum. Der Unternehmensberater bat sie um Kaffee sowie grünen Tee für Dagobert Kroll, der nichts anderes trank.

»Na, Alter«, begann der OB. »Wo stecken deine Geldsäcke?«

Die Sekretärin zuckte zusammen.

Lohmar antwortete: »Vitali Karpow logiert mit Familie und Gefolge im *Interconti*, praktisch nebenan. Seit zwei Wochen sind diese Leute in der Stadt. Irre Typen. Ich habe sie mal in die Arena mitgenommen. Seitdem reden Karpow und seine Männer nur noch davon, welche Spieler sie der Fortuna spendieren wollen.«

Kroll zeigte seine Zähne. »Gut gemacht, Ulrich.«

»Sie stellen Bedingungen.«

»Natürlich, kein Problem. Karpows Firmenname kann aufs Trikot. Der ganze Sponsorenschnickschnack. Was ist denn drin?«

»Sie wollen den Verein kaufen.«

»Die Fortuna?«

»Sie wollen richtig groß einsteigen.«

»So nicht, mein Lieber. Der Verein ist unverkäuflich. Selbst wenn wir die Profiabteilung als Aktiengesellschaft ausgliedern würden, könnten wir höchstens 49 Prozent abgeben. Der Verein gehört seinen Mitgliedern, den Fans, den Bürgern der Stadt.«

Er gehört Dagobert Kroll, dachte Simone.

»Das habe ich Karpow auch gesagt«, antwortete Lohmar. »Du musst das verhandeln. Vielleicht kannst du ihm anderweitig Einfluss geben. Die Mehrheit im Aufsichtsrat, den Posten des Sportdirektors.«

»Spinnst du? Dieser Job ist vergeben. Wir haben unseren

Mann erst gestern bestätigt. Ich mache mich doch nicht lächerlich und schicke ihn für irgendeinen Russen in die Wüste.«

»Denk dran, Dagobert. Karpow ist steinreich und fußballverrückt. Innerhalb von drei Jahren spielen wir in der ersten Liga vorne mit. Womöglich wird sogar die Arena rentabel. Und Düsseldorfs Name ist in aller Munde.«

»Champions League«, lachte Kroll ohne Überzeugung.

»Der Hotspot Europas – sagst du doch immer!« Lohmar zwinkerte Simone zu.

»Was will Karpow bei uns? Woher stammt sein Geld?«

»Öl, nehme ich an.«

»Eine Art Roman Abramowitsch? Also Mafia, sprich's schon aus!«

»Geld stinkt nicht, Dagobert. Du hast doch nichts gegen Russen, oder? Unsere Städtepartnerschaft mit Moskau leidet auch nicht darunter, dass dein Amtskollege nicht den besten Ruf hat. Schröder arbeitet für Putin. Gazprom hat Schalke aus der Krise geholfen. Wenn reiche Russen in der Adventszeit über die Königsallee schlendern und die Boutiquen leer kaufen, fragt keiner, wie die ihr Geld gemacht haben.«

»Sag schon, was ist das für einer, dein Karpow?«

»Ich habe ihm erzählt, was du für die Landeshauptstadt leistest, und er brennt darauf, den Ersten Bürger dieser Stadt kennenzulernen.«

Der Oberbürgermeister starrte in seinen Tee. »Warum will dieser Millionär ausgerechnet die Fortuna sponsern?«

»Karpow ist kein Millionär«, widersprach Lohmar. »Er verfügt über Milliarden.«

Simone mischte sich ein: »Wenn er so reich ist, könnte *er* ja den Komplex an der Speditionsstraße bauen.«

Lohmar kniff die Augen zusammen. »Macht das nicht Toronto?«

Kroll wurde laut: »Ich scheiße auf die Kanadier und ich scheiße auf deinen Russen, Ulrich. Was meinst du, wie bei mir die Hütte brennt, sobald die Presse mitkriegt, dass irgendwelche dubiosen Ölmagnaten meinen Namen und den unserer Stadt womöglich missbrauchen, um ein illegal erworbenes Vermögen reinzuwaschen.«

Krolls Handy spielte Klingeltöne. Der OB blickte auf das Display, nahm das Gespräch an und verließ ohne Erklärung das Zimmer.

Der Gastgeber schenkte Simone Kaffee nach. »Hamburg«, sagte er leise. »Heute Nacht ist es mir eingefallen.«

Ihr wurde schlecht.

Er bot ihr Kekse an. Simone lehnte ab.

Lohmar lachte. »Und diese Gräfin betonte immer, dass ihre Agentur ausschließlich Damen für gepflegte Konversation vermitteln würde.«

»Sie verwechseln mich.«

»Beim nächsten Mal sagte man mir, Sie hätten die Agentur verlassen. Das fand ich wirklich schade.«

Simone musterte ihn. Die weißen Locken wellten sich über den Ohren. Kein Kilo Übergewicht unter seinem Polohemd. Ein freundlicher Blick, als sei der Kerl ohne Hintergedanken. Doch das gibt es nicht, dachte Simone.

Lohmar sagte: »Die Gräfin wollte mir stattdessen eine Germanistikstudentin schicken, an Theater und Oper interessiert und so weiter.«

»Ich weiß nicht, wovon Sie reden.«

In Wahrheit erinnerte sie sich genau: Ulrich Lohmar, einer dieser Kerle, die sich auf Dienstreisen langweilten und deren Begleiterinnen nicht wie Schlampen aussehen durften. Sie hatte während ihrer Hamburger Zeit gut von solchen Männern gelebt. Ihre Strategie hatte darin bestanden, nach der ersten Nacht jegliche Geschenke abzulehnen – die alten Knacker waren beim zweiten Mal erst recht Feuer und Flamme und umso spendabler.

Die Gräfin hatte sie an die Luft gesetzt, als sie spitzbekommen hatte, dass Simone nicht nur gepflegte Konversation betrieb. Daraufhin hatte sie in Hamburg ihre Zelte abgebrochen.

Jetzt war Simone Beck eine Person des öffentlichen Lebens. Sie konnte keine peinlichen Enthüllungen gebrauchen.

Kroll kam zurück und steckte das Handy in die Sakkotasche. »Miehe«, brummte er.

»Was jetzt?«, fragte Lohmar.

»Ich muss zum Burgplatz, das Japan-Fest eröffnen. Du sagst Karpow, dass er 49 Prozent der Fortuna bekommt und meinetwegen den Sportdirektor auswechseln darf. Ich bleibe Vorsitzender des Aufsichtsrats, den Rest besprechen wir morgen.«

»Und das Hafen-Congress-Centrum?«

»Das lass meine Sorge sein, Ulrich. Hierfür brauchen wir einen seriösen, renommierten Baukonzern, der mit solchen Projekten Erfahrung hat und Erfolge vorweisen kann. Mein Vetter Gisbert wird sich in der Branche umhören.«

Mit einem Seitenblick auf Simone meinte Lohmar: »Ich weiß nicht, ob man dir das so offen sagt, aber *Gekko-Beach* kostet dich Ansehen, wenn du nicht bis Montag einen Investor vorzeigen kannst.«

»Ich präsentiere deinen Russen als Fortuna-Retter. Die Medien werden mir die Füße küssen. Alles Weitere stehe ich durch.«

»Ein klares Wort, Dagobert.« Lohmar ging voraus und hielt die Tür auf.

Kroll klopfte dem Unternehmensberater auf die Schulter. »Nichts für ungut, Alter.«

Simone fand, dass ihr Chef genau die richtige Linie einschlug. Das Großprojekt am Medienhafen durfte man nicht zweifelhaften Leuten überlassen. Simone bereute es, einen törichten Vorschlag gemacht zu haben. Sie kam sich dumm vor und ahnungslos.

Lohmar gab ihr die Hand und sagte leise: »Bis bald, Simone.«

12.

Der Nachmittag schritt voran. Reuter hatte bis jetzt durchgearbeitet. Koch rauchte am offenen Fenster. Sie waren sich einig in der Einschätzung des jungen Geschäftsmanns Denis Grusew. Seit bald drei Jahren in der Stadt und bislang nicht aufgefallen. Womöglich kein gewöhnlicher Steuerbetrüger, sondern mit allen Wassern gewaschen.

Der zuständige Staatsanwalt war wieder einmal Westhoff. Um beim Ermittlungsrichter eine Telefonüberwachung zu beantragen, verlangte er stichfeste Hinweise auf Straftaten. Reuter hatte es befürchtet.

Er zog das Telefon heran, tippte die Nummer des Auswärtigen Amts in Berlin und ließ sich die Stelle geben, die sämtliche Visa registrierte. Die Warteschleife spielte Tina Turners *Golden Eye* – das Außenministerium und James Bond, zum Schießen.

Schließlich hatte Reuter den zuständigen Beamten an der Strippe. Er diktierte ihm den Namen des Russen und seiner Handelsfirma. Der Sesselfurzer am anderen Ende der Leitung sprach Berliner Dialekt und bezweifelte, dass er heute noch nachsehen könne.

Reuter gab ihm seine Faxnummer und bemühte sich, höflich zu bleiben. Dann gab er seinem Hungergefühl nach, ging hinunter zur Kantine und holte sich ein belegtes Brötchen.

Als er zurückkam, ratterte bereits das letzte Blatt der Berliner Antwort aus dem Faxgerät. Insgesamt drei Seiten, die Reuter sofort überflog.

Die Liste sämtlicher Personen, denen aufgrund Grusews Einladung ein Touristenvisum für drei Monate und damit die Einreisegenehmigung nach Deutschland erteilt worden war. Zweiunddreißig Frauen und Männer aus Russland,

Moldawien und der Ukraine. Geschäftspartner und Messebesucher – angeblich.

»Bingo!«, rief Reuter und lehnte sich zurück.

»Was gibt's?«, fragte Koch.

»Grusew ist ein Vieleinlader.«

Reuter schlug den Stadtplan auf. Der Sauerweg, in dem der Russe wohnte, lag im Villenviertel von Ludenberg, zwischen Golfplatz und Rennbahn. Noch eine Idee – er fand das Passwort für Behördenauskünfte und rief das Amtsgericht an.

Zehn Minuten später wusste er mehr: Laut Grundbuch besaß der Russki sechs weitere Immobilien in bester Lage. Reuter informierte den Kollegen.

Koch fragte: »Und woher hat er die Kohle, die er angeblich nicht einnimmt?«

»Dreimal darfst du raten.«

Der Kollege nickte. Sie dachten das Gleiche: Mafiageld, das Grusew wusch.

Reuter begann, den Bericht für Oberstaatsanwalt Westhoff vom OK-Dezernat zu tippen.

Als Koch aufs Klo musste, unterbrach Reuter und griff zum Telefon. Es würde keinem gefallen, was er jetzt tat. Nicht seinem Chef, nicht Weichei Koch, schon gar nicht der Staatsanwaltschaft. Scheiß drauf.

Nach dem dritten Klingeln meldete sich der Informant.

Robby saß offenbar im Auto. Ein rasselndes Motorgeräusch – Reuter erinnerte sich an den roten Pick-up vor dem Moerser Hotel.

»Kannst du reden?«, fragte er.

»Du lässt echt nicht locker, Mann«, stöhnte Robby.

»Bist du allein?«

»Schieß los. Was rufst du an?«

Schmier ihm Honig um den Bart. »Weil du unser bester Mann bist.«

Robby lachte nur.

Reuter fragte: »Warum hast du uns verschwiegen, dass dein Boss ausgestiegen ist?«

»Ey, Mann, ich weiß es selbst erst seit gestern Abend.«

Michael Koch kehrte zurück, am Hosenstall nestelnd. Das war ja schnell gegangen.

»Ist Böhr weg vom Fenster oder tut er nur so?«, fragte Reuter ins Telefon.

Koch schenkte ihm einen bösen Blick.

»Keine Ahnung«, antwortete der Türsteher. »Für mich bleibt alles beim Alten. Im *Pleasure Dome* geht das Geschäft weiter, egal, wie der Besitzer heißt. Aber Böhrs Eltern sind wieder frei, das ist die Hauptsache.«

»Das weißt du?«

»Hab ich gehört.«

»Was ist Lohmar für ein Typ?«

»Luhmann? Nie gehört.«

»Lohmar«, wiederholte Reuter. »L-o-h-m-a-r. Für wen spielt er den Strohmann?«

»Keine Ahnung. Für die Kolumbianer, schätz ich mal.«

»Oder für Böhr, der in Wahrheit weiterregiert?«

»Das tut doch unser Oberbürgermeister.«

»Verarsch mich nicht.«

Robby kicherte.

Der Typ steht unter Drogen, dachte Reuter. »Ist dir mal ein Russe namens Denis Grusew begegnet? Sechsundzwanzig Jahre, fährt einen dicken Benz?«

»Nie gehört.«

»Wirklich nicht?«

»Worauf willst du raus?«

»Hör zu, Robby. Wir sollten uns treffen.«

Der Türsteher zögerte, dann sagte er: »Später. Ich ruf dich zurück.«

Aufgelegt. Reuter starrte seinen Hörer an.

Koch brummte: »Ich hab doch gesagt, du sollst Einstein in Ruhe lassen!«

»Irgendetwas stimmt mit dem Kerl nicht.«

»Du hättest Grusew nicht erwähnen sollen. Wenn er ihn kennt, wird er ihn warnen.«

Reuter schwieg – Koch hatte recht.

»Und den Namen Böhr will ich in diesem Zimmer nie mehr hören, Jan. Wie gesagt: Mir reicht's, wenn *dein* Stern sinkt.« Kochs Apparat klingelte. Ein kurzes Gespräch, dann legte er auf. »Das war Westhoff. Er fragt nach unserem Bericht. Ich glaube, er träumt davon, einen Mädchenhändlerring auszuheben.«

Soll er doch, dachte Reuter.

Der Kollege bat: »Kümmerst du dich darum, Jan? Ich muss los, du verstehst schon. Wenn meine Frau anruft …«

»Hau bloß ab!«

»Du immer mit derselben. Du ahnst gar nicht, was dir entgeht.« Michael lachte, schnappte sich seine Jacke und verließ das Büro.

Das Telefon schrillte. Endlich der Rückruf aus Brilon. Gertrud und Josef Böhr waren zurzeit nicht zu Hause. Der Kollege der Briloner Polizeiwache hatte sich bei den Nachbarn umgehört. Ein Rentner besaß einen Schlüssel für das Haus der Alten, um in ihrer Abwesenheit den Garten zu gießen. Neulich seien die Böhrs verreist gewesen, ohne sich bei ihm abzumelden. Danach hätten sie ihm erzählt, dass sie in die Toscana fahren würden, wo ihr Sohn ein Ferienhaus besaß. Das sei vor etwa einer Woche gewesen. Von einer Entführung keine Rede. Reuter bedankte sich bei dem Kollegen. Es passte – und bewies nichts.

Er vervollständigte den Bericht über Grusew und faxte ihn an die Staatsanwaltschaft. Zehn Minuten später rief Westhoff zurück und erklärte, dass er die Telefonüberwachung beantragen werde.

Bingo.

Denis Grusews Gästeliste – Reuter begann, die zweiunddreißig Personen abzuarbeiten. Er rief Dateien auf, tippte

Namen in Suchfelder und telefonierte mit Behörden – soweit er um diese Uhrzeit noch jemanden erreichte.

Während der nächsten Stunden fuhr Reuter ein erstes Ergebnis ein: Ein Besucher Grusews war in Nürnberg mit schwerer Körperverletzung straffällig geworden und erkennungsdienstlich behandelt worden. Der Kollege aus dem Frankenland versprach, alle Infos über den Vorgang per E-Mail zu schicken.

Nach allem, was Reuter bislang über Grusew in Erfahrung gebracht hatte, hielt er es für möglich, dass die übrigen Eingeladenen ähnliche Kaliber waren. Er stellte sich vor, dass Grusew falsche Papiere besorgte, damit seine Gäste nach Ablauf ihres Visums illegal in der EU bleiben konnten. Und die Frauen, die der Russe eingeladen hatte, gingen vermutlich anschaffen – ob unter Zwang oder nicht.

Reuter rief die Kriminalaktenhaltung an und erkundigte sich nach Lohmar. Keine Erkenntnisse, doch die Angestellte wusste, dass der Unternehmensberater im Vorstand der Fortuna saß – also war er ein enger Vertrauter des Oberbürgermeisters.

Reuter kontrollierte seine E-Mailbox. Der Vermerk aus Nürnberg war eingetroffen. Daneben interessierte ihn eine Nachricht aus dem Landeskriminalamt: keine Kenntnisse über Zwist zwischen Böhr und Alfonso. Den letzten Monat hatte der Kolumbianer außerhalb Europas verbracht. Womöglich steckte er gar nicht hinter der Entführung von Böhrs Eltern – sofern diese überhaupt stattgefunden hatte.

Kommissariatsleiter Hennerkamm schaute herein und versprach, das Team ab Montag aufzustocken – natürlich tat der Broiler so, als sei Grusews Entdeckung auf seinem Mist gewachsen. Keine Spur mehr vom Groll des Vormittags.

Der Russe war ein willkommener Kunde. Anders als Koksbaron Böhr hatte Grusew keine Beziehungen zur lokalen Prominenz und erinnerte nicht an einen geplatzten Prozess.

Kurz vor neun gab Westhoff grünes Licht. Ein Richter hatte das Abhören sämtlicher Telefonanschlüsse des Russen bewilligt. Das Ermittlungsverfahren gegen Grusew war eröffnet: Verdacht auf Schleusung, Steuerhinterziehung und Geldwäsche.

Reuter lehnte sich zurück und ließ die letzten Stunden Revue passieren.

Denis Grusew, 26-jähriger Kaufmann russischer Herkunft – erwarb Villen in feinster Lage und holte reihenweise Landsleute über die Grenze.

Edgar Reuter, 34, Staranwalt – dealte mit Artnappern, ließ sich von der Kunstszene feiern und schwieg.

Manfred Böhr, 47, ehemaliger Diskokönig und Koksbaron – überschrieb seine Läden einem Unternehmensberater von gutem Ruf.

Lohmar, 54, besagter Unternehmensberater – nur ein Strohmann?

Bleiben Sie dran an dieser Gemäldenummer. Wer steckte hinter dem Raub, wenn nicht Böhr?

Robby Marthau hatte nicht zurückgerufen.

Reuter bemerkte, wie ruhig es im Haus geworden war. Nirgendwo schlug eine Tür, ratterte ein Drucker. Keine Schritte auf dem Flur, kein Palaver nebenan.

Ihm fiel Norbert Scholz ein. Bald würden die Kollegen der Kriminalwache zur Nachtschicht eintreffen. Reuter blickte auf die Uhr.

Er rief das Audioprogramm seines Computers auf, drehte die Lautstärke hoch und wählte sich in Grusews Leitung ein. Tatsächlich: Die Telekom hatte die Überwachung bereits geschaltet.

Der Russe telefonierte gerade in seiner Heimatsprache. Reuter hörte mit. Junge Stimme, gelassener Plauderton.

Eine Übersetzerin konnte Reuter erst morgen engagieren. Nur ab und zu verstand er: *Da, da.*

13.

Vor ihr ragten die Backsteinkolosse der alten Industriemühlen auf. Ein leises Brummen zeigte an, dass die Produktion auf vollen Touren lief. Kein Mensch zu sehen, kaum ein Licht brannte, trotzdem wurde spätabends hier gearbeitet. Eigentlich gespenstisch, fand Lena.

Im Strahl der Autoscheinwerfer blitzte ein Schild auf: *Rheinhafen – Schienenfahrzeuge haben Vorrang.*

Lena wollte der abknickenden Straße folgen, doch Robby widersprach. Mit seinem Russenakzent, den sie so süß fand, sagte er: »Weiter geradeaus!«

Sie steuerte den Dodge tiefer in das Hafengebiet. Ein solches Auto hatte sie noch nie gefahren. Sie thronte hoch über der Straße – fast ein Lastwagengefühl. Es ging entlang eines Bahndamms, unter Rohrleitungen hindurch, die sich quer über die Straße zogen. Vorbei an abgestellten Lkw, baufälligen Fabrikgebäuden, Gerüsten und Kränen.

Sie war zum ersten Mal in dieser Gegend. »Wie weit noch?«

»Fahr langsamer.«

»Robby, in ein paar Minuten beginnt die Party.«

»Nervös, Henni?«

»Du sollst mich nicht Henni nennen. Ich will dich nur darauf hinweisen, dass sich das Hotel am anderen Ende der Stadt befindet.«

»Ey, was soll's? Dann kommen wir eben etwas später. Es geht hier um eine Menge Kohle, zumindest für einen Assistenten der Geschäftsleitung in Düsseldorfs angesagtestem Tanzschuppen, verstehst du? Zick also nicht so 'rum.«

Sie rollten auf eine Brücke und überquerten ein Hafenbecken. An der nächsten Kreuzung beugte sich Robby vor und versuchte, Straßenschilder zu entziffern. Seine Finger spielten mit einem Snickers-Riegel, der noch verpackt war.

»Du weißt gar nicht, wo es langgeht, oder?« Aufgeregt war sie nicht. Sie fand es nur langweilig. Und Robbys Geheimniskrämerei war ätzend.

Dabei hatte der Tag ganz nett begonnen. Dem Redakteur hatten die O-Töne aus der Kunstsammlung gefallen. Danach hatte ihr knackiger Diskomanager sie abgeholt und sie waren nach Amsterdam gefahren, wo er sich mit *Liquid E* eingedeckt hatte. Wegen des günstigen Preises war Robby ganz aus dem Häuschen gewesen.

Der Ausflug hatte ihr gefallen: malerische Grachten, nette Läden, indonesisches Essen, Cafés mit Teppichen auf den Tischen.

Während der Rückfahrt hatte sie Robbys Nervosität gespürt. Doch wie immer hatte es keine Kontrollen gegeben. Auf einem Rastplatz hinter der Grenze hatten sie angehalten und etwas genascht. Flüssiges Ecstasy: Du hebst ab und hast doppelten Spaß.

Sie hatten in der Dämmerung eine Nummer geschoben, ein prickelndes Gefühl. Ein Lkw war auffällig langsam vorbeigerollt. Garantiert hatte der Fahrer gespannt – solche Dinge gaben Lena den Kick.

Danach hatte Robby sie zum Shop geschickt, um etwas zum Trinken zu kaufen. Durch die Schaufensterscheibe hatte sie verfolgt, dass er währenddessen telefonierte. Deals einfädelte. Vermutlich war nur ein Bruchteil des Einkaufs für die Party bestimmt. Wahrscheinlich wollte er jetzt im entlegensten Eck des Düsseldorfer Rheinhafens seinen Abnehmer treffen. *Es geht um eine Menge Kohle.*

Sie steuerte auf einen hell erleuchteten Wendeplatz zu.

»Und jetzt?«, fragte Lena.

»Rechts rein, glaub ich.«

»Glaubst du.«

Tatsächlich führte dort eine schmale, geteerte Piste ins Dunkle. Lena kurbelte am Lenkrad. Zur Linken ein Zaun, dahinter Gestrüpp und schwach schimmernd der Rhein. Sie hatten das Ende der Landzunge erreicht. Rechts eine Blechbaracke mit geschlossenen Rolltoren. Vor ihnen fiel das Scheinwerferlicht auf Jachten, aufgebockt und halb verdeckt von Planen.

»Eine Sackgasse«, sagte Lena. »Hier ist niemand.«
»Halt an.«
»Wenn hier einer nervös ist, dann bist du das, Robby.«
»Schnauze.«

Nieselregen benetzte die Scheibe. Lena schaltete den Scheibenwischer auf Intervall.

Aus dem Schatten am Ende der Baracke trat eine Gestalt.

Robby ließ das Fenster heruntergleiten. Lena legte schon mal den Rückwärtsgang ein. Der Motor blubberte wie ein Schiff.

Die Gestalt trat ans Fenster. Lena erkannte nichts als eine Sturmhaube mit Sehschlitzen.

»Ey, Alter, ist dir kalt?«, fragte Robby. »Was soll die Maskerade?«

Der Knall ließ Lenas Ohren dröhnen, etwas spritzte in ihr Gesicht und befleckte die Scheibe. Ihr Herz klopfte bis in den Hals – der Dodge machte einen Satz, weil sie vor Schreck mit dem Fuß von der Kupplung rutschte.

Lena fingerte am Zündschlüssel, der Motor sprang wieder an und der große Pick-up raste rückwärts.

Ein zweiter Schuss. Glas splitterte.

Kein Schmerz, konstatierte Lena – der Typ hatte sie verfehlt.

Noch ein Knall. Lena trat das Gaspedal durch. Zwei Löcher in der Frontscheibe. Der Schütze stand in der Straßenmitte und zielte schon wieder. Robbys Dodge schlingerte.

Etwas war in ihr Auge geraten. Womöglich war sie doch verletzt. Das Auto streifte Gebüsch. Lena korrigierte die Richtung. Die wuchtige Karre brach zur anderen Seite aus. Der Außenspiegel knickte weg. Mit hässlichem Knirschen schrammte die Wagenseite an der Hallenfassade entlang.

Heftig schluchzend versuchte Lena, den Pick-up auf Kurs zu halten.

»Robby, wer ist das?«, schrie sie ihren Beifahrer an. Sie fühlte sich im Stich gelassen.

Ein weiterer Schuss krachte und verfehlte das Auto. Die Rückwand der Ladefläche schob einen Müllcontainer vor sich her. Dann knallte der Wagen gegen ein festes Hindernis. Lenas Kopf prallte in die Nackenstütze. Ein stechender Schmerz im Genick.

Hier war es hell, Straßenlampen – der Platz, an dem sie abgebogen waren. Endlich konnte sie den Dodge wenden.

Der vermummte Schütze kam angerannt und hob erneut die Waffe. Lena riss das Steuer herum. Vorwärtsgang. Vollgas.

Die Breitreifen quietschten. Der Abstand wurde größer. Sie raste durch das Hafengebiet, ohne zu wissen, ob sie sich auf dem richtigen Weg befand.

Plötzlich ein Krachen und Knattern, wie eine Kette von Explosionen.

Im Rückspiegel bunte Lichter, die erloschen und aufs Neue aufglühten. Beruhige dich, sagte sich Lena. Nur das japanische Feuerwerk weiter unten am Fluss.

Vor ihr die grün angestrahlten Schornsteine des Kraftwerks. Kohlehalden, Förderbänder, Türme aus Beton. Der Dodge rumpelte über Schienen. Lena wusste jetzt, dass sie sich verfahren hatte. Das war noch immer das Hafengebiet, doch statt Wasser gab es rechts und links nur Ziegelmauern, weite Brachflächen, Schutthalden hinter Stacheldraht. Plakatwände, ein Bushäuschen. Eine Kreuzung.

Lena kämpfte mit den Tränen. Sie schrie Robby an: »Wo geht's hier raus?«

Nach einer Kurve erneut der Bahndamm. Das Feuerwerk knatterte jetzt von vorn. Sternkaskaden am Nachthimmel – war sie im Kreis gefahren und raste erneut dem schwarzen Tod entgegen?

Dann tauchten die Bürogebäude des Medienhafens auf, in einigen Etagen brannte Licht. Endlich wusste Lena, wo sie waren. Der Kinokomplex mit seiner vorgewölbten Glasfassade. Nur wenige Leute waren unterwegs – das Feuerwerk lockte alle an den Rhein.

Lena fand eine leere Parkbucht, die groß genug war, und würgte den Motor ab.

»Wir sind erst mal in Sicherheit«, sagte sie zu Robby, sich selbst Mut zusprechend. Ihr Pulsschlag hämmerte. Die Hände zitterten. »Du fährst weiter. Ich kann nicht mehr.«

Noch immer drohte die Panik, ihr die Luft abzudrücken. Als greife eine kalte Faust nach ihren Eingeweiden.

»Robby?«

Der Diskomanager blieb stumm. Er hing im Gurt und reagierte nicht, als sie ihn schüttelte. Dann erst bemerkte sie die dunkle Stelle an seinem Kopf.

Sie sah genauer hin: Matsch und Knochensplitter, wo seine Schläfe gewesen war.

Ihr wurde klar, dass es sein Blut war, das auf ihrem Gesicht klebte. Sie wischte sich über die Wange – an ihrer Hand klebten Gewebeteile.

Lena riss die Fahrertür auf und kotzte auf die Straße, bis ihr Magen nichts mehr hergab. Die kalte Faust drückte zu und Lena glaubte, den Verstand zu verlieren.

Teil II

Die Zeugin

Seit ich mein Grab sah, will ich nichts als leben.

Heinrich von Kleist, *Prinz Friedrich von Homburg*

14.

Reuter lief durch das Erdgeschoss des Seitenflügels, bis er den Wachraum fand. Die Übergabe hatte bereits begonnen. Feierabend für die Spätschicht der Kriminalwache, die Nachtschicht traf ein, ein Kommen und Gehen.

Er sprach eine hübsche Brünette an, ob sie Norbert Scholz gesehen habe. Sie lugte kurz nach nebenan, dann verneinte sie. Reuter beschloss, auf dem Gang zu warten. Der Gesuchte musste jeden Moment eintreffen.

Nach einer Weile trat die Kollegin auf den Flur und sagte: »Onkel Jürgen meint, Norbert sei oben, um sich die Knallerei anzuschauen. Kommst du mit?«

Das Feuerwerk – Reuter fiel ein, dass er Katja versetzt hatte. Mist.

Er folgte der Brünetten. Sie sagte: »Ich heiße Marietta.«

»Jan aus dem KK 22.«

»Norberts frühere Dienststelle?«

»Ja.«

Weil der Paternoster nachts stillgelegt war, mussten sie die Treppe nehmen. Im dritten Stockwerk gaben sie an der Holztür den Code ein. Schon im Flur dahinter vernahmen sie das Johlen der Kollegen. Das zweite Treppenhaus führte weiter nach oben. Sie passierten den ehemaligen Frühbesprechungsraum und betraten das rechte Eckbüro am Ende des langen Gangs: Geknatter von draußen, zwei Dutzend Leute an den Fenstern der Nord- und Westseite, Beamte in Uniform und Zivil.

Der Blick ging über die Dächer der anderen Straßenseite in Richtung Rhein. Hoch über den Pfeilern der Rheinkniebrücke entfalteten sich die bunten Bilder: Blumen und Smileys.

»Die Japaner können es am besten«, meinte Marietta und spähte über die Schultern der anderen.

Der Gesuchte stand ganz rechts außen. Reuter erinnerte sich an das Gefühl der Niederlage, als ihm klar geworden war, dass seine Indizien gegen den Kerl nicht ausreichten. Scholz hatte Erfahrung. Der Typ war raffiniert.

Ein Kerl von Ende vierzig, an dem der Mangel an Eitelkeit auffiel: Strähniges Haar stand über den Ohren ab, das Hemd war zerknittert, Speck um die Hüften.

»Guten Abend, Scholz.«

Der Kollege fuhr herum. »Was willst *du* denn hier, Reuter?«

»Es geht um die beiden Anzugträger, die du uns gemeldet hast. Das Meeting im Benz um halb drei in der Nacht zu gestern.«

»Hätte nicht gedacht, dass ihr so fix seid.«

Draußen erstrahlten Spielkartensymbole. Das Krachen erfolgte zeitversetzt. Auf einem der Tische klingelte das Telefon. Keiner reagierte.

Reuter zog Scholz auf die andere Seite, damit sie ungestört waren.

Der Kollege wich Reuters Blick aus und lehnte sich mit verschränkten Armen gegen die Wand. Abwehrhaltung – als hätte er etwas zu verbergen.

Reuter sagte: »Wir ermitteln gegen den Jüngeren der beiden wegen Verdacht auf Geldwäsche und Schleusung.«

»Mein Riecher funktioniert also noch.«

»Warum hast du das gemacht?«

»Nenn es Nostalgie. Vielleicht füllen mich Wohnungseinbrüche nicht aus.«

»Du wirfst uns den Typen genau in dem Moment zum Fraß vor, als Böhr angeblich aussteigt.«

»Mannomann, was soll die Anspielung?«

Die Kollegen an den Fenstern applaudierten. Goldener Regen überzog den Himmel.

»Ich glaube nicht an Zufälle«, antwortete Reuter. »Arbeitet Lohmar für Grusew oder für Böhr? Und warum machst ausgerechnet du uns auf den Russen aufmerksam?«

»Eins nach dem anderen. Ist Grusew einer der Typen aus dem Benz?«

Reuter nickte.

»Und Lohmar?«

»Du hörst den Namen wirklich zum ersten Mal?«

Donnerschläge im Dauerstakkato. Riesenblüten und Goldregen. Zugleich gab wieder ein Telefon Alarm.

Scholz fragte: »Ermittelst du gegen Grusew oder gegen mich? Habe ich schon wieder etwas verbrochen?«

»Hat Böhr dich dazu angestiftet, den Russen zu verpetzen? Du und der Koksbaron. Das ist doch eine innige Beziehung.«

»Du kannst mich mal.«

»Er hat dich unmittelbar nach seinem Freispruch angerufen. Zwei Mal.«

Scholz wurde giftig: »Ich habe sofort aufgelegt. Das weißt du genau.«

»Dann erklär mir, was der Koksbaron von dir wollte!«

Marietta sah sich nach ihnen um.

Leise sagte Reuter: »Du machst mir nichts vor, Scholz.«

»Wofür hältst du dich, du dummer Streber?«

Reuter registrierte, dass das Feuerwerk zu Ende war. Bis auf die Brünette aus der K-Wache hatten es die Kollegen eilig, zur Arbeit zurückzukehren. Getrappel entfernte sich im Treppenhaus. Der Wind trug das Tröten der Ausflugsdampfer vom Rhein herüber.

Das Telefon schrillte noch immer. Marietta nahm den Hörer ab und meldete sich.

Scholz schimpfte weiter: »Den eigenen Kollegen ans Bein pissen, dabei geht dir einer ab, was, Mister Saubermann? Es könnte ja ein Beamter ein paar Löffel geklaut haben.«

»Hör zu, es geht hier nicht bloß um ein paar Löffel.«

»Hey, kriegt euch ein!«, rief die Brünette dazwischen. »Vor der Festung steht ein Auto mit 'ner Leiche!«

15.

Der Nieselregen traf Reuters Gesicht wie Nadelstiche. Er rannte den beiden K-Wachen-Kollegen hinterher über den vorderen Hof, vorbei an ein paar Dienstwagen. An der Zufahrt umringten Uniformierte ein Auto. Andere spannten Flatterband zwischen die Straßenbäume.

Erster Zugriff, Tatortarbeit.

Ein Riese in grüner Motorradkluft durchblätterte Fahrzeugpapiere und gab über Funk die Daten durch. Eine Zierliche mit langen Haaren hatte einen Schirm aufgespannt und hielt ihn über die junge Frau, die schluchzend neben dem Auto stand.

Es war ein knallroter Geländewagen mit Ladefläche, Marke Dodge, mit extrabreiten Reifen und herausgebogenen Kotflügeln – Reuter kannte nur eine solche Angeberkarre.

»Nichts anfassen«, mahnte Scholz, als habe er hier das Sagen.

Reuter trat näher. Auf dem Beifahrersitz sah er eine reglose Gestalt. Der Kopf lag auf dem Armaturenbrett. Jemand hatte die Tür geöffnet, vermutlich um zu prüfen, ob dem Burschen noch zu helfen war. Im Schein der Straßenbeleuchtung schimmerte eine Goldkette. Die Frisur: fleckig wie ein Hyänenpelz. *Hey, Leute, was geht so?*

»Kein Puls tastbar«, erklärte ein Uniformierter.

»War der Notarzt schon da?«

»Kommt gleich. Die Frau hat uns den Hugo gerade erst gebracht.«

Hugo – in den USA stand das Wort für *human going.*

Reuter befühlte die herabhängende Hand. Die Finger waren kaum verfärbt und noch voll beweglich. Keine zwei Stunden tot. Reuter hob Robbys Schulter an, der Türsteher stierte ihm entgegen.

Eine Wunde über dem rechten Auge, Schwärzung der Haut und eingesprengte Pulverteilchen – ein relativer Nahschuss aus zwanzig bis dreißig Zentimetern, schätzte Reuter.

Gilt das noch, was ihr mal über euer Zeugenschutzprogramm gesagt habt?

Er spürte, wie sein Magen rebellierte. Ein Mord an einer Vertrauensperson – eine schlimmere Panne gab es kaum.

Reuter sagte sich, dass er nichts für den Tod des Informanten konnte. Er und Koch hatten Robbys Identität stets geheim gehalten. Außer Hennerkamm, ihrem unmittelbaren Vorgesetzten, und Oberstaatsanwalt Westerhoff wusste kein Mensch Bescheid. Robby selbst hatte getratscht. Die Radiopraktikantin. Wer weiß, mit wem er noch geplaudert hatte.

»Scharfer Wagen, was?«, bemerkte der Uniformierte.

Reuter ignorierte ihn. Er wandte sich der jungen Frau zu, die den Pick-up gefahren hatte.

»Lena?«

Das schlanke Mädchen mit der Ponyfrisur nagte an seiner Unterlippe. Die Wimperntusche verschmiert. Blut und Dreck klebten im Haar. Ein Häufchen Elend, Lena zitterte.

Er legte den Arm um ihre Schultern – ganz instinktiv.

»Fass sie nicht an«, schnauzte Scholz.

Reuter ließ das Mädchen los, denn ihm war klar, was der Kollege meinte: Blutspritzer und Pulverschmauch waren Spuren, die den Tathergang erklären konnten und nicht verwischt werden durften.

Die Kollegin mit dem Schirm lotste Lena ins Präsidium.

Der Riese in Motorradkleidung klärte auf: »Das Auto ist auf einen Robert Marthau zugelassen, geboren 1982, wohnhaft in Düsseldorf. Die Zeugin heißt Henrike Andermatt, einundzwanzig Jahre alt, ebenfalls hier gemeldet.«

»Henrike?« Reuter war perplex.

»Ihr Vater ist Konrad Andermatt, der Richter.«

Von hinten fragte Scholz: »Du kennst Andermatts Tochter?«

Reuter hatte sich ins Trockene unter die Arkaden vor dem Eingang verzogen. Sein erster Impuls: Seinen Chef zu informieren – Hennerkamms Privatnummer war in seinem Handy gespeichert.

Der Hauptkommissar ließ es nicht lange klingeln. Reuter erklärte ihm, was los war.

»Wer könnte das getan haben?«, fragte der Chef.

»Keine Ahnung.«

»Schon jemand vom KK 11 da?«

Reuter überblickte die Gruppe der Kollegen und bejahte.

Der dröhnende Broiler-Bass im Mobiltelefon: »Lass dich nicht für die Mordkommission einspannen, Reuter. Ich brauch dich in Sachen Grusew!«

»Klar.«

Als Nächstes tippte Reuter seine eigene Privatnummer ins Handy. Er schuldete seiner Freundin eine Erklärung. Als er seine eigene Stimme vom Band des Anrufbeantworters vernahm, brach er ab und wählte neu: Katjas Mobilfunknummer.

Sie meldete sich sofort, im Hintergrund Kneipengeräusche.

»Mein Informant ist ermordet worden. Ich kann leider nicht weg.«

»Das habe ich bemerkt.« Eingeschnappter Tonfall.

»Bitte, wenn das vorbei ist, holen wir alles nach. Ein gemütliches Wellness-Wochenende, Eifel oder Nordsee, okay?«

»Das sagst du jedes Mal.«

Er fragte: »Hast du auf der Geburtstagsfeier deiner Mutter über meine Arbeit geredet?«

»Sprich lauter, Jan, ich versteh dich schlecht.«

Sie klingt alkoholisiert, dachte Reuter. Es war kurz nach elf. Das Feuerwerk war noch nicht lange vorüber.

Etwas lauter: »Hast du meinem Bruder erzählt, dass ich in Sachen Böhr einen Informanten treffe?«

Ein paar Meter entfernt verfluchten die Kriminaltechniker den Regen.

»Wir haben eine Menge Zeug geredet, aber nicht über deinen Job. So wichtig ist der auch wieder nicht. Wann bist du zu Hause?«

»Keine Ahnung. Verstehst du nicht? Meine Vertrauensperson ist umgebracht worden.«

»Was soll Edgar damit zu tun haben?«

Reuter beendete das Gespräch. Sie drehten sich im Kreis.

Ein übler Gedanke drängte sich ihm auf: Katjas Fingernägel, die eine Pariser-Hülle aufrissen. Fein genoppter Gummi. Ein fremder Schwanz. Oder der von Staranwalt Edgar.

Ein Abschleppwagen wurde durchgewunken – die Kriminaltechniker ließen den Dodge mit Robbys Leiche ins Trockene bringen. Zugleich war der Arzt eingetroffen und wurde ins Präsidium geführt, wo er sich um die Zeugin kümmern konnte.

Lena alias Henrike, die Tochter eines stadtbekannten Richters.

Konrad Andermatt, ein scharfer Hund. Er predigte Nulltoleranz, schöpfte auch bei Ersttätern gern das volle Strafmaß aus. Würde am liebsten in jedem Wiederholungsfall lebenslängliche Freiheitsstrafe verhängen, egal, bei welchem Delikt, wenn das Strafgesetzbuch es nur hergäbe. Nicht nur viele Polizisten liebten ihn dafür.

Reuter gesellte sich zur Mordbereitschaft des KK 11. Sie hieß Anna Winkler, eine Kollegin in seinem Alter, Jeans, graues Kapuzenshirt ohne Aufdruck, die Haube über das braune Haar gezogen. Sie ließ sich gerade von zwei Uniformierten berichten.

Um halb elf habe die Fahrerin des roten Pick-ups blutverschmiert an der Tür zur Wache der Polizeiinspektion Südwest geklingelt, die im Erdgeschoss der Festung lag. Angeblich habe ein maskierter Täter im Hafengebiet auf sie und ihren Begleiter geschossen.

Die Mordermittlerin fragte: »Wie hat sie auf euch gewirkt?«

Der Große im grünen Kradfahrer-Overall kratzte sich am Kopf.

Die Zierliche mit den langen Haaren antwortete: »Verwirrt, würde ich sagen.«

»Hat sie den Ort genannt, wo es passiert sein soll?«

»Zwischen dem letzten Hafenbecken und dem Rhein. Irgendwo Nähe Lausward, vermute ich mal.«

»Uhrzeit?«

»Keine Angaben.« Die Kollegin blickte den Großen an. Der schüttelte den Kopf.

»Sobald die Spurensicherung und der Rechtsmediziner mit der Zeugin durch sind, soll sie uns die genaue Stelle zeigen, damit ihr den Tatort sichern könnt und die Techniker sich dort umsehen können.«

Vor dem Flatterband stoppte ein Leichenwagen.

»Wer hat denn jetzt schon die Bestatter herbestellt?«, fragte Winkler. Regenwasser tropfte von ihrer Nase.

Ein Uniformierter antwortete: »Egal, müssen sie eben warten.«

Ein blauer Omega legte eine Vollbremsung hin. Zwei Kollegen stiegen aus. Reuter erkannte Ingo Ritter, den Dienstgruppenleiter der Kriminalwache. Der Schnauzbart sagte: »Wie ich höre, liefert man uns die Hugos jetzt schon frei Haus.«

Weitere Autos hielten. Tumult brach aus. Fotografen, Fernsehteams – die Medienmeute hatte Lunte gerochen. Grelle Kamerascheinwerfer, hektische Rufe nach Auskunft.

Reuter wandte ihnen den Rücken zu, gab der KK-11-Ermittlerin sein Kärtchen und stellte sich vor: »Jan vom KK 22. Der Ermordete heißt Robert Marthau. Er war Türsteher im *Pleasure Dome* und versorgte uns gelegentlich mit Infos.«

»Ein OK-Spitzel«, folgerte die Kollegin. »Das heißt, du hast ihn verloren.«

»Sieht so aus.«

»Lauf nicht weg. Wir brauchen deine Aussage.«

»Klar.«

»Hast du eine Ahnung, wer ...«

Reuter schüttelte den Kopf.

Aber er wusste, was er Robby schuldig war.

16.

In seinem Büro suchte Reuter nach dem Protokoll des letzten Treffens mit dem Türsteher. Kollege Koch hatte es verfasst, aber wo war es abgelegt? Reuter rüttelte an der Schreibtischschublade des Bürogenossen – verriegelt.

Er rief Koch zu Hause an und ließ das Freizeichen tuten, bis endlich jemand abhob.

»Koch.« Die Stimme von Michaels Frau.

»Hallo, Marion. Jan hier. Ist dein Mann zu Hause?« Womöglich bei der Geliebten, fiel ihm ein.

»Warte.«

Geraschel, Getuschel, dann die Stimme des Kollegen: »Was geht so?«

Du redest fast wie Einstein, dachte Reuter. »Jemand hat Marthau erschossen.«

»Scheiße! Gibt es Zeugen?«

»Das Mädchen, mit dem Robby uns in Moers besucht hat. Sie hat überlebt.«

»Was sagt sie?«

»Noch nichts. Steht unter Schock.«

»Kann ich helfen?«

»Ich suche das Protokoll von gestern.«

Michael erklärte ihm, wo der Schlüssel zur Schublade hing: mit einem Magneten am Metallrahmen des Tisches befestigt. »Braucht ihr mich wirklich nicht?«

»Es reicht vermutlich, wenn dich die Mordleute morgen früh befragen.«

Reuter schloss die Lade auf und fand das Protokoll. Gerade mal zwei Seiten. Beim Lesen musste er gähnen. Fünfzehn Stunden im Dienst und kein Ende absehbar.

Ihm ging durch den Kopf, wie nervös Robby gestern gewesen war.

Ey, Leute, ich bin euer bester Mann!

Robbys Verspätung. Lena als Begleitung. Die Prahlerei über Sexpartys, die angebliche Entführung von Böhrs Eltern, über die Robby dann doch nichts Genaues wusste – als wollte er von den Dingen ablenken, die ihn wirklich bewegten.

Reuter überlegte, wer den Jungen besser gekannt haben konnte. Da gab es Sascha, der ebenfalls als Türsteher arbeitete. Und Juli.

Reuter wusste, dass Robbys Freundin aus der Gegend um Kleve stammte und nach einem Diskobesuch in der großen Stadt hängen geblieben war – Hals über Kopf verliebt in den gut aussehenden Knackarsch, der ihr die große, weite Welt versprochen hatte.

Irgendwo in den Akten gab es sogar ein Foto der beiden. Aus der Zeit, als gegen Robert Marthau wegen seiner Dealerei ermittelt worden war.

Mutter und Stiefvater des Ermordeten lebten bei Bielefeld. Reuter bezweifelte, dass sie über Robbys Treiben Bescheid wussten.

Als er das Protokoll in die Schublade zurücklegte, fiel ihm eine Visitenkarte in die Finger. Blaue Buchstaben auf goldenem Grund – das Kärtchen, das der Türsteher Koch gestern zugeworfen hatte.

www.premiumparty.de

Reuter drehte das Ding um. Handschriftlich, unverkennbar Kochs Krakel-Klaue: *Freitag, 22.00 Uhr, Hotel Villa Rheinblick.*

Interessant. Reuter setzte sich an seinen Schreibtisch, fuhr den PC hoch und öffnete den Browser. Er gab die Adresse ein. Nach einigen Sekunden hatte sich die Startseite aufgebaut.

Premiumparty in blauer Schnörkelschrift. Dazu ein Foto: ein vögelndes Pärchen, umringt von nackten Männern. Keine Profidarsteller, sondern Durchschnittskerle unterschiedlichen Alters. Sie spielten an ihren Pimmeln und betatschten die Frau. Sämtliche Gesichter mit groben Pixeln unkenntlich gemacht. Die intimen Stellen ebenfalls – Tribut an den Jugendschutz.

Oben quer die Navigationsleiste. Reuter klickte sich durch das Menü. Noch mehr Schnörkelschrift. Die Website wirkte selbst gebastelt. Bilder von antiken Statuen, die dem Ganzen vermutlich einen edlen Touch verpassen sollten.

Unsere Partys laufen privat im kleinen Kreise ab. Anmeldung ist nötig. Maximal fünfzehn Männer mit zwei oder drei geilen Frauen. Open end – bis nichts mehr geht und nichts mehr steht.

Auf der nächsten Unterseite stieß Reuter auf das Bild einer Frau im Bikini, die sich auf einem Bett räkelte. Das Gesicht unter dem sehr kurz geschnittenen, dunklen Pony war um die Augen unscharf gemacht.

Hi, mein Name ist Lena. Ein Gangbang in gepflegter Atmosphäre und mit netten Herren ist eines der schönsten Erlebnisse für mich. Ich bin offen gegenüber allem, was Spaß macht. An alle Moralapostel und Spießer: Euch entgeht etwas!

Ungläubig starrte Reuter auf das Foto. Sollte das tatsächlich Henrike Andermatt sein?

Ein Link führte zu einer Handynummer, unter der sich Interessenten melden sollten. Wieder Statuen und blaue Schrift. Preise wurden nicht genannt. *Ich klatsche den Unkostenbeitrag nicht auf die Seite, weil ich keine Konservendose im Supermarkt bin. Und ihr seid keine Konsumenten, sondern Gäste.*

Schlange zu stehen, um vor den Augen anderer eine Frau zu vögeln, die nichts für einen empfand – eine seltsame Vorstellung, dachte Reuter.

Er öffnete das Anmeldeformular. Wieder ein Foto, diesmal ohne Bikini. *Jeder ist willkommen. Unser Angebot ist real. Kein Fake. Du kannst es schon gar nicht mehr erwarten, stimmt's?*

Das letzte Foto zeigte das Mädchen in Aktion. Reuter zählte fünf vorwiegend junge Typen, die sich tummelten – unwillkürlich stellte er sich vor, an deren Stelle zu sein.

Ganz unten der Termin der nächsten Party: *Freitag, 22.00 Uhr*, Hotel Villa Rheinblick, *Leuchtenberger Kirchweg*.

Die Angaben auf dem Kärtchen – Kollege Koch hatte sie von hier abgeschrieben. Das Weichei hatte nichts davon erzählt, dass es die Partywerbung im Internet besucht hatte.

Zurück zur vorherigen Seite. Noch ein Blick auf das Mädchen, die Stimme Robbys im Ohr: *Gebt doch zu, ihr würdet es auch gern mal mit einer wie Lena treiben.*

Reuter hörte Schritte auf dem Linoleum und fuhr herum. Ela Bach, die Leiterin des für Tötungsdelikte zuständigen KK 11, lehnte in der Tür. Ihm fiel ihr eleganter Pulli auf – in der Farbe ihres braunen Haares, das sie halb lang und seitlich gescheitelt trug.

»Vernachlässigt dich deine Freundin, Kollege Reuter? Wenigstens ist dein Hosenschlitz noch zu.« Sie lachte, kam näher und legte ihm die Hand auf die Schulter. »Keine Angst, Jan, ich verpetz dich nicht. Aber schalt wenigstens den Schweinkram ab, solange ich im Zimmer bin.«

Er deutete auf den Bildschirm. »Das ist Lena, unsere Zeugin.«

»Lena?«

»Ich meine Henrike Andermatt. Für den Internetauftritt hat sie sich offenbar ein Pseudonym zugelegt. Marthau erwähnte diese Sexparty bei unserem letzten Treffen und gab uns die Visitenkarte.«

Die KK-11-Chefin griff nach der Maus und klickte. Reuter witterte eine Mischung aus Parfum und Zigarettenrauch, als sie sich zum Monitor beugte.

»Sieh an«, staunte Bach. »Das Töchterchen von Richter Gnadenlos prostituiert sich übers Netz. Wenn das die Presse wüsste.«

»Der Ermordete gehört zu den Organisatoren dieser Partys.«

»Jetzt nicht mehr«, erwiderte die Mordermittlerin trocken. »Was wissen wir noch über die Zeugin?«

»Sie arbeitet als Praktikantin beim Hörfunk. Ein Paar waren sie laut Robby nicht. Was nicht heißt, dass sie nichts miteinander hatten.«

Sie zwinkerte ihm zu. »Vorsicht, Jan. Pass auf, dass dich die kleine Hobbynutte nicht auch um den Finger wickelt.«

Bachs Handy klingelte. Während sie telefonierte, schloss Reuter die aufgerufenen Seiten und schaltete den Computer ab. Er fand den Tacker und heftete die Visitenkarte an den Bericht über das letzte Treffen mit Robby.

Die KK-11-Leiterin verstaute ihr Handy. »Die Kollegen der K-Wache haben weitere Zeugen aufgetan. Punks oder Penner, die in der Nähe des mutmaßlichen Tatorts kampieren und momentan noch nüchtern genug für eine Aussage sind. Sieht nicht gut aus für unser heißes Flittchen.«

»Wieso?«

»Wann fing das Feuerwerk an?«

»Um zehn.«

»Unmittelbar zuvor fielen die Schüsse. Und um halb elf liefert uns die Richtertochter den Toten. Dreißig Minuten für zwei Kilometer. Was hat sie während der ganzen Zeit getan?«

»Sie stand unter Schock.«

»Klar.« Ela zog den Mund schief. »Wir werden uns das Früchtchen vorknöpfen. Vielleicht hast du auch ein paar Fragen auf Lager. Du kanntest das Opfer.«

»Okay.«

Lass dich bloß nicht für die Mordkommission einspannen, Reuter.

Reuter folgte der KK-11-Leiterin. Der Flur führte an zwei Treppenhäusern vorbei in den vorderen Flügel der Festung am Jürgensplatz. Bach legte ein flottes Tempo an den Tag.

»Was meinst du, Jan, könnte Henrike Andermatt selbst einen Grund gehabt haben, deinen Informanten abzuknallen?«

»Wie kommst du darauf?«

»Der Rechtsmediziner hat Schmauchspuren und Pulvereinsprengsel an ihrer rechten Hand festgestellt.«

Reuter versuchte, sich zu erinnern, was er darüber einst gelernt hatte.

Sie betraten Bachs Zimmer. Ein paar Kollegen hatten sich bereits eingefunden. Zwei Stühle waren frei gehalten – einer für Ela Bach, der andere für die Zeugin.

17.

Es hatte aufgehört zu regnen. Scholz tippte die Aussagen in seinen Laptop und überlegte, wozu diese Mordsache gut sein könnte: Punkte sammeln, sein Ansehen aufbessern.

Ihn wurmte Reuters Auftritt. Er nahm sich vor, sich von dem jungen Streber nicht irre machen zu lassen. Jan Reuter, ein Schönling im Angebersakko – vielleicht hatte der Kerl in seiner Kindheit zu viel *Miami Vice* geguckt.

Die Punks, die am Ufer ihre Zelte aufgeschlagen hatten, stocherten im Lagerfeuer und öffneten die nächste Runde Bier. Einer rief herüber: »Aber wir wollen auf keinen Fall ins Fernsehen!«

Scholz dachte an seinen Sohn, der bei Bettina lebte. Siebzehn Jahre, trotz der Pubertätswirren ganz passabel in der Schule. Kein Versagertyp wie diese Herumtreiber – weil sein Vater aufpasste. Ihre Beziehung war nicht frei von Konflikten. Scholz hatte Angst davor, dass ihm Florian einst den Rücken kehren würde wie Bettina. Ihre Klagen: *Du bist mir zu anstrengend geworden. Dein Schweigen, deine Aggression.*

Schritte knirschten auf dem Kies. Scholz griff nach der Lampe und leuchtete. Es war Hopp, der schon von Weitem seine Mähne schüttelte. »Die Kriminaltechniker lassen mich nicht an den Tatort!«

»Ist auch besser so«, erwiderte Marietta.

Scholz legte die Lampe weg, zog den tragbaren Drucker aus der Tasche, stöpselte ihn an den Laptop und hackte den Printbefehl in die Tastatur.

»Was ist das denn?«, fragte Onkel Jürgen.

»Privates Gerät«, wunderte sich Marietta.

Der Drucker surrte. In der OK-Gruppe arbeiten alle so, dachte Scholz. »Spart Zeit und Arbeit«, erklärte er und ließ die Punks das Protokoll unterschreiben. Dank ihrer Aussage stand nicht nur die Tatzeit fest. Auch der Ort war nun auf das Straßenstück jenseits des Zauns eingegrenzt. Es gab einen Durchgang zum Ufer, etwa hundert Meter flussaufwärts. Leider hatten die Kampierenden keinen Menschen gesehen.

»Auch 'n Schluck?« Ein schmaler Junge, der sich in eine Decke gehüllt hatte, hielt Scholz eine Pulle entgegen. Kurzes Haar, auf einer Seite abrasiert. Ein blasses Gesicht, zugetackert mit Piercings, leuchtete im Flackerschein des Feuers auf – kein Junge, sondern ein Mädchen, erkannte Scholz.

»Danke«, lehnte er ab. »Bist du die Marlies?«

Die Schmale nickte.

»Nachname?«

Sie blickte sich nach den anderen um.

»Der Typ ist korrekt«, rief einer ihr zu.

»Marlies Wiebold«, sagte sie.

Ausdruck und Stift. Ihre Unterschrift fehlte noch.

Während das Mädchen das Protokoll in den Schein des Lagerfeuers trug, um es zu lesen, musste Scholz wieder an seinen Zusammenstoß mit Reuter denken. Der Streber kannte den Ermordeten. Und noch immer war er hinter Manfred Böhr her. Wenn der Tote zu den Leuten des Koksbarons gehört hatte, war es möglich, dass die Schießerei im Rheinhafen alles wieder hochkochte.

Als die Punkerin das unterzeichnete Protokoll zurückgab, stolperte sie über ein Stück Schwemmholz und verschüttete Bier auf Scholz' Pulli. »Sorry.« Sie wischte mit ihrem Ärmel über die nasse Stelle.

Scholz wehrte sie ab. Er glaubte zu spüren, wie die Flöhe übersprangen.

Auf dem Weg zurück zum Auto dozierte Onkel Jürgen: »Wenn der Täter nicht durch dieses Tor zum Ufer geflohen ist, gibt es nur zwei Möglichkeiten ...«

»Klar, die Straße rechts oder links runter«, fiel ihm Marietta ins Wort.

»Das ist nämlich keine Sackgasse«, fuhr Hopp unbeirrt fort. »Am Ende führt ein Pfad nach vorn zur Fußgängerbrücke. Von dort aus ist man ruck, zuck in der Stadt.«

»An der Wasserschutzpolizei vorbei.«

»Und an Tausenden von Schaulustigen. Aber zur tatkritischen Zeit hat jeder nur aufs Feuerwerk geguckt.«

Vielleicht auch nicht, dachte Scholz. Er überlegte, wie er handeln würde: Medien nutzen, Aufrufe an die Bevölkerung, Hinweise sammeln.

Inzwischen parkten noch mehr Einsatzfahrzeuge auf dem runden Platz, an dem die Bremer Straße abzweigte. Ein grün-silberner Passat stand quer. Scholz grüßte die Uniformierten, die hier Wache hielten. Kollegen stiefelten mit Flatterband durch die Gegend auf der Suche nach Befestigungsmöglichkeiten. Weiter hinten tummelten sich die Techniker des Erkennungsdienstes in ihren Tyvek-Overalls.

Auf der anderen Seite des Platzes stand ein demolierter Müllcontainer. Nach Scholz' Empfinden war der Tatort zu knapp eingegrenzt.

Hopp öffnete den zivil lackierten Omega, mit dem sie gekommen waren. »Wer fährt?«, wollte er wissen.

»Rate mal«, antwortete Marietta.

Scholz stellte seine Tasche im Kofferraum ab.

»Geiler Laptop«, bemerkte Marietta.

»Hm.«

»Sieht fast so aus, als wärst du mal ein engagierter Kriminalist gewesen.« Sie wählte den Beifahrersitz.

Scholz stieg hinten ein. Onkel Jürgen startete.

»Sicher nicht billig, mit Drucker und so«, insistierte Marietta.

Scholz ging nicht darauf ein.

»Irgendwie riecht's hier komisch«, bemerkte Hopp.

»Mein Pullover«, gestand Scholz. »Punker-Bier.« Sein Handy klingelte. Ein dunkles Rasseln, wie die verbeulte Schelle eines antiken Weckers. Es erinnerte Scholz an alte amerikanische Filme und war der einzige erträgliche Ton, den ihm der kleine Apparat zur Wahl gestellt hatte.

Ela Bach war dran, die Chefin des KK 11. Er kannte sie aus seiner Zeit bei den OK-Ermittlern, als er Hennerkamm manchmal auf Kommissariatsleitersitzungen vertreten hatte. Damals, als seine Welt noch in Ordnung gewesen war.

Ela fragte: »Kann dich dein Dienstgruppenleiter nicht leiden?«

»Ritter? Wie kommst du darauf?«

»Wir brauchen Verstärkung und du bist der Einzige, den er abtreten will.«

Lieber nicht, dachte Scholz. »Wie stellst du dir das vor? Mein Überstundenkonto steht schon auf Anschlag.«

»Damit bist du wirklich nicht allein. Überleg's dir, Norbert.«

Aufgelegt.

Sie rasten eine Bahnstrecke entlang und nahmen Kurs auf die Festung. Schnippisch bemerkte Marietta: »Schickes Handy hast du auch.«

Hopp grinste in den Rückspiegel. »Und wenn du ihn richtig lieb fragst, Marietta, zeigt er dir noch ganz andere Sachen.«

»Ach was. Norbert trägt Ehering.«

Scholz fasste unwillkürlich an seinen Finger. Er überlegte: Die Schießerei sah Böhr nicht ähnlich, vielleicht hatte der Koksbaron gar nichts mit dem Mord an dem Türsteher zu tun. Mordkommission oder die dämliche Projektgruppe, in die Ritter ihn schicken wollte – darauf lief es hinaus.

Sie erreichten das Tor zum Innenhof des Präsidiums. Marietta meldete sich per Funk bei der Polizeiwache der PI

Südwest. Während sie warteten, dass das Tor zur Seite schwang, kurbelte Scholz das Seitenfenster herunter.

Er spuckte auf seinen Ringfinger. Ein fester Ruck – der Ehering löste sich.

Scholz schleuderte ihn hinaus in die Nacht.

18.

Ela Bach stellte Reuter den Kollegen vor. Anna Winkler, die Kollegin im grauen Kapuzenshirt, kannte er bereits. Der Dicke auf dem Stuhl vor ihnen hieß Wiesinger und gab zur Begrüßung nur ein Ächzen von sich. Am Fenster lehnte ein Mittdreißiger im strohfarbenen Cordanzug und gab Reuter die Hand. Sein Name war Balthus. Er war der Staatsanwalt des Dezernats für Kapitalverbrechen, der Bereitschaftsdienst hatte.

Kriminalhauptkommissar Thilo Becker kehrte vom Kaffeeautomaten zurück, ein mürrisch wirkender Blondschopf im Strickpulli, zwei dampfende Becher in den Händen. Einen davon reichte er an seine Chefin weiter. Reuter schätzte Becker und Ela auf Mitte vierzig. Er wusste, in welchem Verhältnis sie zueinander standen: ein eingespieltes Team, aber sie auf dem Posten, für den er sich für qualifizierter hielt.

Bach erklärte, dass Kollege Becker die Mordkommission *Feuerwerk* leiten und Wiesinger die Akten führen würde. Dabei spielte sie mit einem Glimmstängel, den sie noch nicht angezündet hatte.

MK *Feuerwerk* – Reuter schlug sein Notizbuch auf und strich die Seite glatt. Er gehörte nun dazu.

Balthus gähnte laut und lang.

Endlich ging die Tür auf und eine uniformierte Kollegin führte die Zeugin herein. Henrike Andermatt hatte offenbar den Duschraum im Kellergeschoss benutzt, ihr Haar schimmerte feucht und der kurze Pony betonte die Blässe ihres Gesichts. Die Augen gerötet, die Wimpern ohne Tusche. Jemand hatte der Zeugin ein zu großes T-Shirt spendiert – die Bluse, die sie zur Tatzeit getragen hatte, wurde vermutlich gerade von den Kriminaltechnikern unter dem Mikroskop betrachtet.

Der Rechtsmediziner hat Schmauchspuren und Pulvereinsprengsel an ihrer rechten Hand festgestellt – nach Reuters Ansicht musste das nichts bedeuten.

Das Mädchen wirkte noch immer verstört.

Thilo Becker startete den Rekorder und brachte das Mikro in Stellung.

»Muss das sein?«, fragte Henrike alias Lena.

»Wir sind uns doch einig, dass wir den Mörder Ihres Freundes so rasch wie möglich kriegen sollten, nicht wahr?«

»Hören Sie, ich bin müde, ich kann nicht mehr.«

»Wir machen es kurz und schmerzlos, okay?«

Die Zeugin nickte.

»Name?«

»Henrike Andermatt.«

»Geboren?«

»4. Januar 1986.«

»Beruf?«

»Studentin der Betriebswirtschaft. Nebenher Praktikantin beim Rundfunk.«

»Ledig?«

Henrike nickte.

»Wohnort Düsseldorf?«

»Ja.«

»Sie können die Auskunft verweigern, wenn Ihre Antwort Sie oder einen nahen Angehörigen wegen einer Straftat belasten würde. Haben Sie mich verstanden?«

»Mhm.«

»Also: Warum waren Sie gestern am späten Abend im Rheinhafen unterwegs?«

»Das habe ich doch schon alles Ihren uniformierten Kollegen erklärt.«

»Wir wollen den Hergang gern von Ihnen hören, mit Ihren eigenen Worten. Was geschah, als Sie die Bremer Straße erreichten? Was hatten Sie vor?«

»Es war dunkel. Wir hatten uns verirrt.«

»Und weiter?«

»Robby wollte jemanden nach dem Weg fragen. Er fuhr das Fenster herunter und plötzlich schoss der Typ.«

»Ein Mann?«

»Keine Ahnung. Ich hab nur diese vermummte Gestalt gesehen, die auf uns schoss und uns hinterherlief, und ich war völlig in Panik, ich ...«

»Wie sah die Person aus?«

»Groß, schwarze Kleidung, eine Haube über dem Gesicht. Es war schrecklich!« Die junge Frau brach in Tränen aus.

Kollegin Winkler reichte ihr ein Papiertaschentuch.

Henrike schniefte. »Ich will endlich nach Hause.«

Reuter fing ihren Blick auf. *Einstein und die Gangbang-Queen.*

Scholz trat ein, leise die Tür hinter sich schließend. Er grüßte mit einem Nicken in die Runde, legte bedruckte Blätter auf Bachs Tisch, lehnte sich an die Wand und verschränkte die Arme. Reuter fragte sich, was der Kerl hier zu suchen hatte.

Becker fuhr fort: »Wohin waren Sie unterwegs, bevor Sie sich verfuhren?«

»Zu einer Party.«

»Wo?«

»In einem Hotel.«

»Den Namen, bitte.«

»Keine Ahnung.«

Reuter sprang ein: »*Hotel Villa Rheinblick*, Leuchtenberger Kirchweg.«

Henrike wandte sich um. Ihr Blick sagte: *Verrate mich nicht.*

Der Staatsanwalt wunderte sich: »Das liegt in Lohausen. Am anderen Ende der Stadt.«

Die Richtertochter knetete das Taschentuch. »Keine Ahnung. Robby hat mich gelotst.«
Ela Bach übernahm das Gespräch. »Hatte Marthau Feinde?«
»Nein, nicht dass ich wüsste.«
»Wie erklären Sie sich den Überfall?«
»Vielleicht wollte der Typ uns ausrauben. Oder er ist einfach durchgeknallt.«
»Einfach durchgeknallt«, wiederholte Bach.
»Bitte! Ich bin hundemüde und kann nicht mehr!« Ihr Papiertaschentuch hatte sich in Fetzen aufgelöst.
»Sie saßen also am Steuer und Robert Marthau hat Sie gelotst.«
»Ja.«
»Er wies Sie an zu stoppen, weil er eine Person am Straßenrand nach dem Weg fragen wollte.«
Henrike nickte.
»Eine vermummte Person.«
»Mhm.«
»Sie behaupten also, dass Marthau ausgerechnet eine vermummte Person nach dem Weg fragen wollte?«
Henrike schluchzte: »Ich will nach Hause!«
Draußen auf dem Gang waren Stimmen und Schritte zu hören.
»Wie wär's zur Abwechslung mal mit der Wahrheit?« Bachs Stimme wurde schrill. »Sie sind ausgestiegen, zur Beifahrertür gegangen und haben Marthau durch das offene Fenster aus nächster Distanz erschossen!«
Die Bürotür wurde aufgerissen. Edgar Reuter stürmte herein. Er wandte sich sofort an Henrike: »Ihr Vater schickt mich. Ich bin Rechtsanwalt. Sie müssen hier nicht aussagen.«
Sein Tonfall war sanft und autoritär zugleich. Wie vor einem Spiegel geübt. *Sie müssen hier nicht aussagen* – aus Edgars Mund klang es wie ein Maulkorb, urteilte Reuter.
Der Anwalt fuhr fort: »Wenn Sie möchten, bringe ich Sie nach Hause.«

»Die Polizei ... sie glauben mir nicht.«

Edgar wandte sich an den Staatsanwalt. »Herr Balthus, ist meine Mandantin festgenommen?«

»Nein.«

»Sitzt sie als Beschuldigte hier oder als Zeugin?«

Balthus und Bach wechselten Blicke.

»Als Zeugin.«

»Hören Sie, Frau Andermatt braucht dringend Ruhe und wird jetzt nach Hause gehen. Wenn Sie noch weitere Fragen an meine Mandantin haben, setzen Sie sich mit mir in Verbindung und wir vereinbaren einen Termin.« Er legte eine Visitenkarte auf den Tisch, dann führte er Henrike hinaus. Jan würdigte er keines Blicks. Die Tür fiel ins Schloss.

Keiner sagte etwas. In Reuters Ohren rauschte der Puls.

»Woher wusste der Kerl, wo wir die Zeugin vernehmen?«, durchbrach Anna Winkler die Stille.

»Hat sie telefoniert?«, erkundigte sich Blondschopf Becker.

»Richter Gnadenlos hat viele Fans«, gab Balthus zu bedenken. »Vermutlich hat er es von einem eurer Kollegen erfahren.«

Die Tür ging auf, ein weiterer KK-11-Beamter trat ein, den Reuter vom Sehen kannte: Bruno Wegmann, der einst als Boxchampion geglänzt hatte – Narben kreuzten die rechte Augenbraue, die Nase war leicht zur Seite geknickt. Eine bullige Statur, die der Gegenseite gehörig Respekt einflößen konnte.

»Du hast etwas verpasst, Bruno«, sagte die Kommissariatsleiterin und spielte wieder mit der nicht angezündeten Zigarette.

»Wenn du das Ding ansteckst, bin ich sofort wieder weg«, antwortete Wegmann.

»Bravo«, pflichtete Anna Winkler bei.

Ela verstaute die Zigarette in ihrer Schachtel.

Wiesinger fragte: »Wie lange rauchst du jetzt nicht mehr, Bruno?«

»Nächste Woche wird's ein Jahr.«

»Hätte nie gedacht, dass du es so lang aushältst.«

»Und ich hätte nicht gedacht, dass du noch fetter werden könntest.«

Der Aktenführer grinste, als sei er stolz auf seinen Umfang.

»Dieser Anwalt – ist das nicht dein Bruder?«, fragte Scholz, an Reuter gewandt und voller Häme.

Reuter beschloss, den Kerl zu ignorieren. »Robert Marthau und Henrike Andermatt waren unterwegs zu einer sogenannten Gangbang-Party, die für zehn Uhr im *Hotel Villa Rheinblick* angesetzt war und für die Henrike unter dem Pseudonym Lena im Internet um Freier warb.«

Wegmann rieb seinen Boxerzinken. »Wenn das der Richter wüsste.«

»Ein Team sollte hinfahren«, schlug Becker vor. »Vielleicht hat die Party ja auch ohne das Mädchen stattgefunden und wir treffen noch jemanden an. Zeugen aus dem Bekanntenkreis des Mordopfers.«

Scholz erklärte sich bereit, gemeinsam mit Kollegen der Kriminalwache das Hotel aufzusuchen. Für ihn hatte der Dienst erst vor zwei Stunden begonnen. Der MK-Leiter stimmte zu, Scholz verließ das Zimmer.

Reuter fuhr fort: »Die Party muss allerdings nicht zwingend etwas mit dem Mord zu tun haben. Mit Marthaus Hilfe konnten wir vor drei Monaten einen Kokaintransport abfangen, der für Manfred Böhr bestimmt war. Vielleicht ist in der Szene durchgesickert, dass Robby für uns arbeitete.«

Wegmann nickte. »Ein Motiv.«

»Was ihr vermutlich noch nicht wisst: Böhr hat unlängst sämtliche Geschäfte verkauft. Diskos, Fitnessstudio, Wachschutzunternehmen, sogar das *Pleasure Dome* und das *Goldene Einhorn*. Ob er sich auch aus dem Kokainbusiness zurückgezogen hat, wissen wir allerdings noch nicht. Marthau kam nicht mehr dazu, uns das zu verraten.«

»An wen verkauft?«

»An einen Unternehmensberater namens Lohmar. Kennt ihn jemand?«

Allgemeines Kopfschütteln.

»Akte?«, fragte Becker.

»Nein. Gegen Lohmar liegt nichts vor. Ein unbescholtener Bürger.«

»Ist das alles?«

»Ja, wieso?« Reuter ärgerte sich über das Gefühl, sich rechtfertigen zu müssen. »OK-Ermittlungen sind nicht mehr das, was sie mal waren. Wir werden knappgehalten, was den Einsatz von Personal und Technik anbelangt.« Den Seitenblick auf Staatsanwalt Balthus konnte sich Reuter nicht verkneifen.

»Das ist hier anders«, erwiderte die KK-11-Leiterin. »Bei uns geht's um Mord.«

Becker fragte: »Wer schaut sich Marthaus Wohnung an?«

Reuter hob den Finger – Katja wartete ohnehin nicht mehr auf ihn.

»Ich komme mit«, sagte Wegmann.

Bach steckte sich die Zigarette an. Der Rest brach auf.

Im Hinausgehen stieß Thilo Becker seinen Ellbogen in Reuters Rippen und spottete: »Das waren ja heiße Blicke, die das junge Ding dir vorhin zugeworfen hat.«

19.

Marietta gab dem Auto Zunder. Scholz stemmte die Füße gegen das Bodenblech und hielt sich am Gurt fest. Die Straße war noch nass. An jeder Kreuzung rechnete er mit dem Schlimmsten. Reiß dich zusammen, sagte er sich.

Er streckte die Rechte aus und rieb die Stelle, an der sein Ehering gesteckt hatte. Ein komisches Gefühl, so ohne. »Ein halbes Jahr.«

»Bitte?«

»So lange lebe ich von meiner Frau schon getrennt. Es war in einer Novembernacht, nach einer Spätschicht. Da haben wir die Trennung beschlossen und am nächsten Tag ist sie ausgezogen. Ohne Krach, ohne zerschlagenes Porzellan. Einfach so.«

»Soll ich gratulieren oder Beileid wünschen?«

»Keine Ahnung.«

»Das weißt du auch nach einem halben Jahr noch nicht?«

Gute Frage, dachte Scholz.

Die Polizeiinspektion Nord hatte ihnen Verstärkung zugesichert. Gut möglich, dass die Party noch in vollem Lauf war, wenn sie aufkreuzten. *Gangbang* – das konnte lustig werden.

Marietta heizte über den Kennedydamm und überholte ein Taxi. Scholz schielte auf den Tacho. Einhundertzwanzig Sachen. Daneben die Uhr: Ein neuer Tag hatte begonnen. Scholz erinnerte sich an seine eigene Zeitrechnung: *Drei Jahre, fünf Monate und zwei Tage.*

»Mannomann, du musst hier keinen Geschwindigkeitsrekord aufstellen, Marietta.«

»Willst *du* ans Steuer?«

»Was sollte vorhin die Anspielung wegen meines Laptops?«

»Das weißt du genau.«

»Ich muss nicht bestechlich sein, um mir ein bisschen technischen Fortschritt leisten zu können.«

»Du lebst getrennt, zahlst Unterhalt.«

»Hör auf damit.«

»Ritter meint ...«

»Scheiß drauf!«

Sie ließen den Flughafen rechts liegen. Erst kurz vor der Ampel bremste die Kollegin scharf und bog mit quietschenden Reifen ab.

Sie hob ihre Hand. »Was siehst du?«

»Lass die Finger lieber am Lenkrad.«

»Sag schon, was siehst du?«

»Keinen Ring.«

»Genau. Mach dir aber trotzdem keine Hoffnungen. Bin letzten Monat mit meinem Freund zusammengezogen.«

»Glückwunsch oder Beileid?«

»Vielleicht treffen wir ihn gleich. Er arbeitet in der PI Nord.«

»Also Beileid.«

Marietta lachte.

Scholz sagte sich, dass er seinen Ring nicht nur wegen der hübschen Kollegin weggeworfen hatte.

Sie fanden den Leuchtenberger Kirchweg. Die letzte Straße vor dem Deich. Das gelbe Neonschild war von Weitem zu erkennen: *Hotel Villa Rheinblick.* Drei grün-silberne Passat parkten davor – hoffentlich außer Sichtweite des Portiers, dachte Scholz.

»Ist dein Freund dabei?«

Marietta schüttelte den Kopf.

Sechs Beamte in Uniform, Frauen und Männer. Begrüßung per Handschlag. Gemeinsam betraten sie das Foyer.

Der Nachtportier war ein älterer Typ mit eingefallenen Wangen und einem Kinnbart, dessen Haare man einzeln zählen konnte. Seine Hand lag bereits auf dem Telefon. Scholz nahm ihm den Hörer ab und drückte das Teil zurück auf die Gabel.

»Wo findet die Party statt?«

»Hier gibt's keine Party.« Das Sakko des Portiers bauschte sich über den Schultern – mindestens zwei Nummern zu groß.

»Was haben Ihnen die Leute bezahlt, damit Sie mir diese Antwort geben?«

»Haben Sie einen Durchsuchungsbeschluss?«

»Den brauche ich nicht.« Scholz griff über den Tresen, schnappte sich eine altmodische Kladde und blätterte darin. Nicht ausgebucht. Unter den Eintragungen kein bekannter Name. Weder Marthau noch Andermatt.

Er warf das Buch auf den Tisch zurück. »Pass auf, du Vogelscheuche. Wenn du nicht kooperierst, gebe ich der Hoteldirektion einen Tipp, dass du auf eigene Kasse vermietest. Habe ich mich deutlich genug ausgedrückt?«

Der Portier ließ seinen Blick zu Marietta wandern, dann zu den Uniformierten. »Kurfürsten-Suite, zweiter Stock.«

Scholz bat einen Kollegen, bei dem Kerl zu bleiben, damit er niemanden warnen konnte. Der Rest der Truppe folgte ihm und Marietta die Treppe hoch.

»Die Leute sind längst gegangen!«, rief der Pförtner ihnen nach.

Scholz glaubte dem Mann kein Wort.

Zweiter Stock. Ein Flur mit babyblauem Teppichboden und Türen aus hellem Holz. An der letzten ein Messingschild mit feinen, gravierten Lettern: *Kurfürsten-Suite.*

Unverriegelt.

Scholz stürmte als Erster hinein. Zwei Sessel, niedriger Tisch, Küchenzeile mit Bar, eine ausgezogene Schlafcouch. Handtücher auf dem Teppich, Kondome. Zahlreiche Gläser, halb leer. Scholz schnupperte an einem. Saft, kein Alkohol.

Seltsam, dachte Scholz.

Ein leises Rascheln aus dem Nebenraum. Scholz passierte das Bad und stand im Schlafzimmer. Schummrige Beleuchtung. Scholz schaltete das Deckenlicht an.

Ein junges Pärchen unter dem Laken. Der Bursche rappelte sich auf und blinzelte. Marietta rüttelte das Mädchen wach.

»Das Bad ist leer«, rief ein Streifenbeamter von nebenan.

Ganze zwei Leute – magere Ausbeute.

»Aufstehen und anziehen, die Party ist vorbei«, erklärte Scholz.

Der Bursche kratzte sich am Hals. »Wer seid ihr?«

»Die Spaßverderber vom Dienst. Ausweis, bitte!«

Die Uniformierten drängten herein. Der junge Mann erschrak. Er kletterte aus dem Bett, fand seine Unterhose, stolperte beim Versuch, sie anzuziehen, und schlug hin.

Scholz ließ ihm Zeit. Der Junge kam hoch, fingerte sein Portemonnaie aus der Jeans und wurde immer hektischer, während er darin kramte.

Das Mädchen saß auf der Bettkante und starrte mit großen Augen vor sich hin. Ihre mittellangen Haare waren blond mit violett gefärbten Strähnen, die Wimpern fast farblos. Sommersprossen von der Stirn bis zu den Brüsten.

Ein Kollege bemerkte: »Den Einsatz haben wir uns lebhafter vorgestellt.«

»Habt ihr irgendwas gefunden, was unter das Betäubungsmittelgesetz fällt?«

Kopfschütteln.

»Danke trotzdem«, sagte Scholz.

Die Uniformierten schoben ab.

Der Typ mit dem pickligen Hals hatte endlich seinen Ausweis gefunden. Scholz nahm ihn entgegen. Marietta sprach die Kleine an, die im Tempo einer Schlafwandlerin reagierte.

Scholz packte ihren Arm: keine Einstiche, keine entzündeten Stellen. »Was sind das für Drogen, unter denen du stehst?«

Ihr Freund drehte sich weg, an den Knöpfen seines Hemds nestelnd.

»Verstehst du, was ich sage?«

»Aufstehen, anziehen, die Party ist vorbei«, plapperte das Mädchen.

Marietta verdrehte die Augen.

Die Klamotten auf dem Sessel konnten nur die des Mädchens sein. Scholz fand den Personalausweis. Er überflog die Daten. Immerhin volljährig.

»Frierst du nicht?« Scholz warf dem Mädel die Klamotten zu. »Kennt einer von euch beiden Robert Marthau?«

Der Typ schüttelte den Kopf.

Im Blick des Mädchens regte sich etwas. Allmählich wird sie klarer in der Birne, erkannte Scholz. Ihm fiel ein, was er tun konnte, bis sie reflektierte Antworten geben konnte: die

Gläser im vorderen Raum einstäuben, Fingerspuren sichern, die Reste sichern – vielleicht konnte das Labor damit etwas anfangen.

Irgendetwas hatten die beiden jungen Leute genommen, zumindest die Kleine mit den lila Strähnen.

20.

Wegmann packte den Tatortkoffer in den Omega, den die Fahrbereitschaft für die Mordkommission bereithielt, und fragte: »Dienstrang?«

»KOK.«

»Ich auch, dann fahren wir abwechselnd.« Wegmann setzte sich hinter das Steuer und ließ den Motor an. »Was meinte Thilo mit den heißen Blicken?«

»Vergiss es.«

»Du darfst mir alles anvertrauen. Wir sind jetzt Partner. Du kennst die Frau?«

Reuter erzählte ihm von der Begegnung im Hotel bei Moers. Die Radiopraktikantin in Begleitung des Türstehers. Er fügte hinzu: »Ich glaube nicht, dass sie die Täterin ist. Pulver und Schmauch gelangen nicht nur in die Schusshand oder die Haut des Opfers. Ich war mal auf einem Lehrgang. Dort hieß es, die Partikel fliegen bis zu siebzig Zentimeter weit. Lena braucht nur zufällig die Hand in Richtung der Waffenmündung bewegt zu haben. Eine Abwehrgeste zum Beispiel.«

»Du nennst sie Lena?« Es lag etwas Lauerndes in Wegmanns Blick.

»Ihr Pseudonym. Unter dem Namen habe ich sie kennengelernt.«

»Gib zu, du hast sie mal bei einer dieser Partys …« Der Kollege machte Geräusche, die wie das Quietschen einer Matratze klangen.

Reuter zog es vor zu schweigen. Er wollte es sich nicht mit dem Kollegen verderben. Nicht schon jetzt.

Am Ende des Südrings erreichten sie die Schnellstraße. Die Ampeln an den Kreuzungen blinkten gelb – freie Bahn. Marthaus Wohnung befand sich im Stadtteil Reisholz.

»Wir sollten einen Schlüsseldienst verständigen«, schlug Reuter vor.

»Nicht nötig. Ich hab meine Tools dabei. Lockpicking, verstehst du?«

»Im Nebenjob Einbrecher?«

»Nur platonisch. Ich war sogar vereinsmäßig organisiert.«

»Ein Boxer mit Hang zur Filigranarbeit?«

Wegmann lachte.

Sie bogen ab und kreuzten durch ein Wohngebiet. Über den Dächern ragten die Schornsteine der Henkel-Werke auf, schwarze Säulen vor dem Widerschein der Stadt, dicke Wolken ausstoßend und markiert mit roten Lichtern.

Reuter bemerkte: »Der Täter könnte annehmen, sie wüsste etwas über ihn.«

»Und ob sie was weiß. Darauf kannst du deine Dienstmarke verwetten.«

»Ich meine, der Täter könnte sie noch im Visier haben. Vielleicht schwebt sie in Gefahr.«

»Was glaubst du, Kollege: Warum, zum Teufel, gibt sich die schöne Tochter von Richter Gnadenlos mit Türstehern ab?«

»Statt mit einem wie dir«, entgegnete Reuter.

»Zum Beispiel.« Wegmann zwinkerte.

Sie rollten am Chemiewerk vorbei. Reuter knipste die Innenbeleuchtung an, nahm den Stadtplan zur Hand und dirigierte seinen Kollegen durch das schlecht beleuchtete Arbeiterviertel, bis sie das Haus erreichten, in dem Robby gewohnt hatte.

Sie stiegen aus. Wegmann angelte sich den Koffer vom Rücksitz. Reuter fror und er war hundemüde.

Wenn das Gebäude jemals eine gute Zeit gehabt hatte, lag

sie weit zurück. Schmierereien an der Wand, Hundekot auf dem Gitterrost vor dem Eingang, die Briefkästen im Hausflur demoliert. Das Treppenhauslicht flackerte und setzte gleich darauf ganz aus.

Mithilfe der Taschenlampe entzifferte Reuter einen Zettel, der im Flur klebte: *Katze Angie entlaufen.* Hat etwas Besseres gefunden, dachte er.

Der Lift gab keinen Mucks von sich. Sie nahmen die Treppe. Es müffelte nach Moder und Müll. Irgendwo ein lauter Fernseher. Reuter studierte die Klingelschilder. Im dritten Stock wurden sie fündig: *Marthau.*

Die Tür war nur angelehnt.

Wegmann wollte nach der Klinke greifen, doch Reuter hielt ihn zurück. »Deine Lockpickingtools kannst du vergessen.«

Reuter leuchtete den Holzrahmen ab: Die Verriegelung war herausgefetzt worden. Kerben am Türpfosten – eindeutig Hebelmarken.

»Nicht gerade elegant«, flüsterte Wegmann. Er zog sich auf den nächsten Treppenabsatz zurück, tippte eine Nummer in sein Telefon und verständigte leise die Jungs von der Spurensicherung.

Reuter zog seine Waffe und kreuzte die Handgelenke, auf den Lichtfleck seiner Lampe zielend. Seine Müdigkeit war wie weggefegt – Adrenalin ließ sein Herz schneller schlagen. Wegmann trat an seine Seite. Reuter stieß mit dem Pistolenlauf die Tür auf. Der Strahl der Lampe strich durch den Flur.

Tüten voller Pfandflaschen, zum Teil geplatzt oder aufgerissen. Leere Bierkästen. Ein aufgeschlitzter Müllsack, aus dem Altpapier quoll. Die Schubladen eines Schranks standen offen, der Inhalt war auf dem Boden verstreut. Schuhe, Klamotten, Anzüge.

Etwas blendete am gegenüberliegenden Ende. Eine Bewegung – es war Reuter selbst im Garderobenspiegel. Sein Partner drückte mit dem Ellbogen den Lichtschalter. Eine nackte Birne funzelte von der Decke.

»Polizei! Wir kommen jetzt rein!«

Sie drangen weiter in die Wohnung vor. Rasch kontrollierten sie Küche und das Klo. Niemand da.

Robbys Schlafzimmer: Der Vorhang bauschte sich.

Wegmann zielte. Reuter ging hin und riss den Stoff beiseite – eine gekippte Balkontür, Durchzug. Sicherheitshalber sahen sie auch im Schrank und unter dem Bett nach.

Reuter verstaute seine Waffe unter der Jacke. »Jemand ist uns zuvorgekommen«, konstatierte er. »Und war schnell wieder weg.«

Wegmann holte seinen Koffer und packte Latexhandschuhe aus. Fast unmöglich, die Dinger überzustreifen. »Small«, schnaubte der Exboxer. »Die Beschaffungsstelle hat mal wieder gespart.«

Das Zimmer war über und über mit Bildchen beklebt. Engel, diverse Heilige, immer wieder Maria, mal mit Kind, mal ohne. Kruzifixe, Kitschpostkarten, Katholikenklimbim – vielleicht hatte der Türsteher geglaubt, er könne gegen alle möglichen Gebote verstoßen und trotzdem würden ihn seine Schutzpatrone retten.

Sie stöberten. Es gab einen Computer, aber kein Festnetztelefon. Wegmann fand Fotos im Passbildformat, die Robby mit einem Mädchen zeigten. Locken umrahmten ein hübsches Gesicht. Es war Juli.

»Könnten wir gebrauchen«, sagte Wegmann und steckte die Bilder ein.

Nach einer halben Stunde gaben sie auf. Kein Tagebuch, kein Terminkalender, kein Adressbuch oder Telefonverzeichnis. Sie hatten nicht einmal erfahren, wo Juli wohnte. Das Schriftliche ist nicht Einsteins Ding gewesen, dachte Reuter.

Oder die Einbrecher hatten alles mitgehen lassen.

Er trat auf den Balkon. Der Wohnungsinhaber hatte ihn als Zwischenlager für Müll verwendet. Aber die Tüten waren ordentlich gestapelt, keine davon aufgerissen.

Reuter überlegte: Nur in der Küche war die Unordnung so groß wie im Flur. Also hatten die Einbrecher dort gefunden, was sie gesucht hatten.

Sie nahmen sich noch einmal den kleinen Raum vor. Auf dem Herd leere Behälter aus transparentem Kunststoff. Klebeetiketten: *Salz, Zucker, Mehl.* In der Spüle ein weißer Haufen, an den Rändern vom Wasser aufgelöst. Reuter fuhr mit dem Finger in das weiße Zeug und leckte ihn ab. Zucker.

Er fasste in den Haufen und förderte Scheine zutage. Einen Zehner, mehrere Fünfziger.

Reuter stellte fest: »Wer auch immer hier war – er hatte es nicht auf das Geld abgesehen. Marthau hat früher mit Koks gedealt. Vielleicht auch bis zum Schluss.«

Schritte auf der Treppe, ein Klopfen an der Tür. Reuter fuhr herum. Zwei Beamte der Spurensicherung.

Wegmann schlug vor: »Die Befragung der Nachbarn sollen die Kollegen der Kriminalwache übernehmen.«

21.

Reuter ließ sich von Wegmann vor der Festung absetzen und ging nach Hause. Er wohnte nah – keine dreihundert Meter von seinem Arbeitsplatz entfernt. Die Fenster im zweiten Stock des Eckhauses waren dunkel – sicher schlief Katja längst.

Henrike Andermatt ging ihm nicht aus dem Kopf.

Reuter holte seinen Micra aus der Kellergarage, obwohl sein Verstand ihm sagte, dass es Unsinn war, was er da tat.

Er wählte die Route durch den Rheinufertunnel, bog hinter dem Glasturm der Victoria-Verwaltung ab, durchquerte Pempelfort und erreichte die Münsterstraße, die ihn in nordöstlicher Richtung am ARAG-Hochhaus vorbei nach Rath brachte. Die Arbeitersiedlungen jenseits der S-Bahn wichen bald den besseren Häusern der Vorarbeiter und Angestellten, bis die Bebauung auflockerte: Villen am Rand des Stadtwalds, einst für die Fabrikdirektoren errichtet.

Das Haus der Andermatts war ein zweigeschossiger Bau im klassizistischen Stil. Vergitterte Fenster im Erdgeschoss, über dem Eingang ein Zierbalkon mit steinerner Balustrade. Zu Kegeln gestutzte Buchsbäume standen davor Spalier. Selbst im Dunkeln wirkte der Vorgarten musterhaft gepflegt.

Von Edgars Jaguar nichts zu sehen, weder am Straßenrand noch in der Zufahrt. Vermutlich war die Familie inzwischen unter sich. Reuter fuhr ein Stück weiter, bis er einen Blick auf den Garten hinter der Villa erhaschen konnte. Licht fiel auf den Rasen – die Andermatts waren noch auf.

Reuter wendete und stoppte den Wagen an der dunkelsten Stelle zwischen zwei Straßenlampen.

Die Versuchung war groß, über den Zaun zu steigen und an einem der rückwärtigen Fenster zu lauschen. Aber es konnte Hunde geben, Alarmanlagen – zu riskant.

Reuter blieb sitzen und dachte über Ungereimtheiten nach: dreißig Minuten bis zum Auftauchen der Richtertochter im Präsidium. Ihre verquere Aussage – als hätte Robby ernsthaft eine vermummte Person nach dem Weg gefragt.

Ein Auto bog von der Reichswaldallee ab und näherte sich. Bevor es das Anwesen erreichte, hielt es an und das Licht wurde gelöscht. Keiner stieg aus.

Noch jemand, der die Andermatts observierte. Reuters Herz schlug schneller. Er tastete unter sein Jackett und vergewisserte sich, dass seine Waffe im Holster saß. Er schloss die Hand um den Griff, sein Puls beruhigte sich nicht.

Das Nummernschild des anderen war nicht zu entziffern. Er hatte sich ebenfalls eine dunkle Stelle gesucht. Reuter versuchte, den Fahrzeugtyp zu erraten. Chrom schimmerte an der Front. Vielleicht ein BMW, aber die Silhouette war nicht die einer großen Limousine.

Er fragte sich, ob er hingehen sollte.

Plötzlich flammten am Haus Scheinwerfer auf. Zuerst glaubte Reuter, das Licht gelte ihm. Dann erkannte er, dass eine Person herausgekommen war und einen Bewegungsmelder ausgelöst hatte. Die Eingangstür knallte ins Schloss. Eine Batterie von Strahlern erhellte von der Balustrade des Balkons aus den Vorgarten. Es war eine Frau, die eine Sporttasche schleppte und die Straße erreichte.

Reuter erkannte sie und kurbelte die Scheibe herunter. »Henrike!«

Er startete den Motor. Zugleich röhrte auch das andere Auto los. Ein niedriger Sportwagen – im Rückwärtsgang und unbeleuchtet entfernte er sich, ohne dass Reuter das Kennzeichen hätte entziffern können.

Er rief noch einmal: »Lena!«

Die Richtertochter sah sich um, dann setzte sie ihren Weg fort. Sie trug schwer an der großen Tasche. Der Schulterriemen war zu lang, das Ding schlug gegen ihr Bein. Sie eilte auf die Kreuzung zu. Reuter ließ den Micra neben der jungen Frau herrollen.

»Verpiss dich!«, rief sie, ohne anzuhalten.

Weit und breit gab es keinen Taxistand.

»Hey, steig ein! Du solltest nachts nicht allein umherlaufen. Robbys Mörder könnte es auch auf dich abgesehen haben!«

»Der Einzige, der mir auflauert, bist du«, schnaubte sie wütend.

Reuter wich einem Geländewagen aus, der am Straßenrand parkte. Das Mädchen hastete weiter. Er blieb dran. »Sei vernünftig, Henrike. Ich möchte nicht, dass dir etwas zustößt.«

Die junge Frau blieb stehen. Außer Atem musterte sie den japanischen Kleinwagen. Schließlich überquerte sie die Straße. Reuter half ihr, die Tasche auf dem Rücksitz zu verstauen.

Sie sagte: »Aber glaub bloß nicht, dass du mich ohne meinen Anwalt zu einer Aussage überreden kannst. Ihr wollt bloß einen raschen Erfolg verbuchen und mich zur Mörderin abstempeln. Mein Anwalt hat mich gewarnt, ich fall nicht auf euch rein!« Sie zitterte – noch immer stand sie unter Schock, kein Wunder.

»Wohin?«

»Oberbilk. Kennst du die Vulkanstraße?«

Rund sieben Kilometer Fahrt, schätzte Reuter und gab Gas. Zu Fuß hätte sie mit dem Gepäck locker zwei Stunden gebraucht.

»Niemand hält dich für die Mörderin. Aber du verschweigst uns was, Henrike.«

»Ich heiße Lena.«

»Okay, Lena.«

Reuter warf immer wieder prüfende Blicke in den Rückspiegel. Lichter folgten ihnen, aber er konnte nicht erkennen, ob es stets die gleichen waren. Ihm wäre es lieber gewesen, wenn es sich das Mädchen anders überlegt hätte. Im Haus der Eltern war es seiner Meinung nach am besten aufgehoben.

»Was willst du in der Vulkanstraße? Keine gute Gegend.«

»Ich übernachte bei einer Freundin.«

»Warum nicht bei dir?«

»Geht dich einen Scheißdreck an.«

Reuter fuhr südwärts. Henrike kaute auf einer Haarsträhne und presste sich gegen die Beifahrertür, als wollte sie möglichst großen Abstand halten.

»Der Ausbruch der jugendlichen Rebellin aus dem bürgerlichen Elternhaus – ist es das, was dich treibt?«

»Was soll das? Bist du Hobbypsychologe? Oder so ein Idiot, der sich einbildet, dass er mich beschützen muss?«

»Diese Partys – wissen deine Eltern von deinem Doppelleben?«

»Denen bin ich im Grunde scheißegal. Den beiden geht es doch nur um das Image des künftigen Innenministers.«

»Du schadest dir selbst. Du lockst schräge Vögel an. Dir entgleitet die Kontrolle.«

»Was hat das mit Robby zu tun?«

»Du solltest auf jeden Fall besser auf dich aufpassen.«

»Ich will lieber etwas tun und es meinetwegen hinterher bereuen, als lebenslang das Gefühl mit mir herumtragen, ich hätte etwas verpasst.«

»Fakt ist, dass dein Begleiter tot ist. Was wolltet ihr wirklich im Hafen? Warum bist du nicht sofort zu uns gekommen?«

Sie schwieg.

Er sah in ihr Gesicht. Müde und abgekämpft. Als sie seinen Blick erwiderte, legte sich ein spöttischer Zug um ihren Mund, der zu sagen schien: Mir macht keiner etwas vor.

Reuter fuhr schneller. Er fand in der Seitenablage Kaugummis und bot sie Lena an. Das Mädchen lehnte ab. Sie jagten die Brehmstraße entlang, als er plötzlich ihre Hand zwischen seinen Beinen spürte.

»Schon mal beim Autofahren einen geblasen bekommen?«

Er fragte sich, wie weit sie gehen würde. Wie weit *er* gehen wollte.

Sie machte sich an seinem Reißverschluss zu schaffen.

»Kein Bedarf«, sagte er.

»Lügner. Ich spür doch, dass dir das gefällt.«

Er riss sich zusammen und schob ihre Finger weg. Dabei fiel ihm eine frische Narbe auf. Rund und rot glänzend, auf dem Rücken ihrer linken Hand.

Die Richtertochter verschränkte die Arme. Er schloss die Hose. Sie erreichten den Oberbilker Markt.

Reuter versuchte, sich zu erinnern, wo die Straße genau war, die Henrike genannt hatte. Ihm gefiel der Gedanke nicht, die junge Frau irgendwo abzuliefern, wo er nicht auf sie aufpassen konnte.

Sie kurvten durch das Viertel hinter dem Bahnhof. Arabische Läden, heruntergekommene Kneipen, ein Penner-Kiosk. Gleich um die Ecke Düsseldorfs größter Puff. Und ständig das Rumpeln der Züge. Entlang des Bahndamms verlief die Vulkanstraße. Hier wohnt keiner freiwillig, dachte Reuter.

Henrike alias Lena löste den Gurt. Reuter stoppte in zweiter Reihe. Sie wollte aussteigen. Er packte ihren Arm.

»Soll ich dich nicht besser zurück nach Hause bringen?«

»Ich führe mein eigenes Leben. Lass mich los.«

»Dein Leben – nächtliche Spritztouren mit Kriminellen aus der Türsteherszene? Fickpartys, bei denen du dich zur Nutte machst?«

»Du verstehst gar nichts. So ein Spießer wie du traut sich doch sein Leben lang nicht, seine Fantasien auszuleben.«

Reuter hielt Lena ihre eigene Hand unter die Nase. Die frisch vernarbte Verletzung. Sie versuchte, sich loszureißen. Er fasste fester zu und schob ihren Ärmel zurück. Weitere Narben, die von Schnittverletzungen herrührten.

»Hat da auch jemand seine Fantasien ausgelebt?«

»Lass mich los, verdammt, du tust mir weh!«

»Lena, jemand ist hinter dir her. Bei deinen Eltern wärst du sicherer untergebracht.«

»Das sind nicht mehr meine Eltern!«

Er gab ihre Hand frei. Die Richtertochter griff nach ihrer Tasche und stieg aus.

Reuter sah zu, wie sie am nächsten Hauseingang klingelte. Es war der oberste Knopf.

Im Rückspiegel schob sich ein Auto langsam heran. Ein kleiner BMW, der mit einigem Abstand anhielt.

Reuter tastete wieder nach seiner Waffe. Sein Blick ging zwischen Lena und dem Rückspiegel hin und her.

Sie klingelte noch einmal und schaute kurz herüber, als wolle sie sich versichern, dass ihre Mitfahrgelegenheit noch bereitstand. Dann trat sie auf die Straße und spähte zur Dachwohnung hoch.

Reuter starrte in den Rückspiegel, die Hand fest am Pistolengriff. Niemand rührte sich in dem Wagen hinter ihm.

Der Summer tönte, Reuter konnte ihn hören. Als das Mädchen im Haus verschwunden war, stieg er aus. Kein Klingelschild sah aus wie das andere. Gedruckte Namen, Handschriftliches, manche Zettel mehrfach überklebt, das meiste klang türkisch. Ganz oben: *Juli Winters.*
Sieh an: Robbys Freundin.
Ein Motor röhrte, Reifen rumpelten. Als Reuter sich umwandte, verschwand der BMW um die Ecke.
Auf der Heimfahrt dachte Reuter über die Richtertochter nach und darüber, wie er sie zum Reden bringen könnte. Was sie über das Ausleben von Fantasien gesagt hatte, beschäftigte ihn ebenfalls.
Hast du schon mal beim Autofahren einen geblasen bekommen?
Kollege Koch hätte die Hand nicht weggeschoben, dachte Reuter. Ihm fiel Katja ein. Zwei Kondome im Gepäck – wehe, wenn sie ihn betrog. Dann hatte er gerade die Gelegenheit zur Revanche verpasst.
Reuter kontrollierte den Rückspiegel – kein Verfolger mehr. Trotzdem schlug er Haken, bis er ganz sicher war.
Der BMW sagte ihm, dass er auf der Hut sein musste.

22.

Simone wälzte sich in ihrem Bett. Die grünen Leuchtziffern ihres Weckers standen auf zwei Uhr. Der Vollmond hatte sie geweckt. Und der Gedanke an Lohmar ließ sie nicht wieder einschlafen.
Sie musste den smarten Herrn auf Abstand halten. Ein angenehmer Kunde in Hamburg – hier ein gewaltiger Unsicherheitsfaktor.
Simone stand auf und goss sich im Dunkel ihrer Wohnküche ein Glas von dem Cabernet ein, den sie noch kurz vor Ladenschluss im Supermarkt gekauft hatte. Nicht gerade ein

Edeltropfen. Sie nahm sich vor, morgen zu dem kleinen Weinladen zu gehen, den sie unlängst in ihrem Viertel entdeckt hatte – sie brauchte dringend Bordeaux-Nachschub.

Draußen schimmerte das Wasser des Rheins. Die Wolken hatten sich verzogen. Der Mond hing über der Düsseldorfer Altstadtsilhouette. Simone war stolz auf den Ausblick in der ersten Reihe des Oberkasseler Ufers. Ein Großteil ihres Gehalts ging für die Miete drauf.

Ihr wurde kühl. Sie streifte ihren Morgenmantel über. Ihre Tage waren überfällig. Doch schwanger war sie auf keinen Fall. Simone überlegte, wann sie zuletzt mit einem Mann geschlafen hatte: seit ihrem Umzug ins Rheinland nur einmal – lange her und nicht der Rede wert.

Ein größerer Schluck. Du kannst nichts planen, sagte sie sich. Es kommt immer anders. Zumindest in ihrem Leben – eine Kette von Versuchen, aus denen bislang nicht viel geworden war. In Düsseldorf hatte sie gehofft, Wurzeln schlagen zu können. Bis gestern hatte es ganz danach ausgesehen.

Irgendwie hatte Lohmar ihre Nummer herausgefunden, obwohl sie nicht im Telefonbuch stand – jemand in der Stadtverwaltung hatte offenbar geplaudert. Simone hätte am liebsten sofort aufgelegt, als sie am Abend seine Stimme erkannte. Aber der Unternehmensberater hatte nur über seinen Russen geredet und über die Baupolitik der Stadt.

Großartige Idee, Frau Beck, das mit der Investition am Rheinhafen! Karpow ist gleich angesprungen. Jetzt müssen wir nur noch Ihren Chef überzeugen.

Ich muss gar nichts, dachte Simone.

Das Stadtoberhaupt hatte seinen Standpunkt klargemacht. Die Russen durften dem Fußballclub spenden, aber sie spielten nicht in der Champions League der seriösen Investoren, die für das Hafen-Congress-Centrum infrage kamen.

Simone schenkte sich Rotwein nach. Ihr fiel auf, wie leer die Wände ihrer Wohnung noch waren. Der nicht ausgepackte Karton in ihrem Schlafzimmer – sie ging hinüber und zog ihn unter dem Bett hervor. Staubflocken und gerahmte Fotos, mit denen sie in Hamburg in einsamen Stunden Zwiesprache gehalten hatte. Leute aus ihrer Vergangenheit und abgebrochene Brücken.

Der Anblick ihrer Eltern bewegte sie. Die alten Leutchen hatten es nie verwunden, dass sie ihr Studium in Düsseldorf geschmissen hatte und einem Kerl, den sie kaum kannte, an die Elbe gefolgt war.

Ihr Vater: gestorben.

Die Mutter: Heiminsassin in Ratingen. Arztrechnungen und Ärger mit dem Sozialamt der Nachbarstadt hielten Simone auf Trab. Die wöchentlichen Besuche und das Leuchten im Gesicht der Mutter, wenn sie ihre Tochter erkannte, gaben Simone jedes Mal einen Stich ins Herz.

Sie schob die Fotos zurück, ganz weit nach hinten. Für die leeren Wände würde sie eine bessere Lösung finden. Ein schönes Poster, einen Kunstkalender vielleicht. In Hamburg hätte sie gewusst, wo sie danach stöbern konnte. Hier hatte sie sich vor lauter Arbeit noch nicht eingelebt.

Simone knipste das Licht aus und kehrte zurück in die Küche. Der Cabernet schmeckte nicht einmal so übel. Sie goss den Rest ins Glas und blickte hinaus in die Nacht.

Ich will endlich Fuß fassen, dachte Simone. Nicht mehr davonlaufen. Mich durchbeißen, auch wenn ich hier kaum jemanden kenne.

Lohmars Drängen, trotz Krolls entschieden vorgetragenem *Njet: Sagen Sie Dagobert, dass Karpow die Bauleitung in die Hände von Gisbert Valerius und seiner Düssel-Bau legen und das Investitionsvolumen kräftig nach oben korrigieren wird.* Gisbert Valerius – jetzt wollte es Lohmar also über Krolls Cousin versuchen.

Valerius hatte die neue Fußballarena gebaut, die Flughafenerweiterung und ein Einkaufszentrum, für das sich Kroll mächtig ins Zeug gelegt hatte. Auch die Investoren aus Toronto hätten *Düssel-Bau* vermutlich zum Zug kommen lassen.

Das Investitionsvolumen nach oben korrigieren, das hieß eine Schippe drauflegen, die Gewinnspanne für den OB-Vetter erhöhen. Der Unternehmensberater und sein Russe wollten Valerius schmieren. Sie wollten Kroll schmieren.

Simone hoffte, dass ihr Chef dafür nicht zu haben war. Bei all seinen Macken und Eigenheiten – er war der Einzige, auf den sie bei ihrem Neuanfang bauen konnte. Dagobert Kroll hatte stets betont, wie sehr ihm das Wohl der Stadt und ihres Wirtschaftslebens am Herzen lag. Das konnte doch nicht bloße Blenderei gewesen sein.

Sie müssen das unbedingt einfädeln.

Ich muss gar nichts – oder glaubt Lohmar, er hat mich in der Hand? Sie hatte in Hamburg mit ihm geschlafen, na und? Aus ihrer Arbeit für die Gräfin ließ sich kein Strick drehen. Das Institut besaß einen tadellosen Ruf. Den Mädchen waren strenge Regeln auferlegt: keine Zweideutigkeiten im Umgang mit den Kunden, keine Bettgeschichten. Wer sich nicht daran hielt, flog.

Das war es, fiel Simone ein: Sie war gefeuert worden. Lohmar brauchte nur mit der Gräfin zu reden, um zu wissen, dass Simones Bettgeschichte mit ihm kein Einzelfall gewesen war. Sie leerte das Glas. Der Mond schien unbarmherzig in das Zimmer.

Dossiers, meine Liebe. So funktioniert Politik!

Sie brauchte dringend eines über Lohmar.

Samstag, 19. Mai, *Blitz*, Titelseite:

SENSATION: GERAUBTES MEISTERWERK WIEDER DA!

Ein Jahr lang wurde verhandelt, gezockt und gezittert. Staranwalt Dr. Edgar Reuter (32) begab sich in die Höhle des Löwen und kam gestern als Sieger zurück: Er übergab dem glücklichen Direktor der Kunstsammlung NRW das Meisterwerk, das skrupellose Kunstdiebe vor zwei Jahren geraubt hatten und das von Fachwelt und Versicherung (Wert der Police: 10 Mio.) bereits abgeschrieben worden war. *Die Nacht* von Max Beckmann, ein Meilenstein der Kunst des 20. Jahrhunderts – dank des mutigen Anwalts haben wir das Werk zurück!

Samstag, 19. Mai, *Morgenpost,* Lokales:

HAFEN-CONGRESS-CENTRUM SETZT NEUE MASSSTÄBE

Keine Atempause im Rathaus an diesem Wochenende: Bis zur letzten Stunde feilen die Planer um Stadtoberhaupt Dagobert Kroll an der Präsentation des Hafen-Congress-Centrums (HCC). Am Montag wird der Vorhang gelüftet. So viel steht schon fest: Es wird ein spannender, metropolitaner Mix aus Büros, Tagungsstätten und Highclass-Hotellerie, die den Medienhafen krönen und in puncto Architekturqualität und Umweltstandards neue Maßstäbe setzen wird. Gemeinsam mit den Spezialisten von *Düssel-Bau* will man die städtebauliche Herausforderung zukunftsorientiert meistern.

Über Monate wurde mit dem Investor verhandelt, der die ambitionierten Vorgaben umsetzen soll. Wie die *Morgenpost* erfahren hat, handelt es sich um die *Friday-Robinson-Group* aus dem kanadischen Toronto, dem weltweit führenden Betreiber von Gewerbeimmobilien dieser Größenordnung.

Stadtsprecher Magnus Pröll zweifelt nicht am Erfolg: »Mit dem HCC beweist Düsseldorf seine Top-Position unter den Business-Metropolen Europas.« Gerüchte, dass *Friday-Robinson* den Baubeginn verschieben wolle, verweist Pröll ins Reich der Legenden: »Die Stadt hält an den Plänen fest, alles andere würde uns um Jahre zurückwerfen.«

Samstag, 19. Mai, *Blitz*, Lokalteil:

***WETTEN, DASS..?* HEUTE ABEND AN DER KÖ**

Bereits zum fünften Mal wird die ZDF-Show *Wetten, dass..?* aus Düsseldorf ausgestrahlt. Für das musikalische Programm in Messehalle 6 sorgen u. a. Robbie Williams und Xavier Naidoo. Die traditionelle Stadtwette wird auf unserer Königsallee stattfinden, wo sie schon 2004 platziert war, als Tausende Düsseldorfer die längste Theke der Welt aufbauten. Die Wahl sei einfach gewesen, stichelt Thomas Gottschalk, denn »außer der Königsallee gibt es in Düsseldorf ja nichts«.

Doch auch Gottschalk kommt gern an den Rhein: »Düsseldorf ist optimal, was meinen Luxustrieb angeht.« Der 56-Jährige ist froh, mit Claudia Schiffer als Wettpatin »einen der wenigen deutschen Weltstars« zu Gast zu haben. Das Exmodel wurde einst an der Königsallee entdeckt. Von wegen, es gibt sonst nichts ...

23.

Scholz fuhr noch einmal an den Tatort. Morgenrot schimmerte hinter der Rheinkniebrücke, langsam wurde es hell und in den Sträuchern zwitscherten die ersten Amseln um die Wette. Sechs Stunden Ermittlungsarbeit lagen hinter ihm.

Er stellte den Omega vor dem Flatterband ab. Der gesamte Verlauf der Bremer Straße war abgeriegelt und ausgeleuchtet. Die Feuerwehr hatte eine Lichtgiraffe aufgestellt, einen Anhänger mit Generator und einem Gerüst, an dem zahlreiche Scheinwerfer hingen. Scholz zählte acht Kriminaltechniker in Weiß, die noch immer damit beschäftigt waren, den Straßenbelag zu mustern, mit Metallsuchgeräten durch das Gras zu schleichen, die Blechwand der Baracke zu beäugen und jenseits des Zauns durch das Gestrüpp zu kriechen.

Dahinter war das Rheinufer, wo die Punker vermutlich ihren Rausch ausschliefen.

Scholz sprach den Techniker an, der ihm am nächsten stand: »Schon was gefunden?«

»Zwei Hülsen weiter hinten, neun Millimeter. Dass es kurz nach dem Feuerwerk geregnet hat, macht uns die Sache nicht gerade leichter.« Der Techniker fuhr fort, mit einer Speziallampe nach Blutspuren zu suchen.

Scholz begann, sich außerhalb der Absperrung umzusehen. Wenn die Kollegen Patronenhülsen gefunden hatten, bedeutete dies, dass der Schütze eine Pistole verwendet hatte, keinen Revolver. Geschosse, Hülsen, Blutspritzer und Textilfasern konnte es auch hier vorn geben, falls die junge Andermatt nicht gelogen hatte. Laut ihrer Aussage hatte der Killer sie über eine längere Strecke verfolgt.

Groß, schwarze Kleidung, eine Haube über dem Gesicht.

Neun von zehn Morden waren Beziehungstaten, doch danach sah es hier nicht aus. Es konnte schwierig werden: Etliche Mordfälle der letzten Jahre, die mit organisierter Kriminalität in Verbindung gebracht wurden, waren ungeklärt und würden es vermutlich für immer bleiben – Profikiller wurden eingeflogen und hinterließen keine verwertbaren Spuren.

Scholz zog das Revers seiner Jacke zusammen. Ihm war kalt. Aber er wusste, dass sich seine bisherige Ausbeute sehen lassen konnte.

Punkt eins, die Party: Der Portier des Hotels *Villa Rheinblick* hatte eingeräumt, dass er den Ermordeten und seinen Mitveranstalter kannte, einen jungen Mann namens Sascha. Die beiden hatten bereits zum dritten Mal die Kurfürsten-Suite reserviert. Auch die Kleine mit den violetten Strähnen hatte besagten Sascha beschrieben, als sie nach einigen Tassen Kaffee etwas munterer geworden war. Robert Marthau und dieser Sascha hatten das Mädchen im *Pleasure Dome* angesprochen.

Beide Zeugen schilderten Sascha übereinstimmend als etwas größer als Marthau und im gleichen Alter. Nicht so auffällig im Proll-Gehabe, eher der zurückhaltende Typ, ebenfalls mit osteuropäischem Akzent. Sascha trug seinen Schädel kahl rasiert, dazu Ringel-T-Shirt und grauen Anzug, zumindest gestern Abend. Er sei zu Beginn der Party in der Hotelsuite gewesen, später habe ihn das Mädchen jedoch nicht mehr bemerkt.

Punkt zwei, die Fingerspuren an den Trinkgläsern im Hotelzimmer: Scholz hatte sich Abdrücke der sechs uniformierten Kollegen schicken lassen, die mit ihm und Marietta die Kurfürsten-Suite im *Hotel Villa Rheinblick* durchsucht hatten. Tatsächlich hatten zwei von ihnen Gläser angefasst. Die übrigen Spuren stammten höchstwahrscheinlich von Partygästen. Was davon brauchbar war, hatte Scholz an das Bundeskriminalamt übermittelt – die Kollegen der Kriminaltechnik hatten bereits genug um die Ohren. AFIS hieß die Datei, in der die Fingerprints sämtlicher Straftäter der letzten zwanzig Jahre gespeichert waren. Im Lauf des Vormittags würden die Ergebnisse des Abgleichs vorliegen, hoffte Scholz.

Punkt drei, der Inhalt der besagten Gläser: Scholz hatte die Proben persönlich beim Landeskriminalamt an der Völklinger Straße vorbeigebracht, dessen Labor dafür zuständig war. Er war gespannt auf die Analyse.

Punkt vier, die Wohnung des Mordopfers: Mit einigen Kollegen der Kriminalwache hatte Scholz Klinken geputzt und die angetroffenen Hausbewohner befragt. Eine ältere Nachbarin hatte der Einbruchslärm aus dem Fernsehsessel getrieben und zum Türspion gelockt. Scholz hatte sie auf gut Glück mit Saschas Personenbeschreibung konfrontiert. Treffer: Der Mann, der an Omas Guckloch vorbeigelaufen war, hatte Glatze und grauen Anzug getragen, das Alter stimmte ebenfalls.

Im Geschäftszimmer des KK 11 hatte Scholz danach die Akte gefunden, die Reuter und Michael Koch über ihren

Informanten angelegt hatten. Der nächste Treffer: Sascha war als Marthaus Kumpel erwähnt und hieß mit Nachnamen Maisel. Adresse im Stadtteil Bilk, Uni-Nähe. Scholz hatte daraufhin die Kriminalakten gecheckt: Keine Vorstrafen, aber Maisel war polizeibekannt als Angehöriger der Türsteherszene und mutmaßlicher Kleindealer.

Der Fall hatte ihn gepackt. Zumal das Opfer eine Vertrauensperson seiner alten Dienststelle gewesen war. Dass Reuter mit Michael Koch zusammenarbeiten musste, gönnte Scholz dem Streber. Koch hatte er noch nie leiden können.

An einer Laterne lehnte der demolierte Müllcontainer, der ihm bereits am Abend zuvor aufgefallen war. Das grüne Ding war seitlich eingebeult: breite Schrammen in Hüfthöhe, die blankes Blech freilegten. Auch die Lampe hatte offenbar einen Schlag abbekommen. Scholz sah genauer hin: winzige rote Lackspuren – die Farbe des Pick-ups der Marke Dodge, in dem Henrike Andermatt den Toten zur Festung kutschiert hatte.

Ich hab nur diese vermummte Gestalt gesehen, die auf uns schoss und uns hinterherlief.

Wenn die Version der Richtertochter stimmte, müssten in der Umgebung weitere Geschosshülsen zu finden sein. Scholz schritt den gesamten Platz ab. Um sich anzuspornen, stellte er sich die Verzweiflung der Richtertochter vor und ihren Überlebenswillen, während neben ihr ein Toter saß – sein Blut und Hirn in ihrem Haar.

Als er sich bereits sicher war, dass es nichts zu finden gab, trat er auf etwas Hartes. Noch ein Treffer: Punkt fünf.

Er fischte aus seiner Jacke ein Tempo-Päckchen, leerte es und versuchte, mit der Plastikhülle die leere Patrone aufzunehmen, ohne Fingerspuren zu verwischen.

Neun Millimeter, schätzte Scholz. Er legte ein Papiertaschentuch auf den Asphalt und beschwerte es mit einem Stein, um den Fundort zu markieren. Dann ging er zur Absperrung zurück und überreichte seinen Fund.

»Vielleicht gibt es da vorn noch mehr davon«, sagte er. »Und schaut euch mal den Müllcontainer und die Straßenlampe an. Sieht so aus, als wäre der Pick-up dagegengekracht.«

Der Kollege im weißen Overall bedankte sich.

Scholz stieg in seinen Dienstwagen und drehte die Heizung auf. Er war müde und sein Schädel pochte – zu wenig Schlaf in den letzten Tagen.

Ich bin zu alt für den Schichtdienst der Kriminalwache, ging es ihm auf dem Weg zur Festung durch den Kopf.

24.

Grelles Sonnenlicht ließ Reuter blinzeln. Er blickte in Katjas Gesicht, das noch vom Schlaf gezeichnet war – so vertraut und warme Gefühle hervorrufend.

Seine Freundin langte herüber und berührte seinen Arm. Sie murmelte: »Ich wusste gar nicht, dass deine Mutter Selbstmord begangen hat.«

Ein Thema, über das er aus Prinzip nicht redete.

»Edgar hat es erwähnt«, erklärte sie.

»Edgar?«

»Er erzählte, dass sich eure Eltern nicht gut verstanden haben und dass eure Mutter Gift genommen hat, als ihr noch Kinder wart. Warum hast du nie darüber geredet? Ich habe den Eindruck, dass du manche Dinge aus deiner Vergangenheit hütest wie ein Geizhals sein Geld.«

Er setzte sich auf, um die Anzeige des Weckers zu entziffern. Mist – spät dran. Katja hatte den Alarm deaktiviert, weil Samstag war. In zwanzig Minuten trat die Mordkommission zur Morgenbesprechung zusammen, die er auf keinen Fall versäumen wollte.

Katja gab keine Ruhe. »Es muss schlimm für euch gewesen sein.«

Und wie, dachte Jan.

Er rappelte sich hoch und stieg unter die Dusche. Auf das Frühstück würde er verzichten müssen.

Als er sich abtrocknete, kam Katja herein und setzte sich zum Pinkeln aufs Klo.

»Wo warst du eigentlich die ganze Nacht?«, fragte sie.

Die ganze Nacht – eine Übertreibung.

»Die Mordermittlung«, antwortete Reuter. »Ich hab doch davon erzählt. Der Fall ist wichtig für mich.«

»Du hast mich am Telefon beschuldigt, als hätte ich deinen Informanten auf dem Gewissen.«

»Und wo warst du gestern Abend?«

»Ist das schon wieder ein Verhör?« Sie betätigte die Spülung.

»Nein, ich frag nur. Klang nach Kneipe, als ich dich anrief.«

»Hätte ich auf dich warten sollen?«

»Nein, schon gut.«

»Übrigens ist mir eingefallen, woher die Kondome stammen, wegen denen du vorgestern so viel Stunk gemacht hast.«

»Ich, Stunk?«

»Willst du's wissen?«

Er ging ins Schlafzimmer, um sich anzuziehen. Ein frisches Hemd, ein passendes Sakko.

Katja folgte ihm. »*Du* hast die Dinger eingepackt. Im letzten Sommer, als ich im Urlaub diese Pilzinfektion hatte. Du wolltest dich nicht anstecken. Weißt du's wirklich nicht mehr?«

Er spuckte auf die Schuhe und wischte sie mit einer alten Socke blank.

»Hey!«, rief Katja. »Du könntest dich wenigstens entschuldigen.«

»Wofür?«

Er ging ins Wohnzimmer, um dem Aquarium guten Tag zu sagen. Die Temperatur stimmte. Alles wohlauf.

Katja sagte: »Dafür, dass du mich behandelt hast wie eine Verdächtige. Dafür, dass du mich ständig allein lässt. Manchmal habe ich das Gefühl, du hängst mehr an deinen Fischen als an mir. Seit Wochen reden wir nicht mehr miteinander.«

Stimmt nicht, dachte Reuter. Du liegst mir immerzu mit deinem Referendariatsstress in den Ohren.

Er sagte: »Hör zu, Katja, es tut mir leid. Lass uns nicht streiten. Hey – ich liebe dich!«

»Wann kommst du heute nach Hause?«

»Früher.« Er küsste sie flüchtig auf den Mund. »Versprochen.«

Katja zeigte ein ungläubiges Lächeln. »Du hast garantiert das Schulkonzert vergessen.«

Es fiel ihm wieder ein: ihre Kids, mit denen sie wochenlang geübt hatte. Zudem war sie eine der Organisatorinnen.

»Heute Abend? Ich versuche, da zu sein.«

»Bemüh dich nicht, Jan. Es ist sowieso nicht nach deinem Geschmack. Ein Prince oder eine Madonna sind nicht gerade dabei.«

Er kontrollierte, ob er sein Handy eingesteckt hatte. Ein rascher Blick auf die Uhr: keine Chance mehr, es pünktlich zu schaffen.

25.

»Gute Arbeit«, lobte der Kollege, der die Mordkommission leitete, nachdem er Scholz' Bericht gelesen hatte.

Beckers Dienstgrad stand draußen auf dem Türschild. Kriminalhauptkommissar wie ich, dachte Scholz. Nur dass der Blondschopf weniger Dienstjahre auf dem Buckel hatte, dafür aber MKs leitete und nicht in der sogenannten bewaffneten Verwaltung versauern musste.

»Bedank dich bei Marietta Fink und den anderen aus der Kriminalwache«, erwiderte Scholz.

Reuter klemmte sich einen Packen Akten unter den Arm. »Nicht so bescheiden, Kollege. Du hast die Informationen zusammengefügt. In Eins-a-Polizistenprosa, die man auf Anhieb kapiert. Alte Schule, was?«

»Ich habe viele Jahre bei der OK-Gruppe gearbeitet.«

»Ja, ja, deine Geschichte ist bekannt.«

Sie brachen auf. Scholz fragte: »Ist bei euch im KK 11 zufällig eine Stelle frei?«

Kriminalhauptkommissar Becker lachte.

Die Sitzung fand im alten Frühbesprechungsraum statt, der immer noch so genannt wurde, einem großen Saal im vierten Stock, der in der Regel Pressekonferenzen und Sonderkommissionen vorbehalten war.

Eine Handvoll Kollegen saß bereits an den Tischen, Kaffee trinkend und Zeitung lesend. Ein KK-11-Mann brütete über dem *Blitz*. Scholz sprach ihn an: »Stehen wir schon drin?«

»Nö. Der Redaktionsschluss war wohl zu früh für unseren Hugo.«

Engel betrat den Raum, der lang gewachsene Obermufti, der es in rekordverdächtiger Zeit zum Leitenden Kriminaldirektor und Kripochef gebracht hatte. Wie immer im feinen Zwirn, Dreiteiler und Krawatte, womit er sich von den übrigen Beamten abhob, die Praktisches bevorzugten. Es hieß, Engel könne gut mit Richter Gnadenlos, der als künftiger Innenminister im Gespräch war – beste Voraussetzung für eine Fortsetzung der Glanzkarriere des Langen.

Immer mehr Kollegen trudelten ein, MK-Leiter Becker ließ Listen herumgehen. Jeder sollte sich mit Handynummer eintragen. Weitere Stapel folgten: Porträtfotos des Ermordeten zum Herumzeigen bei Befragungen, Kurzfassungen der ersten Erkenntnisse. Scholz registrierte eine angespannte Stimmung unter den Kollegen.

Engel erhob sich. »Morgen, Kollegen. Keine Angst, Sie

werden nicht die Einzigen bleiben, die sich das Wochenende mit der Klärung dieser kaltblütigen und brutalen Mordtat um die Ohren schlagen, denn ich werde der MK *Feuerwerk* umgehend weitere Kollegen aus den Kripo-Dienststellen zuteilen. Ich will hier keine große Rede schwingen, nur Folgendes: Zwei Dinge werden wir auf keinen Fall schon jetzt an die Öffentlichkeit geben. Zum einen die Tatsache, dass das Opfer von uns als Vertrauensperson geführt wurde. Es gibt parallele Ermittlungen der OK-Gruppe und die dürfen nicht beeinträchtigt werden. Zum anderen die Identität der Zeugin, die den Toten bei uns quasi abgeliefert hat. Solange Henrike Andermatt nicht als Tatverdächtige gilt, sehe ich keinen Grund, das Augenmerk der Medien auf sie und ihre Familie zu lenken. Ist das angekommen?«

Allgemeines Nicken in der Runde. *Sie und ihre Familie* – hundert zu eins, dass Daddy Andermatt bereits Druck ausübt, dachte Scholz. Ob der Richter wusste, was sein Töchterchen nebenbei so alles trieb?

»KHK Thilo Becker leitet die Ermittlung in enger Abstimmung mit Ela Bach und mir. Ich wünsche uns allen einen raschen Erfolg.«

Becker ergriff das Wort und referierte den Stand der Ermittlungen. Mittendrin platzte Jan Reuter in den Saal. Mit hochrotem Kopf suchte er sich einen Platz. Die Verspätung war ihm sichtlich peinlich – Scholz hatte den Eindruck, als wolle der Streber mit dem schicken Sakko seinem Mentor Engel nacheifern.

Als Scholz kurz darauf fast einnickte, rief ihn der MK-Leiter auf, seine Erkenntnisse zu skizzieren.

Damit hatte Scholz nicht gerechnet. Er erhob sich, stopfte einen widerspenstigen Hemdzipfel in den Hosenbund und fasste sich kurz – den Rest konnten die Kollegen auch nachlesen.

Punkt eins, die Party: Hinweis auf Sascha, den Mitveranstalter neben Robert Marthau.

Punkt zwei, Fingerspuren an den Gläsern: zur Stunde noch keine Ergebnisse.

Punkt drei, mögliche Drogen in den Getränkeresten: dito.

Punkt vier, die Wohnung des Mordopfers: besagter Sascha als mutmaßlicher Einbrecher.

Punkt fünf, die Spuren am Tatort: Sie bestätigten Henrikes Aussage.

Ela Bach nickte anerkennend. Streber Reuter schrieb eifrig mit.

Als Nächstes war Fritz Mangold dran, der Leiter des Erkennungsdienstes. Der Mann war mager geworden, fand Scholz. Es gab Gerüchte von einer tückischen Krankheit, die Mangold gerade erst überstanden hatte.

Der oberste Kriminaltechniker klatschte weitere Fotos, Ausdrucke und Formulare auf den Tisch. »Der Tatort hat es uns nicht leicht gemacht. Insgesamt haben wir vier Geschosshülsen und ein Projektil gefunden, verteilt über die gesamte Bremer Straße und den Wendeplatz davor. Leider keine Fingerprints auf den Hülsen, nur Spuren von Schlagbolzen und Auszieherkralle, die uns ohne die Tatwaffe nicht viel sagen. Lackspuren an einem Müllcontainer zeigen, dass der rote Dodge den Container gerammt hat. Unvorstellbar, dass die Zeugin Andermatt all diese Spuren selbst gelegt hat, um eine eigene Täterschaft zu verschleiern. Einzelheiten könnt ihr nachlesen.«

Mangold hustete und klopfte auf den Stapel, den er vor sich aufgebaut hatte. »Und schließlich haben wir Asche von etwa drei Zigaretten entdeckt.«

»Zigarettenasche vom Täter?«, fragte Becker.

»Höchstwahrscheinlich. Allerdings hat er keine Kippen zurückgelassen. Das heißt, wir haben keine DNA.«

»Cleveres Kerlchen«, bemerkte Wiesinger.

Scholz nahm sich jeweils ein Blatt von den Stapeln, die herumgereicht wurden. Dann verabschiedete er sich still und leise. Seine Kopfschmerzen sagten ihm, dass er Schlaf brauchte.

Im Foyer des Präsidiums schob er sich durch einen Pulk von Zeitungsschreibern und Radioleuten. Der piekfeine Engel improvisierte bereits eine Pressekonferenz.

Gedrängel, erhitzte Gesichter, zitternde Mikrofone. Aufgeregte Fragen nach dem Mörder – Tote belebten das Mediengeschäft.

26.

»Koch.«

»Hallo, Michael«, grüßte Reuter, »Jan hier.«

»Was gibt's?«

»Wo steckst du? Zu Hause oder bei der Geliebten?«

»Schön wär's. Ich sitze gerade in Ludenberg in einem zivil lackierten Einsatzfahrzeug und halte Grusews Domizil im Auge. Hier stehen lauter nagelneue Villen mit Blick den Hang hinunter Richtung Hubbelrath. So viel Karriere kannst du bei der Polizei gar nicht machen, um dir so etwas leisten zu können.«

»Was macht unser Russe?«

»Wenn er schlauer ist als wir, liegt er noch im Bett und lässt sich von irgendeiner Olga einen blasen. Dass ich am Samstagmorgen hier sitze, hab ich nur dir zu verdanken.«

»Wie kommst du darauf?«

»Hennerkamm schäumt, weil du ohne seine Zustimmung für die Mordkommission arbeitest, und will sich deshalb beim Kripochef beschweren. Er macht Dampf in Sachen Grusew. Die Sache scheint ihm wichtig zu sein.«

»Lass ihn schäumen.«

»Was liegt an bei dir?«

»Die Kollegen hätten gern deine Aussage in Sachen Robby Marthau. Eilt nicht, aber ruf mal an.« Reuter gab die Nummer des MK-Leiters durch.

»Und sonst?«, wollte Koch wissen.

»Ungereimtheiten in Lenas Aussage, aber es steht fest, dass sie nicht geschossen hat. Übrigens heißt sie in Wirklichkeit Henrike und ist die Tochter von Richter Andermatt, was die Presse aber nicht spitzkriegen darf.«

»Hört, hört.«

»Du warst auf ihrer Homepage, auf der sie ihre Dienste anbietet. Hättest mir was sagen können.«

»Eine irre Nummer, wenn's kein Fake ist, nicht wahr?«

»Viel Spaß noch beim Observieren.«

»Du solltest echt mal unseren Broiler anrufen.«

Reuter beendete das Gespräch.

Wegmann wartete schon ungeduldig auf ihn. Im Geschäftszimmer des Kommissariats für Tötungsdelikte schnappten sie sich die letzte Mappe mit Papieren und Schlüsseln für Dienstwagen. Auf dem Hof sahen sie dann die Bescherung: Ein alter, zerbeulter Astra war alles, was noch zur Verfügung stand.

»Du bist dran«, beschied Wegmann und stieg auf der rechten Seite ein.

Beim Rangieren würgte Reuter den Motor ab. Die Kupplung war gewöhnungsbedürftig, das Standgas zu niedrig eingestellt.

»Wie war sie so?«, fragte Wegmann in Anspielung auf Reuters nächtliche Fahrt mit Henrike Andermatt. Reuter hatte in der Sitzung davon berichtet, zumindest in groben Zügen.

Er sagte: »Vielleicht sieht sie jetzt ein, dass sie mit uns kooperieren sollte. Vielleicht packt sie aus, was sie in den dreißig Minuten getan hat. Und dann knacken wir den Fall.«

»Recht viele Vielleichts.«

»Daraus besteht unser Job«, antwortete Reuter.

Sie rollten die Bilker Allee ostwärts. Hinter einer Straßenbahn staute sich der Verkehr. Wegmann knabberte die Nagelhaut von seiner Boxerpranke.

Eine rote Ampel. Jugendliche überquerten vor ihnen die Straße. Mindestens jeder zweite qualmte, vor allem die Mädchen. Wegmann kratzte sich an der Augenbraue – die Narbe glühte rot. Etwas machte ihn kribbelig. Entzugserscheinungen, vermutete Reuter.

»Du hast als Boxer geraucht?«

»Nie gleichzeitig. Sieht im Ring nicht gut aus, mit *den* Handschuhen.« Wegmann lachte über seinen eigenen Scherz.

»Wie war's aufzuhören?«

»Mit dem Rauchen? Man muss es nur wollen.«

Wegmann blickte auf die Uhr, rieb seinen Boxerzinken. Die Nervosität seines Beifahrers irritierte Reuter. Als die Ampel auf Grün schaltete, ging der Motor aus. Gehupe von hinten. Reuter startete neu.

»Du warst beim Inneren Dienst?«, fragte sein Beifahrer.

»Du hast dich also umgehört.«

»Daraus besteht unser Job.«

Hinter der Bahnunterführung links ab. Oberbilk. Allmählich lernte Reuter, wie er das Gas dosieren musste, um den Astra am Laufen zu halten.

Er fragte Wegmann: »Und was sagt man so?«

»Dass du der Liebling von Kripochef Engel bist, warum auch immer. Dass du es nicht aufgegeben hast, Kollegen zu bespitzeln. Dass du jeden verpfeifen würdest, wenn es nur deiner Karriere ...«

»Hör auf, es reicht!«

»Andererseits hört man läuten, dass du neulich sogar dem Leitenden Oberstaatsanwalt deine Meinung gegeigt hast.«

»Taktisch unklug, ich geb's zu.«

»Mir imponiert das. Ehrlich!«

Sie erreichten die Stelle, an der Reuter Henrike Andermatt acht Stunden zuvor abgesetzt hatte. Keine Lücke frei, zweite Reihe, Stoppkelle unter die Windschutzscheibe, damit der städtische Ordnungsdienst ihnen kein Knöllchen verpasste.

»Super Gegend«, stellte Wegmann fest. »Wenn du Dope brauchst oder 'ne billige Nutte.«

Juli Winters – Reuter drückte den Klingelknopf. Der Summer ertönte.

Oben war die Tür nur angelehnt. Hundegebell drang aus der Wohnung. Reuter klopfte. Sie traten ein. Ein Pitbull knurrte ihnen entgegen. Reuter zog seine Waffe. Unbeeindruckt trottete das Vieh heran und beschnupperte sein Hosenbein.

Eine Frauenstimme: »Gonzo, lass Lena in Ruhe!«

Dann trat die dazugehörige Person aus der Küche: klein, etwas pummelig, weiß lackierte Fingernägel. Anfang zwanzig und ein hübsches Gesicht, wenn man auf Püppchen mit Lockenmähne stand – das Mädchen auf dem Foto in Robbys Zimmer. Juli trug einen Bademantel und Flip-Flops.

»Nicht erschrecken, Kripo«, sagte Wegmann und zückte sein Marke.

Reuter steckte die Pistole ins Holster. »Frau Winters, wir kommen wegen Robby Marthau. Ich nehme an, Sie wissen bereits, was gestern Abend passiert ist.«

Das Mädel kniff die Lippen zusammen und nickte. Große, wache Augen unter den hellbraunen Naturlocken.

»Beileid, Frau Winters«, sagte Reuter.

Juli schnürte den Bademantel enger. »Haben Sie schon eine Ahnung, wer es getan hat?«

»Nein«, sagte Reuter. »Wo ist Henrike Andermatt?«

»Kommen Sie doch rein und setzen Sie sich. Sie wird gleich zurück sein.«

Die Küche war ein enger Raum mit Schrägen. In der Ecke vor dem Herd stand ein Kinderbett, in dem ein Baby auf dem Rücken lag und mit seinen Fingern spielte. Juli setzte Wasser auf. Die beiden Kripomänner blieben stehen.

»Ist das Ihr Kind?«

»Ja, Justin.«

»Noch ganz klein.«

»Zwei Monate.«

»Ist Robby der Vater?«

»Ja.«

»Der Pitbull und das Baby – wie kann das gut gehen?«, fragte Reuter mehr an seinen Kollegen gewandt.

Juli löffelte Kaffeepulver in den Filter. »Gonzo ist ein ganz Braver, nicht wahr, Gonzo?«

Das Baby stieß ein Juchzen aus und schlug gegen eine Rassel, die vom Geländer hing. Es war noch zu winzig, um sich an den Stäben hochzuziehen.

»Kinder sind ein Segen«, sagte die junge Mutter, während sie Wasser aufgoss – es klang wie auswendig gelernt.

Plötzlich winselte der Hund, Dielen knarrten, dann polterten Schritte auf den Stufen.

Reuter lief hinaus. »Lena?«

Die Schritte entfernten sich rasch.

Hinterher. Eine Bäckertüte auf dem Treppenabsatz. Die Haustür fiel vor Reuter ins Schloss. Er riss sie auf. »Warte, Lena! Wir wollen dir nur helfen!«

Er hörte Getrappel, hastete zur nächsten Kreuzung und blickte sich um. Nichts – aber sie konnte noch nicht weit sein.

Auf gut Glück lief er in Richtung Hauptbahnhof. In einem Hauseingang sah er Lena, die stehen geblieben war, um nach Luft zu schnappen. Sie schaute sich nach ihm um und rannte weiter.

»Warte! Lass uns reden!«

Ältere Frauen mit Kopftüchern und langen Mänteln standen im Weg und glotzten. Die nächste Kreuzung konnte Reuter wegen des Verkehrs nicht gleich überqueren. Das Mädchen war schnell und ausdauernd, alle Achtung. Als der Hintereingang des Bahnhofs in Sicht kam, wusste Reuter, dass er den Kürzeren gezogen hatte. Zu viel Getümmel, zu viele Möglichkeiten zum Untertauchen.

Als er zum zweiten Mal das Treppenhaus hochgestiegen war, hob er die Tüte auf. Fladenbrot mit Sesam, gefüllt mit Käse und Salat.

Wegmann stand in der Tür.

»Wo warst du?«, fragte Reuter und rang um Atem. »Zu zweit hätten wir sie vielleicht gekriegt!«

»Ich bin zu langsam. Null Kondition mehr.«

Reuter glaubte dem Exboxer kein Wort.

Robbys Freundin hatte sich unterdessen angezogen: blassblaue Jeans, rosa Leinenschuhe und ein T-Shirt, das mit Glitzersteinen beklebt war und ihre Kurven verbarg. Stark geschminkte Augen – wie Lena am Donnerstag beim Spitzeltreff in Moers.

»Uns ist es lieber, wenn Sie uns ins Präsidium begleiten«, erklärte Wegmann. »Kaffee gibt's dort auch.«

Der Lockenkopf nickte, hob das Baby aus dem Bett und schob den Hund zurück. »Gonzo, du bleibst hier.«

Reuter gab seinem Partner den Autoschlüssel. »Viel Vergnügen.«

Auf der Fahrt zur Festung verteilte er das Fladenbrot. Juli lehnte ab. Das Baby brabbelte und sabberte auf einen Latz an ihrer Schulter. Wegmann schimpfte mit vollem Mund über die klapprige Karre und wischte sich Majodressing vom Kinn.

Per Handy verständigte Reuter den MK-Leiter, dass Lena abgehauen war und sie dafür Robbys Freundin mitbringen würden. Er gab Julis Adresse durch und riet Becker, für eine Überwachung des Hauses zu sorgen. Henrikes Tasche lag noch in der Wohnung der Freundin, vielleicht würde die Richtertochter zurückkehren.

»Wir bringen übrigens ein Baby mit. Juli Winters hat ein Kind von Robby Marthau.«

»Die Arme.«

»Habt ihr Sascha Maisel angetroffen?«

»Ja, ein Team hat ihn geweckt. Etwas unsanft, er wollte zunächst nicht einsehen, dass wir ihn sprechen wollen. Wir können ihm zumindest eine Anzeige wegen Widerstands anhängen. Wahrscheinlich auch den Einbruch in die Wohnung des Opfers. Außer der Aussage der alten Nachbarin haben unsere Jungs von der Kriminaltechnik reichlich Spuren entdeckt.«

»Und die Andermatts?«

»Der Kripochef ist selbst rausgefahren.«

Dort geht es vermutlich weniger ruppig zu, dachte Reuter, als er das Gespräch beendete.

Er wandte sich nach hinten und sprach Juli an: »Ich kannte Robby. Er hat mir erzählt, wie sehr er Sie liebt. Ein feiner Kerl.«

Jeder Satz eine Lüge, dachte Reuter. Und sein Versuch, sich einzuschmeicheln, kam nicht einmal gut an, wie er rasch bemerkte.

»Ich weiß, dass er als Informant und so für die Polizei gearbeitet hat«, erwiderte die junge Frau eisig. »Warum konnten Sie nicht besser auf ihn aufpassen?«

27.

Scholz war hundemüde, als er mit seinen Wochenendeinkäufen heimkehrte. Die *Morgenpost* klemmte im Briefkasten. Er zerrte sie heraus, die Titelseite riss. Ein Jogger keuchte vorbei und hielt ihn vermutlich für einen Zeitungsdieb.

Vor seiner Wohnungstür im zweiten Stock überraschte ihn Florian, sein Sohn. Der Junge kauerte auf dem Absatz und umklammerte seine Tasche – bange Erwartung im Blick. Florians Frisur war mit Gel verklebt und erinnerte an ein Weizenfeld, durch das ein Sturm gepflügt war.

Seine Pupillen wirken normal, stellte Scholz fest.

Er wühlte nach seinem Schlüssel. »Hat Bettina dich rausgeworfen?«

»Du hast es also vergessen«, erwiderte Florian.

»Was?«

»Dass Mama auf Malle ist. Wegen Tante Gudrun.«

Scholz fiel es wieder ein: Gudrun Neumann, vierundachtzig, keine wirkliche Tante seiner Frau, sondern eine alte Freundin ihrer Eltern. Die Rentnerin hatte zuletzt auf Mallorca gelebt und war vorgestern gestorben. Bettina war zur Einäscherung auf die Insel geflogen – er würde Florian das Wochenende über am Hals haben.

»Zieh die Schuhe aus.« Scholz entriegelte beide Türschlösser.

Der Junge stand hinter ihm und wartete.

»Ich sagte, zieh deine Treter aus, sonst kommst du nicht rein.«

»Wieso denn?«

»Weil du auf eine Tretmine getappt bist. Riechst du das nicht? Mannomann!«

Florian schnitt eine Grimasse und gehorchte. Im Wohnzimmer warf er die Tasche auf die Couch, ein seltsames, jeansblaues Ding. Er hielt seine Sportschuhe ratlos in der Hand.

»Abputzen!«

»Was?«

»Die Schuhe.«

Scholz drückte dem Jungen einen Lappen in die Hand und schob ihn ins Bad. Anschließend knöpfte er sich die blaue Tasche vor. Eine zerschlissene Jeans, der Bettina die Beine abgeschnitten und die Löcher vernäht hatte. Eine Kordel in den Gürtelschlaufen diente als Tragriemen. Im Inneren ein Durcheinander aus Büchern und Heften, einem Mäppchen mit Stiften, Kaugummis, iPod und Handy. Zerknüllte Taschentücher, die knisternde Hülle eines Schokoriegels. Keine Tabletten oder Ampullen. Keine Briefchen mit weißem Pulver, nicht einmal Zigaretten. Wenn der Siebzehnjährige Drogen bei sich führte, dann woanders.

Scholz legte den Jeansbeutel zurück, verstaute seinen Wochenendeinkauf im Kühlschrank und schob eine Tiefkühlpizza in die Mikrowelle.

Er bemerkte, dass sein Anrufbeantworter blinkte. Um die Nachricht abzuhören, drückte er den großen Knopf.

Eine schnarrende Männerstimme, die er kannte. *Rufen Sie mich mal zurück.* Es folgte eine Nummer mit vielen Ziffern.

Scholz' Herz klopfte schneller.

Er presste den kleinen Knopf ganz oben, bis die Maschine meldete: *Aufzeichnung wurde gelöscht.*

Florian stand in der Tür. »Wer war das?«

»Ach, dienstlich«, log Scholz. »Hunger?«

»Was hast du?«

»Mafiatorte.«

»Okay.«

Scholz fegte Rechnungen, Werbesendungen und alte Zeitungen beiseite und deckte den Tisch.

»Gibst du mir ehrlich 'ne Antwort?«, wollte Florian wissen.

»Auf welche Frage?«

»Hast du gerade meine Tasche gefilzt?«

»Wie kommst du darauf?«

»Weil du mich immerzu als Verbrecher behandelst. Du denkst, Mama hätte mich aus der Wohnung geworfen. Als hätte ich sie beklaut oder so 'n Scheiß.«

»Wäre nicht das erste Mal.«

»Dein blödes Bullen-Misstrauen tut verdammt weh hier drin!« Florian schlug sich theatralisch gegen die Brust. »Mir ist schon klar, warum Mama davongelaufen ist.«

»Red keinen Scheiß, Flo.«

Scholz suchte Aspirin, fand die Schachtel in der Besteckschublade und ließ Leitungswasser in ein Glas laufen. Er trug es zum Sofa und tat, als sehe er Florians Tasche zum ersten Mal. »Witziges Ding.«

»Die Weiber in meiner Klasse sind ganz verrückt danach. Sie fummeln immer am Hosenschlitz.«

»Leider nur an dem der Tasche, oder?«

Die Mikrowelle klingelte. Scholz servierte die Pizza. Sein Sohn pflückte die Salamischeiben vom Teig und machte sich über den Rest her. Entweder hatte er Angst vor Gammelfleisch oder war zum Vegetariertum übergetreten.

Scholz fragte: »Hat sie eigentlich einen Freund?«

»Wer?«

»Du weißt genau, wen ich meine.«

»Na ja, da gibt es diesen Apotheker, mit dem sie manchmal ausgeht. Aber übernachtet hat er noch nicht bei uns, falls deine Frage darauf abzielt.«

»Schon gut.«

»Also, ob Mama mit ihm pennt ...«

»Schon gut, hab ich gesagt!«

»Aber das interessiert dich doch. Warum gibst du's nicht zu? Mama ist auch so. Manchmal denke ich, ihr von der Erzeugerfraktion seid echt doof.«

Scholz musste lachen. »Danke.«

»Keine Ursache.«

Scholz ging ins Schlafzimmer, legte seine Kleidung ab und begutachtete im Spiegel seinen blassen, haarigen Bauch, der nicht schlanker geworden war, obwohl er nur unregelmäßig aß. Er zog den Pyjama über.

Dann sah er noch einmal nach seinem Sohn.

»Flo, ich habe eine lange Nachtschicht hinter mir und bin fix und fertig. Sei bitte leise und lass mich schlafen.« Er gab seinem Sohn die Zweitschlüssel für die Wohnungstür. »Falls du zwischendurch mal wegmusst. Der viereckige ist für den Querriegel.«

Das Aspirin hatte sich aufgelöst. Scholz leerte das Glas.

»Fragt sich, wer von uns der Junkie ist«, sagte sein Sohn.

Scholz warf ihm einen strengen Blick zu.

»Echt«, beharrte sein Sohn. »Die Chemie setzt sich an den Synapsen fest. Das Zeug beeinflusst dich.«

»Da redet jemand aus Erfahrung.«

Das Telefon klingelte.

»Wenn das Tessa ist, bin ich nicht da«, stellte Florian fest.

Scholz ging ran. Beim Gedanken an den Kerl, der ihm auf

das Band gesprochen hatte, pochte sein Herz bis in den Hals.

Zu seiner Erleichterung meldete sich eine Frauenstimme. Marietta, seine Kollegin.

»Auch noch nicht im Bett?«, fragte Scholz.

»Der Kripochef will, dass ich in der Mordkommission *Feuerwerk* mitarbeite. Aber gerade rief mich unser Dienstgruppenleiter an.«

»Und?«

»Ritter sagt, die Dienstgruppe würde es nicht verkraften, wenn ich ebenfalls in den nächsten Tagen ausfalle. Weißt du, er kann mir die nächste Beurteilung vermasseln. Andererseits könnte die Mordkommission eine gute Gelegenheit sein, Kontakte zu knüpfen, falls ich mich mal außerhalb der Kriminalwache nach einer Dienststelle umsehen will.«

Willkommen im Club, dachte Scholz.

»Was meinst du?«, fragte Marietta.

»Dass du lieber auf Engel hören solltest als auf unseren Stinkstiefel von Gruppenleiter. Dass wir uns um siebzehn Uhr in der Festung treffen und ein gutes Ermittlerteam abgeben werden.«

»Okay.«

»Gute Nacht, Marietta.«

Im Schlafzimmer stieß er auf Florian, der die Einrichtung begutachtete.

»Fragt sich, wer hier der Schnüffler ist«, sagte Scholz und fuhr seinem Sohn liebevoll durch das gegelte Haar.

»Du hast immer noch das alte Doppelbett«, bemerkte sein Sohn. »Wünschst du dir, dass Mama zurückkommt?«

»Raus jetzt, Flo.«

Sein Sohn ignorierte die Ansage und nahm das Foto vom Nachtkasten. Norbert und Bettina Scholz am Strand von Baltrum, in ihrer Mitte der blonde Junge. Scholz erinnerte sich gern an diesen Urlaub.

»Wie alt war ich da?«, fragte Florian.

»Fünf.«

»Dann war Steffi damals noch nicht auf der Welt.«

»Stimmt. Bettina war schwanger, aber man sieht es noch nicht.«

»War das geplant?«

»Ihr wart Wunschkinder, alle beide.« Die einzige Antwort, die man seinem Jungen geben durfte, fand Scholz. »Und jetzt lass mich bitte schlafen. Dein Vater ist hundemüde.«

»Du hast kein einziges Bild von Steffi. Mamas Wohnung ist voll davon.«

»Das kann ich mir denken.«

Sein Sohn trottete zur Tür.

»Bist ein guter Junge, Flo«, rief Scholz ihm hinterher. »Bin stolz auf dich.«

»Und ich auf dich.«

Die Schlafzimmertür schloss sich. Scholz war allein. Die Digitalanzeige des Radioweckers sprang auf elf Uhr.

Scholz zog den Vorhang zu und legte sich auf seine Seite des Betts. Er wälzte sich hin und her und fand statt Schlaf nur schreckliche Erinnerungen.

28.

Für die Vernehmung wählten sie Wegmanns Büro. Reuter staunte über die Fotos an der Wand: Buddhastatuen, alte Tempel, vielarmige Götter unter Lianen. Als Bildungsurlauber im fernen Asien hatte er sich den Exboxer nicht vorgestellt.

Das Baby schlief. Nora, die Angestellte aus dem Geschäftszimmer, hatte aus Kissen und einer Decke ein Bett improvisiert.

Reuter packte den Rekorder auf den Tisch. Mit leisem Knirschen drehten sich die Spulen. Wegmann ließ Reuter die

Fragen stellen. Er begann, wie die Strafprozessordnung es vorschrieb: Name der Zeugin, Alter, Wohnort, Belehrung über das Zeugnisverweigerungsrecht.

Wegmann stellte frischen Kaffee auf den Tisch. Drei Becher dampften vor sich hin. Einen davon zog Juli zu sich heran und hielt ihn fest, als müsse sie ihre Finger daran wärmen.

Reuter fragte: »Wer außer Ihnen weiß, dass Robby Marthau unser Informant war?«

»Niemand. Jedenfalls nicht von mir.« Die junge Frau hielt ihren Blick auf den Rekorder gerichtet.

»Henrike Andermatt hat Ihnen von dem Mord an Robby erzählt?«

»Klar. Wir haben geheult und geredet und versucht, uns zu trösten.« Juli schniefte. »Lena hat 'ne Menge mitgemacht. Ich versteh bloß nicht ganz, wieso Robby sie mitgenommen hat.«

»Was wissen Sie über die Tat?«

»Lena sagt, ein Vermummter hat geschossen und so. Er hat meinen Freund ermordet und versucht, auch Lena umzubringen.«

»Und dann?«

»Brachte sie Robby zum Präsidium.«

»Dazwischen lag eine halbe Stunde.«

»Davon weiß ich nichts.«

Reuter hielt es für möglich, dass Juli in diesem Punkt log. Aber ihr war nichts anzumerken.

»Was könnte Lena in dieser Zeit getan haben?«

»Keine Ahnung.«

»Haben Sie eine Idee, wer der Schütze gewesen sein könnte?«

Julis Augen schimmerten feucht. »Nein.«

»Wem würden Sie es zutrauen?«

»Einen Menschen zu killen?« Sie schüttelte heftig ihre Locken.

»Manfred Böhr vielleicht, Robbys Chef?«

»Wie kommen Sie darauf? Die beiden haben sich doch gut verstanden und so. Der Böhr hat Robby zu seinem Assistenten gemacht.«

Das naive Pummel-Püppchen hat wirklich keine Ahnung, dachte Reuter.

Wegmanns Handy spielte etwas Hektisches. Reuter ärgerte sich über die Störung. Der Kollege entschuldigte sich und ging zum Telefonieren hinaus.

Reuter fuhr fort: »Hatte Robby sich in letzter Zeit irgendwie anders verhalten? Hatte sich etwas geändert?«

»Nein. Außer dass er viel Arbeit hatte und mich nicht jeden Tag besucht hat. Ich hab mich nicht beschwert, denn ich wollte nicht, dass Robby sauer auf mich ist.«

»Hat Robby mit Drogen gehandelt?«

Juli machte große Augen und schüttelte den Kopf.

»Kennen Sie Sascha Maisel?«

»Natürlich. Er und Robby waren beste ...«

»Handelt Sascha mit Drogen?«

Juli schluckte, bevor sie antwortete: »Hören Sie, Robby hatte schon lange nichts mehr mit Drogen zu tun. Das hat er mir versprechen müssen, sonst hätte ich ihn nicht geheiratet.«

»Sie sind verheiratet?«

»Nein, aber wir hatten es echt vor.« Juli schniefte und wischte sich über die Augen. »Am 10. September sollte es sein, dem Geburtstag meiner Mutter. Sie hätte sich so sehr gefreut. Robby überlegte, einen eigenen Club aufzumachen, und ich wollte noch mehr Kinder. Wir hatten Pläne.«

Reuter bezweifelte, dass Robby geheiratet hätte. Nicht diese Frau, auch nicht mit Kind. Die junge Mutter tat ihm leid. Er räusperte sich und fragte: »Unmittelbar nach dem Mord an Robby ist in seine Wohnung eingebrochen worden. Wer kommt dafür in Betracht?«

Juli zuckte mit den Schultern.

»Sascha Maisel?«

»Wieso Sascha?«

Wieder hatte Reuter den Eindruck, sie wisse mehr, als sie zugab. »Was könnte der Einbrecher mitgenommen haben?«

Sie schüttelte ihre Locken.

»Könnte es sein, dass es der Mörder in erster Linie auf Henrike Andermatt abgesehen hatte und Robby nur aus Versehen tötete?«

Wieder diese großen Augen.

»Hat Henrike vielleicht schon einen solchen Verdacht geäußert?«

»Nein.«

»Warum kam Henrike heute Nacht zu Ihnen? Sie hat doch eine Einliegerwohnung im Haus ihrer Eltern.«

»Es gab Zoff mit dem Richter. Herr Andermatt denkt, so Leute wie Robby und ich seien nicht der richtige Umgang für Lena.«

»Woher kennen Sie sie eigentlich? Durch Robby?«

Heftiges Lockenschütteln. »Als ich neu in Düsseldorf war, hab ich bei den Andermatts den Haushalt gemacht. Das waren nur ein paar Wochen und in der Zeit hatten Lena und ich kaum Kontakt und so, aber vor ein paar Monaten traf ich sie in der Disko wieder und wir verstanden uns auf Anhieb. Voll gleiche Wellenlänge irgendwie. Als wär sie schon immer in unserer Clique gewesen.«

»Wer gehört noch dazu?«

Juli nannte Maisel sowie ein paar weitere Namen, die Reuter notierte. Er fragte: »Den Haushalt machen – ist das auch sonst Ihr Job?«

»Ich putze Treppenhäuser für eine große Firma. So freiberuflich auf Honorarbasis.«

»Auf Honorarbasis?«

Das Lockenpüppchen verzog den Mund. »Akkord und ohne Kündigungsschutz. Wenn du langsam bist, verdienst du nichts, wenn du schluderst, fliegst du raus.«

»Klingt nicht so gut.«

Sie zuckte mit den Schultern. »Robby wollte mir mal etwas Besseres besorgen. Im *Pleasure Dome* oder im *Goldenen Einhorn.* Aber Böhr hat mich im Vorstellungsgespräch dumm angemacht, da bin ich abgehauen. Robby hab ich's nie erzählt. Ich wollte nicht, dass er Ärger macht und seinen eigenen Job riskiert. Lieber sollte er denken, dass es meine Schuld war, dass ich den Job nicht gekriegt hab. Die Treppenhäuser sind ganz okay. Da fasst mich wenigstens keiner an und so. Aber es ist nicht leicht, alles auf die Reihe zu kriegen, mit Justin und so. Seit er da ist, geht es kaum noch.«

»Warum hat es bei den Andermatts nicht länger geklappt?«

»Weil die Frau echt 'ne Zicke ist. Nichts kann man ihr recht machen. Sie läuft ständig hinter einem her und findet immer einen Grund zum Nörgeln.«

»Sie sind am Niederrhein aufgewachsen, hat Robby erzählt.«

»Ursprünglich stamme ich aus dem Ruhrgebiet. Meine Mutter war alleinerziehend, und als es zu viel für sie wurde, hat sich meine Tante gekümmert. Die wohnt in Uedem. Eigentlich war's ganz nett dort.«

»Aber?«

»Wussten Sie, dass Uedem der *Zuckerrübe* ein Denkmal gebaut hat?«

»Nein.«

»Das sagt doch alles über den Ort. Da ist nichts los. Na ja, und die Schule war nie so mein Ding und ohne Abschluss gibt's in dem Kaff keine Arbeit. Deshalb bin ich nach Düsseldorf gegangen.«

»Frau Winters, wo waren Sie gestern Abend gegen zehn?«

Juli riss die Augen auf. »Verdächtigen Sie mich?«

»Nehmen Sie's nicht persönlich. Ich muss das fragen.«

»Ich war zu Hause. Hab lange mit meiner Mutter telefoniert. Das können Sie doch nachprüfen, oder?«

»Ihre Beziehung zu Robby – war sie harmonisch?«

»Hey, ich find's nicht fair, wie Sie mich beschuldigen. Ich hab den Mann echt geliebt.«

Das Baby war aufgewacht und quengelte vor sich hin.

»Wussten Sie von den Partys, die Robby mit Lena veranstaltet hat?«

Juli verzog das Gesicht. »Sie meinen Sascha. Robby und ich, wir sind nur ein einziges Mal hingegangen. Ich fand das irgendwie ...«, sie verzog das Gesicht. »Sascha meinte, ich könnte damit voll Geld machen, aber ich bin nicht so ...«, wieder suchte sie nach Worten, »... wild drauf wie Lena.«

»Wann haben Sie Robby zuletzt gesehen?«

»Mittwochabend, wieso?«

»Wissen Sie, was er gestern tagsüber vorhatte?«

»Morgens schlief er lange, dann ging er zur Arbeit. Meist musste er so um fünfzehn Uhr im *Pleasure Dome* sein. Einkäufe erledigen und so.«

Aus dem Quengeln wurde Schreien, Juli nahm ihren Justin auf den Arm, um ihn zu beruhigen. Ohne rechten Erfolg.

»Und gestern Abend?«

»Freitag ist immer echt viel los in der Disko.«

»Ich meine, was wollte er abends um zehn im Hafen?«

»Keine Ahnung, wirklich nicht. Hören Sie, Justin hat Durst. Macht es Ihnen etwas aus, wenn ich ihn stille?«

Reuter überlegte: Es war bereits bedenklich, jemanden allein zu vernehmen. Wenn sie stillte, genügte womöglich ein Blick auf ihre Brust und er hatte eine Anzeige wegen Belästigung am Hals – und keinen Zeugen, der ihn entlasten konnte.

»Wir machen eine kurze Pause«, sagte Reuter.

Er holte sich einen Kaffee aus dem Geschäftszimmer, wo Nora gerade Kartons mit Aktendeckeln und Formularen füllte. Sie sagte: »Süßes Würmchen, dieser Justin, aber hast du gesehen, wie dünn er ist?«

Reuter wartete auf dem Gang. Endlich trat Wegmann aus einem Nachbarzimmer.

»Schon fertig?«, fragte er.

»Justin wird gerade gestillt – *und so.*«

»Ist 'ne echte Vertreterin der Hartz-Fraktion, was?«

»Ich glaube, korrekt heißt das Prekariat.«

»Nebenan wird gerade Sascha Maisel vernommen. Auch so ein Unterschichten-Prinz. Die Durchsuchung seiner Wohnung läuft.«

»Wie kriegt man so schnell einen Durchsuchungsbeschluss?«

»Nicht nötig. Sascha hat uns die Erlaubnis erteilt.«

»Das heißt, wir werden nichts finden.«

»Mal sehen. Immerhin redet er jetzt.«

»Und?«

»Er behauptet, dass Robby Marthau die Andermatts erpresst hat. Fünfhunderttausend soll er dafür verlangt haben, dass er nicht zur Presse geht.«

»Womit?«

»Henrikes Lebenswandel, verstehst du? Es sind nicht nur die Bumspartys und die Internetgeschichte. Das Flittchen soll reihenweise Diskobekanntschaften auf der Toilette vernascht haben und dazu Drogen jeder Art.«

»Sagt Sascha.«

»Yes, Sir.«

»Glaubwürdig?«

»Was Sascha in den drei Minuten, die ich dabei war, an Details aufgetischt hat, könnte sich ein Drehbuchautor von Sexfilmen nicht in drei Wochen aus den Fingern saugen. Alles höchst peinlich für Richter Gnadenlos.«

»Du meinst, das wäre ein Motiv?«

»Warum nicht?«

Eine halbe Million – für einen Moment überlegte Reuter, welche Wünsche er sich mit dieser hübschen Summe erfüllen würde. Dann stellte er sich Konrad Andermatt vor, wie er ihn aus den Medien kannte: schwer zu glauben, dass ein solcher Mann im hintersten Hafengebiet einem Erpresser auflauert, ihn erschießt und sogar auf die eigene Tochter anlegt.

Wegmann fragte: »Wie macht sich unsere junge Mutter?«

»Naiv bis in die letzte Haarspitze. Robby war ein toller Hecht mit Zukunftsplänen und ein treu sorgender Familienvater.«

»Glaubt sie das im Ernst oder tut sie nur so?«

»Ich fürchte Ersteres.«

»Und wenn sie uns etwas vorspielt und in Wirklichkeit ihren Lover aus Eifersucht erschossen hat?«

»Sie will zur fraglichen Zeit lange mit der Mutter telefoniert haben. Das können wir anhand der Verbindungsdaten ihrer Telefongesellschaft prüfen.«

»Was meinst du: Ist das Baby jetzt satt?«

Reuter klopfte und sie gingen hinein. Juli war fertig und schaukelte ein zufriedenes Baby. Ihre Miene zeigte nach wie vor Angst und Verunsicherung.

Wegmann stützte sich auf den Tisch und blaffte die Zeugin ohne Umschweife an: »Dein Kerl war ein gemeiner Erpresser und du wusstest das!«

»Das stimmt nicht«, heulte Juli auf.

»Er hat 'ne Menge Geld kassiert für sein Schweigen über all die Schweinereien, die er mit deiner Freundin getrieben hat.«

»Was für Schweinereien?«

»Die beiden waren erst gestern wieder unterwegs zu einer ihrer Rudelbums-Partys.«

»Das glaub ich nicht. Sie müssen ihn mit Sascha verwechseln.«

»Wir haben die Aussagen von Henrike Andermatt und weiteren Zeugen. Tut mir leid, wenn du jetzt erst erfährst, was dein Typ für einer war. Dein untreuer Türsteher hat Konrad Andermatt erpresst und dich kriegen wir als Mittäterin dran.«

»Sie lügen!«

Reuter spielte den Diplomatischen. »Frau Winters, wir können das auch anders regeln. Wenn Sie kooperieren, werden wir den Staatsanwalt davon überzeugen, auf eine Anklage gegen Sie zu verzichten.«

Das Püppchen vergrub das Gesicht in den Händen. »Robby hat die Erpressung nur mal erwähnt, so als Möglichkeit. Er meinte, die Andermatts wären mir echt was schuldig, weil sie mich damals rausgeworfen haben. Aber ich wollte das gar nicht. Und er hat das niemals ernst gemeint!«

»Hat er doch«, sagte Wegmann.

»Wer behauptet das?«, fragte Juli erregt. »Stammt das von Sascha? Dann sollten Sie wissen, dass der Kerl ein gemeiner Lügner und Verbrecher ist. Und Robby hatte nichts mit Lena. Sascha schon und der dealt wirklich mit Drogen und so, ganz klar. Den sollten Sie echt mal unter die Lupe nehmen!«

29.

Simone zog ihre Laufschuhe an und fand, dass sie ihr gut standen. Silbergrau mit gelber Sohle. Der Verkäufer hatte ihr etwas von einem eingespritzten TPU-Rahmen vorgeschwärmt – was immer das auch bedeutete.

Es hieß, beim Laufen öffne sich der Gedankenhorizont. Man könne abschalten und komme auf neue Ideen. Höchste Zeit, es auszuprobieren. Immerhin lagen die Rheinwiesen vor ihrer Tür.

Bereits bei ihrem Einzug im Herbst hatte sie sich eingedeckt: doppellagige Baumwollsocken, an Ferse und Vorderfuß verstärkt, atmungsaktive Funktionswäsche aus nicht quellenden Fasern. Ein Shirt mit Spezialmembran und sogenannte Lauftights, eng anliegend und elastisch. Sie kontrollierte den Sitz und drehte sich. Das Spiegelbild machte was her.

Geöffneter Horizont, neue Ideen: Eine davon war der Plan, etwas Kompromittierendes über Lohmar in Erfahrung zu bringen – sie wusste nur noch nicht, wie.

Dieser Kerl war verrückt. Er glaubte tatsächlich, seine reichen Russen könnten das Stadtoberhaupt kaufen.

Ihr wurde warm. Draußen schien die Sonne. Vielleicht sollte sie auf die Funktionsunterwäsche verzichten.

Das Telefon klingelte.

»Hallo?«

Der Oberbürgermeister war dran. »Haben Sie Zeit, Frau Beck, heute Mittag um eins? Ich brauche Sie für das Damenprogramm.«

»Damenprogramm?«

»Uns liegt ein neues Angebot vor. Ich habe bereits mit meinem Cousin Gisbert Valerius darüber gesprochen und er rät mir dringend zur strategischen Allianz zwischen unserer herrlichen Stadt und diesem Ölkonsortium um Vitali Karpow. Das ist eine Chance, die Düsseldorf nicht ausschlagen kann. Ich hatte ja schon so manchen genialen Einfall, doch diesmal muss ich mich tatsächlich loben.«

»Aber ...«

»Gisbert und ich werden Karpow heute Mittag die Präsentation zeigen. Vergessen Sie die bisherige Planung. Das Modell können wir einstampfen. Wir stocken gewaltig auf. Gisberts Leute arbeiten daran, ein Kasino inklusive Wellness-Therme in das Konzept zu integrieren und die Ladenzeile zu einer Shoppingmall auszubauen, die alles in den Schatten stellen wird.«

»Wollten Sie das HCC nicht einem seriösen Investor ...«

»Das ist eben der Unterschied zwischen uns beiden, Frau Beck. Ihnen fehlt einfach das visionäre Potenzial. Wenn wir diesen dicken Fisch nicht an Land ziehen, wird es jemand anderes tun. Wir stehen vor einer Win-win-Situation, ach was, vor einer Win-win-win-Situation! Der Investor wird profitieren und die Stadt sogar doppelt!«

Du vergisst, Gisbert Valerius zu erwähnen, dachte Simone. Die Opposition wird Vetternwirtschaft beklagen. Diesmal zu Recht.

Kroll fuhr fort: »Und Sie gestalten das Damenprogramm.«

»Was hat es damit auf sich?«

»Lohmar wird es Ihnen erklären.«

Aufgelegt.

Simone streifte die Air-Zoom-Skylon-Triax-Treter ab und schleuderte sie durch den Raum. Der Kerl lobte sich doch tatsächlich für einen Einfall, der von ihr stammte und den er gestern noch abgelehnt hatte – mit den besten Gründen, wie sie fand.

Mit dem HCC beweist Düsseldorf seinen Rang unter den Business-Metropolen der Welt.

Ihr schwirrte der Kopf.

Was hätte sie tun sollen? Selbst wenn sie den Oberbürgermeister eindringlicher vor Karpow und Co. warnen würde – Kroll würde niemals auf sie hören.

Zum ersten Mal im Leben war Simone wirklich ratlos.

30.

Reuter warf einen Blick auf den Kantinenaushang und entschied, sein Glück beim Chinesen gegenüber zu versuchen. Während er vor der Imbisstheke anstand, gingen ihm die Ereignisse der letzten Stunde durch den Kopf.

Nach Rücksprache mit MK-Leiter Becker hatte er sich Sascha Maisel noch einmal vorgeknöpft – mit ein paar Fragen, die von den Kollegen in der ersten Runde noch nicht gestellt worden waren. Und mit Ergebnissen, die ihn verblüfft hatten.

Der Imbiss bot einen Mix aus den Küchen dieser Welt: Asien, Balkan, Germanistan. Reuter entschied sich für das Mittagsmenü: Gebratener Reis mit Gurkensalat.

Er trug den Styroporbehälter über die Straße und hinauf

in sein Dienstzimmer. Während er aß, ließ er den Rekorder laufen.

Sascha Maisel, fünfundzwanzig Jahre alt, von Beruf *Einlass-Manager* – so hatte der Kerl es allen Ernstes formuliert. Besonderes Kennzeichen: kahl rasierter Schädel und permanentes Lächeln; offenbar hatte Maisel kapiert, dass ihm die widerspenstige Tour hier nichts brachte.

Wie Robby stammte er aus der ehemaligen Sowjetunion. Die beiden hatten sich in der Hauptschule in Bielefeld kennengelernt, wo sie knapp den Abschluss verpasst hatten.

Der Kerl hatte wie ein Wasserfall geredet – zumindest über das, was ihn nicht belastete.

Wir wissen, dass du die Party im Hotel Villa Rheinblick verlassen hast, bevor es richtig losging. Warum?

Ich hatte es mir eben anders überlegt.

Und dann bist du zur Wohnung deines Freundes Robby gefahren. Warum?

Ich war das echt nicht.

Wie erklärst du dir dann, dass wir in Robbys Wohnung deine Fingerabdrücke gefunden haben?

Kein Kommentar.

Sascha war der Meinung gewesen, schon alles den Kollegen gesagt zu haben. Dann hatte Reuter ihm neue Fragen präsentiert. Ein Schuss ins Blaue: *Kennst du Edgar Reuter?*

Nie gehört.

Der gebratene Reis schmeckte fad. Reuter mischte scharfes Sambal unter die Pampe. Er spulte das Band weiter. Dabei saute er die Tasten mit seinen fettigen Fingern ein – egal.

Erzähl mir von der Erpressung.

Wir fuhren an der Villa des Richters vorbei und Robby fragte mich, wie viel der reiche Sack wohl abdrücken könnte.

Nun brannte der Reis wie die Hölle. Reuter schüttete Gurkenstückchen hinzu und rührte alles gut durch. Schneller Vorlauf. Dieser Teil der Story war nicht der Grund, warum er noch einmal hineinhörte.

Und?

Böhr, der Boss – das war einmal. Der Mann hat das voll nicht verkraftet, was seinen Eltern zugestoßen ist.

Wer war es? Alfonso aus Amsterdam?

Möglich.

Nicht die Kolumbianer steckten hinter der Entführung, schoss es Reuter durch den Kopf. Auch die Kollegen vom Landeskriminalamt schätzten das so ein.

Jedenfalls ging Böhr die Muffe eins zu tausend. Und kurz darauf war er auf und davon. Wem jetzt die Disko gehört, weiß ich nicht. Da müssen Sie sich an den Geschäftsführer wenden.

Lohmar?

Kenn ich nicht.

Der Unternehmensberater war bislang nie als Kontaktperson des Koksbarons in Erscheinung getreten. Wenn er als Strohmann fungierte, dann nicht für Böhr.

Hat Robby auf eigene Faust mit Kokain gedealt? Musste er deshalb sterben?

Kokain? Das Wort kenn ich gar nicht.

Das schmierige Grinsen des jungen Glatzkopfs musste man gesehen haben. Als sei die Türsteherclique nicht Böhrs dealende Fußtruppe gewesen. Als sei das *Pleasure Dome* nicht als Hauptumschlagsplatz bekannt. Bei jeder Razzia verschwand das Zeug dort vermutlich säckeweise im Klo. Dass nie jemand erwischt wurde, lag an Kerlen wie Sascha und Robby, die in Grüppchen vor dem Eingang herumlungerten – mit ihren Handys das perfekte Alarmsystem.

Den Rest des Essens versenkte Reuter im Papierkorb. Das Salatdressing hatte die Pampe verwässert. Warum hatte er nicht einfach in der Kantine gegessen?

Reuter spulte weiter. Dass ihm immer noch heiß war, lag nicht am Reisgericht.

Gegen Ende der Sitzung hatte er dem sogenannten Einlass-Manager die Farbkopie des Beckmann-Gemäldes vor den kahlen Schädel gehalten – noch so ein spontaner Schuss ins Blaue.

Damit habe ich nichts zu tun.
Aber du kennst das Gemälde?
Ja, klar. Einstein hat es mir mal gezeigt.
Eine Abbildung wie diese?
Nein, in Echt.

Reuter stand unter Strom.

Wann?
Das war im letzten Herbst.

Das Handy spielte *Mission Impossible*. Reuter stoppte das Band und nahm das Gespräch an.

Es war Bruno Wegmann. »Was redet Sascha Maisel?«

»Sag ich dir gleich. Was gibt's bei dir?«

»Ich hab die Namen überprüft, die Juli Winters uns gegeben hat. Die Leute aus ihrer Clique. Keiner von ihnen hat bei uns eine Akte. Und dann habe ich uns von der Telekom Julis Verbindungsdaten besorgt.«

»Und?«

»Robbys ahnungslose Freundin hat tatsächlich den halben Abend an ihrem Festnetzanschluss gehangen, auch zur Tatzeit.«

»Trotzdem gut, dass wir's überprüft haben.«

»Und gerade hab ich mit deinem Kollegen Koch geredet. Er konnte nichts Erhellendes über euren Informanten beitragen, aber er hat mir einen klasse Witz erzählt. Was hat die Ehe mit einem Hurrikan gemeinsam?«

»Hör bitte auf. Kochs Witze hängen mir zum Hals heraus.«

Die Tür ging auf. Michael spazierte herein. »Was ist mit meinen Witzen?«

Wegmanns Stimme im Hörer: »Der Auftritt des Richters steht übrigens bevor, Partner. Du willst ihn doch nicht verpassen, oder?«

»Nein, bis gleich.«

Aufgelegt.

»Wonach stinkt es hier so?« Koch riss das Fenster auf. Von der Straße drang Lärm herauf. Ein anfahrender Bus, Motorradgeknatter.

Ich muss Michael das Band vorspielen, war Reuters erster Impuls.

»Imbissfraß, stimmt's? Warum gehst du nicht in die Kantine?«

»Riecht es dort besser?«

»Du triffst nette Kollegen.«

Vielleicht ist das der Grund, dachte Reuter. Seit seiner Zeit beim Inneren Dienst war er nicht mehr so erpicht auf Kameradschaft.

Er verwarf den Gedanken, dem Kollegen die Aussage Saschas vorzuspielen. Schisshase Koch würde aus Angst um seine Karriere einen Herzanfall erleiden und womöglich Oberstaatsanwalt Westhoff erzählen, dass Reuter wieder in Sachen Artnapping arbeitete.

»Hast du schon mit dem Broiler gesprochen?«, fragte Koch.

»Wenn er etwas von mir will, soll er sich melden.«

»Du hast also Rückendeckung vom Kripochef, stimmt's? Manchmal glaube ich, Engel hat dich ins KK 22 gesteckt, um unsere Dienststelle unter die Lupe zu nehmen.« Der Kollege räumte seinen Schreibtisch auf und schloss die Schubladen ab. »Bruno Wegmann vom KK 11 hat mich übrigens über dich ausgefragt, Jan. Deinen Ruf als Kollegenbeißer vom Inneren Dienst wirst du nicht mehr los, wie es scheint.« Koch nahm seine Jacke von der Stuhllehne. »Wenn übrigens meine Frau anruft ...«

»Dann bist du bei deiner Geliebten. Wie heißt sie eigentlich?«

Der Kollege lachte nur und ging.

Der Straßenlärm nervte. Genug Frischluft. Reuter schloss das Fenster. Er hielt einen Moment inne. Dann spulte er das Band mit Saschas Aussage noch einmal ein Stück zurück.

Eine Abbildung wie diese?
Nein, in Echt.
Wann?
Das war im letzten Herbst.
Wann im Herbst?
Weiß ich nicht mehr.
Und?
An dem Tag fuhr er diesen weißen Transit und nahm mich zum Training mit. Auf dem Parkplatz hat er die Hecktür aufgeschlossen und mich einen Blick auf den Ölschinken werfen lassen. Drei Millionen, sagte er. Robby war echt stolz darauf.

Reuter stoppte den Rekorder und versuchte, die Fakten und ihre Chronologie auf die Reihe zu bekommen.

Drei Millionen, sagte er – die Summe, über die Edgar verhandelt hatte, stand also zu diesem Zeitpunkt schon fest.

Papier und Stift. Reuter begann, ein Zeit-Ort-Diagramm zu zeichnen.

April 2005: Zwei Wachschutzleute schneiden in der Kunstsammlung NRW das wertvolle Beckmann-Gemälde aus dem Rahmen, jagen dem Putzpersonal einen Schreck ein und verschwinden.

März 2006: Nach langen Ermittlungen des KK 22 beginnt der Prozess gegen den mutmaßlichen Rauschgifthändler Manfred Böhr.

Zugleich werden auf einen anonymen Tipp hin zwei Ukrainer festgenommen, Angestellte Böhrs, die unter dem dringenden Verdacht stehen, den Kunstraub vom Vorjahr begangen zu haben. Das Gemälde bleibt verschollen.

April 2006: Die Versicherung verkauft die Besitzrechte am Bild an die Kunstsammlung, um einen Teil der Versicherungssumme zurückzuerhalten.

Mai 2006: Der Prozess gegen Böhr wird eingestellt. Der Innere Dienst nimmt Ermittlungen gegen Angehörige des KK 22 auf.

Im gleichen Monat verabreden die Kunstsammlung, Anwalt Edgar Reuter sowie der Leitende Oberstaatsanwalt Meinhard Münch, Verhandlungen mit den Hinterleuten der Ukrainer aufzunehmen. Edgar soll den Kontakt herstellen.

Juni 2006: Norbert Scholz wird zur Kriminalwache umgesetzt, Jan Reuter wechselt ins KK 22.

Herbst 2006: Robert ›Einstein‹ Marthau fährt das Beckmann-Werk in einem Ford-Transit spazieren. Und im Oktober werden die Ukrainer wegen Raubes zu vier Jahren Haft in der JVA Willich verurteilt, ohne sich über den Verbleib des Bildes geäußert zu haben.

Mai 2007: Das Bild ist zurück, Böhr angeblich aus dem Geschäft, Robby Marthau tot.

Daten, Fakten, Bruchstücke einer Chronologie, an deren Ende ein Mord steht.

Reuter ließ das Band weiterlaufen:

Bist du dir sicher, dass es dieses Bild war?

Damals waren die Zeitungen voll mit der Geschichte. Alle Welt suchte nach dem Bild. Ich hab ihn gefragt, ob er keine Angst hätte. Keine Spur, sagte er. Ich bring es doch nur von A nach B. Stellen Sie sich das mal vor, ey. Aber so war er eben.

Wohin fuhr er das Bild? Was war A und was war B?

Keine Ahnung.

Und für wen tat er das?

Weiß ich echt nicht, ehrlich.

Reuter hatte genug gehört. Seine Vertrauensperson war nicht bloß ein tumber Türsteher gewesen, der ab und zu als kleiner Koksdealer mitgemischt hatte. Robby Marthau hatte auch an einem ganz großen Rad gedreht. Zumindest hatte Robby es versucht und war dabei auf der Strecke geblieben.

Ein neuer Blick auf den Fall.

Ich bringe es nur von A nach B – ausgerechnet Einstein.

Reuter rief sich die Sache in Erinnerung. Der Raub war vor seiner Zeit beim KK 22 begangen worden, nicht alles war ihm präsent. Er öffnete den Schrank, in dem Koch und er sämtliche Akten der Raubermittlung aufbewahrten.

Leer.

Er rief die Kriminalaktenhaltung an – vielleicht hatte Michael den Wust dort gelagert, nachdem die Staatsanwaltschaft die Einstellung der Ermittlungen verfügt hatte. Doch den Angestellten der Aktenkammer war davon nichts bekannt.

Seltsam.

Reuter wählte die Handynummer seines Kollegen Koch.

»Ja?«

»Hallo, Michael, hier Jan noch mal. Wo zum Teufel stecken die ganzen Kunstraub-Akten?«

»Habe ich an die Mühlenstraße geschickt. Westhoff hat das verfügt. Vielleicht hatte er Angst, dass du dich dem Ermittlungsverbot widersetzen würdest, und wollte sichergehen, dass wir uns an die Abmachungen halten.«

»Wie konntest du das tun?«

Koch, voller Skepsis: »Glaubst du etwa, der Kunstraub hängt mit dem Mord an Einstein zusammen? Krieg dich ein, Jan. Vergiss endlich das dämliche Bild. Denk dran, was der Leitende Oberstaatsanwalt angeordnet hat.«

31.

Andermatts Vernehmung fand im Büro des Kripochefs statt. Reuter traf seinen Partner Bruno Wegmann im Vorzimmer. Der Exboxer zog ihn wieder auf den Flur hinaus.

»Sie lassen uns nicht dabei sein. Thilo sagt, drei Kollegen würden als Vernehmungsteam ausreichen.«

»Wer sind die drei?«

»Thilo als MK-Leiter, unsere Chefin Ela und der Leitende Kriminaldirektor höchstpersönlich. Ein erlauchter Kreis, den wir offenbar nicht stören sollen.«

»Glaubst du, sie lassen sich von Andermatt einwickeln?«

Zwei Anzugträger kamen den Gang entlang und warfen Blicke. Reuter und Wegmann begaben sich zum Treppenhaus und stiegen in den Paternoster. Der Holzkasten ächzte und rumpelte auf dem Weg nach oben.

Wegmann antwortete: »Fakt ist, dass Andermatt ein Motiv hat, weil das Mordopfer ihn erpresst hat. Thilo ist in Ordnung. Aber ob Ela und der Kripochef beim künftigen Innenminister nachhaken, wie es sich gehört, wage ich sehr zu bezweifeln.«

Dritter Stock. An der Holztür gaben sie den Code ein und passierten Aktenhaltung und Leitstelle.

Reuter sagte: »Robby Marthau hat noch ganz andere Dinger gedreht, wie Sascha mir erzählt hat.«

»Was denn?«

»Er war am Raub des Beckmann-Bilds beteiligt, das seit gestern wieder im Museum hängt. Laut Sascha Maisel transportierte Marthau das Gemälde im letzten Herbst in einem weißen Transit.«

Ich bring es doch nur von A nach B.

»Interessante Info. Weißer Transit, das ist doch schon mal etwas. Wir können Maisel bis morgen früh festhalten. Vielleicht kriegen wir noch mehr aus ihm heraus. Hatte das Fahrzeug vielleicht ein auffälliges Kennzeichen oder eine Aufschrift, mit deren Hilfe wir den Halter identifizieren können? Wir sollten gleich den Teams Bescheid geben, die sich unter Marthaus Bekannten umhören, damit sie gezielt nach dem Bild und dem Transit fragen.«

Sie stiegen die Treppe hoch und betraten den alten Frühbesprechungsraum, der seit dem Morgen zum Herz der Ermittlungen ausgebaut worden war – offenbar gab es keine andere Kommission, die so viel Platz benötigte.

MK-Leiter Becker, Aktenführer Wiesinger und Nora aus dem KK-11-Geschäftszimmer hatten ihre Arbeitsplätze hierher verlegt und zusätzliche Technik installieren lassen: PCs, Drucker, Kopierer, Faxgeräte, Telefone. Die Stellwände füllten sich mit Aushängen. Auf den Tischen Formularsätze für Ermittlungsprotokolle und Spurenregistrierung.

Eine eigene Telefonleitung war für Hinweise aus der Bevölkerung geschaltet worden – die Schüsse von gestern Abend beherrschten die lokalen Medien: Radiosender, Regionalfernsehen und ab morgen die Sonntagspresse.

Wiesinger hatte ein süßes Plunderteilchen in Arbeit und hantierte zugleich mit mehreren Aktenordnern. Neben seinem Tisch fauchte die Kaffeemaschine. Reuter und Wegmann bedienten sich.

Reuter wandte sich an den Aktenführer: »Wie ist die Durchsuchung von Saschas Apartment gelaufen?«

Der Dicke wischte sich Krümel vom Mund. »Nicht einmal der Drogenhund hat etwas gewittert. Falls Maisel etwas aus der Wohnung des Mordopfers geholt hat, dann hat er es woanders deponiert. Aber am zersplitterten Holzrahmen der Wohnungstür Marthaus hat die Spurensicherung Hautschuppen gefunden, genug für einen DNA-Test. Spätestens morgen haben wir das Ergebnis und könnten Maisel zumindest wegen des Einbruchs festnageln.«

Reuter erzählte Wiesinger, was Sascha Maisel ihm über Robby und das Beckmann-Bild erzählt hatte.

»Wenn das nicht 'ne neue Spur ist«, sagte der Aktenführer. »Du schreibst was dazu, okay?«

Reuter gab Nora das Band der Vernehmung zum Abtippen. Als er sich an einen freien PC setzte, meldete sich sein Handy. Er nippte am heißen Kaffee, dann nahm er das Gespräch an.

Es war die Mailbox: *Sie haben eine neue Nachricht. Zum Abhören der Nachricht drücken Sie ...*

Der Anruf musste gekommen sein, als er im Paternoster stand und schlechten Empfang hatte. Reuter tippte die Eins und presste das Mobiltelefon ans Ohr.

Er staunte, als er die Stimme seines Vaters hörte: *Falls du es noch nicht gehört hast, Jan, dein Bruder liegt in der Klinik. Auf der Intensivstation im Städtischen Krankenhaus Gerresheim. Edgar ist zusammengeschlagen worden und es sieht ver-*

dammt übel aus. Falls du ihn besuchen willst, verzichte bitte auf dein Polizistengehabe und auf die ewigen Rivalitätsspielchen, verstehst du? Edgar darf sich in seinem Zustand nicht aufregen.

Reuter meldete sich bei Wiesinger ab und hastete hinaus.

32.

Das Telefon schrillte und riss Scholz aus dem Schlaf. Sofort fiel ihm die Nachricht ein, die er am Morgen gelöscht hatte. Die schnarrende Stimme des Mannes, mit dem er nichts zu tun haben wollte.

Scholz stieg aus dem Bett, tastete sich zur Tür und stieß sich das Knie an der Kommode. Im Flur blendete das Tageslicht. Der Hörer stand nicht in der Ladestation, Florian musste ihn verlegt haben. Scholz orientierte sich am Klingeln und fand den Apparat auf dem Sofa.

»Norbert Scholz.«

»Wie hörst du dich denn an?«

»Bettina?«

»Ist Flo bei dir?«

Der Jeansbeutel lag nicht mehr auf der Couch. Sein Besitzer nicht zu sehen. Ein Ruf durch die Wohnung – keine Reaktion. Scholz blickte auf die Wanduhr: Kurz vor halb vier, viel zu wenig geschlafen.

»Ausgeflogen«, antwortete er. »Ich hab ihm die Schlüssel gegeben.«

»Also ist er tatsächlich zu dir gekommen.«

»Warum nicht?«

»Ich hatte es ihm freigestellt. Er hätte auch zu den Eltern seiner Freundin gehen können.«

»Er hat eine Freundin?«

»Ja, Tessa. Nettes Mädchen.«

Scholz erinnerte sich: *Wenn das Tessa ist, bin ich nicht da* – junges Glück hörte sich anders an.

»Unser Junge entwickelt sich prächtig«, sagte Bettina. »Und ich finde es schön, dass ihr euch wieder vertragt.«

»Solange er nicht wieder kokst.«

»Flo braucht Liebe und Vertrauen.«

»Und ab und zu eine harte Hand.«

»Lass uns jetzt nicht streiten.«

»Du hast recht.« Scholz wunderte sich ohnehin, wie lange sie schon telefonierten, ohne laut zu werden.

Er fragte: »Wie ist es auf Malle?«

»Dem Anlass entsprechend. Die Einäscherung war heute Mittag. Ich habe umgebucht und nehme morgen einen der ersten Flieger. Dann bist du Flo wieder los.«

Scholz lachte. »So fürchterlich ist es nicht mit ihm.«

»Ehrlich?«

»Ja. Bist du deshalb eifersüchtig?«

Sie lachte auch.

»Guten Flug, Bettina.«

»Danke.«

Scholz hörte einen Schlüssel an der Wohnungstür. »Warte!«, rief er in den Hörer.

Florian trottete herein und schleuderte seine Tasche auf das Sofa. Scholz reichte den Apparat weiter.

Während sein Sohn telefonierte, ging er duschen und zog sich an. Als er fertig war, röchelte die Kaffeemaschine und der Junge deckte den Wohnzimmertisch.

»Guten Morgen, Frühstück!«, krähte Florian.

»Morgen ist gut«, antwortete Scholz. »Was ist *das* denn?«

»Dein Lieblingskuchen.«

Scholz ließ sich nieder und staunte. Aprikose-Quark mit Mandelsplittern – die Stücke hatten beim Transport Schaden genommen, doch dem Geschmack tat das keinen Abbruch.

Mit vollem Mund fragte der Junge: »Warum zieht ihr eigentlich nicht wieder zusammen, Mama und du?«

»Wie kommst du darauf?«

»Weil ich dann Mamas Wohnung haben könnte.«

33.

Im Fußraum vor dem Beifahrersitz fand Reuter eine Rundumleuchte. Eigentlich kein hoheitlicher Einsatz – egal: Er packte das Blaulicht aufs Dach, knipste es an und raste los.

Gerresheim lag im Osten des Stadtgebiets, fast schon im Bergischen Land. Reuter entschied sich, über Flingern und Grafenberg zu fahren. Zugleich versuchte er, seinen Vater zurückzurufen. Gernot Reuter ging nicht an sein Telefon.

Die ewigen Rivalitätsspielchen – als ginge es von mir aus, dachte Reuter.

Dein Polizistengehabe – und was war mit dem Gehabe eines Starverteidigers?

Reuter schnitt Straßenbahnen, lahme Kleinwagen und Familienvans aus dem Umland auf dem Weg zum Einkaufsbummel. Er ignorierte empörtes Gehupe und legte noch einen Zahn zu.

Edgar war ein Arschloch, aber sein einziger Bruder.

Reuter erreichte die Gräulinger Straße. Ein sechsstöckiger Betonriegel aus den Siebzigern – er nahm die Zufahrt für Ambulanzen und hielt vor dem Haupteingang. Für Rettungsfahrzeuge war noch genügend Platz, entschied Reuter.

Das Foyer schmückte eine Sitzgruppe nebst einem Aquarium, dem er keinen zweiten Blick schenkte. Opas in Bademänteln schlurften durch die Halle und hielten sich an ihren Infusionsständern fest. Reuter war noch nie hier gewesen. Er orientierte sich an der Tafel vor den Aufzügen. Eine Schwangere im Morgenrock lächelte ihn an. Der Aufzug kam und kam nicht. Reuter nahm die Treppe.

Außer Atem erreichte er den Warteraum der Intensivstation. Zwei Typen in Jeansjacken blickten von ihren Kaffeebechern auf. Die Tür zur Station ließ sich nicht von außen öffnen. Ein Klingelknopf – Reuter drückte ihn.

Der Ältere der Jeanskerle sprach ihn an. »Der Bruder?«
Reuter klingelte noch einmal.
»Koslowski und Bader von der Kripo PI Ost. Wir warten darauf, dass die Weißkittel ihn für vernehmungsfähig erklären.«
Bader ergänzte: »Wir drücken ihm die Daumen, dass er ...«
Reuter gab den beiden die Hand. »Wir sind Kollegen.«
Koslowski runzelte die Stirn. »Hab schon gehört. Innerer Dienst und so. Was ich mich schon immer gefragt habe: Was fällt da so für einen ab?«
»Wie?«
»Na, sag schon, Reuter. Im Inneren Dienst. Was lässt der Kripochef so springen? Was ist der Deal? Oder glaubst du, *ich* würde einfach so gegen meine Kollegen ermitteln?«
Reuter wandte sich ab und schlug die Klingel mit der Faust. Endlich krächzte eine Stimme aus der Gegensprechanlage. Er beugte sich zum Mikro: »Jan Reuter. Mein Bruder Edgar liegt auf Ihrer Station.«
Der Summer.
Hinter der Tür ein weißer Gang. Vorhänge, Glaswände, überall Piepsen und leises Stöhnen. Die Schwester war eine Asiatin, klein und resolut. Sie bestand darauf, dass Reuter einen der grünen Kittel überstreifte, die am Haken hingen. Dazu Mundschutz, Handschuhe sowie Hauben für die Schuhe – Einwegware aus dem Karton, fast wie an einem Tatort.
Plötzlich war Reuter neun Jahre alt.
Das gleiche Gepiepe, derselbe Geruch. Schläuche, Monitore, ein tristes Vorzimmer des Todes – seine Mutter hatte zwei Wochen lang im Koma gelegen, bevor sie an den Folgen ihrer Vergiftung gestorben war.
Reuter holte tief Luft.
Die Schwester wies ihm die Nische, in der sein Bruder lag. Ein Kabuff voller Technik. Ein Laken bedeckte Edgar vom Nabel abwärts. Verbände um Stirn und den rechten Arm. Ein Veilchen, eine geplatzte Lippe. Auf der Brust jede Men-

ge dunkler Flecken: Blutergüsse und verschmiertes Wunddesinfektionsmittel. Unter einem Packen Verbandszeug trat ein Schlauch hervor.

Jan Reuter rang sich ein Lächeln ab. »Hallo, Edgar.«

Sein Bruder riss die Augen auf. Er bewegte die Lippen, doch es war nur ein Wispern zu hören. Eine Hand zuckte unruhig.

Reuter ergriff sie und hielt sie fest. Kalte Finger. Zuletzt hatte er Edgars Hand vor zwanzig Jahren gehalten, bei der Beerdigung ihrer Mutter. Der große Bruder – damals das letzte Stück Geborgenheit, zumindest die vage Hoffnung darauf.

Er rieb Edgars Finger, um ihnen Wärme zu geben. »Keine Panik, Großer. Hier bist du gut aufgehoben. Die Leute kümmern sich um dich. Du musst dir keine Sorgen machen, alles wird gut.«

Worte, die man so sagt.

»Hast du Schmerzen?«

Edgar schloss für ein paar Sekunden die Augen und Jan wusste nicht, ob es vorübergehende Benommenheit oder der Versuch einer Antwort war. Er war sich nicht einmal sicher, ob sein Bruder ihn erkannt hatte. Edgar erwiderte den Händedruck – vielleicht war es auch nur ein Reflex.

Jan überlegte: Würden die Kunsträuber ihren Komplizen und Verhandlungsführer so zurichten? Wenn ja, warum?

Robby, der das Bild transportiert hatte, war ermordet worden. Und jetzt sein Bruder – der Anblick Edgars, wie er halb tot im Krankenbett lag, trieb ihm die Tränen in die Augen.

Dann erkannte Reuter, dass sein Bruder ihn anstarrte. Schweiß auf der Stirn. Die Lippen bewegten sich. Ein Hauch: Es klang wie *Huss.*

»Ruhig«, wiederholte Reuter und streichelte die kalte Hand.

Edgars Lider flatterten. Ein Ruck ging durch den Körper, die Finger krallten sich ins Laken. Wieder versuchte Edgar, etwas zu sagen.

Hussef.

Jan Reuter neigte den Kopf – sein Ohr ganz dicht am Mund des Bruders.

Beim dritten Versuch glaubte er, ihn zu verstehen.

Grusew.

34.

Die fünf Nataschas nippten Champagner und plapperten durcheinander. Zwei von ihnen stritten sich um eine Korsage in Camouflagemuster. Die anderen bellten die Verkäuferin wegen eines Jäckchens an. Der grimmige Muskelprotz übersetzte: »Gibt es das auch in Farbe Rosa?«

Die bemühte Angestellte verneinte und zeigte erste Anzeichen der Verzweiflung.

Damenprogramm – Simone hatte rasch begriffen, dass Sightseeing für die Frauen des Karpow-Clans nur ein Synonym für Shoppen war. Willkommen auf der Königsallee: Prada und Gucci, Armani und Louis Vuitton, Etienne Aigner, Hermès, Féraud, Joop und Jil Sander, Max Mara und Toni Gard, Cartier, Bulgari und Tiffany – der Himmel für die Nataschas.

Auf Simones Vorschlag waren sie zu Fuß unterwegs, denn die Läden lagen nur einen Katzensprung vom Hotel entfernt. Keine Geländewagen, keine Straßenkreuzer, nur ein einziger Bodyguard – vermutlich ein völlig neues Gefühl für die Ladys aus dem Osten.

Ihren Geschmack fand Simone gewöhnungsbedürftig, ihr Benehmen ebenso. Die Frauen aus dem Milliardärstross trugen luftige Kleidung, als sollte es beim Umziehen möglichst schnell gehen. Die beiden jüngsten suchten erst gar keine Kabinen auf – vielleicht mussten sie das Vermögen zur Schau stellen, das ihre Gatten in Brustimplantate investiert hatten.

Die Älteste überließ das Probieren und Kaufen den anderen. Sie sah drein wie die Rotarmistin im James-Bond-Film und fütterte ihren Mops mit süßen Keksen, die sie sich von den Verkäuferinnen bringen ließ.

Die Nataschas – ihre wirklichen Namen konnte sich Simone nicht merken. Anführerin war eine Moppelige um die dreißig mit übermäßig aufgespritzten Lippen. Sie trampelte aus der Umkleide, in einem Hüftrock aus Satin, der über und über mit Blumenmotiven bestickt war. Kreideweißer Bauchspeck quoll in Wülsten über den Saum. Dazu ein schulterfreies Top, das hautfarbene BH-Träger sehen ließ, die sich tief ins Fleisch gruben. Waden wie Ofenrohre, die Füße in ultrahohe Pumps gequetscht.

Ihre Begleiterinnen applaudierten frenetisch. Als sich die Üppige zum Spiegel drehte, platzte mit leisem Geräusch eine Naht. Die Russin fluchte, der Muskelmann übersetzte: »Rock gefällt Frau Turinowa nicht. Gibt es Blumenstickerei auch in Farbe Rosa?«

Simones Job bestand darin, den jeweiligen Geschäftsführer zu bitten, den Laden für die Dauer des Besuchs zu schließen. Die Nataschas wollten unter sich bleiben. Es lohnte sich jedes Mal. Die Dicke mit den Ofenrohrwaden zahlte mit Platinkarte. Während der Belegdrucker ratterte, nannte Simone die Lieferadresse: *Interconti,* fünfte Etage – der Clan bewohnte dort die Hälfte eines ganzen Stockwerks.

Im nächsten Laden hatten es ihnen die Handtaschen angetan. Riesig mussten sie sein, mit möglichst vielen Seitentaschen, aufwendigen Schnallen und allerlei Ketten-Klimbim. Ganz wichtig war das eingeprägte Logo, möglichst auffällig.

»Gibt es das auch in Farbe Gold?«, fragte der Leibwächter ohne Lächeln. Von seinem Stiernacken baumelte eine schwere Kette mit massivem Kreuz. Sein doppelreihiger Anzug war extraweit geschnitten – vermutlich musste er außer seinen Muskeln auch noch ein Arsenal an Waffen darunter verbergen.

Simone bemerkte, dass die Hand des Bodyguards bandagiert war. Ein Profi hatte den Verband jedoch nicht angelegt. Das Ende war verknotet und hing lose herab.

Der Mops zerrte einen Gürtel durch den Laden. Der Verkäufer versuchte, das edle Teil zu retten. Die Rotarmistin besänftigte das Vieh, indem sie es aus der Sektschale schlabbern ließ.

Im nächsten Laden schloss der Geschäftsführer ab und ließ Cocktails auffahren, bevor Simone erklären konnte, was Sache war. Offenbar hatte sich die Sightseeingtour schon herumgesprochen.

Die Moppelige war müde geworden und forderte Simone auf, die Kleider vorzuführen. Simone spielte mit, obwohl sie um mindestens zwei Konfektionsgrößen schlanker war – die Anführerin bestand ohnehin darauf, stets die gleiche Größe zu kaufen wie ihre Gefährtinnen, als wollte sie nicht wahrhaben, dass sie aus dem Leim ging.

Mannequin Simone Beck: Sie drehte sich in einem Outfit, mit dem sie sich nie und nimmer auf die Straße trauen würde. Goldfarbene Overknee-Stiefel, Minirock und ein weißes Mieder mit Glitzersteinen, das viel zu tief ausgeschnitten war. Gut, dass die Tür verriegelt war. Die Dicke winkte – gekauft.

Die Rotarmistin sprühte ihren Köter mit Parfum ein. An der Art des Bellens glaubte sie zu erkennen, welche Sorte sie nehmen solle. Die jüngste Natascha kümmerte sich um den Verband des Leibwächters und machte ein Gesicht, als hätschelte sie ein Kleinkind.

Die übrigen Damen verglichen gerade Erstandenes: Uhren in der Form von Leoparden aus verschiedenfarbigem Gold, die sich ums Handgelenk schmiegten.

Als Simone sich umzog, riss der Muskelmann den Vorhang der Kabine beiseite und reichte einen Bügel herein, an dem ein Nichts aus roter Spitze baumelte. Sein Grinsen zeigte goldüberkronte Zähne.

»Trag es selbst«, knurrte Simone und schloss den Vorhang. Allmählich reichte es ihr.

Draußen wurde die Straße gesperrt. Transporter rangierten, weiß lackierte Übertragungswagen mit ZDF-Emblem. Buden wurden im Schatten der Platanen errichtet, eine Bühne vor der Brücke über dem Kö-Graben.

Die Russinnen schnatterten, als sie daran vorbeitrippelten. Der Leibwächter setzte seine Sonnenbrille auf. »Was ist hier los?«

Simone erklärte, dass das Fernsehen am Abend in der Stadthalle eine beliebte Show aufführe und bundesweit ausstrahle, in der es um Wetten ging und Künstler wie Robbie Williams auftraten. Zur Show gehöre ein Spiel für die Bürger der Stadt, das auf der Königsallee stattfinden würde.

Noch bevor der grimmige Russe übersetzen konnte, tuschelten die Nataschas aufgeregt: »Robbie Williams!«

»Die Damen wollen ihn treffen«, erklärte der Bodyguard. *Prada* stand auf dem Brillenbügel – auch er also ein Markenjunkie.

»Vielleicht ist das sogar möglich«, antwortete Simone. »Er wohnt im gleichen Hotel wie Sie. Das Fernsehen hat ihm die Präsidentensuite reserviert.«

Simone war seit Wochen eingeweiht. Im Auftrag ihres Chefs hatte sie sich um einen Auftritt des Popstars im Rathaus bemüht: Autogramm ins Goldene Buch, Shakehands mit dem Oberbürgermeister, Fototermin für die Presse. Das Management des Sängers hatte abgelehnt und Zeitmangel vorgeschoben – am liebsten hätte Kroll deshalb dem ZDF die Halle verweigert.

Der Leibwächter übersetzte und plötzlich schlug die Stimmung um. Die fünf Nataschas änderten den Kurs, überquerten die Straße und den Kö-Graben und stöckelten wutentbrannt auf das Hotel zu, das auf der Westseite der Prachtallee stand.

Simone fragte sich, was sie falsch gemacht hatte. »Wir wollten noch zu Louis Vuitton!«, gab sie zu bedenken.

»Die Damen sauer, weil sie dachten, sie hätten beste Zimmer in *Interconti*. Jetzt gibt es da noch Präsidentensuite. Herr Williams muss tauschen.«

Die Russinnen stürmten das Foyer und bauten sich schimpfend vor der Rezeption auf.

In diesem Moment erblickte Simone ihren Chef. Gemeinsam mit einer Gruppe von Herren in gedeckten Anzügen trat er aus dem Trakt, in dem die Konferenzräume lagen. Im Gefolge des Oberbürgermeisters erkannte Simone den Beigeordneten Miehe, Unternehmensberater Lohmar sowie Valerius, den Vetter und Baumagnaten.

Kroll grüßte mit gut gelauntem Zwinkern. »Wie war's, Frau Beck?«

»Es gibt Ärger wegen Robbie Williams.«

»Schon wieder?«

Der OB ging hin, um sich einzumischen, doch ein groß gewachsener Mittdreißiger hatte das Damenkränzchen bereits zum Schweigen gebracht und verhandelte mit dem Portier.

Der Leibwächter stand neben Simone und beobachtete das Treiben ausdruckslos. Sein Körperbau imponierte ihr, aber das war auch schon alles. Er bemerkte ihren Blick und ließ seine Goldzähne blitzen.

»Vielleicht wird morgen schon die Suite frei«, sagte Simone.

»Nicht nötig. Chef sagt, wir sowieso reisen ab.«

»Sie verlassen die Stadt?«

»Nein, Gegenteil. Wir nehmen Haus, ist besser als Hotel. Geschäfte gut, Oberbürgermeister gut. Alles teuer, sehr gut. Wir lassen nieder in Düsseldorf.«

Kroll kann zufrieden sein, dachte Simone. Die Show am kommenden Montag war offenbar gerettet. Und ein großer Happen vom Kuchen würde an den Cousin gehen.

Sie fragte: »Der Herr, der gerade mit dem Portier redet, ist das Karpow, der Ölmilliardär?«

»Nein, das ist Wladimir.«

Simone entging nicht, mit welch großem Respekt der Leibwächter das sagte.

Inzwischen war auch der Hotelmanager herbeigeeilt. Der große Mittdreißiger, der nicht Karpow war, warf ihm eine Kreditkarte hin, natürlich ebenfalls Platin. Die Bauchspeck-Natascha stellte sich auf die Spitzen ihrer Pumps, drückte dem Großen ihre wulstigen Lippen auf die Wange und zeigte ihm den Leoparden an ihrem Handgelenk.

»Und wer ist Herr Karpow?«

»Da drüben.«

Simones Blick folgte dem ausgestreckten Finger: Ein Kerl mit Stirnglatze und zu weitem Anzug, der mit einem Taschenmesser an seinen Fingern schnitzte. Die Rotarmistin redete auf ihn ein, der Mops pinkelte gegen seinen Sessel. Karpow duckte sich unter den Worten seiner Frau und begutachtete seine Fingernägel.

Dieser Kerl soll der Chef des Clans sein?

Der Bodyguard riss Simone aus ihren Gedanken. »Ich heiße Jewgeni.«

Wieder funkelten Goldkronen. Die Kette mit dem Kreuz spannte um den Nacken. Der Muskelmann reichte ihr die verbundene Hand.

Simone zuckte zurück. »Haben Sie sich verletzt, Jewgeni?«

»Ach, nur ein bisschen stark beansprucht. Nicht der Rede wert.«

35.

Edgar war weggedämmert. Die Schwester wechselte den Transfusionsbeutel.

Reuter deutete auf den Schlauch, der in Edgars Brust steckte. »Was ist das?«

»Arzt kommt gleich.«

Im Hinausgehen streifte die kleine Asiatin Handschuhe und Mundschutz ab und ließ beides in einen Mülleimer plumpsen, als sei sie ihrer Arbeit überdrüssig.

Nach einer halben Ewigkeit kreuzte der Arzt auf, ein jungenhafter Typ in Reuters Alter, womöglich noch in der Ausbildung. Er winkte Reuter auf den Flur. »Sind Sie der Bruder von Bett vier?«

»Von Edgar Reuter.«

»Er ist außer Lebensgefahr«, erklärte der Weißkittel. »Aber er hat Glück gehabt. Neben zahlreichen sichtbaren Wunden hat er eine linksseitige Rippenserienfraktur und ein stumpfes Bauchtrauma in Verbindung mit einer Milzruptur erlitten. Er lag mindestens eine Stunde lang unbehandelt in seiner Wohnung. Dabei hat er ziemlich viel Blut verloren. Wir haben ihn sofort operiert und ihm ordentlich Volumen gegeben. Leber, Nieren und die übrigen Organe scheinen intakt zu sein. Im Moment ist Ihr Bruder noch ruhiggestellt. Zur Beobachtung werden wir ihn noch ein paar Tage auf der Station behalten.«

»Wird er wieder vollständig ...«

Der Arzt nickte. »Er kann sich bei seinem Schutzengel bedanken und bei seiner robusten Natur.«

Reuter atmete auf. Er befreite sich von der Verkleidung. Den Kittel an den Haken, den Rest in den Müllsack.

Im Vorraum warteten noch immer die beiden Jeansjacken.

»Ist er ansprechbar?«, fragte der Ältere.

Reuter baute sich vor ihm auf. »Du wolltest wissen, was der Deal ist?«

Koslowski grinste.

»Bewegt euren verdammten Arsch. Fragt die Nachbarn, die Angestellten seiner Kanzlei. Erwartete mein Bruder Besuch, hatte er Streit, hat jemand zur tatkritischen Zeit ein Auto gesehen? Und liefert noch heute euren Bericht ab!«

»Wohin hättest du ihn denn gern?« Spott in der Stimme, Bader kicherte.

»KK 11, Mordkommission *Feuerwerk,* der MK-Leiter heißt Thilo Becker. Und wenn ihr zwei Clowns euren Job nicht sauber macht, dann landet ihr schneller im Schicht- und Wechseldienst, als ihr bis drei zählen könnt. *Das* ist der Deal!«

Das Einsatzfahrzeug stand vor dem Eingang, wie Reuter es zurückgelassen hatte. Zwei Dicke im Pyjama und ein Junge mit Gipsbein hielten im Freien ihr Schwätzchen und qualmten Zigaretten. Sie gafften Reuter hinterher, als er in den Wagen sprang, das Blaulicht einschaltete und die Reifen durchdrehen ließ.

Reuter fuhr nach Süden, zur Wohnung seines Bruders. Er hatte die Szene vor Augen, die Max Beckmann dargestellt hatte: den Überfall auf die Familie in der Dachmansarde, die Folterknechte und ihren Anführer, der seinem Opfer die Schulter auskugelt.

Die Erkenntnis des Ausgesetztseins in einer gewalttätigen Welt.

Er fischte sein Handy aus dem Sakko und wählte die Nummer seines KK-22-Kollegen Michael Koch, der an Grusew dran war.

»Ja, bitte?« Im Hintergrund lief ein Fernseher. *Sportschau,* fiel es Reuter ein, letzter Spieltag der Fußball-Bundesliga. Zugleich war Geschirrgeklapper im Hintergrund zu hören – jemand räumte die Spülmaschine aus oder deckte den Tisch.

»Jan hier. Hallo, Michael. Störe ich?«

»Läuft ohnehin nur Werbung im Moment.«

»Was machen deine Ermittlungen?«

»Moment.« Reuter vernahm, wie Koch den Ort wechselte. Es wurde ruhiger. »Bei Grusew herrschte den ganzen Tag Funkstille, soviel ich mitbekommen habe. Nur am Morgen einige Telefonate über das Festnetz. Du weißt, ich war draußen in Ludenberg, um mir sein Domizil anzusehen. Um halb elf ist er in seinem S-Klassen-Benz aufgebrochen. Ich vermute zumindest, dass er drinsaß. An der Autobahnauffahrt Mettmann habe ich die Observation beendet. Hatte weder Zeit noch Lust, ihm stundenlang zu folgen.«

Reuter überlegte: Von Ludenberg nach Unterbach konnte man die A3 benutzen statt quer durch die Stadt zu kreuzen.

Michael fuhr fort: »Wenn du mich fragst, wickelt unser Russki seine Geschäfte über Handys ab, die er gebraucht kauft und ständig wechselt. Das Abhören hat wenig Sinn.«

»Schon etwas übersetzt?«

»Eine Dolmetscherin krieg ich erst am Montag. Warum interessierst du dich plötzlich so brennend für den Kerl?«

»Mein Bruder ist schwer verprügelt worden und liegt auf der Intensivstation.«

»Scheiße ...«

»Ich war bei ihm und das Einzige, was er herausbekommen hat, klang so ähnlich wie Grusew. Einstein war in das Artnapping verwickelt. Mein Bruder hat den Rückkauf vermittelt. Das Bild spielt irgendeine Rolle. An Zufälle glaub ich einfach nicht ... Michael?«

Für einen Moment hatte Reuter nur Stille am Ohr.

»Michael, bist du noch dran?«

»Ja, ja«, meldete sich Koch. »Ist das wirklich wahr, was du da erzählst?«

»Hast du sonst etwas über Grusew herausgekriegt? Mit wem pflegt er Umgang? Gibt es vielleicht Verbindungen zu Böhr oder zu diesem Lohmar?«

»Wie gesagt, die Übersetzerin kann erst am Montag anfangen. Ich ruf dich an, versprochen.«

»Okay. Alles klar.«

Reuter steckte das Handy ein. Er hatte den benachbarten Stadtteil Unterbach erreicht. Er fand die ruhige Nebenstraße, in der Edgar wohnte, und hielt mit quietschenden Bremsen.

Das Haus war ein Neubau am Hang, die Wohnung lag im zweiten Stock und erschien Reuter viel zu groß für einen Single. Von der Terrasse ging der Blick auf den See. Edgar hatte die Immobilie im letzten Jahr gekauft und luxuriös eingerichtet – zumindest nach Reuters Maßstab. Vom Einkommen seines Bruders konnte er nur träumen.

Die Spurensicherung war noch zugange. Wieder ein Overall und Überzieher für die Schuhe, diesmal in Weiß.

Reuter durchstreifte die Zimmer. Er war erst zweimal hier gewesen, hatte aber trotzdem den Eindruck, dass nichts gestohlen worden war. Zumindest die Wertsachen fehlten nicht: im Schlafzimmer der Wurzelholzkasten mit Edgars Sammlung teurer Uhren, im Wohnzimmer die Heimkino- und Musikanlage nach allerneuestem Stand der Technik.

Allerdings waren die beiden Ölgemälde rechts und links des Kamins zerstört worden: moderne Seelandschaften in flirrenden Farben und wildem Malstil – kreuz und quer aufgeschlitzt hing die Leinwand in Fetzen.

Der Deal besteht darin, dass die Ermittlungen ab sofort eingestellt werden.

Von wegen, dachte Reuter. Jetzt geht es erst richtig los.

Ein Techniker betupfte die Rahmen der Gemälde mit seinem Rußpinsel. Ein anderer Spurensicherer drückte Streifen von Klebefolie auf den Teppichboden.

Reuter fragte: »Wer von euch kann mir etwas über die Auffindesituation sagen?«

Ein weiterer Kollege trat ein und grüßte per Handschlag.

Es war Mangold, der Leiter des Erkennungsdienstes – eingefallene Wangen, Schatten um die Augen, ein fröhliches Hawaiihemd am Leib. »Das Opfer muss dem Täter die Tür geöffnet haben, denn es gibt keine Anzeichen eines Einbruchs. Zum Angriff kam es hier in diesem Raum. Darauf deuten Blutspritzer und Kampfspuren hin. Danach hat sich das Opfer ins Arbeitszimmer geschleppt, wo das Telefon liegt, brach jedoch zusammen, bevor es um Hilfe rufen konnte. Gemeldet wurde die Tat durch die Putzfrau. Besser gesagt, die ehemalige Putzfrau, die gegen dreizehn Uhr vorbeikam, um die Wohnungsschlüssel abzugeben.«

Er kann sich bei seinem Schutzengel bedanken.

Edgar ist selbst schuld, dachte Jan Reuter. Er bewegt sich auf dünnem Eis.

Ihm wurde klar, wie wenig er seinen Bruder kannte.

36.

Der Saal füllte sich zur Sitzung. Die Mordkommission war weiter aufgestockt worden. Scholz zählte achtzehn Beamte, Ela Bach und Kripochef Engel nicht mitgerechnet.

Der Leitende Kriminaldirektor eröffnete die Sitzung. Er wirkte wieder wie aus dem Ei gepellt – Bella Figura für die Kameras, denen er niemals aus dem Weg ging.

Dass Engel Präsenz zeigte, machte deutlich, welche politische Bedeutung die Behördenspitze dem Fall inzwischen zumaß.

Der Kripochef strich über seine Krawatte. »Kolleginnen und Kollegen, erst einmal Anerkennung für Ihren Einsatz. Aber es sind jetzt neunzehn Stunden seit der Ermordung des Türstehers und Polizeiinformanten Robert Marthau vergangen und leider wissen wir noch nicht einmal, ob die Schüsse in erster Linie ihm galten oder der Hauptzeugin, die sein Auto fuhr.«

Ein Raunen ging durch den Raum. Scholz ließ den Blick schweifen. Reuter fehlte.

»Bevor ich das Wort Ihrem MK-Leiter gebe, möchte ich betonen, dass das Privatleben der besagten Zeugin – so schillernd es Ihnen auch erscheinen mag – nichts in den Medien zu suchen hat. Das Mädchen ist vermutlich schwer traumatisiert und verdient unseren besonderen Schutz. Deshalb sage ich ganz deutlich: Indiskretionen seitens ermittelnder Beamter führen unweigerlich zu Disziplinarmaßnahmen. Ich hoffe, das ist Ihnen allen klar.«

Engel schickte einen ernsten Blick in die Runde, dann verabschiedete er sich und verließ den Saal.

Thilo Becker erhob sich und fuhr mit der Rechten durch seinen widerspenstigen Blondschopf. »Nach einer ersten Vernehmung mussten wir Henrike Andermatt in der Nacht nach Hause entlassen. Sie bewohnt ein Einlieger-Apartment im Haus ihrer Eltern am Hirschweg im Stadtteil Rath. Nach einem Streit mit ihrem Vater, in dem es um ihren Lebenswandel und ihre Beziehung zum Mordopfer ging, verließ sie das Haus zu Fuß. Kollege Reuter gabelte sie auf und brachte Henrike auf ihren Wunsch zur Freundin des Mordopfers, mit der sie gut bekannt ist. Als sie heute Morgen erneut vernommen werden sollte, entwischte sie uns. Zur Stunde ist ihr Aufenthaltsort unbekannt. Wir wissen immer noch nicht, was Henrike Andermatt in den dreißig Minuten nach dem Anschlag getan hat, ihre erste Aussage war lückenhaft und es gibt in Teilen Zweifel am Wahrheitsgehalt. Weil wir uns von einer weiteren Aussage viel versprechen und weil die Zeugin unter Umständen unseren Schutz braucht, haben wir sie zur Fahndung ausgeschrieben. Wohlgemerkt: Wir suchen sie als Zeugin, nicht als Verdächtige.«

»Am besten in den Diskos der Stadt«, warf ein Kollege ein.

Ein anderer rief: »In den Betten der Türsteher und Koksdealer!«

»Vorsicht«, mahnte Wiesinger, der neben Becker thronte, fett wie ein chinesischer Buddha. »Sonst werden wir alle nach Westfälisch-Sibirien versetzt!«

Becker hob die Arme, das Gemurre verstummte. »Ruhe bitte. Wie ihr vielleicht schon wisst, hat Sascha Maisel, der Freund des Ermordeten, ausgesagt, dass Robert Marthau Henrikes Vater erpresst hat. Wir haben den Richter heute dazu vernommen. Ich muss sagen, er war sehr kooperativ und hat den Erpressungsversuch und auch die geforderte Summe von einer halben Million Euro bestätigt. Laut Andermatt erfolgte die Erpressung vor etwa zwei Wochen per Telefon und anonym. Dazu muss man wissen, dass die Nummer der Andermatts nicht im Telefonbuch steht.«

»Der Türsteher hatte sie von der Tochter, wetten?«

»Nicht auszuschließen. Jedenfalls habe Andermatt die Erpressung ignoriert und Henrike einen anderen Lebenswandel nahegelegt. Sie muss ihm das wohl auch versprochen haben. Dass sie gestern mit dem Türsteher unterwegs gewesen war, hat Andermatt dann ziemlich stinkig gemacht. Na ja, so viel zu dem Mann, der vermutlich demnächst Innenminister wird.«

»Du hast vergessen, Andermatts Alibi zu erwähnen.«

»Das Dumme ist, dass er nicht wirklich eines hat. Er will zu Hause gewesen sein, was seine Frau natürlich bestätigt.«

Wiesinger meldete sich zu Wort. Eine weitere Spur sei eine mögliche Verbindung des Mordopfers zu dem Kunstraub vor gut zwei Jahren, der mit einer Lösegeldzahlung von drei Millionen und der gestrigen Präsentation des Bildes einen Abschluss gefunden hatte.

»Von wem stammt der Hinweis?«, fragte Scholz interessiert.

»Ebenfalls von Sascha Maisel.«

Eine lebhafte Diskussion brach los. Die Kollegen redeten durcheinander, MK-Leiter Becker versuchte vergeblich, Ruhe in die Runde zu bringen. Jeder gab seine eigene Theorie zum Besten.

Vielleicht versuchte der Drahtzieher des Artnappings, seine Mitwisser zu beseitigen. Vielleicht hatte sich Marthau mit einer konkurrierenden Drogenbande angelegt. Vielleicht hatte ihn jemand auf Befehl Manfred Böhrs erschossen, um ihn als Spitzel zu bestrafen. Oder der Täter war ein eifersüchtiger Liebhaber Henrike Andermatts. Eine Beziehungstat, warum nicht?

Eine Spekulation ist so gut wie die andere, dachte Scholz. Es hatte keinen Zweck, sich darauf einzulassen.

Die junge Kollegin, die für die Tatortarbeit zuständig war, stellte die Vermutung auf, dass der Täter über die Fußgängerbrücke in Richtung Rheinturm und Landtag geflohen sei. Dort hätte er zu Beginn des Feuerwerks im Getümmel der Schaulustigen untertauchen können. Vielleicht war er trotzdem jemandem aufgefallen. Sie schlug vor, die Medien entsprechend zu informieren, damit sich etwaige Zeugen meldeten. Außerdem sollten Taucher den Grund der Hafeneinfahrt im Bereich der Brücke nach der Tatwaffe absuchen.

Ela Bach signalisierte Einverständnis – Scholz erinnerte sich, dass er bei OK-Ermittlungen selten einen solchen Aufwand hatte betreiben können.

Er stand auf und holte sich das wörtliche Protokoll der Vernehmung, in der Sascha Maisel seinen Freund Robert Marthau und das geraubte Gemälde erwähnt hatte.

... *hab ihn gefragt, ob er keine Angst hätte. Keine Spur, sagte er. Ich bring es doch nur von A nach B. Stellen Sie sich das mal vor, ey. Aber so war er eben.*

Scholz las, dass Streber Reuter die Vernehmung geführt hatte. Ihm ging Reuters Frage während des gestrigen Feuerwerks durch den Kopf: *Arbeitet Lohmar für Grusew oder für Böhr?*

Die Kollegen beratschlagten noch immer. Scholz schlich sich aus dem Saal. Marietta würde ihm berichten, falls es noch etwas Wichtiges gäbe.

Er nahm die Treppe in den dritten Stock und klopfte an der Kriminalaktenhaltung. Die Angestellte musterte ihn, eine Dürre mit Brille und schiefen Zähnen.

Er stopfte seinen Hemdzipfel in die Hose. »Denis Grusew und Ulrich Lohmar.«

»Guten Abend erst mal.«

»Ja, gleichfalls. Eine Kriminalaktennummer habe ich nicht. Kannst du trotzdem mal im Archiv nachschauen, ob wir etwas über die beiden haben?« Er setzte sein freundlichstes Lächeln auf. »Bitte.«

»Keine Akte«, antwortete die Dürre, ohne sich von der Stelle zu bewegen.

»Was heißt das?«

»Kann es sein, dass bei euch derzeit alles drunter und drüber läuft?«

»Wieso?«

»Wir haben nichts über die beiden, basta. Lohmar sitzt übrigens im Aufsichtsrat von Fortuna Düsseldorf. Ein Kumpel von unserem Oberbürgermeister, wenn man der Zeitung glauben kann. Das hab ich auch deinem Kollegen gesagt, der sich bereits gestern über Lohmar und Grusew erkundigt hat.«

»KOK Jan Reuter?«

»Richtig. Ihr solltet mal an eurer Kommunikation arbeiten. Die ist anscheinend stark verbesserungswürdig.«

37.

Reuter parkte den Dienstwagen auf dem Hof und gab Schlüssel und Papiere bei der Fahrbereitschaft ab. Mit Blick auf die Uhr beschloss er, Feierabend zu machen.

Zu Hause holte er seinen Micra aus der Garage. Katjas Schulkonzert – vielleicht würde er noch rechtzeitig dort sein. Auf dem Weg in den Norden der Stadt schaltete er den Dudelfunk ein und lauschte irgendwelchen Hits aus den Achtzigern – Robby ging ihm nicht aus dem Kopf.

Wunde über dem rechten Auge. Schwärzung der Haut und eingesprengte Pulverteilchen. Relativer Nahschuss.

Dann die Nachrichten, Reuter drehte die Lautstärke hoch. Sein Fall: Ermittlungen in alle Richtungen. Die Brücke über der Hafeneinfahrt als möglicher Fluchtweg des Mörders. Besucher, die etwas bemerkt haben, sollten sich melden.

Wer Grips im Kopf hatte, verstand den Klartext: Die Polizei tappt im Dunkeln.

Die nächste Meldung: Noch immer keine Antwort Konrad Andermatts auf das Angebot, Minister zu werden.

Reuter schaltete das Radio aus. Er nahm sein Handy,

wählte die Nummer des Städtischen Krankenhauses in Gerresheim und ließ sich mit der Intensivstation verbinden. Edgar schlief – auf dem Weg der Besserung, wie es hieß.

Das Pflaster surrte unter den Reifen. Vorbei am Aqua-Zoo, die nächste rechts. Reuter freute sich auf einen ruhigen Abend mit seiner Freundin nach dem Konzert. Vielleicht einen alten Spielfilm gucken. Wein schlürfen, gesalzene Mandeln knabbern und endlich so tun, als sei das Leben eine harmonische Veranstaltung.

Das Max-Planck-Gymnasium lag in der Tempo-dreißig-Zone eines Wohngebiets. Als der Betonbau und die Parkplätze in Sicht kamen, erkannte Reuter, dass die Veranstaltung bereits vorüber war. Eltern strömten mit ihren Kids aus dem Portal und kletterten in ihre Geländewagen und Familienvans, Halbwüchsige standen in Grüppchen und verabschiedeten sich.

Vielleicht war Katja noch da, immerhin hatte sie das Konzert organisiert. Er zückte sein Handy und drückte ihre Nummer. Sie meldete sich prompt.

»Wie war's?«, fragte er und rangierte den Wagen in eine Lücke, die gerade frei geworden war.

»Gut. Wo steckst du? Du musst sicher noch arbeiten.«

»Nein. Wir haben den Abend ganz für uns.«

»Ach, schade«, erwiderte Katja. »Ich habe mich gerade mit ein paar Kolleginnen zum Bier verabredet. Die Schulleiterin geht auch mit, da kann ich nicht kneifen. Du weißt, sie beurteilt nächste Woche meinen Unterricht.«

»Verstehe«, sagte er. »Dann sehen wir uns später. Ich warte auf dich.« Sein Blick fiel auf eine Frau, die aus dem Schulgebäude trat und dabei telefonierte.

Katjas Stimme an seinem Ohr: »Viel Erfolg bei der Mördersuche!«

»Danke.«

Die Frau steckte ihr Mobiltelefon ein und trat in den Schein einer Laterne – es war tatsächlich Katja in ihrer roten

Cordjacke. Sie gesellte sich zu ihren Kolleginnen, die offenbar auf sie gewartet hatten.

Im gleichen Moment blinkten auf der anderen Seite des Parkplatzes Scheinwerfer auf und Katja winkte einen Gruß zurück. Ein dunkler Volvo.

Katja verabschiedete sich von den Kolleginnen und eilte über den Platz. Reuter duckte sich. Der Fahrer des Volvos stieg aus und hielt ihr die Beifahrertür auf – ganz der vorbildliche Gentleman. Die Umarmung der beiden versetzte Reuter einen Stich.

Katja hatte ihn angelogen.

Nein, das Leben war keine harmonische Veranstaltung.

Er drehte den Zündschlüssel. Als der Volvo vorbeiglitt, gab Reuter behutsam Gas und folgte.

Die Fahrt ging zurück in Richtung Innenstadt und durch den Rheinufertunnel nach Süden. Reuter blieb dran, mit einem heftigen Pochen in der Brust. Völklinger Straße, Südring, an der nächsten Ampel bog die Schwedenkutsche in eine Wohnstraße und hielt.

Reuter fuhr weiter und wählte die nächste Parklücke. Er lief zurück und fand den Volvo. Er musterte die Häuser: Erleuchtete Fenster, ein Treppenhaus – zwei Personen stiegen die Stufen hoch. Katjas rote Jacke. Im Dachgeschoss gingen die Lichter an.

Reuter hatte einen Maschendrahtzaun im Rücken. Ein Schild: *Städtisches Gartenamt, Bezirk 5*. Hinter den Maschen eine Baracke. Im Schutz der Dämmerung überwand Reuter den Zaun, kletterte auf einen angebauten Geräteverschlag und hangelte sich von dort auf das Flachdach der Baracke. Beim ersten Versuch rutschte er ab. Er konnte sich wieder fangen, doch sein Handy war aus der Hosentasche geglitten und im Matsch gelandet.

Reuter bezog Posten. Die Zweige einer alten Platane gaben ihm Deckung. Ein Fenster in der Dachgaube. Die Frau von hinten, an einem Tisch sitzend. Sie zog die rote Jacke aus. Der Typ trug das Kleidungsstück weg, dann kehrte er zurück und goss Wein in zwei Gläser. Anstoßen, intensiver Augenkontakt – zumindest stellte Reuter es sich so vor.

Der Wind fuhr kalt durch seine Kleidung und ihm war, als hätte er alles verloren, was ihm wichtig war.

Sein Mobiltelefon meldete sich drei Meter unter ihm. Das Display schimmerte weißlich. Das Klingelgeräusch, das längst für ihn alltäglich geworden war – noch nie hatte er es so klar gehört. Der kurze Triller am Anfang, ein treibender Bass, begleitet vom elektronischen Rhythmus, schließlich die Melodie, die nach billigem Synthesizer klang.

Ein Auto rollte vorbei, dann war es still. Drüben unter dem Dach flackerten Kerzen. Die beiden hielten Händchen wie ein altes Paar.

Reuter fror immer mehr. Ihm wurde bewusst, wie lächerlich es war, was er da tat. Ein Spanner, der die eigene Freundin ausspionierte. Er schimpfte sich einen Loser – nichts wollte er weniger sein als das.

Er trat den Rückweg an und passte auf, dass er nicht wieder ausrutschte. Er zog das Handy aus dem Dreck und säuberte es. Nachdem er zwei Kreuzungen hinter sich gebracht hatte, kontrollierte er die Anrufliste. Das Display zeigte eine Mobilfunknummer, die er nicht kannte. Vielleicht hatte der Anrufer eine Nachricht hinterlassen.

Reuter wählte die Mailbox, die Eins für das Abhören, dann drang Wegmanns Stimme an sein Ohr, atemlos und aufgeregt und immer wieder von Martinshorngeheul übertönt: *Wo auch immer du bist, Reuter, beweg deinen Arsch hierher! Grafenberger Wald, Rolander Weg, Ecke Rennbahnstraße, der letzte Parkplatz. Lena ist tot!*

Reuter trat das Gaspedal durch. Ihm war, als hätte er es geahnt.

Teil III

Stadt der Narren

Wer das verlor, was du verlorst, macht nirgends Halt.

Friedrich Nietzsche, *Vereinsamt*

38.

Schon von Weitem sah er das Blaulichtgeflacker.

Reuter ließ das Fenster heruntergleiten und hielt den Dienstausweis in den Fahrtwind. Der erste Kuttenträger winkte ihn durch, der zweite lotste ihn auf den vorderen der beiden Parkplätze, die tagsüber, vor allem an Wochenenden, von zahlreichen Spaziergängern genutzt wurden. Beamte spannten Flatterband quer über den Weg. Die Dämmerung war weit fortgeschritten. Taschenlampen blitzten auf, Lichter glitten über den Waldrand und den aufgeweichten Boden.

Etwa zwei Kilometer Luftlinie waren es von hier bis zu Andermatts Haus in Rath, schätzte Reuter. Und in der anderen Richtung befanden sich hinter der Rennbahn die Bergische Landstraße und Ludenberg – das Viertel, in dem Grusew wohnte, keine drei Kilometer entfernt.

Reuter fiel ein Kollege in Zivil auf, der an einem Baum lehnte, die Hände auf die Knie gestützt – wie nach einem Lauf in hohem Tempo. Im Näherkommen erkannte er Wegmann.

»Was hast du?«

»Geh nicht weiter«, antwortete der Exboxer und richtete sich auf. »Du machst sonst nur Spuren kaputt.«

Reuter blickte hinüber. Tiefe Schatten unter den Bäumen. Dichtes Gebüsch an der Zufahrt zum hinteren Parkplatz, wo der breite Wanderweg begann.

»Gibt es keine Laufleine?«, fragte er – ein Trampelpfad hinüber zum Tatort würde es ermöglichen, spurenschonend zum Opfer zu gelangen.

Wegmann schüttelte den Kopf und bat einen Uniformierten um eine Zigarette. Das Aufflackern eines Feuerzeugs, gieriges Inhalieren. »Außerdem ist es besser, wenn du dir den Anblick ersparst.«

Reuter knipste sein Maglite an und glaubte, zwischen den Sträuchern etwas Helles schimmern zu sehen. »Tatsächlich Henrike Andermatt?«

Wegmann nickte und stieß den Rauch mit angewiderter Miene wieder aus.

»Sprich!«

»Der Arzt wollte sich auf keine Ursache festlegen. Wir müssen die Obduktion abwarten. Anna leitet die Tatortarbeit. Thilo müsste auch gleich da sein.«

»Was deutet dann auf Fremdverschulden hin?«

»Dass sie geblutet hat. Dass ihre Kleidung fehlt.« Wegmann redete sich in Rage. »Mein Gott, was sich auch immer hier abgespielt hat, es war gewaltsam und Lena hat es nicht überlebt!«

Reuter blickte sich um. Uniformierte Kollegen notierten die Kennzeichen der wenigen Autos, die zu dieser Stunde noch hier parkten. Andere befragten späte Wanderer. Techniker des Erkennungsdienstes zogen sich um und holten ihre Koffer aus den Fahrzeugen.

Anna Winkler tauchte aus der Dunkelheit auf. Reuter begrüßte sie mit Handschlag. Die Kollegin trug Gummistiefel und warf erstaunte Blicke auf Wegmann. Der Exboxer drückte den Zigarettenstummel an seinem Absatz aus und steckte ihn ein.

Hinter dem Absperrband postierten die Techniker ihre Stative und schraubten Lampen fest. Der Generator brummte los, Scheinwerfer flammten auf. Der Fundort lag zwar gut fünfzig Meter entfernt, aber der tote Körper war jetzt deutlich auszumachen. Das blasse Gesicht, dunkles Haar, der kurz gestutzte Pony.

Ein Fotograf tauchte auf, die Kamera schussbereit in den Händen. Presse, dachte Reuter sofort.

»Das da drüben ist tatsächlich Andermatts Tochter?«

»Kein Kommentar.«

»Ach, kommen Sie! Jemand hat im Polizeifunk geplaudert.

Mein Chef hat eigens die Druckmaschinen anhalten lassen, damit es die Tote noch in die Sonntagsausgabe schafft.«

»Wenden Sie sich an die Pressestelle.«

Der Fotograf hob den Apparat ans Auge und drehte das Tele lang. Mehrfaches Klicken. Noch ein Schritt nach vorn, das Flatterband spannte sich vor seinem Bauch. Ein Nachjustieren der Optik, Jagdfieber in den Augen. Klick-klick.

»Ist das Blut an ihrem Schenkel?«

Wegmann stürmte herbei und schubste den Knipser weg. Reuter hielt seinen Partner fest – der Hitzkopf war drauf und dran, Dummheiten zu begehen. Der Fotograf protestierte lautstark. Uniformierte bauten sich auf.

Reuter hatte seine Meinung geändert. Er drückte dem Zeitungsmann ein Kärtchen in die Hand: die Telefonnummer der MK *Feuerwerk* für Hinweise aus der Bevölkerung. »Wie wär's mit einem Deal?«

»Welcher Art?«

»Sie drucken diese Nummer und wir bestätigen Ihnen die Identität des Opfers. Wir sind rund um die Uhr zu erreichen und dankbar für jede Auskunft über die letzten Stunden im Leben des Opfers.«

»War es Mord? Geschah es hier? Gibt es Zeugen?«

»Kein Kommentar. Aber es handelt sich tatsächlich um Henrike Andermatt. Drucken Sie die Nummer. Und bringen Sie ein Foto, das sie lebend zeigt. Respektieren Sie die Gefühle der Hinterbliebenen.«

Der Reporter drehte und wendete das Kärtchen, dann entfernte er sich und hob sein Handy ans Ohr.

Die Leute vom Erkennungsdienst begannen, ein Zelt zu errichten. MK-Leiter Becker traf ein. Erneutes Händeschütteln.

Wegmann winkte. »Der Zeuge wartet auf uns, kommt mit.«

Ein grüner Transporter stand abseits mit laufendem Motor. Sie stapften hinüber und kletterten ins Innere, wo ein schlanker Kerl hockte, gehüllt in eine Wolldecke. Dunkles Haar, grau melierter Kinnbart. Nackte Beine in lehmverschmierten Laufschuhen. Dem Typ war es sichtlich ungemütlich.

»Ist doch schon mollig warm hier«, versuchte Wegmann, die Stimmung aufzulockern, und beugte sich zum Armaturenbrett. Die Heizung war bereits bis zum Anschlag aufgedreht.

»Sie haben gut reden«, quengelte der Mann. »Sie sind nicht durchgeschwitzt und tragen keine dünnen Laufklamotten.« Er blickte in die Runde. »Nehmen Sie jetzt endlich meine Aussage auf?«

Wegmann erklärte: »Der Herr hat die Tote gefunden.«

Reuter schlug sein Buch auf und ließ sich die Personalien nennen: Hans-Jürgen Brede, von Beruf Bankkaufmann, wohnhaft an der Reichswaldallee, auf der anderen Seite des bewaldeten Hügels.

Der Jogger berichtete: »Sie kann nicht lange dort gelegen haben, denn nur ein paar Minuten zuvor bin ich schon einmal an der Stelle vorbeigekommen. Das ist meine Zehnkilometerstrecke, die ich jeden Samstag laufe, wenn ich es zeitlich schaffe. Über den Höhenweg, hier vorbei und weiter bis Tönnesaap. Dort habe ich kehrtgemacht. Auf dem Rückweg lag die Frau da. Ich hab sofort den Notarzt angerufen. Gut, dass ich mein Handy dabeihatte.«

»Haben Sie die Tote angefasst?«, fragte Reuter.

Brede rieb sich den Kinnbart. »Direkt angefasst nicht. Mir war auf den ersten Blick klar, dass da etwas Schlimmes passiert sein musste.«

MK-Chef Becker sagte zu Reuter: »Nicht vergessen: Die Techniker sollen einen Abdruck seiner Schuhe nehmen als Vergleichsprobe.«

Wegmann bemerkte: »Es sind schon zu viele hier herumgelaufen. Die beiden Kollegen der PI Ost, die zuerst hier waren, Ritter von der Kriminalwache, der Notarzt, Anna natürlich und ich auch.«

Dann eben Vergleichsproben von allen Genannten, dachte

Reuter und blickte auf die Uhr. Kurz nach halb elf. Er fühlte sich fit für eine lange Nacht. Ihm war, als sei er es Henrike schuldig. Außerdem zog ihn nichts mehr nach Hause.

»Ist Ihnen sonst etwas aufgefallen?«, fragte Becker.

»Bevor ich die Stelle erreichte, drehte ein Auto auf dem Parkplatz um und fuhr weg. Aber das muss nichts heißen. Am Samstag sind die Leute noch bis Einbruch der Dunkelheit unterwegs.«

»Was für ein Auto?«, hakte Reuter nach.

»Eine Art Lieferwagen mit Fenstern und Aufbau.«

»Ein Reisemobil?«

»Ja, genau.«

»Farbe?«

»Weiß, vielleicht auch silbern. Vorn drauf war ein Mercedesstern, glaube ich.«

»Kennzeichen?«

»Tut mir leid. Aber ...«

»Reden Sie.«

»Das rechte Rücklicht war kaputt.«

Reuter schrieb mit.

»Das ist doch schon mal was«, bemerkte Wegmann.

Der MK-Leiter sagte: »Wenn Sie wollen, bringt Sie ein Streifenwagen nach Hause. Wir werden uns dann morgen bei Ihnen melden, Herr Brede. Sie müssen das Protokoll unterzeichnen und vielleicht fällt Ihnen bis dahin noch etwas ein.«

Draußen standen zwei Kollegen der PI Ost an ihrem grün-silbernen Passat. Wegmann schnorrte von ihnen eine weitere Zigarette. Mit zitternden Fingern beugte er sich über das dargebotene Feuerzeug.

»Du rauchst ja wieder«, sagte Reuter.

»Na und?«, brummte Wegmann. »Scheiß drauf!«

39.

Egal, Jewgeni, wir kaufen die Stadt – er hatte Wladimirs Worte noch im Ohr und der Spruch gefiel ihm allmählich.

Jewgeni steckte dem Barmann einen Schein zu, damit der Kerl die Damen nicht warten ließ. Eigentlich sollte das in einem Schuppen, der den Turins gehörte, nicht nötig sein. Jewgeni nahm sich vor, das Personal demnächst auf Trab zu bringen.

Die Frauen hatten ihren Spaß. Jewgeni sah zu und trank alkoholfrei. Er musste auf die Ladys aufpassen. Außerdem hatte er noch etwas vor.

Es war halb drei in der Nacht und im *Pleasure Dome* tobte das Leben, als gäbe es kein Morgen. Gestyltes Jungvolk hüpfte auf der Tanzfläche und drängte sich an den verschiedenen Theken. Madonna sang: DO YOU BELIEVE IN LOVE AT FIRST SIGHT?

Jewgeni drückte den Gummiball und hielt den Rhythmus. Der Schmerz fuhr wie eine heiße Nadel durch die Knochen. Den Verband hatte er sich am Abend heruntergerissen, auch wenn Nastja meinte, es bestünde der Verdacht eines neuerlichen Bruchs.

Er sah mit dem Wickel lächerlich aus. Wer kuschte schon vor einem Schläger mit kranker Hand? Respekt war die halbe Miete.

Wladimirs Frau ließ ihre Titten wippen und sang lauthals mit: DO YOU BELIEVE I CAN MAKE YOU FEEL BETTER?

Die Stadt war gar nicht so übel, fand Jewgeni. Das Oberhaupt war ein kleinwüchsiger Kahlkopf, eitel, aber ganz pfiffig. Wladimir hatte rasch herausbekommen, wie man den Kerl packen konnte. *Wir werden als Sport-Mäzene auftreten.*

Der örtliche Fußballclub spielte nach internationalen Maßstäben zwar grottenschlecht, aber das würde Wladimir ändern. Dieser Oberbürgermeister kannte alle Tricks, die es den Turins erlauben würden, Fortuna Düsseldorf zu kontrollieren, ohne den Verein zu kaufen. Wladimir hatte bereits eine Loge in der Arena erworben.

Wir werden die seriösen Investoren geben und irgendwelche Hochhäuser bauen.

Dagobert Kroll hatten sie im Sack, seit sie seinem Cousin eine Partnerschaft angeboten hatten. Wladimir dachte voraus: Teile und herrsche, wobei die Phase des Teilens nicht lange dauern würde.

Die Turins schoben Karpow vor – der einzige Punkt, der Jewgeni missfiel. Ausgerechnet Karpow. Der Bauerntrampel spielte seine Rolle als angeblicher Ölmilliardär völlig talentfrei. Aber leider war Karpow der einzige Magnum-Manager, den Interpol nicht auf der Fahndungsliste führte. Alle anderen mussten mit falschen Papieren reisen. Zum Glück gab es noch Helfer vor Ort.

Bald werden wir aus dem Leben der Stadt nicht mehr wegzudenken sein.

Wladimir hat recht, dachte Jewgeni. Es ist wie zu Hause, Transnistrien ist überall.

Den heutigen Deal hatten sie mit den Vertretern der Stadt in einem russischen Lokal gefeiert, das der weißhaarige Unternehmensberater ebenfalls für die Turin-Familie erworben hatte. Roter Krimsekt, Blinis mit Sauerrahm und Kaviar – der Stör schmeckte besser als in Alexandrus *Kumatschok* an der Straße des 25. Oktober.

Für jeden hatte eine Flasche Wodka auf dem Tisch gestanden. Das Stadtoberhaupt hatte sich mit grünem Tee begnügt und war bald aufgebrochen. Später hatten sich Wladimir und seine Männer ins Hotel zurückgezogen, während den Ladys der Sinn nach Tanzen stand.

Jewgeni fing Nastjas Blick auf – Wladimirs jüngere Schwester war mit Abstand der heißeste Feger weit und breit. Jewgeni erwiderte ihr Lächeln, aber natürlich war sie tabu. Auch wenn Nastja noch so sehr mit dem Hintern wackelte: *BABY WE CAN DO IT, WE CAN DO IT ALL RIGHT.*

Niemals werde ich etwas mit einer aus dem Clan anfangen, nahm sich Jewgeni vor. Schon gar nicht auf die Art, die ihm am meisten Spaß machte.

Sein Blick traf die rothaarige Deutsche, die neben den Turin-Ladys an der Bar stand. Sie war von ihrem Chef dazu verdonnert worden, die Ladys durch das Nachtleben der Stadt zu führen. Den ganzen Abend hatte sie nur Wasser getrunken. Gut so, dachte Jewgeni.

Er fingerte an der kleinen Flasche mit den Zaubertropfen, die in seiner Jackentasche steckte. Der Preis, den er dafür berappt hatte, war für seine Begriffe horrend. Irgendwer verdiente sich daran dumm und dusselig – noch ein Geschäft, das der Turin-Clan übernehmen musste.

Ein neues Stück, Robbie Williams. Nastja sang mit: *IT'S TIME TO MOVE YOUR BODY.*

Der englische Sängerknabe hatte den Turins die Präsidentensuite weggeschnappt – eine Sauerei. Aber morgen würden sie die Häuser besichtigen, die Denis organisiert hatte. Denis Grusew, der seit fast drei Jahren das Terrain in Düsseldorf für Wladimir sondierte. Der Junge war fleißig, doch ein paar kleinere Pannen hatte er sich geleistet. Einen Kokaintransport hatten die Bullen abgefangen. Ein Bild, das seine Leute aus einem Museum geholt hatten, war ihm geklaut worden.

Es gehörte zu Jewgenis Job, solche Dinge wieder in Ordnung zu bringen. Es war leicht gewesen, diesen Anwalt zu finden. Sein Name hatte in der Zeitung gestanden. Dem Kerl tat jetzt weit mehr weh als nur die rechte Hand. Jewgeni steckte den roten Ball weg und schluckte eine Schmerztablette.

»Tanzt du mit mir?«, fragte Nastja. Sie wippte und drückte die Brust nach vorn, als wollte sie mit ihrer üppigen Schwägerin konkurrieren.

Ich könnte sie haben, dachte er und schüttelte den Kopf.

Wladimirs Schwester wandte sich ab und zerrte die anderen Frauen auf die Tanzfläche. Sie rissen die Arme hoch und kreischten voller Lebenslust. Die Ladys winkten, bis auch die rothaarige Mieze des Oberbürgermeisters folgte.

Das Wasserglas – es stand jetzt unbewacht auf dem Stehtisch.

Jewgeni schraubte das Fläschchen auf. Zehn Tropfen aus der hohlen Hand. Keiner guckte. Noch ein Extratropfen.

Er ließ den Trank rasch wieder in seiner Jacke verschwinden. Dagobert Kroll würde sicher nichts dagegen haben. Und wenn – er war gekauft.

Als die Frauen zurückkamen, griff die Deutsche sofort zu ihrem Glas. Trink es aus, feuerte Jewgeni sie in Gedanken an. Am besten in einem Zug.

Die Ladys waren erhitzt. Wladimirs Frau schimpfte über ihren neuen Rock. Er war am Hintern geplatzt und zeigte rosa Wäsche. Nastjas Top war verrutscht – ihre Titten konnten sich sehen lassen. Im Vorbeigehen glitt ihre Hand über seinen Hintern. Er reagierte nicht. Tabu.

Endlich: Die Deutsche setzte zum Trinken an. Im gleichen Moment drängte ein Trupp junger Leute zum Tresen. Jemand schubste die Mieze des Oberbürgermeisters. Es gelang ihr, das Glas in der Hand zu behalten. Kaum etwas verschüttet. Glück gehabt.

Sie trank den Rest. Jewgeni schloss seine Augen und genoss die Vorfreude. In zehn Minuten würde sie ihm gehören. Und morgen würde sich die Rothaarige an nichts erinnern.

Die Tropfen erleichterten den Spaß enorm. Wie schmutzig und riskant es früher doch gewesen war – Jewgeni dachte an die Tante in Wünsdorf, die es sogar geschafft hatte, aus seinem Keller zu entkommen. Und das nach einer Woche harter Behandlung.

Ihm war klar, dass er mit Simone nicht das ganze Programm durchziehen konnte. Sie musste überleben und die Verletzungen durften keine bleibenden Schäden hinterlassen – zumindest nicht an Stellen, die man sah.

Er mobilisierte seine Deutschkenntnisse und sprach sie an: »Tolle Musik, was?«

Die Frau wirkte irritiert. Als würden ihr seine Muskeln nicht gefallen. Seine gepflegte Erscheinung. Die Goldkronen, die ihm der beste Zahnarzt Zyperns gemacht hatte.

»Ja«, antwortete sie. »Toll.«

Jewgeni hielt sie unter Beobachtung.

Keine zehn Minuten später wurde ihr Blick glasig und die Beine drohten, unter ihr wegzuknicken. Es war so weit, fast von einem Moment auf den anderen.

»Wollen wir es uns zu zweit gemütlich machen, Simone?«

Sie lächelte wie ein moldawischer Dorftrottel, dem man Süßstoff als Kokain andrehen konnte.

»Komm, ich bring dich nach Hause, Zuckerschnecke.« Er legte den Arm um sie und bugsierte sie zur Treppe. Es genügte, ihr die Richtung zu weisen. Sie schaffte die Stufen fast ohne Hilfe.

Draußen küsste er sie. Die Deutsche erwiderte sein Zungenspiel sogar. Die Droge wirkte besser, als Jewgeni erhofft hatte.

Sie trug einen Rock. Das brachte ihn auf eine Idee.

»Zieh deinen Slip aus, mein Schatz.«

Die Frau gehorchte wie in Zeitlupe. Er hielt sie fest, damit sie nicht umkippte. Das Höschen steckte er ein, ein weißes Ding mit Spitze am Saum.

Er befummelte sie unter dem Rock. Simone ließ es geschehen. Jewgeni nahm sich vor, nie wieder ohne Zaubertropfen auszugehen. Er drückte die Finger in ihr weiches Fleisch und kniff zu, bis sie vor Schmerz stöhnte. Dann wies er sie an, sich selbst zu streicheln.

Ein Pärchen trat aus der Disko und glotzte.

»Mach weiter«, sagte er, als sie aufhörte.

Jewgeni beschnupperte seine Finger und genoss das Aroma. Er fragte die Mieze des Oberbürgermeisters nach ihrer Adresse. Sie antwortete schleppend und Jewgeni hatte Mühe, sie zu verstehen. Vorübergehend waren ihre Nervenzellen so demoliert wie die Leninstraße in Tiraspol.

Er ließ sich ihren Wohnungsschlüssel geben und winkte ein Taxi heran. Beim Einsteigen schob sich ihr Rock hoch. Jewgeni überlegte, was er bereits während der Fahrt mit ihr machen könnte.

Plötzlich hörte er Rufe auf Russisch: »Warte, Jewgeni! Ich komme mit!«

Es war Nastja, die sich im Laufen ihr glitzerndes Jäckchen überstreifte. Sie war noch vor ihm an der Taxitür und rutschte auf den Platz neben Simone.

Jewgeni setzte sich nach vorn und nannte Simones Adresse. Der Taxifahrer fuhr los. Jewgeni wandte sich um. Wladimirs Schwester lupfte den Rocksaum der Deutschen und gluckste beim Anblick.

Dann kraulte sie ihm den Nacken. »Du wolltest doch nichts mit dieser Schlampe anfangen, oder? Schau mal, sie hat den Wodka nicht vertragen!«

Simones Augen fielen zu.

Dann eben beim nächsten Mal, dachte Jewgeni und kramte seinen Gummiball hervor.

20. Mai, *Blitz am Sonntag*, Titelseite:

RICHTER GNADENLOS:
TOCHTER NACKT UND TOT IM WALD!

Zweiter Mord innerhalb eines Tages –
Wird die Landeshauptstadt zum Neapel am Rhein?

Schock für den prominenten Richter Konrad Andermatt: Henrike, einzige Tochter des FDP-Politikers, wurde gestern Abend im Aaper

Stadtwald gefunden. Nackt und geschändet, offenbar das Opfer eines brutalen Sexgangsters. Henrike (21, Bild rechts) studierte Betriebswirtschaft und absolvierte ein Redaktionspraktikum bei *Antenne Düsseldorf*, war beliebt bei Kommilitonen und Kollegen – ganzer Stolz des Papas, der nun sehr stark sein muss.

Nordrhein-Westfalen fragt sich: Wird ›Richter Gnadenlos‹ dennoch das Amt des Landesinnenministers antreten, das seine Partei ihm angetragen hat? Nach wie vor gilt das Wort von Ministerpräsident Fahrenhorst (CDU): »Mein Koalitionspartner hat das Vorschlagsrecht und ich schätze Herrn Andermatt sehr.«

Und gnadenloses Durchgreifen gegen Kriminalität tut not: Keine vierundzwanzig Stunden vor dem abscheulichen Mord an Henrike wurde Robert Marthau (23, Bild links) im Rheinhafen das Opfer eines bislang unbekannten Täters. Der tödliche Schuss fiel laut Polizeiinformation zu Beginn des japanischen Feuerwerks. Marthau, gebürtiger Kasache mit deutschem Pass, gehörte der Türsteherszene an. Ihm wurden Kontakte zum Drogenmilieu nachgesagt.

Die Polizei sucht in beiden Fällen dringend nach Zeugen und bittet die Bevölkerung um Hinweise unter 0211/3107111.

40.

Das Telefon schrillte.

Reuter setzte sich auf. Seine Schulter schmerzte. Er war eingepennt, obwohl das Feldbett für seinen Geschmack viel zu hart war und er sich nur kurz hatte ausruhen wollen. Sein Sakko, das er als Decke verwendet hatte, war völlig zerknittert.

Über dem Schreibtisch tanzte Staub im ersten Sonnenlicht. Reuter griff nach dem Hörer. »Reuter, Polizeipräsidium Düsseldorf.«

»Es war der Werwolf.« Eine zittrige Frauenstimme. »Bei Vollmond durchstreift er die Wälder.«

Reuter legte auf.

Er sammelte die Protokolle und Hinweismeldungen ein, die auf das Linoleum geglitten waren. Er hatte die Nacht damit verbracht, noch ausstehende Berichte zu tippen und die ersten Spuren im Fall Andermatt zu sortieren. Die Kennzeichen der Fahrzeuge, die beim Eintreffen der Polizei am Aaper Wald geparkt hatten – er hatte sämtliche Halter und ihre Adressen ermittelt und sie auf Vorstrafen überprüft. Vergewaltiger waren nicht darunter gewesen.

Stündlich meldete der WDR den Tod der Tochter des Mannes, der als künftiger Minister gehandelt wurde. Der *Blitz* hatte es tatsächlich noch geschafft, Henrike alias Lena in die heutige Ausgabe zu bringen.

Wieder schlug das Telefon Alarm. Reuter meldete sich.

Ein älterer Mann, rheinischer Dialekt: »Die Sender terrorisieren mich mit Strahlen. Ich soll das nächste Opfer sein. Das ist übrigens nicht mein erster Hilferuf. Aber man nimmt mich ja nicht ernst. Jetzt habe ich mein Zimmer mit Alufolie ausgekleidet.«

»Das hilft«, beschied Reuter und legte auf.

Irre und Verstrahlte waren stets die Ersten, die anriefen.

Er faltete die Decke und klappte das Bett zusammen. Draußen strahlte der Morgenhimmel, aber es herrschte kaum Verkehr auf dem Fürstenwall. Es war Sonntag. Reuter hob den Arm und schnupperte unter der Achsel. Eine Dusche wäre nicht schlecht.

Sein Blick fiel auf die Sammlung von Fotos auf dem Tisch: Henrike im Garten, Henrike auf einem Segelboot, Henrike in Schwarz-Weiß, kunstvoll ausgeleuchtet.

Um Viertel vor neun hatte der Jogger seinen Fund per Notruf gemeldet. Der Arzt, der eine halbe Stunde später eingetroffen war, hatte erste Leichenflecken festgestellt, jedoch noch keine Starre. Nach der Messung der Körpertemperatur hatte der Mediziner errechnet, dass der Tod gegen zwanzig Uhr eingetreten sein musste.

Reuter war mit Wegmann in den Hirschweg gefahren – die Eltern sollten es nicht aus dem Radio erfahren.

Henrikes Mutter war heulend zusammengebrochen. Sie mussten einen Notarzt rufen, der ihr eine Spritze verpasste. Richter Gnadenlos bemühte sich um Fassung und wirkte umso angespannter. Keine Einwände, als Reuter und Wegmann die Einliegerwohnung Henrikes in Augenschein nahmen und anschließend die Zugangstür versiegelten. Andermatt half, indem er die Fotos heraussuchte.

Bei allem Mitgefühl ging Reuter nicht aus dem Kopf, dass Richter Gnadenlos ein Mordmotiv besaß: Marthau hatte ihn erpresst und mit Henrike hatte es Streit gegeben.

Reuter wählte die Schwarz-Weiß-Aufnahme und pinnte sie an die letzte freie Stellwand. Er setzte Kaffee auf. Dabei hatte er das Gefühl, als verfolgte ihn Henrikes Blick quer durch den Raum.

Er setzte sich an einen PC und rief seine E-Mails ab. Zwei Nachrichten von Hennerkamm, seinem Chef im KK 22. In der ersten beschwerte er sich, dass Reuter die Dienststelle bei den Ermittlungen gegen Grusew im Stich lasse, und kündigte an, dass er darüber mit dem Kripochef reden würde. Soll er doch, dachte Reuter.

In der zweiten Mail teilte sein Kommissariatsleiter mit, dass Denis Grusew am Samstagmittag um Viertel vor zwölf von Dortmunder Kollegen auf einem Parkplatz an der A44 bei Werl festgenommen worden war, weil er am Umpacken einer Lkw-Ladung unverzollter Zigaretten beteiligt gewesen war.

Reuter rechnete: Damit konnte Grusew nicht der Mann sein, der Edgar in seiner Unterbacher Wohnung niedergeschlagen hatte. Der Russe musste das einem Komplizen überlassen haben – wenn er überhaupt dahintersteckte.

Thilo Becker kam herein und riss ein Fenster auf. »Morgen, Jan. Wie siehst du denn aus?«

Wiesinger walzte ebenfalls in den Raum, nahm ächzend Platz und startete seinen Computer. »Kein Zuhause, was?«

Reuter wollte lieber nicht an seine Freundin erinnert werden.

Das Telefon. »Jan Reuter, Mordkommission.«

»Guten Morgen.«

»Morgen, was gibt's?«

»Sind Sie dafür zuständig, die Hinweise im Mordfall Andermatt entgegenzunehmen?«

»Ja, sicher.«

»Ich habe Henrike gestern getroffen. Sie war angetrunken und ziemlich durcheinander.«

»Eins nach dem anderen. Wer sind Sie?«

»Marius Karge, wir haben zusammen studiert und waren eine Zeit lang liiert.«

Reuter notierte den Namen und ließ sich die Adresse geben. Er versprach Karge, innerhalb einer Stunde zu ihm zu kommen. Die Telefonnummer schrieb er vom Display ab.

Er legte auf und rieb sich die Augen.

Bingo – der Tanz ging weiter.

41.

Reuter nahm den Paternoster nach unten. Er hatte Wegmann Bescheid gesagt, aber er war es leid, noch länger zu warten.

Im Foyer stieß er auf den Kollegen. »Endlich. Wollte mich schon allein auf den Weg machen.« Reuter warf dem Exboxer die Mappe zu. »Du fährst, Bruno.«

Wegmann folgte ihm. »Und ich dachte, ich sei schneller als du.«

»Hab in der Festung geschlafen. Feldbett im Frühbesprechungsraum.«

»Hat dir dein Vermieter gekündigt, oder was?«

Sie liefen über den Hof – Reuter spürte, dass ihm die frische Luft guttat.

Wegmann lachte. »Weißt du, wie deine Frisur aussieht?«

»Sag's lieber nicht.«

Der Dienstwagen war heute ein Ford Mondeo. Wegmann startete. »Ich hoffe, du hast den Kerl gecheckt. Ohne Vorbereitung sollte man einen Zeugen nicht aufsuchen. Nicht in einem Mordfall.«

»Meinst du, ich drehe Däumchen, während ich eine Ewigkeit auf dich warte?«

»Ewigkeit?«

»Und, ja, Marius Karge hat bei uns eine Akte. Eine Trunkenheitsfahrt, die ihn den Lappen gekostet hat, und in dem Zusammenhang eine Beamtenbeleidigung, die eingestellt worden ist. Außerdem hat man im letzten Sommer Koks bei ihm gefunden, allerdings reichte die Menge nicht für eine Verurteilung.«

»Was studiert er?«

»Betriebswirtschaft, wie die Richtertochter auch.«

»Saufen und koksen. So sieht also unser Managernachwuchs aus. Wer hat ihn damals geschnappt, Drogenfahndung?«

»Nein, eine Streife. Ruhestörung, nächtliche Party im Zoopark, Nacktbader im Teich. Die Kollegen haben die Klamotten gefilzt und Drogen aller Art gefunden.«

»War Henrike auch dabei?«

»Möglich. In der Akte taucht ihr Name allerdings nicht auf.«

»Vielleicht hat jemand seinem Lieblingsrichter einen Gefallen getan.« Wegmann bog in die Bilker Allee ein und beschleunigte. Dabei fingerte er eine Zigarette aus der Schachtel.

»Nicht im Auto«, protestierte Reuter.

Wegmann ließ das Fenster herunterfahren, zündete den Glimmstängel an und blies den Rauch nach draußen.

Reuter klappte die Sonnenblende herunter, begutachtete sich im kleinen Spiegel und fuhrwerkte mit den Fingern durch seine Locken, um sie zu bändigen. Dabei fragte er: »Wie viele Leichen siehst du so pro Woche?«

»Warum fragst du?«

»Weil ich staune, dass dich Henrikes Tod so fertigmacht.«

Wegmann hielt die Zigarette in die Höhe. »Das ist nur gegen den Geruch, den du verströmst.«

Karge wohnte im Stadtteil Bilk, Karolinger Straße, wo sie am schönsten war: hohe Bäume entlang des Düsselbachs, der die Fahrbahn längs in die zwei Richtungen teilte.

Henrikes Exfreund öffnete nach dem ersten Klingeln. »Seien Sie bitte leise, meine Mitbewohner schlafen noch.«

Eine Wohngemeinschaft. Der Student ging voraus, Zottelhaare, lange Koteletten, Nickelbrille. Der glatte Gegenentwurf zu Robby Marthau, überlegte Reuter.

Der Flur mündete in ein geräumiges Zimmer. Hohe Decke, Blick auf die Düssel. Karge setzte sich auf das ungemachte Bett und wies auf zwei Polstersessel, alte Teile, wie von Oma geerbt.

»So früh schon auf?«, fragte Reuter. »Als Student, und das am Sonntag?«

»Noch auf, kann man sagen. Ich hab die Zeitung auf dem Heimweg gekauft und danach war an Schlaf nicht mehr zu denken. Ich kann's noch gar nicht glauben.«

Auf dem Tisch lag der *Blitz* – die Meldung über den Mord auf der Titelseite. Wegmann schnappte sich das Blatt, strich es glatt und las.

Reuter schlug seinen Notizblock auf. »Wo und wann genau haben Sie sich mit Henrike Andermatt getroffen?«

»*Sam's Lounge* an der Kö. Am Vormittag, so gegen elf. Sie hatte angerufen und mich dorthin bestellt. Sie muss schon eine Weile dort gewesen sein, denn ihr Wein war sicher nicht ihr erster.«

Reuter schrieb mit und rechnete: Gegen zehn war Henrike aus dem Haus in der Vulkanstraße getürmt. Von dort zur Königsallee waren es rund zwei Kilometer – zu Fuß in einer halben Stunde zu schaffen, mit der U-Bahn noch rascher.

»Was war dann?«

»Sie war völlig aufgedreht. Wollte unbedingt einen Ausflug nach Duisburg unternehmen. Aber ich hatte keinen Bock. Dann verlangte sie mein Auto. Sie hat ziemlich gezickt und genervt.«

»Haben Sie ihr das Auto gegeben?«

»Natürlich nicht. Sie war ja fast betrunken.«

»Wann haben Sie sich getrennt?«

»So etwa nach einer Stunde.«

Reuter notierte an den Rand des Blocks: *Duisburg* – mit drei Fragezeichen.

»Und?«

»Sie ging Richtung Heinrich-Heine-Allee. Vielleicht zur U-Bahn-Station. Sie wollte nach wie vor nach Duisburg. Ich will ganz offen zu Ihnen sein, denn es gab natürlich Zeugen in dem Lokal. Wir haben uns ziemlich gefetzt, Henni und ich. So hysterisch habe ich sie noch nie erlebt. Und alles nur weil ich ihr meine Karre nicht gegeben habe. Ich dachte mir, dass ich Ihnen das lieber gleich sage.«

Reuter malte noch mehr Fragezeichen. »Duisburg – was wollte sie dort?«

»Sie hat's nicht gesagt und ich wollt's auch nicht wissen. Jetzt tut es mir natürlich leid. Womöglich wäre Henni noch am Leben, wenn ich sie hingefahren hätte.«

»Hat sie Ihnen von einem Streit mit ihren Eltern erzählt?«

»Nur dass ihr Vater ihren Autoschlüssel hätte und sie deshalb meine Karre bräuchte.«

»Wie war Henrikes Verhältnis zu ihm?«

»Ganz gut eigentlich. Ihr Vater war immer für sie da. Das heißt, Zeit hatte er nie, aber er hat ihr jeden Wunsch erfüllt. Wenn Henni Kohle brauchte, hat er nie gefragt, wofür.«

»Wussten Sie, dass sie sich manchmal Lena nannte?«

»Das war auch so 'ne Sache, mit der sie gestern ankam. Als ich Henni zu ihr sagte, meinte sie, damit sei es vorbei und sie wolle ein neues Leben beginnen. Aber so war sie eben. Ziemlich sprunghaft. Ihre ganzen Einfälle hab ich schon lange nicht mehr ernst genommen.«

»Wie lange waren Sie ein Paar, Herr Karge?«

»Zwei Jahre, bis diesen Januar, allerdings mit einer längeren Unterbrechung.«

»Und warum haben Sie sich getrennt?«

»Es wurde mir zu anstrengend.«

»Andere Männer?«

»Ja, das auch. Und dann gab es Phasen, da ging sie nicht aus ihrer Wohnung, fühlte sich schlecht fühlte, Migräne und so. Ein ständiges Auf und Ab. Gute Zeiten, aber auch viel Stress.«

»Und was war im Januar konkret vorgefallen?«

»Sie hatte beim Radio jemanden kennengelernt, mal wieder die große Liebe. Als ich deshalb Schluss machte, bekam sie die große Krise, schluckte Tabletten, musste ins Krankenhaus. Aber ich war froh, dass es vorbei war. Mit Henni und dem Typen hat es übrigens nicht lange gehalten.«

»Wie heißt der Mann?«

»Ich kenne nur seinen Vornamen. Sven.«

»Eifersüchtig?«

»Ich? Nein, die Trennung ging ja von mir aus.«

»Ich muss Sie trotzdem fragen, wo Sie gestern um zwanzig Uhr waren.«

»Zu Hause.«

»Allein?«

»Ja, ich habe *Tagesschau* geguckt und etwas gegessen. Um halb neun hat mich dann ein Kumpel abgeholt.«

Reuter ließ sich den Namen des Kumpels nennen. Dahinter schrieb er: *Henrikes neuer Freund, Kollegen beim Sender befragen.*

»Kennen Sie jemanden, der ein Wohnmobil besitzt?«

»So ein Gefährt, in dem man übernachten kann?«

»Ja, ein Transporter mit entsprechendem Aufbau. Der, nach dem wir suchen, hat vorn drauf einen Mercedesstern.«

Karge schüttelte den Kopf.

Reuter blickte kurz zu seinem Partner hinüber. Bruno, dein Einsatz.

Der Kollege schlug gleich einen ruppigen Ton an: »Wenn ich dich richtig verstehe, hast du es also eine ganze Stunde mit Henrike in diesem Lokal ausgehalten?«

»Ja.«

»Obwohl sie dich nervte? Deine hysterische Ex, die du nur widerwillig getroffen hast? Sechzig Minuten deiner wertvollen Zeit als Manager in spe? Junge, willst du uns verarschen?«

Der Student schluckte und schwieg.

»Was habt ihr bei *Sam's* ausgeheckt? Was hat sie dir erzählt über den Mord an diesem Kerl hier?« Wegmann hielt Karge die Zeitung hin und tippte gegen Robby Marthaus Konterfei.

Karge wandte den Blick ab. »Davon hat sie kein Wort gesagt.«

»Lüg uns nicht an! Ging es um Koks?«

»Nein ...«

»*Liquid Ecstasy?*«

Reuter fragte sich, wie sein Kollege darauf kam. Hatte Wegmann einen Wissensvorsprung?

Karge kam ins Stottern. »Liquid w-was?«

Wegmann schleuderte die Zeitung durch den Raum, die Blätter segelten zu Boden. Der Exboxer baute sich vor dem Studenten auf. »Ich hab gesagt, du sollst uns nicht verarschen! Junge, du bist uns als Kokser bekannt. Also raus mit der Sprache! Wo bewahrst du dein Zeug auf?«

»Ich ... ich hab nichts hier. Ehrlich.«

»Es kostet mich nur einen Anruf und du hast im Handumdrehen einen Durchsuchungsbeschluss am Hals und Besuch von den Kollegen der Drogenfahndung mit ihren Spürhunden. Und die haben garantiert keinen Sinn für schlechte Scherze!«

»Das b-bisschen, was ich hatte, habe ich mir g-gestern mit Henrike geteilt.«

Wegmann erweckte den Eindruck, als wollte er sich auf den Studenten stürzen. Reuter packte seinen Partner am Arm, um ihn zurückzuhalten. Dann hob er die Zeitungsseite mit Robbys Foto auf und präsentierte sie dem Langhaarigen noch einmal: »Schauen Sie sich das Foto gut an, Herr Karge. Kannten Sie diesen Mann?«

»Kann sein. Er hat im *Pleasure Dome* gearbeitet, nicht wahr?«

»War er Ihr Dealer?«

»Ich bin nicht süchtig, wenn Sie das meinen.«

»Ich frage Sie, ob Ihnen Robby Marthau jemals Koks verkauft hat?«

»Nein.«

»Wer dann?«

»Ein anderer Typ, den ich nicht näher kenne.«

Wegmann wurde wieder laut. »Ein Anruf, Junge! Und du kommst nicht mehr so einfach davon wie bei eurem Badevergnügen im Zoopark!«

Karge holte tief Luft. »Ein Kumpel von dem da. Auch so 'n Muskelprotz mit russischem Akzent. Groß und Glatze.«

Reuter kramte sein Handy hervor, wählte die Nummer der Mordkommission und ließ sich mit Thilo Becker verbinden.

»Was gibt's, Jan?«

»Wir haben einen Zeugen, der Sascha Maisel als seinen Dealer angibt. Maisel sitzt doch noch im Gewahrsam, oder?«

»Nein, wir haben ihn soeben entlassen. Der Staatsanwalt sah keinen Haftgrund, weil Flucht- oder Verdunklungsgefahr nicht vorliegen. Aber keine Sorge, Jan, das MEK beschattet ihn. Auf diese Weise verrät er uns mehr, als wenn er weiter einsitzen würde. Trotzdem danke. Du schreibst etwas dazu?«

»Klar. Und noch etwas, Thilo.«

»Ja?«

»Henrike Andermatt wollte gestern nach Duisburg fahren. Unser Zeuge hat sie zuletzt gestern Mittag in der Nähe des U-Bahnhofs Heinrich-Heine-Allee gesehen.«

»Danke, wir kümmern uns darum.«

»Okay, bis später.« Reuter steckte das Handy ein und wandte sich an Karge: »Denken Sie noch einmal nach, Herr Karge. Als Sie noch zusammen waren, hat Henrike da jemals Duisburg erwähnt? Lebt dort jemand, den sie vielleicht besuchen wollte?«

»Vielleicht sind wir mal auf der Autobahn dran vorbeigefahren. Das war garantiert alles.«

Wegmann hatte unterdessen ein Stück Zeitungsseite abgerissen und zur behelfsmäßigen Tüte gefaltet. Er trat damit ans Bett. Marius Karge rutschte ängstlich zur Seite. Wegmann pflückte ein langes Haar vom Kopfkissen. »Ist doch deins, oder?«

»Wozu b-b-brauchen Sie das?«, stotterte Karge.

»Für den Abgleich. Wir haben nämlich Täter-DNA.« Er steckte die Tüte ein. »Du hast doch nichts dagegen, oder?«

Reuter reichte dem Studenten das Kärtchen mit der Nummer der MK *Feuerwerk*. »Wir sehen uns morgen früh um zehn im Präsidium. Sie müssen das Protokoll unterschreiben.«

»Morgen? Da habe ich Vorlesung.«

Wegmann packte den Jungen am Kragen. »Wenn du nicht pünktlich aufkreuzt, stehst du auf meiner Liste ganz oben, verstanden?«

Reuter zog seinen Partner aus dem Zimmer.

»Wichser«, murmelte der Exboxer.

Nebenan rauschte die Toilette. Eine Tür ging auf. Ein verschlafen wirkendes Mädchen im Mickymaus-Pyjama, fragender Blick.

Raus hier.

Als sie im Auto saßen, sagte Reuter: »Ich glaube, es ist an

der Zeit, dass du mir etwas erklärst, Bruno.« Sein Handy gab Laut. Er verdrehte die Augen. »Reuter, Polizei Düsseldorf.«

»Ich bin's, wo steckst du?«

Katja.

Reuter hatte keinen Plan, wie er reagieren sollte. Er fragte sich, ob sie jetzt erst nach Hause gekommen war.

Ihre vertraute Stimme: »Bist du noch dran?«

»Hör zu, es hat einen zweiten Mord gegeben. Ich hab Stress und melde mich später.« Reuter steckte das Handy weg.

Einmal tief durchatmen, dann fuhr er seinen Partner an: »Du stehst auf meiner Liste ganz oben – was soll der Scheiß? Was spielst du plötzlich den Rambo? Weißt du, was ein guter Anwalt mit Aussagen macht, die unter solchen Umständen zustande kommen?«

Wegmann starrte aus dem Fenster.

»Willst du, dass der Prozess gegen Henrikes Mörder platzt, Bruno?«

Reuter war mit Fahren dran. Er kurbelte am Lenkrad, um zu wenden.

Wegmann kratzte sich die Augenbraue. »War ich etwas ruppig?«

»Nur *etwas* ruppig?«

»Karge ist nicht koscher. Wetten, dass er bis zuletzt in das Mädchen verknallt war? Zwei Jahre zusammen mit einer längeren Unterbrechung. Das heißt, sie hat ihn schon einmal betrogen, doch er ist wieder ins Spiel gekommen. Wetten, dass er sich gestern erneut Chancen ausgerechnet hat? Sie benötigte ihn nur als Chauffeur. Das hat ihn wütend gemacht und dann ...«

»Dann was?«

»Wir sollten seine Aussage gründlich prüfen.«

»Versprich mir, dass du damit aufhörst, Zeugen an die Gurgel zu springen. Du stehst nicht mehr im Ring, Bruno.«

»Tu nicht so, als würde dir der Fall nicht nahegehen, du Klugscheißer.«

Reuter antwortete nicht. Zu vieles ging ihm in letzter Zeit nahe.

Wegmann fragte: »Wie wär's mit Frühstück? An der Lorettostraße gibt's einen Bäcker, der sonntags aufhat. Wir schaffen es noch vor der MK-Besprechung.«

Reuter hatte einen anderen Plan.

»Hey, wie fährst du?«, protestierte sein Partner.

Südring, an der Tankstelle rechts in die Volmerswerther. Reuter hielt am Drahtzaun vor der Baracke des Gartenamts. Die Uhr zeigte zwanzig vor neun. »Bin in fünf Minuten wieder da.«

»Sagst du mir, was das soll?«

Reuter stieg aus und überquerte die Straße. Die Haustür war nicht abgeschlossen. Reuter stürmte die Treppe hoch. Holzstufen mit rotem Teppich, von Messingstangen gehalten. Topfpflanzen auf den Absätzen. Nur eine Tür pro Stockwerk, die Klingelschilder ebenfalls aus poliertem Messing. Ganz oben lautete der Name: *Abraham, Björn.*

Reuter drückte den Knopf. Ein bunter Glaseinsatz in der Wohnungseingangstür. Dahinter wurde Licht angeknipst.

Der Kerl ließ sich Zeit. Schlurfende Schritte, dann ging die Tür auf.

Abraham trug einen Bademantel aus braunem Frotteestoff. Mitte vierzig, ein unrasiertes, etwas verlebtes Gesicht, randlose Brille. Pantoffeln an den Füßen. Schütteres, braunes Haar, nach hinten gekämmt.

Irritierter Blick. »Guten Morgen, was gibt's?«

Reuter stieß ihn beiseite und betrat die Wohnung. Eine Kommode im Flur, der Lack abgebeizt, darüber ein Landschaftsbild. Die Küche sah nach Ikea aus. Gläser und benutztes Geschirr in der Spüle, ansonsten aufgeräumt.

»Was wollen Sie?«, fragte Abraham.

Die nächste Tür führte ins Schlafzimmer. Weiße Schleiflackmöbel, wie sie seit Jahrzehnten nicht mehr in Mode waren. Ein Doppelbett, beide Hälften zerwühlt – der Gedanke an Katja versetzte Reuter einen Stich.

»Hey, ich habe Sie etwas gefragt!«

Mitten im Wohnzimmer ein großer Schreibtisch. Computer, Drucker, Kabelgewirr quer durch den Raum. An einer Wand ein weiteres Bild, das schätzungsweise aus dem vorletzten Jahrhundert stammte: Bauern auf dem Feld.

Nichts davon entsprach Katjas Geschmack.

»Wer sind Sie?«

»Katjas Freund.«

Abraham wich zurück. »Bitte keine Gewalt!«

Reuter begutachtete den Schreibtisch. Stapel von Büchern, einige aufgeschlagen. Er nahm eins davon in die Hand: Medizinerlatein. »Sind Sie Arzt?«

»Nein, Journalist. Auf Medizinthemen spezialisiert.« Der Typ zupfte an seinem Bademantel, als müsste er den Sitz kontrollieren.

Reuter fragte: »Wie ernst ist es Ihnen mit Katja?«

»Ich wusste nicht ...«

Er unterbrach den Kerl: »Wie ernst?«

»Es ... es tut mir leid.«

»Seit wann geht das mit Ihnen beiden?«

»Hören Sie, Herr ...«

»Reuter.«

»Ich habe Ihre Freundin erst vorgestern kennengelernt. Ich bin derzeit solo und sie war nicht abgeneigt. Ich konnte doch nicht wissen, dass Katja ...«

Reuter ließ den Kerl stehen und verließ die Wohnung.

Wegmann hatte die Lehne nach hinten geneigt. Seine Absätze ruhten auf dem Armaturenbrett. Er qualmte das Auto voll. Als Reuter einstieg, brachte Wegmann den Sitz wieder in Position. »Wofür war das wichtig?«, brummte er mürrisch.

»Privat.«

»Toll. Das Frühstück können wir uns jetzt nämlich abschminken.«

Reuter öffnete das Fenster, trat aufs Gaspedal und ließ die Reifen durchdrehen.
Sie war nicht abgeneigt.

42.

Als Scholz viel zu früh aufwachte, ließ ihn der Gedanke an die schnarrende Stimme nicht mehr einschlafen, die ihm gestern auf den Anrufbeantworter gesprochen hatte. Schließlich stand er auf und sah nach dem Gerät. Entwarnung: keine neue Nachricht.

Ihm fiel ein, dass gelöschte Dateien in Computern erst dann wirklich vernichtet waren, wenn man die Festplatte überschrieb. Er wusste nicht, ob es sich mit digitalen Anrufbeantwortern auch so verhielt, aber er wollte sichergehen.

Er nahm sein Handy, wählte die eigene Festnetznummer, wartete, bis die Maschine ansprang, und sagte den erstbesten Spruch auf, der ihm in den Sinn kam.

Die Anzeige blinkte. Er hörte seinen eigenen Anruf ab.

Ich bin klein, mein Herz ist rein. Mein Bett ist groß, was mach ich bloß?

Er löschte die Sätze und fühlte sich besser. Er war nun auf der sicheren Seite. Selbst wenn die Kollegen das Gerät beschlagnahmen und von Experten untersuchen ließen, würde nichts nachzuweisen sein.

Scholz deckte den Frühstückstisch für zwei. Weil Florian noch schlief, begann er schon mal zu essen. Dabei kamen Scholz erneute Zweifel. *Womöglich ist der Vers zu kurz gewesen, um alles zu überdecken?*

Er stand auf, wiederholte die Prozedur und sprach die Sätze gleich drei Mal auf den Anrufbeantworter, bevor er erneut auf *Löschen* drückte.

Der Kerl mit der schnarrenden Stimme hatte ihn schon einmal in die Klemme gebracht.

Rufen Sie mich mal zurück.
Wozu? Wenn es nach Scholz ging, konnte der Anrufer bleiben, wo der Pfeffer wuchs.

Die Kunde vom Tod der Hauptzeugin überraschte Scholz in der Straßenbahn wie ein Faustschlag ins Gesicht – Versalien in Trauerschwarz, die Schlagzeile mit dem Spitznamen des berühmt-berüchtigten Vaters drei Finger hoch: *Richter Gnadenlos: Tochter nackt und tot im Wald!*

Der Opi auf der Sitzbank gegenüber war in das Blatt vertieft. Scholz griff hin und schnappte sich die Zeitung, zugleich seine Marke präsentierend, um den Protest in Grenzen zu halten. Er ignorierte das Gezeter und las den Aufmacher.

Spekulationen über ein sexuelles Motiv – keine Quellenangabe. Kein Wort über einen Zusammenhang zwischen dem Partyluder und ihrem ebenfalls ermordeten Türsteher. Zumindest diesbezüglich hatte also noch kein Beamter gegen das Schweigegebot des Kripochefs verstoßen.

Nach der Darstellung des *Blitz* war Henrike Andermatt ein wahrer Sonnenschein gewesen. *Beliebt bei Kommilitonen und Kollegen* – kein Wunder, wenn sie allen Typen die Muschi hingehalten hat, dachte Scholz. *Ganzer Stolz des Papas, der nun sehr stark sein muss* – vor allem, wenn auch noch das Luderleben des Töchterchens durchsickert und ihm die Politkarriere versaut. Und wie immer feierte das Boulevardblatt den gnadenlosen Richter unterschwellig als Wunderkind der Verbrechensbekämpfung.

Scholz gab die Zeitung ihrem Eigentümer zurück. Der Opi hörte nicht auf zu schimpfen – kein Respekt mehr vor der Obrigkeit, nicht einmal bei den älteren Semestern.

Haltestelle Stadttor. Die Festung lag gleich gegenüber.

Als Scholz den Fürstenwall entlanglief, rasselte ein Porsche Boxster vorbei. Der lange Kripochef am Steuer, neben ihm Ela Bach, die KK-11-Leiterin – entweder Nachbarn oder sie haben etwas miteinander, spekulierte Scholz.

Das Treiben im umfunktionierten Frühbesprechungssaal in der vierten Etage glich einem Hühnerhaufen. In Grüppchen standen die Kollegen vor den Stellwänden, diskutierten Kaffee trinkend die Neuigkeiten, pafften am offenen Fenster. Wieder neue Gesichter dabei – die Mordkommission war noch einmal aufgestockt worden.

Scholz grüßte Marietta.

»Man hört, es war ein Sexgangster?«, fragte er.

»Reine Spekulation. Es steht noch nicht einmal fest, woran sie gestorben ist.«

»Hat sie's beim *Gangbang* übertrieben?«

»Altes Ferkel.«

Der Raum füllte sich weiter. Scholz erkannte Bruno Wegmann vom KK 11 und wandte den Blick ab, als dessen Teampartner eintrat. Reuter, der Arsch.

Wiesinger schlurfte mit zwei dicken Ordnern heran und ließ sich neben Scholz und Marietta nieder. Erstaunlich, dass der Stuhl den Dicken aushielt.

»Wie viele Spuren sind es bislang?«, fragte Scholz den Aktenführer.

»Zweiundvierzig. Ein Großteil bereits abgearbeitet. Es läuft ganz gut.«

»Abgesehen davon, dass wir im Dunkeln tappen.«

»Bei dir ist es immer nur halb leer statt halb voll, was? Mal sehen, was Bruno und sein Partner zu berichten haben. Die haben vorhin einen Ex der Toten aufgetan.«

»Wenn sich alle melden, die mal was mit dem Mädel hatten, sind wir rasch bei Spur eintausend.«

Mit dem Auftritt von Engel und Bach wurde es ruhiger im Raum.

»Der Leitende Kriminaldirektor sieht mal wieder schick aus«, flüsterte die Kollegin.

Scholz kratzte sich am Bauch. »Ist nur oberflächlich, glaub's mir.«

MK-Leiter Becker eröffnete die Sitzung und erklärte, dass

vereinbart worden sei, die Mordkommission nicht zu teilen. Die beiden Hugos – zusammenhängende Fälle, zumindest vorläufig. Noch sei es möglich, den Überblick zu wahren.

»Becker will nichts abgeben«, raunte Scholz Marietta zu.

Engel fragte: »Was wissen wir über die Todesursache?«

Der MK-Leiter referierte: »Die Obduktion läuft gerade, Kollegin Winkler und Staatsanwalt Balthus sind noch im Institut. Anna hat vorhin angerufen. Im Moment scheint nur sicher zu sein, dass Henrike Andermatt vergewaltigt worden ist. Es gibt Abschürfungen im Vaginal- und Analbereich. Dies und die Umstände am Tatort deuten natürlich auf ein Fremdverschulden hin.«

Scholz pflückte ein Papier von dem Stapel, der herumgereicht wurde. Ein Vermerk, unterzeichnet von Anna Winkler – die Kurzfassung ihres Tatortbefundes. Er überflog die Zeilen.

Die Umstände am Tatort: Die Andermatt-Tochter hatte splitterfasernackt im Gebüsch gelegen, keine Kleidung weit und breit, der Verlauf der Blutspuren an ihren Schenkeln zeigte, dass sie mehrfach umgelagert worden war. Scholz wusste, was das hieß: Man hatte sie nicht vor Ort missbraucht, sondern abgelegt, nachdem sie gestorben war. Also hatte die Zeitung doch richtig gemeldet.

Partyluder hin oder her – Scholz wünschte sich, den Kerl, der dem Mädel das angetan hatte, in die Finger zu bekommen.

Er hörte hin, als Reuter berichtete, dass Henrike Andermatt laut Exfreund Marius Karge ein neues Leben beginnen und Lena genannt werden wollte. Möglicherweise sei sie per U-Bahn nach Duisburg gefahren, nachdem sich die beiden um zwölf Uhr mittags getrennt hatten.

Die Kollegen begannen zu spekulieren: Das Mädchen wollte aus Angst vor Marthaus Mörder untertauchen und die Identität wechseln. Oder Karge hatte das Mädchen unter dem Vorwand, sie nach Duisburg zu kutschieren, in sein Auto gelockt, missbraucht, getötet und auf dem Parkplatz nahe der Rennbahn zurückgelassen. Abgelegte Liebhaber töteten nur allzu gern.

Bullshit, dachte Scholz.

Reuter meldete sich noch einmal zu Wort und wies auf einen möglichen OK-Hintergrund der beiden Morde hin. Immerhin sei Marthaus Türsteherkollege Sascha Maisel von Karge eindeutig als Dealer bezeichnet worden. Und dann gebe es noch die Artnappingsache, in die Marthau wiederum laut Maisel verwickelt gewesen sei.

Organisierte Kriminalität – mein altes Metier, dachte Scholz.

Der MK-Leiter verteilte die Aufgaben, ein Team nach dem anderen verließ den Saal. Scholz und Marietta kamen zuletzt an die Reihe.

Blondschopf Becker fragte: »Habt ihr schon etwas von den Spuren gehört, die ihr im *Hotel Villa Rheinblick* gesichert habt?«

Scholz schüttelte den Kopf. »Weder BKA noch LKA-Labor haben sich bislang gemeldet. Ich geb dir Bescheid, sobald etwas eintrifft.«

Anna Winkler und der Staatsanwalt betraten den Raum, zurückgekehrt von der Obduktion. Der Staatsanwalt ging sofort hinüber zur Kaffeemaschine. Winkler ließ sich wortlos auf den nächstbesten Stuhl fallen. Sie wirkte übernächtigt und mitgenommen.

»Und?«, fragte Becker.

Die KK-11-Kollegin zuckte mit den Schultern. »Herzversagen, schätzt Professor Arend. Er hofft, dass die Laboruntersuchungen Aufschluss über die Ursache geben.«

Sie griff nach einem Kaffeebecher. Nichts drin. Balthus kam mit der Kanne und goss ein. Winkler nippte und hielt sich an dem Gefäß fest.

»Abwehrverletzungen?«, fragte Scholz interessiert.

»Keine.«

»Immerhin haben wir Täter-DNA, oder?«

Die KK-11-Kollegin fuhr sich durchs Haar und nickte. »Jede Menge. Die Schweine haben keine Gummis benutzt.«

»Du sprichst in der Mehrzahl?«

Winkler nickte. Eine steile Falte zwischen den Augenbrauen. Die schmale Nase fast weiß. »Sperma von drei Männern.« Die Kollegin nippte noch einmal und blickte zu Boden. »Wenigstens das konnten Arends Leute feststellen.«

Scholz malte drei Kreuze auf seinen Zettelblock. Dabei drückte er so hart auf, dass der Stift das Papier aufriss.

43.

Die Sonne blendete, als sie auf den Hof traten. Scholz musste blinzeln.

»Was für ein schöner Tag«, sagte Marietta.

»Das fällt in den Bereich der Meinungsfreiheit«, antwortete Scholz.

»Wer fährt diesmal?«

Statt einer Antwort ließ sich Scholz auf den Beifahrersitz sinken.

»Du hast gar keinen Führerschein, gib's zu!« Marietta startete den Wagen und fuhr vom Hof. Ihr Ziel war das Anwesen der Andermatts.

Nach einer Weile sagte Marietta: »Ich kenne übrigens Henrikes Mutter.«

»Die Frau des Richters?«

»Ja. Ihre Familie wohnte im gleichen Haus. Carola und ihre Schwester haben ein paarmal auf mich aufgepasst. Die Siebziger in Garath.«

»Da warst du doch noch gar nicht geboren.«

»Ich war noch klein, kurz darauf zog die Familie weg.«

Garath – nicht das attraktivste Viertel, dachte Scholz. In den Siebzigern waren dort die Betonblocks des sozialen

Wohnungsbaus hochgezogen worden. Er zog das Handy aus der Tasche. Ein Anruf beim Labor des Landeskriminalamts. Vielleicht war auch am Sonntag jemand da, der Auskunft geben konnte.

Die Telefonzentrale – Scholz ließ sich verbinden. Eine junge Männerstimme meldete sich. Klang wie ein Grünschnabel, der sich nicht auskannte.

Scholz sagte: »Ihr habt gestern früh mehrere Proben von mir zur Untersuchung auf Drogen erhalten. Eigentlich sollte ich den Befund bis gestern Abend bekommen.«

»Blut oder Haare?«

»Es geht um Proben von Getränken, die ich an einem möglichen Tatort asserviert habe.«

»Wie war noch mal der Name?«

»Scholz, Norbert, Mordkommission *Feuerwerk*.«

»MK *Feuerwerk*? Stimmt es, dass die Tochter des künftigen Innenministers ermordet worden ist?«

»Ja, mach schon.«

Rascheln, hektisches Blättern. »Hier ist es. Terbeuken hat die Analyse gemacht. Der Bericht ist an dich unterwegs.«

»Kannst du mir vorab etwas sagen?«

»Es handelt sich um acht Mal Orangensaft und vier Mal Mineralwasser.«

»Mit oder ohne Kohlensäure?«

»Was?«

»Komm endlich zum Wesentlichen!«

»Sonst steht hier nur etwas von Gammahydroxybuttersäure.«

»Gamma-, was?«

»Tut mir leid. Terbeuken hat frei und ich bin neu hier und nur vertretungsweise in diesem Labor. Das Ergebnis müsste eigentlich schon bei dir im Präsidium sein.«

»Okay, danke.« Scholz beendete das Gespräch und wandte sich an Marietta. »Schon mal was von Gammahydroxybuttersäure gehört?«

Die Kollegin schüttelte den Kopf.

Er blickte auf die Uhr und schaltete das Radio ein. Baumarktreklame, dann die Nachrichten, die mit Henrikes Tod aufmachten. Die seriöse Sprecherstimme verriet keine Emotion.

... geht die Polizei von einem Verbrechen aus. Die einundzwanzigjährige Studentin, die gestern Abend tot im Düsseldorfer Stadtwald aufgefunden wurde, ist offenbar von mehreren, bislang unbekannten Tätern verschleppt und missbraucht worden. Die Suche konzentriert sich auf ein hell lackiertes Reisemobil, dessen Fahrer die Tat vielleicht beobachtet hat.

Scholz überlegte, dass es nicht unbedingt einen Zusammenhang mit dem Mord an Robert Marthau geben musste. Reuters Gerede vom OK-Hintergrund – womöglich ein Holzweg. Scholz stellte sich perverse Typen vor, die im Campinggefährt durch die Lande zogen. Ihr Anführer: ein Sadist, dem es gefiel, Macht über wehrlose Opfer auszuüben. Ein Frauenhasser, der Kumpels zum Mittun anstiftete. Dem man zutrauen musste, es wieder zu tun.

Ein Gedanke: Womöglich hatte ein Psychopath die Richtertochter auf einer Sexparty kennengelernt und lechzte seitdem nach Wiederholung – *Gangbang* der ganz besonderen Art.

Marietta drehte den Ton lauter.

... wird neuer Innenminister Nordrhein-Westfalens. Dies erklärten er und seine Partei heute in Düsseldorf. Er stehe für eine ehrliche Politik, die das Bedürfnis der Bürger nach Sicherheit ernst nehme, so Andermatt, der bislang als Richter am Düsseldorfer Landgericht tätig war und aufgrund umstrittener Urteile auch ›Richter Gnadenlos‹ genannt wird. Der gewaltsame Tod seiner Tochter habe ihn davon überzeugt, dass dieser Schritt richtig sei. »Jetzt erst recht«, so Andermatt in seiner Erklärung.

In den weiteren Meldungen ging es um den Nahen Osten. Mord und Totschlag weltweit. Scholz schaltete das Radio aus.

»Jetzt erst recht – das bringt Andermatt Punkte auf der Beliebtheitsskala«, bemerkte Marietta. »Der Kerl schlägt Kapital aus dem Tod seiner eigenen Tochter.«

»Du wirst zynisch.«

»Ist doch wahr. Politiker können gar nicht anders. Alles nur Show, um zu gefallen. Ich finde das zum Kotzen, du nicht?«

»Irgendwie kann ich Andermatt verstehen.«

»Rechts-Wähler, oder was?«

»Nein, aber ich hab auch mal eine Tochter verloren.«

Marietta blickte ihn verstört an – das hatte sie nicht gewusst. Scholz hatte nie mit Kollegen darüber geredet.

Sie schwiegen, bis sie den Hirschweg erreichten. Mehrere neutral lackierte Einsatzfahrzeuge blockierten die Zufahrt zur Andermatt-Villa: Erkennungsdienst – die Kollegen der Spurensicherung nahmen vermutlich gerade Henrikes Bude unter die Lupe.

Marietta setzte den Dienstwagen auf den Bürgersteig. »Imposantes Anwesen«, bemerkte sie. »Kein Vergleich mit dem Viertel in Garath, in dem ich aufgewachsen bin.«

»Sozialneid?«

»Ach was. Aber dass Andermatt den Tod der Tochter für seine Politkarriere instrumentalisiert, will mir trotzdem nicht in den Kopf.«

44.

Reuter hatte mit dem MK-Leiter vereinbart, eine kurze Auszeit zu nehmen, um erneut in der Gerresheimer Klinik nach seinem Bruder sehen. Außerdem brauchte er eine Dusche. Sein Partner Wegmann übernahm es, unterdessen das Personal in *Sam's Lounge* zu befragen, um Marius Karges Aussage zu überprüfen.

Reuter eilte nach Hause, mit jedem Schritt nahm das Flattern in seinem Bauch zu.

Sie war nicht abgeneigt.

Katja und Abraham: Zumindest für den Journalisten war es nur ein flüchtiges Abenteuer gewesen.

Reuter rannte die Treppe hoch.

Seine Freundin war nicht da.

Er sah rasch nach dem Aquarium. Ein Clownfisch schwamm ihm bis an die Glaswand entgegen – der kleine Kerl hatte keine Ahnung, was hier draußen vor sich ging.

Reuter duschte und vertilgte einen Apfel. Sein Blick fiel auf seinen privaten Computer und plötzlich war er neugierig zu prüfen, ob Henrikes Fotos noch im Internet zu finden waren.

Er startete den PC und klickte den Browser an, um Verbindung ins Netz zu bekommen.

www.premiumparty.de – Reuter surfte durch die Seiten. Tatsächlich: Es war, als lebte das Mädchen noch.

Das Mordopfer im Bikini: *Hi, mein Name ist Lena.*

Die junge Frau nackt: *Jeder ist willkommen.*

Reuter stellte sich ihre Stimme vor. Henrike Andermatt als Nachwuchsreporterin in der Kunstsammlung. Klug, schön und begehrenswert. Stunden später war der Wahnsinn losgebrochen.

Ein Klick weiter, das Mädchen im *Gangbang*-Getümmel: *Du kannst es schon gar nicht mehr erwarten.* Gedanken, die Reuter aufwühlten: Ich hätte sie vielleicht schützen können. Und ich hätte sie haben können – das Gefühl, etwas verpasst zu haben, mischte sich in den Hass auf den Täter.

Er fuhr den Rechner herunter, fand seinen Autoschlüssel und rangierte den Micra aus der Garage. Der Landrover einer Nachbarin blockierte die Ausfahrt. Er musste mehrfach klingeln, bis die dumme Tussi ihr Gefährt endlich wegsetzte. Kein Wort der Entschuldigung – wie immer.

Auf der Fahrt zur Klinik überlegte Reuter, dass niemand in seinem Bekanntenkreis ein so kleines Auto fuhr wie er. Die Sonne heizte das Innere auf. Keine Klimaanlage – beim

Kauf hatte er sparen müssen. Reuter ließ das Seitenfenster in die Tür gleiten und Zugluft hereinwehen.

Ihn holen die Erinnerungen ein. Er war neun Jahre alt und Mama hatte Papa betrogen. Unbemerkt war der kleine Jan Zeuge geworden. Geräusche, Gekicher, eine Männerstimme. Er sah, wie Mama mit dem Fremden knutschte. Zuerst begriff Klein-Jan nicht, was da vor sich ging. Er bekam Angst und wurde wütend – als hätte sie nicht nur Papa hintergangen, sondern auch ihn.

Um die Erinnerung zu vertreiben, wühlte Reuter in der Ablage nach einer CD. Dann hielt er inne. Im Radio liefen die Nachrichten. Er hörte bis zum Wetter zu.

Der Mord an Robby Marthau wurde zuallerletzt gemeldet. Die Andermatts hatten ihm den Rang abgelaufen. Keiner weinte dem Türsteher eine Träne nach. Kein Wort darüber, dass Henrike sein Auto gelenkt hatte. Nichts über Robbys Erpressungsversuch an Richter Gnadenlos. Und keine Erwähnung des Drei-Millionen-Gemäldes, das der Aussiedlerjunge im letzten Herbst transportiert hatte – die Öffentlichkeit hatte keine Ahnung.

Ich bringe es doch nur von A nach B.

Reuter hielt wie gestern an der Zufahrt für Rettungsfahrzeuge. Das Foyer mit Aquarium und Sitzgruppe. Schlurfende Patienten. Die Treppe, das Wartezimmer. Diesmal reagierte die Schwester sofort – sie musste nicht erst die Spuren einer blutigen Milz-OP tilgen. Grüner Kittel, Mundschutz und der ganze Kram.

Edgar war wach.

Jan setzte sich. »Papa hat gesagt, ich soll mir mein Polizistengehabe sparen.«

Sein Bruder wandte sich ihm zu. Blutunterlaufene Augen, durch geschwollene Lider zu Schlitzen verengt. Mein Gott, der arme Kerl.

Das dünne Laken, die kalte Hand. »Ist dir warm genug?«

Edgar nickte.

»Schmerzen?«

»Geht so.« Eher geflüstert als gesprochen.

»Erinnerst du dich daran, dass ich gestern hier war?«

Die Andeutung eines Kopfschüttelns.

»Du standest unter starken Beruhigungsmitteln. Du bist an der Milz operiert worden. Hast Glück gehabt. Das hat dir der Arzt sicher schon erzählt.«

»Sogar auf Lateinisch.«

»Wie fühlst du dich?«

»Beschissen. Morgen ist Gerichtstermin.«

»Muss wohl verschoben werden.«

»Meinst du?« Edgar versuchte ein Lächeln.

Jan zog das Laken in Richtung Kinn. Eine Schwester huschte herein, nahm etwas aus einer Schublade, grüßte und verschwand. Nicht die Asiatin von gestern. Reuter fiel ein, dass er dem Personal einschärfen musste, keine Unbekannten an Edgars Bett zu lassen.

Er fragte: »Was wollte Grusew von dir?«

»Grusew?«

»Ja, du hast seinen Namen erwähnt.«

»Ich kenne keinen Grusew. Wer soll das sein?«

»Aber gestern ...«

»Starke Beruhigungsmittel. Hast du selbst gesagt. Was immer ich von mir gegeben haben soll, ist gerichtlich nicht verwertbar.«

Edgar tat, als sei er Herr der Lage, aber die Ausschläge auf dem Monitor kamen jetzt in kürzerem Abstand.

»Sag mir, wer dich so zugerichtet hat.«

»Keine Erinnerung. Filmriss.«

»Ich will dir doch nur helfen!«

Edgar antwortete nicht.

»Hat der Anschlag auf dich etwas mit dem geraubten Gemälde zu tun? Ist Grusew der Artnapper? Hat er die drei Millionen kassiert?«

Sein Bruder schloss die Augen.

Reuter ließ nicht locker. »Du hast sicher von dem Mord an Robby Marthau gehört. Er arbeitete in der Disko deines Mandanten Manfred Böhr und wir haben einen Zeugen dafür, dass Marthau in die Artnapping-Sache verwickelt war. Am Freitagabend wird Robby erschossen, wenige Stunden später wirst du halb totgeschlagen. Das ist doch kein Zufall!«

Edgar öffnete die Augen wieder.

»Rede mit mir!«

Sein Bruder flüsterte: »Polizistengehabe.«

Wütend stürmte Reuter hinaus, streifte den Kittel ab und schleuderte ihn auf den Boden.

45.

Bevor Norbert Scholz klingelte, fegte er die Schuppen von den Schultern und überprüfte, ob sein Hemd richtig saß.

Carola Andermatt öffnete.

Ihr Anblick überraschte Scholz. Er hatte sich eine stämmige Frau mit der Haarfarbe ihrer Tochter vorgestellt, eine in die Jahre gekommene Mutter, wie Bettina es geworden war. Doch vor ihm stand eine zierliche Blondine im schlichten, schwarzen Kleid, kein Schmuck, volle Lippen, dezent geschminkt, hohe Stirn. Er musste genau hinsehen, um zu erkennen, dass sie bereits seiner eigenen Altersklasse angehörte.

Scholz stellte sich und seine Kollegin vor.

Henrikes Mutter ließ sich die Dienstausweise geben und verglich die Fotos. Mit höflichem Lächeln gab sie die eingeschweißten Kärtchen zurück. Eine elegante Frau, fand Scholz. Zugleich spürte er die Mühe, die sie für ihre Haltung aufbringen musste.

Die Hausherrin ging voraus. In der Diele erhaschte Scholz einen Blick auf den Zugang zur Souterrainwohnung: Die Tür stand auf, Techniker in weißen Overalls bei der Arbeit.

Das Wohnzimmer der Andermatt-Eltern übertraf den Traum aus *Schöner Wohnen*, den Scholz erwartet hatte. Von der Sitzlandschaft aus ging der Blick durch die Glasfront in einen Garten, der einem botanischen Park alle Ehre gemacht hätte. Drinnen Parkett aus dunklem Holz, an den Wänden glatt gespachtelter Putz im Champagnerton. Abstrakte Malerei, eine Bodenvase aus buntem Glas.

Der Couchtisch war leer geräumt bis auf ein gerahmtes Foto, das Henrike im Sonnenlicht zeigte – die Schönheit des Mädchens schien zu leuchten. Um den Rahmen schlang sich ein schwarzes Band.

»Mein Mann hat Termine«, sagte die Richtergattin. »Vielleicht haben Sie es schon gehört.«

»Es kam im Radio. Er geht in die Regierung.«

»Eine schwere Entscheidung in schwerer Zeit. Ich habe ihm dazu geraten. Wenn das Leben einen Sinn haben soll, dann müssen wir für eine bessere Welt eintreten. Ich habe auch meinen Charity-Abend nicht abgesagt. Sie kennen doch den Verein *Düsseldorfer in Not?* Wir sammeln für Obdachlose und arme Kinder, es gibt ja immer mehr davon. Man darf sich nicht unterkriegen lassen, nicht wahr? Wir handeln in Henrikes Sinn, da bin ich mir sicher.«

Scholz nickte. Marietta warf ihm einen Seitenblick zu.

»Herr Scholz, Frau Fink, wie kann ich Ihnen helfen?«

Sie hat sich sogar unsere Namen gemerkt, bemerkte Scholz.

»Hatten Sie am gestrigen Tag Kontakt zu Ihrer Tochter?«

»Sie war hier.«

»Wann?«

»Etwa um halb zwei klingelte sie und verlangte ihren Autoschlüssel. Mein Mann hatte ihn ihr abgenommen, nachdem der Anwalt sie zu uns gebracht hatte. Wir wollten nicht, dass sie in ihrem Zustand fährt oder überhaupt das Haus verlässt.«

»Und gestern?«

»Sie war völlig fertig und hatte getrunken, das war eindeutig. Also habe ich ihr den Schlüssel verweigert. Ich wollte mit ihr reden. Ihr sagen, dass sie sich bei Ihnen melden soll. Aber sie beruhigte sich nicht und ging wieder.«

»Wohin?«

»Das hat sie mir nicht gesagt.«

»Was könnte sie in Duisburg gewollt haben?«

»Duisburg?«

»Ja. Bevor sie bei Ihnen war, bat sie einen Freund, sie dorthin zu fahren.«

»Keine Ahnung. War sie dort – ich meine, in Duisburg?«

»Das wissen wir noch nicht.«

Frau Andermatt nickte. Die Lippen waren zusammengekniffen.

Marietta sagte: »Wir brauchen eine Liste von möglichst allen Leuten, mit denen Ihre Tochter näheren Umgang hatte.«

»Gern.«

Die Frau des Richters verließ das Zimmer und kehrte mit einem großen Lederetui zurück, das sie aufschlug. Briefpapier mit Wasserzeichen, ein edler Füller mit goldener Feder. Beim Schreiben erklärte sie: eine ehemalige Mitschülerin, mit der Henrike noch befreundet gewesen war. Eine Studentin, mit der sie gemeinsam gebüffelt hatte. Ein Freund, dessen Vater ebenfalls Richter war – beide Elternpaare hatten so sehr gehofft, dass die jungen Leute einmal heiraten würden. Es war Marius Karge. Frau Andermatt notierte noch drei Namen.

Marietta nahm das Blatt entgegen. »Ist das alles?«

»Meines Wissens, ja.«

»Ich fürchte, so kommen wir nicht sehr weit, Frau Andermatt.«

»Wie meinen Sie das?«

»Wo sind die Jungs, mit denen sie ihre Nächte durchmachte? Die Leute, mit denen sie kokste und ihren sexuellen Ausschweifungen nachging?«

»Ich bitte Sie«, erwiderte die Hausherrin und wandte den Blick Richtung Garten.

Scholz sagte: »Uns ist bekannt, welches Leben Henrike geführt hat, Frau Andermatt. Dass Ihnen das nicht gefallen hat, ist verständlich. Ihr Umgang waren nicht nur Töchter aus gutem Haus oder Jungs, die man sich gern als Schwiegersöhne vorstellt. Vielleicht können Sie uns auch den einen oder anderen Namen aus dieser Szene nennen.«

»Diese Leute hat uns Henrike nie vorgestellt, Herr Scholz, und vermutlich hätten wir sie auch gar nicht über unsere Schwelle gelassen. Welches Leben Henrike führte, wenn sie nicht zu Hause war oder arbeitete, das haben wir allenfalls geahnt.«

»Wie war Ihr Verhältnis zu Ihrer Tochter?«

»Eigentlich bestens. Ich war immer für sie da und habe getan, was ich konnte. Wenn es trotzdem mal Probleme gab, haben wir professionelle Beratung in Anspruch genommen. Psychologen, Erziehungsberater. Wir dachten, sie hätte sich längst gefangen. Ihr Abitur war passabel, sie studierte und hospitierte beim Radio. Haben Sie Kinder, Herr Scholz?«

»Einen Sohn. Er ist siebzehn.«

»Henrike kam mit vierzehn in ein schwieriges Alter, in dem wir plötzlich keinen rechten Zugang mehr zu ihr hatten. Sie kennen das vielleicht, wenn man sich hilflos fühlt und nicht mehr weiß, wie man noch Einfluss nehmen kann.«

Scholz nickte, Verständnis signalisierend. Aber er hatte sehr wohl gewusst, was er zu tun gehabt hatte, als Florian auf die schiefe Bahn geriet.

»Und es wurde nicht besser?«

»Doch, im Großen und Ganzen, ja.«

»Aber?«

»In letzter Zeit krachte es ein paarmal. Sie konnte sehr trotzig sein. Vielleicht hat mein Mann überreagiert. Seit April ging Henrike uns mehr oder weniger aus dem Weg.«

»Was war los?«

»Irgendein Boulevard-Schreiberling hatte einen schmutzigen Artikel über sie verfasst, mit dem er meinem Mann an den Karren fahren wollte. Aus politischen Gründen, das war klar. Konrad wusste die Veröffentlichung zu verhindern. Aber wir mussten Henrike natürlich mit dem Inhalt konfrontieren.«

»Welcher Art war der Inhalt?«

»Sie haben es gerade erwähnt. Drogen und andere Ausschweifungen. Mein Mann wollte die Garantie, dass so etwas nicht mehr vorkommt. Es war leider unmöglich, vernünftig mit Henrike zu reden.«

»Können wir den Artikel mal sehen?«

Sie schüttelte entschieden den Kopf. »Mein Mann hat ihn vernichtet.«

»Was wissen Sie darüber, dass er erpresst wurde?«

»Ich war dabei, als vorletztes Wochenende einer dieser Burschen anrief und Geld verlangte. Mein Mann hat ihn ausgelacht. Konrad ist nicht erpressbar. Er hat feste Prinzipien, glauben Sie mir.«

»Aber es wäre ihm sehr unangenehm gewesen, wenn die Zeitung den Artikel über Ihre Tochter gebracht hätte.«

»Wir mussten Henrike schützen. Und ich hoffe, dass auch jetzt keine Schmutzpropaganda aufkommt, die das Gedenken an Henrike beschädigt.«

Scholz nickte wieder. »Nur noch eine Frage, Frau Andermatt.«

»Ja, bitte?«

»Hatte Henrike jemals Ärger mit gewalttätigen Verehrern? Gab es jemanden, der sie schlug oder verletzte? Hat ihre Tochter Ihnen jemals von solchen Erlebnissen berichtet?«

Carola Andermatt schüttelte den Kopf.

So, wie Henrike auch sonst nicht viel über ihr Leben erzählt hat, dachte Scholz.

Im Souterrain waren die Kollegen noch zugange. Scholz warf einen Blick in die Einliegerwohnung. Die Bude war erstaunlich hell und geräumig. Fenster zum Garten, eigenes Bad. »Schon was gefunden?«, fragte Scholz.

Der Techniker hob einen Spurenbeutel hoch, in dem ein weißes Briefchen steckte.

»Wie viel?«

»Halbes Gramm.«

»Und sonst?«

»Es wurde gründlich sauber gemacht. Aber die Kokainportion im Deckel ihres Parfümflakons haben die Lady in Schwarz und ihre Putze übersehen.«

Als Scholz sich zum Ausgang wandte, entdeckte er Carola Andermatt, die gelauscht hatte. Ihre Wangen glühten. Dass eine Frau ihres Alters noch erröten konnte, fand er sympathisch.

»Waren Sie gestern in Henrikes Räumen?«

Sie nickte.

»Und?«

»Ich habe nichts entfernt, was Ihnen bei den Ermittlungen helfen könnte.«

»Rücken Sie's raus, Frau Andermatt. Uns kann alles helfen.«

Sie verschwand und kehrte mit einem kleinen Moleskine-Band zurück. »Es ist sehr privat. Ich möchte, dass Sie es mit Respekt behandeln. Und ich will es auf jeden Fall zurückhaben.«

Scholz sicherte ihr die Rückgabe zu. Ein Gummiband hielt die schwarzen Deckel verschlossen. Scholz öffnete das kleine Buch. Liniertes Papier, *Versuch zu leben* stand in gut leserlicher Handschrift auf der ersten Seite.

Scholz blätterte und war rasch enttäuscht. Das Buch enthielt weder Tagebucheintragungen, Termine noch Adressen. Nichts als Lyrik, offenbar selbst verfasst.

Tränen standen in den Augen der Mutter. Sie presste ihr Taschentuch gegen die Lippen. Ihre Schultern zuckten.

Er glaubte zu wissen, was ihr durch den Kopf ging: dass sie Schuld habe an allem, was im Leben ihrer Tochter schiefgelaufen sei. Er umarmte die schmale Frau und ließ es zu, dass sie ihm die Schulter nass heulte.

»Wir kriegen die Mörder«, sagte er leise.

Carola Andermatt löste sich von ihm. »*Die* Mörder?«

Sperma von drei Männern.

»Wer auch immer es war«, antwortete Scholz. Er gab ihr ein Kärtchen mit seiner Handynummer. »Rufen Sie mich an, sobald Ihnen noch etwas einfällt.«

Marietta wartete im Wagen. Als er einstieg, beendete sie gerade ein Telefonat und verabschiedete sich wortreich. Dann steckte sie das Handy ein und startete den Motor.

»Stehst du auf sie?«

»Mannomann, wie kommst du darauf?«

»Lass dich nicht davon beeindrucken, wenn sie dir schöne Augen macht. Die Andermatt ist nur um den Ruf ihres Mannes besorgt.«

»Ich glaube, du bist nur sauer auf deine ehemalige Babysitterin, weil sie das Nachbarsmädel aus Garath nicht erkannt hat.«

Eingeschnappt fragte die Kollegin: »Zurück ins Präsidium, oder was?«

»Wir fahren zum *Blitz* und versuchen, den Autor dieses ominösen Artikels ausfindig zu machen. Ich kann mir vorstellen, dass er Henrike recht gut gekannt hat.«

Scholz wählte die Nummer der Mordkommission, bekam den Aktenführer an die Strippe, erklärte ihm, was sie vorhatten, und las ihm die Liste vor, die Carola Andermatt ihm gegeben hatte. Dann klappte er den Laptop auf, um schon mal am Protokoll der Aussage der Richtergattin zu feilen.

Seine Kollegin fragte: »Du glaubst, ein gewalttätiger Exfreund war der Mörder?«

»Gut möglich, findest du nicht? Nach allem, was wir über

Henrikes Lebenswandel wissen, hatte sie reichlich Gelegenheit, an einen Perversling zu geraten.«
»Und in Sachen Marthau?«
»Anderer Täter, anderes Motiv.«
»Der Richter hat eines, vielleicht sogar in beiden Fällen.«
»Wie meinst du das?«
Marietta schwieg.
Scholz fragte: »Willst du andeuten, der eigene Vater hätte Henrike vergewaltigt, etwa gemeinsam mit seinen Kollegen aus dem Parteivorstand?«
»Wer weiß?«, antwortete Marietta.

46.

Auf der Rückfahrt zum Präsidium drängte sich Reuter ein hässlicher Gedanke auf: Sein Bruder hatte es verdient, verprügelt zu werden – allein wegen seiner Starrköpfigkeit.

Im MK-Raum herrschte Hektik. Die Kollegen telefonierten und hackten in die Tasten ihrer PCs, als stünde ein Durchbruch bevor. Der dicke Aktenführer fütterte das Faxgerät – bei jeder Bewegung bebten seine Hängebacken.

Reuter sprach ihn an: »Was gibt's Neues? Was macht Sascha Maisel?«

»Räumt seine Wohnung auf, pennt, keine Ahnung«, antwortete Wiesinger, ohne aufzublicken. »Das MEK ist dran. Aber in Sachen Täterfahrzeug sind wir einen Riesenschritt weiter. Eins unserer Teams war mit unserem Jogger bei einem Händler in Hilden, der auf Wohnmobile und so was spezialisiert ist. Sie haben Prospekte gewälzt und konnten den Fahrzeugtyp eingrenzen. Das Teil, das Brede am Aaper Wald beobachtet hat, muss ein Mercedes-Benz Sprinter James Cook sein, und zwar in der Art, wie ihn die Firma Westfalia in verschiedenen Varianten seit 1995 herstellt.«

Wiesinger unterbrach seine Tätigkeit und gestikulierte. »Der

Aufbau hat so eine charakteristische Nase über dem Fahrerhaus. Davon sind in NRW knapp eintausend Stück zugelassen, um die hundert in unserem Raum und gut zwei Drittel davon in Weiß oder Silbermetallic. Wir checken gerade die Halter in Düsseldorf, Duisburg sowie den Kreisen Neuss und Mettmann. Vielleicht ist ja ein vorbestrafter Vergewaltiger darunter. Als nächsten Schritt werden wir die Adressen abklappern und uns die Rückleuchten zeigen lassen.«

»Klingt nach Riesenaufwand.«

»Aber es ist unsere beste Spur und die bloße Erwähnung des Namens Andermatt wirkt Wunder. Wir bekommen von den benachbarten Behörden jede Unterstützung, die wir brauchen. Außerdem faxe ich gerade sämtliche Reparaturwerkstätten im gesamten Großraum an und bitte um Meldung, falls ab morgen ein Kunde mit entsprechendem Reisemobil sein Rücklicht reparieren lassen will. Wir kriegen die Kerle, darauf kannst du Gift nehmen!« Wiesinger schleppte sich zurück an seinen Platz und heftete das Schreiben an die Werkstätten ab.

Am Tisch des MK-Leiters sah Reuter eine Frau, die ihn an jemanden erinnerte. Er gesellte sich zu den beiden. Die Frau hatte einen violetten Seidenschal auf den Schultern drapiert, als wollte sie von ihrer molligen Figur ablenken. Krauses, schwarz gefärbtes Haar, ein fröhliches Lächeln – ihm fiel ein, dass sie die Verkäuferin einer Zoohandlung war, in der er einmal eingekauft hatte.

Der MK-Leiter stellte sie vor: »Das ist Frau Wüpperfürth.«

»Wir kennen uns«, sagte sie. »Wie machen sich die Teufelsfeuerfische, Herr Reuter?«

»Prächtig«, antwortete Reuter. »Sagen Sie mir Bescheid, wenn wieder etwas Exotisches hereinkommt.«

»Demnächst vielleicht Steinfische.«

»Sind die nicht recht kostspielig?«

Thilo Becker mischte sich ein. »Frau Wüpperfürth hat vielleicht unseren Täter gesehen.«

Er reichte Reuter den Ausdruck eines Phantombilds: ein Dutzendgesicht.

»Den kenn ich«, sagte Reuter.

»Ja?«

»Mein Onkel aus Castrop-Rauxel sieht genauso aus.«

»Ha, ha«, machte Becker. »Okay, es ist nicht sehr aussagekräftig.«

»Aber glauben Sie mir«, sagte die Zeugin, »ich würde den Mann sofort wiedererkennen.«

»Es war dunkel«, gab der MK-Leiter zu bedenken.

»Aber er kam ganz dicht an mir vorbei. Ich stand am Geländer, das Feuerwerk begann gerade. Da hörte ich, wie etwas ins Wasser plumpste. Dann sah ich ihn, wie er noch etwas in den Rhein schleuderte. Als er dann an mir vorbeirannte, leuchtete das Feuerwerk besonders hell. Der Mann rempelte mich an, ohne sich zu entschuldigen.«

Becker bedankte sich und verabschiedete die Frau.

Sie zupfte ihren Schal zurecht und wandte sich noch einmal an Reuter. »Die Steinfische werden Ihnen gefallen.«

Als die Zeugin gegangen war, legte der MK-Leiter die Stirn in Falten und fragte: »Wieso sollte der Täter zwei Mal etwas in den Fluss werfen?«

»Vielleicht hat er Waffe und Magazin getrennt entsorgt.«

»Hm. Was hältst du von Frau Wüpperfürth?«

»Immerhin hat sie mich erkannt, obwohl ich nur einmal in ihrem Laden war.«

»Ich wusste gar nicht, dass du ein Aquarium hast. Ich dachte immer, das sei ein Hobby für schrullige Eigenbrötler.«

»Fische reden wenigstens kein dummes Zeug.«

Reuter ging zur Stellwand und überflog die neuesten Aushänge. Ein älteres Ehepaar, das am Samstagabend durch den Aaper Wald gewandert war, hatte etwa zur Tatzeit einen dunklen Kombi mit Neusser Kennzeichen bemerkt – das Reisemobil, auf das Wiesinger so große Stücke setzte, hatte bereits Konkurrenz bekommen.

Die Tür schwang auf, Anna Winkler schleppte Pizzakartons an. Rasch scharten sich die Kollegen um den Tisch. Reuter sicherte sich ein Stück. Ein Telefon schrillte, es war für ihn.

Reuter nahm den Hörer entgegen, schluckte halb zerkaute Pizza und meldete sich.

Es war Marion Koch, die Frau seines Kollegen Michael aus dem KK 22. Sie klang bedrückt, ein leichter Anflug von Panik in der Stimme. »Weißt du, wo Michael steckt?«

Bei seiner Freundin, dachte Reuter. Aber das wollte er Marion nicht auf die Nase binden. Nicht jetzt am Telefon.

»Er ist gestern Abend verschwunden und er hat ein paar Sachen mitgenommen, als wollte er verreisen. Kann das etwas Dienstliches sein?«

»Keine Ahnung, Marion. Wir arbeiten im Moment nicht an der gleichen Sache.«

»Er geht auch nicht an sein Handy. Da stimmt doch etwas nicht!«

Reuter sah keinen Grund mehr zu schweigen. Irgendwie waren sie Leidensgenossen. »Marion, ich muss dir etwas sagen.«

»Was denn?«

»Dein Mann ... Michael hat eine Geliebte.«

Ein tiefes Seufzen am anderen Ende. »Jan, das weiß ich längst. Ich hab sie angerufen, doch bei ihr war er schon seit über einer Woche nicht mehr.«

Womöglich gibt es noch weitere Freundinnen, dachte Reuter. Er traute Michael das zu.

»Und vorhin hat ein komischer Kerl geklingelt und nach ihm gefragt.«

»Was für ein Kerl?«

»Seinen Namen hat er nicht genannt.«

»Wieso komisch?«

»Ich weiß nicht. Michael hat manchmal Umgang mit solchen Leuten, das liegt an eurem Job, aber er bringt sie normalerweise nicht nach Hause.«

Reuters Puls beschleunigte sich. Etwas war hier oberfaul.

»Hatte er einen osteuropäischen Akzent?«

»Ja.«

»Ich komme raus zu dir, Marion. Lass niemanden ins Haus, den du nicht kennst!«

47.

Auf Höhe des ehemaligen Luxushotels *Breidenbacher Hof* bog Marietta ab. Das gesamte Areal zwischen Heinrich-Heine-Allee und Königsallee umgab ein Holzzaun voller Werbetafeln. Dahinter gruben sich Baumaschinen in die Erde. Irgendwann würde es hier eine Tiefgarage geben und auf ihrer Decke ein neues Hotel. Der Verkehr wurde dichter, mindestens jeder zweite Fahrer auf der Suche nach einem Parkplatz.

»Was schlägst du vor?«, fragte Marietta.

»Taxistand.«

Die Redaktionsbüros des *Blitz* befanden sich im zweiten Stock über einer Ladenpassage. Sie mussten klingeln. Ein Empfangsraum aus kaltem Marmor. Die Frau hinter dem Tresen wies den Weg und griff zum Telefon, um die Ankunft der Polizei zu melden.

Den Flur schmückten großformatige Fotos. Im Vorbeigehen fielen Scholz karge Gebirgslandschaften auf, Kinder vor Lehmhütten, mit weißen Tüchern vermummte Männer, die Gewehre schwenkten. Hinter einer Glaswand ein Großraumbüro. Zum Büro des Chefredakteurs ging es geradeaus. Im Vorzimmer eine aufgebrezelte Platin-Blondierte. Wie ein Wachhund saß sie hinter ihrem Tisch.

»Tolle Fotos«, sagte Scholz und deutete in den Flur.

»Der Chef war 2003 in Afghanistan. Die Geschichte, die er damals mitgebracht hat, bescherte ihm diesen Posten, obwohl sie nie veröffentlicht worden ist.«

»Ist er da?«

»Nein. Worum geht es?«

»Um einen Mitarbeiter Ihrer Zeitung und um einen Artikel, den er geschrieben hat.«

»Lassen Sie mich raten. Sie meinen unseren ehemaligen Redaktionshospitanten Sven Mielke und ermitteln im Mordfall Henrike Andermatt.«

Mielkes Namen hörte Scholz zum ersten Mal, trotzdem sagte er: »Richtig geraten. Kann es sein, dass der hellste Kopf in diesem Haus als Sekretärin arbeitet?«

Ihre Stirn kräuselte sich. »Zeigen Sie mir bitte erst einmal Ihre Ausweise.«

Scholz und seine Kollegin kamen der Aufforderung nach. Die Blondgefärbte schrieb ihre Namen auf und verglich die Fotos. Dann tippte sie etwas in ihre Tastatur und studierte die Anzeige des Flachbildschirms.

»Auch unter unseren Hospitanten gibt es manchmal helle Köpfe«, sagte sie. »Sven war so einer. Leider brannten bei ihm die Sicherungen durch, als die FDP den Namen Andermatt als Regierungsmitglied ins Spiel brachte. Die *Morgenpost* feierte den Richter in einem langen Porträt und Sven bekam Lust, diesen rechtslastigen Typen abzuschießen. Ich habe ihm abgeraten, denn schmutzige Wäsche sollte privat bleiben. Aber Sven meinte, sein Artikel würde Alex Vogel gefallen. Im Prinzip hatte er damit recht, aber er hatte im Eifer des Gefechts vergessen, dass Vogel und Andermatt Parteifreunde sind. Der Schuss ging gründlich nach hinten los.«

»Alex Vogel ist ...«

»Unser Chefredakteur. Seien Sie froh, dass er nicht da ist. Er pflegt mit Kirschkernen um sich zu spucken. Am liebsten ins Dekolleté seiner Mitarbeiterinnen.«

»Wie halten Sie das aus?«, fragte Marietta.

Die Sekretärin tippte Befehle. Ein Drucker begann zu rattern. »Gar nicht. Am Monatsende ist hier Schluss für mich. Glauben Sie, ich würde sonst so offen mit Ihnen reden?

Endlich habe ich eine Redakteursstelle ergattern können. Natürlich bei der Konkurrenz.«

Sie griff nach dem Papier, das der Drucker ausgespuckt hatte, und überreichte es Marietta. »Das ist der besagte Artikel, den es offiziell nicht einmal im sogenannten Giftschrank gibt. Und das hier ist Svens Adresse. Richten Sie ihm aus, dass ich ihn zur *Morgenpost* nachhole, sobald ich dort etwas zu melden habe. Und sagen Sie Ihrem Kollegen, dass er an seinen Komplimenten noch etwas feilen sollte.«

Marietta bedankte sich – nicht ohne hämischen Seitenblick auf Scholz.

»Und noch etwas«, sagte die Redakteurin in spe.

»Ja?«

»Gestern flatterte ein anonymer Brief ins Haus, in dem es ebenfalls um die Andermatts ging. Auch darin wird die Tochter als alkohol- und kokainabhängiges Flittchen bezeichnet, das jedem Kerl nachstieg.«

»Können wir den Brief sehen?«

»Tut mir leid. Mein Chef hat ihn eingesteckt und bespricht ihn gerade mit dem Herausgeber der Zeitung.«

»Ein weiterer Fall für den Giftschrank.«

»Da bin ich mir nicht so sicher. Seit Henrike tot ist und ihr Vater ins Kabinett wechseln will, verspricht eine solche Enthüllung Verkaufszahlen, die auch die beste Parteifreundschaft nicht aufwiegen kann. Unser Kirschkernspucker verabscheut solche Schläge unter die Gürtellinie. Aber noch schlimmer findet er es, wenn sie zuerst bei der Konkurrenz zu lesen sind.«

»Das heißt?«

»Dass Richter Gnadenlos sich nicht freuen wird, wenn er morgen die Zeitung aufschlägt. Und dass ich mich mit meinem Abgang hier richtig entschieden habe.«

Es erwies sich als schlechte Idee, über die Königsallee weiterzufahren. Übertragungswagen rangierten und verursachten einen Stau. Scholz erinnerte sich: Das ZDF hatte gestern von hier aus einen Teil der Gottschalk-Show gesendet.

Marietta fragte: »Wie war das eigentlich mit deiner Tochter?«

Scholz musste schlucken. »Verkehrsunfall.«

Der Stau löste sich auf. Marietta gab Gas. Als vor ihnen die Ampel auf Gelb sprang, beschleunigte sie noch einmal.

Scholz stützte sich am Armaturenbrett ab und hielt die Luft an. Während sie über die Kreuzung rasten, warf ihm die Kollegin einen Seitenblick zu.

»Scheiße«, sagte sie. »Hast etwa *du* deine Tochter überfahren?« Marietta bremste und hielt am Straßenrand. Sie musterte ihn mit großen Augen.

Scholz spürte, wie ihm heiß wurde. Er begann zu zittern.

Sie nahm seine Hand. »Scheiße, Norbert, sorry!«

Hinter ihnen hupte es.

Er zog die Hand zurück.

Marietta fuhr langsam weiter. »Wie ist es passiert?«

»Stefanie ist mir mit einer Art Seifenkiste vors Auto gefahren. Wir hatten am Tag zuvor ihren achten Geburtstag gefeiert. Es war im Urlaub. Lanzarote. Wir hatten ein Haus gemietet. Nachbarskinder überließen ihr diese Kiste, obwohl Stefanie viel zu klein dafür war. Sie schoss den Hang hinunter und ich habe sie zu spät gesehen.«

Man hatte ihm den Lappen nicht weggenommen, ihn nicht einmal bestraft. Es sei nicht seine Schuld gewesen – doch was half das?

»Wie lange ist das her?«

»Drei Jahre, fünf Monate und drei Tage.«

»Sorry«, sagte Marietta noch einmal.

Scholz wischte sich mit dem Ärmel die Augen trocken. Der Gefühlsausbruch war ihm peinlich. Ausgerechnet der Kollegin gegenüber.

Sie beschleunigte den Wagen demonstrativ zaghaft, als hätte sie ihn damit trösten können.

»Sag den anderen nichts«, bat Scholz. »Geht keinen was an.«

Um auf andere Gedanken zu kommen, blätterte er in dem Moleskine-Notizbuch, das Henrikes Mutter ihm gegeben hatte. Die Richtertochter als angehende Dichterin. Das meiste erschien Scholz als spätpubertäres Geschreibsel, voller Selbstbespiegelung und Weltschmerz.

Doch ein Gedicht berührte Scholz:

Kommen wir zum Ende
Wenn mich schon keiner hört
Laufe gegen Wände
Hab jeden nur gestört

Das Leben, das ich erbe
Drückt mir so hart aufs Herz
Benutzt mich, bis ich sterbe
Ich spüre keinen Schmerz

Scholz lief es kalt den Rücken hinunter. Als hätte sie ihr Ende vorhergesehen.

48.

Als Simone erwachte, wusste sie sofort, dass etwas nicht stimmte.

Sie lag angekleidet auf ihrem Bett, als hätte sie es nicht mehr geschafft, sich auszuziehen. Dabei hatte sie gestern auf Alkohol verzichtet – zumindest konnte sie sich nicht daran erinnern, etwas anderes als Wasser getrunken zu haben. Auch nicht zum Essen, als die Wodkaflaschen gekreist waren.

Wie war sie überhaupt nach Hause gekommen?

Ihr Wecker zeigte 12.44 Uhr. Sie musste pinkeln und ihr war flau im Magen. Die Symptome eines schweren Katers waren das nicht unbedingt. Auf der Toilette die zweite Überraschung: Sie trug keinen Slip.

Simone durchstöberte die gesamte Wohnung nach dem Kleidungsstück. Die einzigen Slips, die sie fand, lagen frisch gewaschen, gefaltet und gestapelt an ihrem Platz im Schrank. Nur ein Teil im Korb für Schmutzwäsche – der blaue Tanga, den sie am Freitag angehabt hatte.

Während Simone ihre Räumlichkeiten ein zweites Mal absuchte, kam ihr die vage Erinnerung an Traumbilder der vergangenen Nacht: Fremde Leute hatten sie angestarrt, während sie in aller Öffentlichkeit etwas Unanständiges tat. Sie träumte manchmal schräge Dinge, aber so etwas gab es eigentlich nicht in ihrem Repertoire.

Zutiefst irritiert versuchte sie, zur Alltagsroutine zu finden. Kaffee aufsetzen. Geschirr von gestern in die Spülmaschine stecken. Den Frühstückstisch decken.

Der Filmriss, der fehlende Slip – Simone fielen Warnungen vor K.-o.-Tropfen ein, die in der Hamburger Diskoszene kursiert waren.

Die Schnitte mit Orangenmarmelade schmeckte ihr nicht. Der Kaffee war zu stark. Ihre Hand zitterte. Sie lief ins Bad und schaufelte sich kaltes Wasser ins Gesicht, um klarer denken zu können.

Wie hatten die hässlichen Geschichten in Hamburg gelautet? Es gab Nutten, die ihre Kunden betäubten und ausraubten. Und Vergewaltiger, die ihre Opfer mit Drogen gefügig machten.

Simone untersuchte sich und ihren Rock. Keine Spuren von Sperma. Ihre Beunruhigung blieb.

Polizei – sie griff zum Telefon. Dann überlegte sie es sich anders. Sie war die engste Mitarbeiterin des Oberbürgermeisters. Ihre Position beruhte auf Vertrauen und Seriosität. Sie würde ruiniert sein, wenn auch nur ein Teil ihrer Traumbilder auf wahrem Geschehen beruhte. Zu schmierig, zu obszön. Nichts davon durfte jemals bekannt werden.

Simone war ratlos.

Sie fühlte sich schmutzig und verletzt. Sie war wütend auf das Phantom, das jetzt ihre Unterhose besaß. Auf die Gaffer in ihren schemenhaften Erinnerungen, ob wahr oder nicht. Und sie war sauer auf ihren Chef und die Russen, die der Grund dafür waren, dass sie die halbe Nacht in der Disko verbracht hatte, wo es passiert sein musste.

Der Bodyguard des Russenclans – war etwa Jewgeni der Typ in ihren Erinnerungsfetzen? Sie war sich nicht sicher. Und es gab niemanden, den sie fragen konnte.

Verzweiflung und Wut schüttelten sie durch.

Das Telefon schrillte. Simone meldete sich.

Dagobert Kroll sagte: »Wo bleiben Sie, Frau Beck? Mein Kommunikationsdirektor sitzt am letzten Schliff für meine morgige Rede und ich traue dem Kerl zu, dass er nichts als Mist verzapft. Sie müssen ihm helfen, sofort. Ich will, dass diese Stadt ein für alle Mal kapiert, was sie an ihrem Oberbürgermeister hat. Und an unseren neuen russischen Freunden, mit denen wir noch viel Spaß haben werden!«

Simone trocknete ihre Tränen. »Ich glaube, heute brauche ich einen freien Tag.«

Kroll wurde laut – sie hatte es befürchtet.

»Wenn es Ihnen um mehr Freizeit geht, kann ich dafür sorgen, dass der Rest Ihres Lebens nur noch aus freien Tagen besteht. Wollen Sie das?«

»Nein.«

»Dann schaffen Sie Ihren Hintern ins Rathaus und tun Sie, was ich sage!«

49.

Reuter klingelte und Marion Koch öffnete keine drei Sekunden später, als hätte sie im Flur gewartet.

»Ich bin dir so dankbar, Jan. Komm rein.«

Mit dem Handrücken wischte sie sich eine Haarsträhne aus dem Gesicht. Dunkle Ränder unter den Fingernägeln und Flecken auf der Jeans. Sie bemerkte Reuters Blick. »Hab gerade versucht, den Garten ein wenig auf Vordermann zu bringen.«

Aus der Küche holte sie ein Tablett, auf dem frisch gebrühter Kaffee und Tassen standen. Reuter folgte ihr auf die Terrasse.

Von Weitem war das Surren der Autobahn zu hören, sonst war es ruhig. In den Büschen hüpften Meisen und Stieglitze. Zwei Rosenstöcke im Plastiktopf warteten darauf, zwischen Hortensien und Rhododendren gepflanzt zu werden.

Michael und Marion lebten in Schiefbahn, einem Ort zwischen Neuss und Mönchengladbach. Eine halbe Stunde Fahrt von der Festung bis hierher, zumindest am Sonntag – Michael stöhnte oft über Baustellen, an denen sich wochentags der Berufsverkehr staute.

»Seit wann ist er weg?«

»Seit gestern, gegen halb sieben. Ich hörte ihn telefonieren, dann ein Rumoren im Schlafzimmer. Ich rief nach ihm, doch er antwortete nicht. Kurz darauf fiel die Haustür ins Schloss und sein Auto fuhr weg. Ohne ein Wort ist er abgehauen. Im Fernseher lief noch die *Sportschau*. Er hat nicht einmal den Kasten ausgeschaltet.«

Die widerspenstige Strähne glitt wieder ins Gesicht. Marion klemmte sie hinter das Ohr.

»Das Telefonat war ich«, erklärte Reuter. »Es ging um den Fall, den Michael gerade bearbeitet.«

»Wohin könnte Michael gefahren sein?«, fragte Marion.

»Du hast keine Idee?«

»Nein.«

»Kannst du den Mann beschreiben, der nach Michael gefragt hat?«

»Ein Kerl wie ein Panzer, aber er war sehr höflich und fragte, ob ich wüsste, wann Michael zurückkäme. Ich sagte, er solle es morgen versuchen, im Düsseldorfer Polizeipräsidium oder nach Feierabend hier.«

»Und du bist dir sicher, dass der Mann mit osteuropäischem Akzent sprach?«

»Ja.«

»Wie groß, wie alt, Haarfarbe?«

»Dunkel, kurz geschnitten, so groß wie du, würde ich sagen, etwa vierzig. Und vorhin rief noch ein Mann an und fragte ebenfalls nach Michael. Er nannte sich Edgar.«

»Edgar? Bist du dir sicher?«

»Kennst du ihn?«

»Das könnte mein Bruder sein.«

»Was hat das zu bedeuten?«

»Keine Ahnung. Mein Bruder ist Anwalt und wurde gestern Vormittag niedergeschlagen. Vielleicht hängt Michaels Verschwinden damit zusammen.«

Es würde nichts bringen, Edgar noch einmal zu fragen, schoss es Reuter durch den Kopf. Der sture Kerl ließ sich lieber verprügeln, als mit ihm zu reden.

»Was denkst du?«, fragte Marion.

Sein Handy spielte *Mission Impossible.* Reuter kontrollierte das Display. Katjas Nummer.

Ja, was denke ich, fragte sich Reuter.

Er entschuldigte sich bei Michaels Frau, sprang vom Stuhl auf und nahm das Gespräch an, dabei durch den kleinen Garten wandernd.

Katjas Stimme rief wieder das flattrige Gefühl wach. Sie klang gereizt. Im Hintergrund ein Autogeräusch, als sei sie unterwegs. Sie fragte: »Warum sagst du mir nicht, dass dein Bruder im Krankenhaus liegt?«

Reuter tigerte hin und her. »Hat er dir verraten, wer ihn so zugerichtet hat?«

»Er hat eine Erinnerungslücke und ich finde es scheiße, dass du ihn wie einen Verbrecher behandelst. Er ist dein Bruder!«

»Vielleicht kennt er den Mann, der ihn niedergeschlagen hat. Es könnte der Mörder sein, den wir suchen. Womöglich sind weitere Personen in Gefahr. Edgar deckt den Kerl, wenn er schweigt.«

»Vielleicht, könnte, womöglich. Du solltest dich mal reden hören.«

»Wollen wir jetzt Haare spalten?«

»Warum bist du letzte Nacht nicht nach Hause gekommen?«

»Hör zu, Katja, ich weiß, was du gestern getrieben hast.«

Jetzt war es ausgesprochen.

Er war gespannt, wie sie reagieren würde. Es gab drei Möglichkeiten: abstreiten, herunterspielen oder eine Ausrede anführen. Reuter erwartete, dass sie behaupten würde, er habe sie vernachlässigt.

Doch sie sagte gar nichts.

»Bist du noch dran?«

»Ja, wir müssen reden, Jan, aber ich brauche Zeit. Ich glaube, ich werde heute bei meiner Mutter übernachten. Ich muss erst einmal Klarheit kriegen.«

Sie war nicht abgeneigt.

»Der Typ scheint dich ja schwer beeindruckt zu haben.«

»Er spielt überhaupt keine Rolle. Aber ich fürchte, das begreifst du nicht. Mach's gut, Jan.«

Aufgelegt. Einfach so.

Reuter kehrte zur Terrasse zurück. Er wusste nicht, woran er war. Am schlimmsten fand er, dass sie sich nicht einmal in Ausreden geflüchtet hatte.

»Krise?«, fragte Marion.

»Sieht man mir das an?« Er stürzte den Kaffee hinunter, der nur noch lauwarm war.

Marion kam zum Thema zurück: »Was machen wir wegen Michael?«

»Darf ich mir mal sein Arbeitszimmer ansehen?«

Im Haus fiel Reuter einmal mehr die geschmackvolle Einrichtung auf – Marions Einfluss, dachte er.

Michaels Büro stand dazu im Kontrast: ein kleines Kabuff, billige Möbel bunt zusammengestellt, Unordnung auf dem Tisch, Kartons mit Zeitungsausschnitten auf dem Boden.

Reuter bückte sich und erkannte, dass es in den Artikeln um Böhr ging, um den Prozess gegen den mutmaßlichen Koksbaron sowie um den Raub des Gemäldes aus der Kunstsammlung – zu Medienberichten geronnene Fälle, an denen Michael in den letzten Jahren gearbeitet hatte.

»Fehlt hier etwas?«, fragte Reuter.

Marion schüttelte den Kopf. »Keine Ahnung. Nicht mein Revier.«

Eine Zeitung lag auf dem Tisch. Jan hob sie hoch, darunter kam Papierkram zum Vorschein, in dem es um Grusew ging. Michael hatte also Arbeit mit nach Hause genommen.

Ein Blatt stammte aus Berlin, Auswärtiges Amt. Russische Namen – ein Teil der gefaxten Liste, die Reuter am Freitag angefordert hatte. Weitere acht Personen.

Michael hatte diesen Teil der Antwort aus Berlin abgezweigt und ihm vorenthalten – warum?

Zwei Namen glaubte Reuter zu kennen. Er wollte Gewissheit haben und wühlte in den Kartons mit den Zeitungsausschnitten. In einem Bericht der *Morgenpost* vom Herbst letzten Jahres wurde er fündig. Die beiden Ukrainer, die wegen des Gemälderaubs verurteilt worden waren – die Namen stimmten überein.

Grusew und die Räuber – aufgrund Grusews Einladung war den Männern aus Kiew ein Visum erteilt worden.

Gedankenarbeit: Grusew hatte sie eingeschleust, Michaels Ermittlungen hatten zu ihrer Ergreifung geführt, danach hatte das Bild weiterhin als verschollen gegolten.

Koch hat etwas zu verbergen, dachte Reuter. Der Kollege steckt bis zum Hals in der Geschichte – auf welche Art auch immer.

50.

»Hier müsste es sein«, erklärte Marietta mit Blick auf die Hausnummer – ein schweinchenrosa gestrichener Altbau im Stadtteil Wersten.

Ein Umzugskarton verhinderte, dass die Haustür zufiel. Auf der Treppe ächzte ihnen ein schlaksiger Kerl im Ringelpulli entgegen, der eine weitere Kiste schleppte.

Zweite Etage. Wenn die Klingeln an der Haustür nach Lage der Wohnungen angeordnet waren, musste hier der Mann wohnen, den Scholz und Marietta suchten.

Die rechte Eingangstür stand weit auf. Ein Blick ins Innere: kahle Wände, Spuren abgehängter Bilder, ein Teppich, zusammengerollt und hochkant gestellt. Radiomusik aus einem der Zimmer.

Der Junge im Ringelpulli polterte die Holzstufen hoch. Schweißflecken unter den Armen. Dem Alter nach konnte er es sein.

Scholz sprach ihn an: »Sven Mielke?«

»Da drin. Ihr seid spät dran. Ich schufte schon seit einer Stunde.«

Sie betraten die Wohnung. In der leer geräumten Küche ein zweiter junger Kerl auf einer Leiter, der an der Deckenlampe herumschraubte. Das Radio auf dem Heizkörper spielte etwas Klassisches.

»Sie haben hoffentlich die Sicherung rausgedreht«, sagte Scholz.

Der Kerl blickte herab, rotblondes Strubbelhaar, Bartstoppeln an Kinn und Oberlippe. »Gute Idee.«

Er stieg von der Leiter, fand den Sicherungskasten im Flur und probierte mehrere Schalter aus, bis die Musik verstummte.

»Sven Mielke?«, fragte Scholz.

»Und wer sind Sie?«

»Kripo.« Er zeigte seine Marke, Marietta ebenfalls. »Sie ziehen um?«

»Jetzt sagen Sie nicht, dass die Polizei mir dabei helfen will.«

»Wir untersuchen den Tod von Henrike Andermatt.«

»Henni ist tot? Wie kommt das denn?«

»Wo waren Sie gestern Abend zwischen halb acht und halb neun?«

»Hier. Ich habe gepackt. Ist Henni *ermordet* worden?«

»Kann jemand bezeugen, dass Sie hier waren?«

»Marvin zum Beispiel.«

»Stimmt.« Der Schlaksige lehnte in der Tür, die Arme über der geringelten Brust gekreuzt. »Ich mach die ganze Arbeit allein, wie es ausschaut.«

»Steh nicht rum, Marvin«, drängelte Mielke. »Ich muss den Transporter heute noch in München abgeben.«

»Das schaffst du nie.«

»Wir können es wenigstens versuchen.«

Mielkes Kumpel wandte sich an Scholz: »Schreiben Sie in Ihr Protokoll, dass Sven seine Freunde ausnützt, was der Grund dafür ist, dass er bald keine mehr hat. Deshalb hat ihn seine hübsche Freundin auch in die Wüste geschickt.«

Marvin holte eine Kiste aus der Küche und rief: »Mensch, Sven! Ich hab dir doch gesagt, dass der Karton reißt, wenn du so viel reinpackst.«

Mielke tat, als hörte er nicht hin, und bat seine Besucher, Platz zu nehmen. Getränkekästen dienten als Hocker.

Scholz öffnete seinen Laptop und startete das Gerät.

Marietta übernahm das Fragen. »Ihre hübsche Freundin – war das Henrike Andermatt?«

»Ja. Wir haben uns Ende letzten Jahres bei *Antenne Düsseldorf* kennengelernt, wo ich hospitierte, bevor ich ein Praktikum beim *Blitz* begonnen habe.«

Scholz tippte, Marietta fragte.

»Hatte sie Feinde?«

»Nein. Höchstens die falschen Freunde.«

»Was heißt das?«

»Das fing mit dem Kerl an, mit dem sie vorher liiert war. Als Schluss war, machte er ihr dermaßen Stress, dass sie Tabletten nahm. Dabei hätte er wissen müssen, wie labil sie manchmal war. Ich kapierte das erst im Lauf der Zeit. Henni stürzte sich immer in irgendwelche Geschichten.«

»Was meinen Sie damit?«

»Männer, Drogen – Henni musste alles ausprobieren, was einen Kick versprach. Wie eine Mutprobe, als wollte sie sich selbst etwas beweisen. Und am nächsten Tag litt sie darunter, dass es nicht das gebracht hatte, was sie sich erhoffte. Schuldvorwürfe, Selbstmitleid, das ganze Programm. Meine Rolle war es, sie dann wieder aufzufangen. Irgendwann war ich es leid. Sie hörte ohnehin nicht auf mich. Ich war nur wichtig, wenn sie in den Seilen hing.«

»Und vor vier Wochen haben Sie beschlossen, sich zu rächen, indem Sie einen Artikel für die Zeitung schrieben?«

»Was meinen Sie, wie ich das bereue! Der *Blitz* hätte mir vielleicht eine Perspektive geboten. Bis dahin habe ich mich nur von Praktikum zu Praktikum gehangelt, und das mit abgeschlossenem Studium. Ich war Kabelhilfe beim Lokalfernsehen, Büroboote in einer Werbeagentur, ein paar Wochen hier, ein paar Wochen dort. Zum ersten Mal hatte ich eine Chance auf ein Volontariat. Dass der Redaktionsleiter und der Alte Parteikumpels sind, habe ich erst mitbekommen, als es zu spät war. Der Einfluss des Alten geht so weit, dass ich in der ganzen Gegend nur noch Absagen bekomme. Nicht einmal eine unbezahlte Hospitanz beim Krefelder Anzeigenblatt ist noch drin.«

»Der Alte – meinen Sie Henrikes Vater?«

»Richter Gnadenlos, ein Heuchler vor dem Herrn. Er wusste genau, wofür Henrike das Geld ausgegeben hat, das er ihr rüberschob. Aber einem kleinen Junkie, der im

Supermarkt Kaugummis mitgehen lässt, will er am liebsten lebenslänglich aufbrummen. Ihn wollte ich treffen, nicht Henrike. Immer der Aufklärung verpflichtet, verstehen Sie?«

Selbst ein Heuchler, dachte Scholz.

Marietta hakte nach: »Sie wollten Ihre Exfreundin bloßstellen, um ihrem Vater zu schaden?«

»Er ist doch schuld daran, dass Henni ihr Leben so vermurkst hat. Klar hat auch die Mutter ihren Anteil, diese bigotte Charity-Tante. Als Henni noch ein kleines Kind war, hat die Mutter mal eine Woche lang kein einziges Wort mit ihr geredet, nur wegen eines Tellers, der zu Bruch gegangen war. Stellen Sie sich das mal vor! Aber der Teufel ist der Vater.«

»Was werfen Sie ihm vor?«

»Das können Sie sich doch an fünf Fingern abzählen.«

Marietta warf Scholz einen Blick zu. Er zuckte mit den Schultern. Marietta fragte: »Geht das vielleicht etwas präziser?«

»Jeder weiß doch, woran es liegt, wenn eine junge Frau mit einem Borderlinesyndrom rumläuft. Fast immer steckt Missbrauch in der Kindheit dahinter, oder nicht? Andermatt hat sie dazu gebracht, dass sie sich selbst gehasst hat. Einmal hat Henni vor meinen Augen eine Zigarette auf ihrem Arm ausgedrückt!«

»Hat Henrike jemals einen Missbrauch erwähnt?«

»Es ist doch Tatsache, dass Missbrauchsopfer ihre Traumata oft völlig verdrängen.«

»Was hat Henrike über ihr Verhältnis zu ihrem Vater erzählt?«

Sven Mielke kam immer mehr in Fahrt. »Ach, auf ihren Sugardaddy ließ sie nichts kommen. So weit hat er sie gebracht. Und egal, was sie tat, er verzieh ihr. Schlechtes Gewissen, wenn Sie mich fragen.«

»Aber vor Kurzem hat es Streit gegeben. Ihr Artikel war

der Auslöser. Was Andermatt dadurch über seine Tochter erfahren hat, konnte er Henrike offenbar nicht verzeihen.«

»Weil es nicht in sein Image von der sauberen Familie passt.«

»Hatten Sie noch Kontakt zu Henrike?«

»Wir telefonierten ab und zu. Endlich wollte sie einen Schlussstrich unter ihre verkorkste Jugend ziehen.«

»Inwiefern?«

»Sie sagte, dass sie nichts mehr mit ihren Eltern zu tun haben wollte. Dass sie sich von Grund auf fremd seien. Sogar ihren Namen lehnte sie ab. Statt Henrike wollte sie Lena heißen.«

»Und weiter?«, fragte Marietta.

»Henni wollte nach München mitkommen. Aber für mich war das Kapitel endgültig abgeschlossen.«

»Wann war das?«

»Letzte Woche. Gestern Mittag rief sie mich noch einmal an. Sie wollte sich mit mir treffen, aber mir passte das gar nicht. Ich war beim Packen, außerdem wartete ich auf den Typen, der mir die alte Küche abkaufen wollte. Mein Gott, wenn ich gewusst hätte, dass es unser letztes Telefonat ist ...«

Marietta fragte: »Kennen Sie einen Marius Karge?«

»Und ob. Das ist der Typ, der Henni fast in den Selbstmord getrieben hat. Ihre Mutter hat ihn umgarnt, weil er stinkreiche Eltern hat. Aber Henni war nur mit Marius zusammen, weil er ihr Koks besorgte. Als sie mit mir ging, versuchte er weiter, sich wichtig zu machen. Aber Henni hatte da schon ihre neuen Quellen. Wenn Sie mich fragen, sollten Sie Marius' Alibi überprüfen.«

»Ist Karge jemals gewalttätig gegenüber Henrike geworden?«

»Glaub ich nicht. Eigentlich ist er ein Weichling. Andererseits: Manchmal sind das die Schlimmsten, nicht wahr?«

Es klopfte an der offenen Tür, zwei weitere Jungs in Mielkes Alter machten auf sich aufmerksam. »Hi«, sagte der eine, ein blonder Brillenträger, dessen Jeans voller Farbkleckse war. »Emma wollte nicht mitkommen. Angeblich Rückenschmerzen.«

»Das sind Ole und Kai«, erklärte Sven. »Die beiden können ebenfalls bezeugen, dass ich gestern Abend zu Hause war.«

Der Brillenträger moserte: »Mir brummt noch der Schädel von deinem Billigbier, Alter.«

»Alles, was nebenan steht, muss nach unten«, erwiderte der verhinderte *Blitz*-Volontär.

Die beiden verzogen sich.

»Noch Fragen?«

»Kennen Sie Robert Marthau und Sascha Maisel?«

»Die Namen sagen mir nichts.«

»Türsteher im *Pleasure Dome*.«

»Hennis Lieblingsdisko, ich weiß. Dort gabelte sie gern ihre Typen auf. Einmal verschwand sie plötzlich von der Tanzfläche. Als ich zur Toilette musste, kam sie mit einem Kerl aus der Kabine und grinste nur. Ein anderer Typ stellte ihr nach und drohte mir sogar Prügel an. Da war für mich das Fass voll. Sie stand plötzlich auf Kerle wie diese Türsteher. Die mit aufgepumpten Muskeln umherlaufen, um vom Hohlraum da drinnen abzulenken.« Sven Mielke tippte gegen seine Stirn.

Marietta zeigte ihm Marthaus Foto.

»Ja, das ist einer von denen.«

»Der Ihnen Prügel angedroht hat?«

»Nein, eine ihrer Koksquellen.«

Scholz war hellhörig geworden. Er fragte: »Und der Schläger, können Sie den beschreiben?«

»Das war ein großer, stämmiger Mann, älter, Ende dreißig, mit einer komischen Nase.«

»Komisch?«

»Irgendwie schief.«

»Sie sagten, er stellte ihrer Freundin nach?«

»Er wollte ihr den Spaß verbieten. Das Koks, die Disko, sogar den Umgang mit mir.«

»Klingt ganz vernünftig.«

»Ha, ha. Der Kerl tickte nicht ganz richtig.«

Scholz ließ sich Größe und Haarfarbe nennen und tippte die Daten in den Laptop. Der Hinweis passte in sein Bild vom Täter. Ein Möchtegern-Beschützer. Ein heimlicher Verehrer, den das Mädchen abgewiesen hatte. Seine Vernarrtheit war in Hass umgeschlagen – ein Perverser mit Gewaltpotenzial.

Marietta fragte: »Wo waren Sie *vorgestern* gegen zweiundzwanzig Uhr?«

»Am Freitag? Etwa noch ein Mord?«, fragte Mielke und tat verwundert.

»Hören Sie keine Nachrichten?«

»Lokale News interessieren mich nicht mehr.«

»Jemand hat Robert Marthau umgebracht. Ihren Nebenbuhler. Ein Schuss in den Hohlraum, von dem Sie gerade sprachen.«

Der Junge hob die Hände. »Hey, ich war das nicht! Freitags spiele ich Fußball. Danach gehen wir immer auf ein Bier zum Griechen. Ole war auch dabei, fragen Sie ihn.«

»Wie lange?«

»Mindestens bis um elf.«

»Weitere Namen außer Ole?«

Mielke zählte sie auf.

Scholz schrieb mit, dann erkundigte er sich: »Kennen Sie eine Internetseite namens premiumparty.de?«

»Worum geht's da?«

»Sogenannte Gangbang-Veranstaltungen.«

»Hatte Henni was damit zu tun?«

»Sie nicht?«

»Ich höre davon zum ersten Mal. Sie erwähnte mal so etwas, aber das war reine Fantasie. Ich hab's auf ihr Trauma geschoben. Sie wissen schon.«

Marietta fragte: »Warum ziehen Sie eigentlich nach München?«

»Karriere«, ließ Marvin sich vernehmen. Der Kerl im Ringelpulli kam herein und angelte sich eine Flasche aus der Pilskiste, auf der sein Kumpel hockte.

»Ein zweites Studium«, korrigierte Mielke. »Filmhochschule. Sie können mir gratulieren. Letzte Woche habe ich den Bescheid bekommen, jetzt geht alles ganz schnell. Dank Andermatt krieg ich hier sowieso keinen Fuß mehr auf den Boden.«

Scholz ließ sich Sven Mielkes neue Adresse geben, dann schloss er den Drucker an, um das Protokoll unterschreiben lassen zu können.

Marvin fragte: »Soll das Gerümpel nebenan auch nach unten?«

»Gerümpel? Das ist mein Lieblingssessel!«

Der Drucker surrte. Mielke griff unter sich, öffnete ebenfalls eine Flasche und stieß mit Umzugshelfer Marvin an. Zu den Ermittlern gewandt sagte er mürrisch: »Wegen Ihnen schaffe ich das heute tatsächlich nicht mehr nach München.«

Scholz gab ihm ein Kärtchen mit seiner Mobilfunknummer und überreichte das Protokoll zur Unterschrift.

»Mal sehen, was für einen Stil Sie draufhaben«, sagte der Filmemacher in spe und las.

»Den Waldstil«, antwortete Scholz und zwinkerte Marietta zu. »Wie Sie hineinrufen, so schallt es heraus.«

51.

Reuter stellte seit einer Stunde das Zimmer seines Kollegen auf den Kopf. Er durchwühlte Schubladen, nahm das Sofa auseinander, kontrollierte die Bücher und Zeitschriftenstapel im Regal. Er durchblätterte ein Fotoalbum und fand nichts, das ihm auf die Sprünge half.

Das abgefangene Fax – warum hatte Koch versucht, den Zusammenhang zwischen Grusew und den Ukrainern zu verbergen?

Die eingeschleusten Kunsträuber hatten also für Grusew gearbeitet, nicht für Koksbaron Böhr, den Reuter ursprünglich verdächtigt hatte. Und als die beiden Ukrainer wegen der Tat vor Gericht standen, fuhr Robby Marthau das Gemälde von A nach B.

Robby – Reuter fiel die Aussage des Türsteherkumpels Sascha ein: *Drei Millionen, sagte er. Einstein war echt stolz darauf.*

Einstein.

Der Spottname für ihre Vertrauensperson war ein humoriger Einfall Kochs gewesen. Sie hatten die Bezeichnung nur unter vier Augen verwendet. In keinem Protokoll tauchte sie auf. Eigentlich konnte niemand sonst etwas mit der Bezeichnung anfangen. Aber Sascha kannte sie.

Marion betrat den Raum. Sie hatte Tee aufgebrüht. Die Kanne dampfte. »Hast du etwas gefunden, Jan?«

»Kennst du einen Sascha Maisel? Hat Michael diesen Namen mal erwähnt?«

Marion schüttelte den Kopf.

Reuter sah sich im Bürokabuff um. Vielleicht gab es weitere Unterlagen, die Michael beiseite geschafft hatte. Reuter besaß noch zu wenige Puzzleteile, um sich einen Reim machen zu können. Er nahm sich noch einmal die Regalwand vor.

Es war mühsam, denn er wusste nicht, wonach er suchen sollte. Michael schien sich nicht leicht von Dingen trennen zu können. Verstaubte Schulbücher. Briefe seiner Schwester, die in Australien lebte. Ein Karton mit Hochzeitsfotos – Reuter staunte, wie jung Michael und Marion damals gewesen waren.

Der Karton erschien ihm relativ schwer. Reuter schüttelte ihn. Etwas klapperte. Er nahm die Fotos beiseite. Eine Blechbox kam zum Vorschein, verschlossen.

»Weißt du, wo er den Schlüssel zu diesem Kasten aufbewahrt?«

Marion hatte keine Ahnung. Reuter erkundigte sich nach einem Werkzeugkoffer. Michaels Frau führte ihn in den Keller. Spinnweben wischten über sein Gesicht. Die Neonröhre summte. Marion entschuldigte sich wegen der Staubschicht, die auf allem lag.

Im Schrank fand sie die rote Plastikkiste, in der Michael Werkzeug aufbewahrte. Reuter hievte sie auf den Estrich, klappte sie auf und wühlte.

Zuerst versuchte er es mit einem Draht, den er zu einem Dietrich bog, dann mit Hammer und Meißel. Schließlich griff er zu einem schweren Stemmeisen – Reuter brauchte eine halbe Ewigkeit, um das verfluchte Blechding zu knacken.

Als der Deckel aufsprang, rutschte die Box von der Werkbank und der Inhalt verteilte sich im Kellerraum. Reuter bückte sich danach – ein Schlüsselbund und zwei Pink-Floyd-CDs.

Er zeigte Marion die Schlüssel. »Hast du eine Ahnung, wofür die sind?« Sie schüttelte erneut den Kopf.

Reuter klappte die CD-Hüllen auf. Unbeschriftete Silberscheiben. Das war nicht Pink Floyd.

Er hastete nach oben und startete Michaels Computer. Ein träges Teil, Reuter trommelte ungeduldig auf die Tischplatte. Er schob die erste CD in das Laufwerk.

Audio-Dateien, mitgeschnittene Telefonate.

Reuter dachte zuerst an die Überwachung Grusews von Samstagvormittag, doch als er die schnarrende Stimme des Koksbarons hörte, die eitel vor sich hin plapperte, wusste er, was er gefunden hatte: die Aufzeichnungen, deren Verschwinden Manfred Böhr vor der Verurteilung wegen organisierten Handels mit Betäubungsmitteln bewahrt hatte.

Nicht Scholz war der Verräter, sondern Michael Koch. Ausgerechnet der Kollege, mit dem Reuter seit seiner Umsetzung ins KK 22 zusammenarbeitete.

»Sind das Telefongespräche?«, fragte Marion. »Du siehst aus, als hättest du Gespenster gesehen.«

»Eine Menge Gespenster«, antwortete Reuter und steckte die beiden Discs ein.

Kochs Frau brachte ihn zur Tür. Sie klemmte die widerspenstige Haarsträhne einmal mehr hinter das Ohr und sagte: »Ich weiß gar nicht, ob ich will, dass du Michael findest.«

»Melde dich, sobald er etwas von sich hören lässt.«

»Glaubst du, er hat etwas ausgefressen?«

»Ja, und der einzige Weg, der ihm bleibt, ist, dass er sich so rasch wie möglich stellt.« Er berührte ihren Arm. »Versprichst du's mir, dass du Bescheid gibst?«

Sie nickte.

»Mach's gut, Marion.«

Reuter überquerte die Straße und schloss seinen Micra auf. Dabei musterte er die übrigen Autos, die in Sichtweise parkten.

Eine schwarze Limousine erschien ihm suspekt. Der Form nach konnte es ein Lexus sein, die Chromleisten funkelten in der Sonne. Eine Person hinter dem Steuer. Zu weit weg, um das Nummernschild lesen zu können.

Reuter ging zurück zu Kochs Haus und klingelte noch einmal.

Marion öffnete. »Etwas vergessen?«

Er zeigte ihr den Wagen. »Hast du den schon einmal gesehen?«

Sie schüttelte den Kopf.

»Fuhr vielleicht der Russe, der sich nach Michael erkundigt hat, so einen Schlitten? Versuch, dich zu erinnern, Marion!«

»Darauf habe ich nicht geachtet.«

»Lass niemanden ins Haus, den du nicht kennst, und ruf mich sofort an, wenn etwas ist. In Ordnung?«

»Ja. Pass auf dich auf, Jan.«

Reuter lief auf die Limousine zu. Der Fahrer startete den Motor und brauste im Rückwärtsgang davon, um nach fünfzig Metern zu stoppen. Reuter rannte hinterher. Der Fahrer des Lexus wiederholte das Spielchen zweimal, dann gab Reuter auf. Das Kennzeichen – er hatte es entziffert und sich eingeprägt.

Auf der Rückfahrt rief er Wiesinger an.

»Hallo, Jan, wie steht's?«

»Ich bräuchte eine Halterfeststellung.«

Er gab die Autonummer durch. Der Aktenführer versprach, sich darum zu kümmern.

Die Silberscheiben aus der Blechbox – Reuter drückte die erste davon in die Audioanlage. Böhrs Stimme, unbeschwert, als müsste er sich am Telefon nicht in Acht nehmen. Als schützte ihn sein Status als Promiwirt. Oder sein Kontakt zum KK 22.

Reuter musste an Kochs Worte von gestern Mittag denken: *Manchmal glaube ich, Engel hätte dich ins KK 22 gesteckt, um unsere Dienststelle unter die Lupe zu nehmen.*

Immer wieder kontrollierte Reuter im Rückspiegel den nachfolgenden Verkehr. Ein paarmal glaubte er, eine schwarze Limousine zu sehen, aber davon gab es viele. Als er Düsseldorf erreichte, fuhr Reuter Schleifen durch Wohngebiete, bis er sich sicher war, den Verfolger abgehängt zu haben.

Grusews Leute – oder ein Anflug von Verfolgungswahn.

Sein Handy gab Laut.

Wiesinger sagte: »Kennst du eine Stiftung für deutschrussischen Kulturaustausch?«

»Nie gehört.«

»Der Lexus läuft unter diesem Verein. Anfang der Woche haben die Stiftungsleute gleich fünf solcher Schlitten angemeldet. Müssen eine Menge Kohle haben, diese Kulturheinis.«

Reuter bedankte sich.

Die Hälfte der ersten CD war abgespielt. Noch nichts von Belang – kein Wort über Drogen oder Gemälde.

Deutsch-russischer Kulturaustausch – was es nicht alles gibt, dachte Reuter.

52.

Marietta raste wie eh und je.

Scholz konzentrierte sich auf seinen Laptop und tippte eine Zusammenfassung der letzten Vernehmungen für die Kollegen der Mordkommission.

Der rasselnde Klingelton. Scholz fummelte das Handy aus der Jackentasche.

Es war Bettina, seine Frau: »Störe ich?«

»Nein.«

»Ich will dir nur dafür danken, dass du dich um Florian gekümmert hast. Stell dir vor, er schwärmt jetzt davon, Polizist zu werden.«

»Mir hat er gesagt, wir sollten uns wieder zusammentun.«

»Wirklich?«

»Damit er deine Wohnung für sich allein haben kann.«

»Ich bin so froh, dass ihr euch wieder vertragt.«

»Er ist clean. Das hat er dir zu verdanken.«

»Florian meint, du hättest das bewirkt.«

»Sagt er das wirklich? Letztes Jahr ist er mir noch an die Gurgel gegangen.«

»Menschen ändern sich und in neuem Licht sieht manches anders aus.«

Marietta hielt an einer roten Ampel. Sie zog eine Augenbraue hoch und deutete auf einen Thai-Imbiss, den die Teams der Kriminalwache manchmal während ihrer Nachtschichten ansteuerten.

Scholz zeigte den erhobenen Daumen. Er hatte Hunger und das Essen dort war korrekt.

Bettina sagte: »Vielleicht sollten wir mal wieder etwas gemeinsam unternehmen. Ich meine, zusammen mit Florian.«

»Ja klar.«

Marietta fuhr vor, parkte in zweiter Reihe und ging voraus. Scholz plauderte weiter mit seiner Frau. Sie fragte nach seinem Job, er nach ihrem als Pflegedienstleiterin im Altenheim. Small Talk, Freundlichkeiten. Immerhin.

Menschen ändern sich.

Schließlich gesellte er sich zu Marietta, die an der Theke anstand.

»Ihr versteht euch noch ganz gut?«, fragte sie.

»Wie kommst du darauf?«

»Das war doch deine Frau, oder? Ich dachte, sie hätte dich rausgeschmissen.«

»Wir haben uns getrennt. Das ist ein Unterschied.«

Die Asiatin hinter dem Tresen schaufelte Extraportionen auf ihre Teller. Scholz und Marietta trugen sie zum nächsten Stehtisch.

Scholz wechselte das Thema: »Was sagst du zu Sven Mielke?«

»Pfiffiges Kerlchen. Wetten, dass er Marthau besser kannte, als er vorgibt? Leider hat er für beide Tatzeiten ein Alibi. Und vermutlich keine Kohle, um einen Mord in Auftrag zu geben.«

»Womit wir bei dem unbekannten Spaßverderber wären, der Henrike den Umgang mit Mielke verbieten wollte.«

»Irgendwie ist mir auch die Familie nicht geheuer.«

»Die Andermatts?« Scholz spachtelte Frühlingsrollen und gebackene Teigtaschen, fettig, heiß und lecker. Mit vollem Mund fragte er: »Hältst du es denn für möglich, was Mielke da angedeutet hat?«

»Dass der Vater seine Tochter gefickt hat?« Die Kollegin zeigte ein schräges Lächeln. »Wir können unseren künftigen Innenminister ja mal danach fragen.«

»Oder seine Frau«, antwortete Scholz.

Zurück in der Festung suchte Scholz nach der Post, die ihm der Typ aus dem Labor des Landeskriminalamts am Morgen versprochen hatte. Im MK-Raum gab es für jeden Ermittler ein Eingangskörbchen. Das mit Scholz' Namen war leer.

Scholz lief hinunter ins Erdgeschoss. Die Tür zum Funkraum der Kriminalwache war nicht abgeschlossen. Zwei Kollegen der Dienstgruppe A saßen vor dem Monitor, der die Meldungen aus der Leitstelle anzeigte, und diskutierten über die Bundesliga.

»Hey, Norbert, was sagst du zum Abschneiden der Bayern?«, fragte der eine.

»Seh ich aus, als würde ich mich für Sport interessieren?«

Der Korb für hereinkommende Vorgänge quoll über. Scholz begann, sich durchzuwühlen.

»Suchst du was Bestimmtes?«, rief der Kollege.

»Ja.«

»Da war ein Umschlag an dich persönlich. Hab ihn auf deinen Spind gelegt.«

Da hätte ich nie gesucht, dachte Scholz und bedankte sich.

Die Blechschränke reihten sich in dem engen Gang hinter dem Aufenthaltsraum. Eine Tür stand offen, die Innenseite war mit Polaroids von Leichen beklebt – die Kuriositätensammlung von Dienstgruppenleiter Ritter. Der letzte Spind gehörte Scholz.

Er tastete nach dem Umschlag und fand ihn. Obenauf lag noch ein Fax, ebenfalls an Norbert Scholz adressiert.

Es stammte vom Bundeskriminalamt – die Antwort auf seine Anfrage wegen der Fingerspuren, die er an den Gläsern in dem Partyhotel gesichert hatte. Scholz überflog die Ergebnisse des Abgleichs mit der AFIS-Datei.

Positiv in einem Fall.

Der Mann hieß Pascal Frontzeck, geboren am 28. Januar 1979. Der Ausdruck enthielt eine Kriminalaktennummer und den Namen der aktenführenden Behörde: Polizeipräsidium Düsseldorf.

Für den Mord an Robert Marthau kamen die Partyteilnehmer nicht infrage. Aber noch immer spukte die Vorstellung durch Scholz' Kopf, dass Henrikes Mörder sein Opfer auf einer Party kennengelernt hatte und auf das Mädchen fixiert gewesen war.

Scholz nahm den Paternoster hinauf ins dritte Stockwerk, tippte den Code in das Kästchen an der Tür und stürmte zur Kriminalaktenhaltung.

»Du schon wieder?«, empfing ihn die Dürre mit den schiefen Zähnen, die gestern noch so viel Wert auf Höflichkeit und Abstimmung unter den Kollegen gelegt hatte.

»Guten Tag, bitte, danke.« Er drückte ihr das Fax vom BKA in die Hand und schickte sie auf die Suche nach Frontzecks Akte.

Währenddessen öffnete er den Umschlag des Landeskriminalamts. Es war das Laborergebnis zu den Getränkeproben.

Positiv in neun von elf Fällen: Gammahydroxybuttersäure, auch *Liquid Ecstasy* genannt. Was es genau war, erklärte ein beigefügtes Infoblatt.

Die Frau mit den Zähnen kehrte zurück und händigte ihm den bestellten Vorgang aus.

Die Akte enthielt eine Festnahmeanzeige aus dem Jahr 2004 wegen Körperverletzung nach Paragraf 223 des Strafgesetzbuchs. Pascal Frontzeck war damals Student der hiesigen Fachhochschule gewesen.

Scholz spürte ein Kribbeln, als er weiterblätterte – Frontzeck hatte eine Angestellte des Ordnungsamts, die für sein widerrechtlich geparktes Fahrzeug einen Abschleppwagen gerufen hatte, mit Schlägen traktiert. Das nächste Blatt war ein ärztliches Attest: Hämatome im Gesicht und an den Armen. Die Geschädigte hatte Strafantrag gestellt, diesen später aber zurückgezogen – vermutlich hatte der Täter ihr ein Schmerzensgeld gezahlt.

Scholz studierte das Foto, das die Kollegen des Erkennungsdienstes vor gut drei Jahren von Frontzeck geknipst hatten: zurückgekämmtes Haar, Kinnbart, helle Augen in einem runden Gesicht.

Gewalt gegen eine Frau.

Bist du das Schwein, das ich suche?

53.

»Espresso?«, fragte Kripochef Engel.

»Nein, danke.«

Die Neonröhre an der Decke warf ein kaltes Licht. Die Jalousie am Fenster klemmte noch immer auf halber Höhe – auch die Teppichbodenetage schien unter dem Sparkurs im öffentlichen Dienst zu leiden.

Reuter war gespannt, wie der Leitende Kriminaldirektor auf seine Neuigkeiten reagieren würde.

Engel kramte in seiner Schublade und wickelte ein Bonbon aus dem Papier. »Auch eines? Salbei, ohne Zucker.«

Um nicht wieder ein Angebot ablehnen zu müssen, nahm Reuter den Kräuterwürfel entgegen und steckte ihn sich in den Mund. Das Zeug schmeckte gewöhnungsbedürftig.

Der Kripochef sagte: »Ihr MK-Leiter verdächtigt immer noch Konrad Andermatt. Sie sollten ihm das ausreden.«

»Andermatt wurde von Marthau erpresst.«

»Mensch, Reuter, wie steh ich da, wenn die MK *Feuerwerk* in Konrad Andermatts Umfeld schnüffelt? Der Mann wird Innenminister.«

»Ein guter Minister sieht ein, dass es unumgänglich ist. Wir müssen allen Spuren nachgehen.«

»Ein guter Minister – glauben Sie noch an den Weihnachtsmann?«

Reuter zog es vor zu schweigen.

Engel lehnte sich zurück. »Was ist mit den Beweismitteln, die Sie in Kochs Haus entdeckt haben?«

»Es sieht ganz so aus, als hätten wir Norbert Scholz zu

Unrecht beschuldigt, die Datenträger beseitigt zu haben, die im Prozess gegen Böhr fehlten.«

»Sagen Sie nicht ›wir‹. *Sie* haben den Falschen an die Wand genagelt«, erwiderte Engel.

Reuter spürte, wie sein Adrenalinspiegel stieg.

Engel sagte: »Der Verräter war also Kommissar Michael Koch.«

Reuter nickte.

»Der Kollege, mit dem Sie zusammengearbeitet haben. In Sachen Böhr, Kunstraub und so weiter. Und Sie haben nie Verdacht geschöpft, dass er der Maulwurf sein könnte?«

Das klang wie ein Vorwurf. Am liebsten wäre Reuter aufgestanden und gegangen.

»Wo steckt Koch jetzt?«

»Das weiß ich nicht. Er ist verschwunden, seit er davon erfahren hat, dass ein unbekannter Schläger meinen Bruder überfallen hat.«

»Angst vor dem Schläger oder vor uns?«

»Vielleicht beides.«

»Ich werde mit der Staatsanwaltschaft reden und mit Hauptkommissar Hennerkamm, Ihrem Dienstvorgesetzten. Bieten Sie Koch einen Deal an, sobald er Kontakt aufnimmt.«

»Einen Deal?«

»Wenn er umfassend auspackt, verzichten wir auf eine strafrechtliche Ermittlung. Hennerkamm hat sich übrigens beschwert, Sie würden wichtige OK-Ermittlungen im Stich lassen. Worum geht es da?«

»Um einen mutmaßlichen Schleuser und Geldwäscher. Er scheint hinter der Artnapping-Sache zu stecken.«

»Egal. Ich habe Ihrem Kommissariatsleiter schon erklärt, dass dieser Türsteher und vor allem die Tochter unseres künftigen Innenministers absolute Priorität haben.«

Engel stand auf, Händeschütteln.

»Noch etwas«, sagte der Lange, als Reuter schon in der Tür stand.

»Ja?«

»Sie haben mit Norbert Scholz einen Fehler begangen, Kollege Reuter. Wir werden das irgendwie ausbügeln, aber einen zweiten Missgriff dieser Güteklasse wird Ihre Laufbahn schwerlich verkraften.«

Reuter ging und ballte die Faust. Als sei es nicht auch Engels Fehler gewesen. *Dass du der Liebling von Kripochef Engel bist* – drauf geschissen.

Als Reuter im vierten Stock den MK-Raum betrat, spuckte er das dämliche Salbeibonbon in den nächstbesten Papierkorb.

»Gamma-, was?«, fragte Thilo Becker gerade.

»Gammahydroxybuttersäure, kurz GHB«, erklärte Anna Winkler.

Reuter fragte Wiesinger, der ihm am nächsten stand: »Um was geht es?«

»Wir haben endlich die Todesursache«, raunte der Dicke zurück.

Winkler fuhr fort: »Die Toxikologen der Rechtsmedizin haben den Stoff beziehungsweise seine Abbauprodukte im Blut des Opfers nachgewiesen, neben Resten von Kokain und Alkohol. GHB läuft in der Szene auch unter dem Namen *Liquid Ecstasy*.«

Reuter erinnerte sich, dass auch Wegmann das Rauschgift kannte. Bei der Vernehmung Karges hatte sein Partner danach gefragt, ohne zu erklären, worauf er hinauswollte.

»Laut Rechtsmedizin wirkt der Stoff tödlich, wenn man zu viel davon abkriegt. Vor allem in Kombination mit Alkohol. Es heißt, die Dosis, die Henrike Andermatt intus hatte, sei hoch genug gewesen, um innerhalb von fünf Minuten steuerungsunfähig zu sein und spätestens nach einer Stunde ins Koma zu fallen.«

Reuter sah sich nach Wegmann um. Der Kerl war nicht da. Er beugte sich zu Wiesingers Ohr. »Wo steckt Bruno?«

»Ist es mein Partner oder deiner?«

Hauptkommissar Scholz fragte: »Erinnert ihr euch an die Getränkereste, die ich in der Nacht zum Samstag in der Hotelsuite sichergestellt habe? Ich hatte da so einen Verdacht, denn die eine Zeugin wirkte reichlich benebelt. Gerade habe ich die Analyse vom LKA-Labor bekommen.«

»*Liquid Ecstasy*«, riet MK-Leiter Becker.

»Richtig. Ich hab hier ein paar Infos über das Zeug, wenn's interessiert.«

»Her damit.«

»Also: Gammahydroxydingsbums wurde in den Sechzigern als Narkosemittel und als Medikament für den Alkoholentzug entwickelt, erfüllte jedoch nicht die Erwartungen. In den Siebzigern entdeckten es die Bodybuilder, da GHB die Ausschüttung von Wachstumshormonen stimuliert. Models nehmen es angeblich, weil die gleichen Hormone auch Fett abbauen sollen. Als Partydroge tauchte GHB in den Neunzigern zuerst in England auf und erfreut sich seitdem unter dem Namen *Liquid Ecstasy* wachsender Beliebtheit, auch in den USA und bei uns.«

»Wie sieht das Zeug aus?«

»Es ist flüssig, farb- und geruchlos und schmeckt allenfalls leicht salzig. Zwei Dinge machen es beim Partyvolk beliebt. Zum einen hat es praktisch keine Nebenwirkungen, man bekommt keinen Kater und keinerlei Suchtsymptome, zumindest keine körperlichen. Das andere ist die Wirkung: je nach Dosis euphorisierend, antriebsteigernd und sexuell stimulierend.«

»Wer's braucht«, warf Wiesinger ein.

»Bei höherer Dosis wirkt es entspannend bis hin zum Kontrollverlust. Man kann noch stehen, wirkt einigermaßen wach, ist aber völlig willenlos. Und am nächsten Tag kann man sich an kaum etwas erinnern.«

»Muss ein Traum für Vergewaltiger sein«, sagte die brünette Kollegin aus der K-Wache.

»Richtig. Laut LKA häuften sich in den letzten Jahren diesbezügliche Meldungen. In den Staaten spricht man von der *date rape drug* Nummer eins. Unsere Giftler vom KK 34 haben allerdings noch keine Anzeigen vorliegen. Das Problem ist offenbar, dass die Opfer aus falscher Scham nicht zu uns kommen. Und wenn sie es doch tun, fällt der Nachweis schwer, denn im lebenden Körper ist GHB im Unterschied zu klassischen K.-o.-Tropfen wie Rohypnol nach zwölf Stunden abgebaut.«

»Und die Richtertochter …«

»Wir wissen, dass sie im Lauf des Samstags Alkohol getrunken hat. In Verbindung damit führt *Liquid Ecstasy* schnell zu Krämpfen, Atemlähmung und Herzstillstand.«

»Also kein Mord, sondern ein Unfall?«, mischte sich Reuter ein.

»Ich glaube nicht, dass Henrike Andermatt das Zeug freiwillig geschluckt hat«, antwortete Scholz, den Blickkontakt vermeidend. »Jedenfalls nicht in der Dosierung, von der Anna berichtet hat. Ihr erinnert euch, dass die Gläser im Hotelzimmer Saft und Wasser enthielten, aber keinen Alkohol? Unser hiesiges Partyvolk ist sich offenbar der Risiken bewusst.«

»Klingt, als wäre die Droge ein echter Hit«, sagte Anna Winkler.

»Ja, und mit dem Verkauf vervielfachen die Partymacher ihren Gewinn.«

Womit wir bei Robby und Sascha wären, dachte Reuter.

Als die Sitzung beendet war, sprach er Scholz an. Es fiel ihm schwer. Nur weil er nicht der korrupte Maulwurf gewesen war, brauchte der alte Sack ihm noch lange nicht sympathisch zu sein, fand Reuter.

»Was willst du?«, fragte Scholz und blätterte in irgendwelchen Berichten.

Reuter verstand nicht, wie man sich so gehen lassen konnte. Das Kinn des Kollegen konnte eine Rasur gebrauchen, die strähnigen Haare einen ordentlichen Schnitt. Ganz zu schweigen von dem zerknitterten Hemd.

Er räusperte sich. »Ich muss mich entschuldigen.«

»Ach.«

»Die Beweismittel, die vor einem Jahr verschwanden, sind wieder aufgetaucht. Es war Michael Koch. Du kennst ihn aus dem KK 22.«

Scholz sah Reuter zum ersten Mal in die Augen. Dann wandte er sich um und rief: »Hört mal alle her! Kollege Reuter hat uns etwas mitzuteilen.«

Ein halbes Dutzend Kollegen waren noch im Raum, darunter MK-Leiter Becker, Anna Winkler, der dicke Wiesinger und die Brünette aus der K-Wache. Sie alle blickten erwartungsvoll herüber.

Scholz grinste und wippte auf den Zehen – offenbar hatte der Scheißkerl Spaß daran, ihn öffentlich zu demütigen. Reuter versuchte, das Beste daraus zu machen.

»Ich weiß noch nicht, was das mit unserem doppelten Mordfall zu tun hat, aber Michael Koch, ein Kollege aus dem KK 22, ist gestern abgetaucht, nachdem ich ihm von der Verwicklung unseres Informanten Marthau in den Kunstraub und von dem Überfall auf meinen Bruder berichtet hatte. Mit der Zustimmung seiner Frau habe ich mich heute Nachmittag in Kochs Arbeitszimmer umgesehen und bin auf die Beweismittel gestoßen, die während des Drogenprozesses gegen den Diskobesitzer Manfred Böhr abhandengekommen waren.«

»Das heißt ...«, sagte Scholz erwartungsvoll.

»Das heißt, dass nicht Norbert die Datenträger mit den belastenden Telefonaten beseitigt hat, sondern offenbar Kollege Koch.«

»Gratuliere, Norbert«, sagte Becker. »Weiß es schon der Kripochef?«

»Ja«, gab Reuter zur Antwort.

Scholz schien um ein paar Zentimeter gewachsen zu sein.
»Zufrieden?«, zischte Reuter.
»Noch lange nicht.«

54.

Wegmann hatte sich noch immer nicht blicken lassen. Reuter setzte sich an ein Telefon und wählte die Handynummer des Exboxers. Nach dem dritten Klingeln sprang dessen Mailbox an. Reuter hinterließ die Bitte um Rückruf.

Um die Wartezeit zu überbrücken, rief er Marion an.

»Koch.«

»Jan hier. Hat Michael sich gemeldet?«

»Nein, noch nicht. Das Auto, das du mir gezeigt hast, ist dir übrigens gefolgt.«

»Ich weiß. Wie geht es dir?«

»Ich versuche, nicht nachzudenken. Die Gartenarbeit hilft mir dabei.«

»Falls Michael zu dir Kontakt aufnimmt ...«

»Ja?«

»Sag ihm, der Kripochef bietet ihm einen Deal an. Umfassende Aussage gegen Verzicht auf Strafverfolgung.«

»Was bedeutet das?«

»Ein äußerst großzügiges Angebot, wie ich finde.«

»Ich werd's ihm ausrichten.«

Reuter legte auf, besorgte sich Kaffee und erkundigte sich nach Sascha Maisel. Becker gab Auskunft: Der Türsteher war derzeit in der Stadt unterwegs, das MEK würde in Kürze ein Bewegungsprofil hereinreichen.

Reuter trat an die Stellwände, die mit Hinweismeldungen vollgehängt waren. Ein Wust von Neuigkeiten. Ein Team hatte den dunklen Kombi aus Neuss ausfindig gemacht, den das ältere Ausflüglerpärchen am Tatort beobachtet hatte – eine junge Frau hatte sich das Auto ihres Vaters geliehen und im Aaper Wald die sogenannten *Witte Wiwerkes* aufgesucht, sieben Felsbrocken auf einem der Hügel. Wörtliches Zitat: *Ein Kraftort, der mir hilft, mit dem Leben klarzukommen.* Auf dem Parkplatz hatte die Esoterik-Spinnerin nichts bemerkt, weder von Henrike noch von ihren Peinigern. Diese Spur hatte sich also erledigt.

Erledigt auch die Taucher: Sie hatten die Suche nach der Tatwaffe oder dem Magazin aufgegeben. Die Strömung an der Hafeneinfahrt sorgte dafür, dass jeder kleinere Gegenstand sofort in den sandigen Grund gespült wurde – die Stecknadel im Heuhaufen.

Ein Schluck Kaffee, weiter im Text.

Sieh an, Kollege Wegmann war aktiv gewesen: Er hatte die Aussage von Marius Karge überprüft und im Wesentlichen bestätigt bekommen. Der Barmann in *Sam's Lounge* hätte die betrunkene Henrike wegen des Spektakels, das sie veranstaltete, hinausgeworfen, wenn sie sich nicht ohnehin verabschiedet hätte – mit einem Schwall übler Beschimpfungen gegen ihren Ex. Eine Kellnerin glaubte, mitbekommen zu haben, dass die beiden es im Abstellraum für Putzmittel getrieben hatten. Reuter malte sich aus, wie es gewesen sein könnte: Karge hatte seine Verflossene mit der Aussicht, ihr das Auto zu leihen, zur schnellen Nummer überredet und danach nichts mehr von seinem Versprechen wissen wollen. Kein Wunder, dass Henrike ausgeflippt war.

Dazu passte, dass Karges DNA in den Spermaspuren aus der Leiche identifiziert worden war. Älteres Sperma – also waren es nur zwei Vergewaltiger gewesen.

Weitere Befragungen: Kollegen, Kommilitonen und Freundinnen, deren Namen Henrikes Mutter genannt hatte, sowie Namen aus der Diskoclique, die von Juli stammten. Alles in allem wenig Neues und nicht viel Gutes über die Tote.

Reuter lernte, dass auf dem Ursulinen-Gymnasium, das Henrike besucht hatte, zwar nicht mehr die Nonnen regierten, aber offenbar noch immer die alte Regel galt: Die Schülerinnen dort waren entweder brav und bieder oder komplett ausgeflippt – Henrike Andermatt hatte eindeutig zur zweiten Kategorie gehört.

Ihr Werdegang spiegelte sich in den Protokollen wider: Schon mit vierzehn nahm sie alles mit aufs Sofa. Mit sechzehn lungerte sie unter den Punks vor dem Carsch-Haus herum und zerschlug geleerte Bierflaschen auf dem Pflaster. Mit achtzehn kristallisierte sich ihr Drang nach Höherem heraus: bessere Drogen, feinere Typen. Und irgendwann war Henrike auch das zu langweilig geworden.

Reuter weigerte sich, dem Mädchen die alleinige Schuld zu geben. Henrike war an Typen geraten, die sie ausnutzten: Kokser wie Karge oder Dealer wie Robert Marthau.

Zuletzt ein Schrieb, den Scholz und seine hübsche Kollegin Marietta gegengezeichnet hatten: die Aussage eines gewissen Sven Mielke, noch ein Exfreund Henrikes aus jüngerer Zeit und Praktikantenkollege, zuerst beim Sender, dann bei der Zeitung. Mielke hatte dem *Blitz* eine Enthüllungsstory über die Tochter von Richter Gnadenlos unterjubeln wollen – der Junge schob offenbar schweren Groll.

Reuter las mit wachsendem Interesse. Mielkes Hinweis auf einen Diskobesucher schien eine heiße Spur zu sein – der Kerl hatte sich mit Sven um die Richtertochter gestritten.

Wollte ihr den Spaß verbieten. Tickte nicht ganz richtig.

Reuter las die Beschreibung des Unbekannten und hielt den Atem an. Er bekam eine Gänsehaut. Alles passte.

Ein stämmiger Bursche um die vierzig mit schiefer Nase.

Reuters Handy begann zu dudeln. Er ging ran. »Jan hier.«

»Du willst mit mir reden?«

Es war die Stimme des Exboxers.

»Wo steckst du, Bruno?«

»Kennst du das Café namens *Seifenhorst?* Der Kaffee hier ist echt lecker. Du gehst die Lorettostraße runter ...«

»Ich weiß, wo das ist. Ich wohne in dem Viertel.«

»In zehn Minuten.«

»Bruno ...«
Aufgelegt.
Reuter atmete tief durch. *Ein stämmiger Bursche* – Bruno Wegmanns Zinken stand schräg. Ein altes Souvenir aus Boxkampfzeiten.

55.

Kurz vor Wuppertal verließen sie die Autobahn und erreichten Gräfrath, einen Ort im Bergischen Land, der zu Solingen gehörte. Pascal Frontzeck wohnte hier, der Partyteilnehmer vom Freitagabend, *Liquid Ecstasy* im Glas.
Scholz ging der merkwürdige Auftritt Reuters durch den Kopf: *Ich muss mich entschuldigen* – dieser Satz hatte dem Streber sichtlich Überwindung abverlangt.
Eine unverhoffte Wendung, fast wie im Märchen. Zugleich beunruhigte es Scholz, dass es noch weitere Datenträger gab. Womöglich war auf einem von ihnen die Rede von seinem Sohn. Falls der Familienname zu hören war, würde doch noch alles auffliegen.
Marietta riss Scholz aus seinen Gedanken: »Hey, du musst mich lotsen, ich kenne mich hier nicht aus.«
Mithilfe eines Stadtplans fanden sie die Adresse, unter der Frontzeck gemeldet war. Nachdem Scholz und Marietta dort geklingelt hatten, erfuhren sie von Frontzecks Freundin, dass sie die vierzigminütige Fahrt umsonst unternommen hatten: Der Grafikdesigner arbeite zur Stunde noch in der Firma, in der er als Junior-Artdirector angestellt sei, einer Werbeagentur, deren Name aus einer Buchstabenkombination bestand und die in einer Seitenstraße der Düsseldorfer Königsallee residierte.
»Am Sonntag?«
»Sie nennen es Aktion Frühjahrssturm. Die Agentur versucht, einen großen Kunden anzubaggern. Pascal arbeitet an

einer Wettbewerbspräsentation um einen Dreißigmillionenetat. Shampoo, oder so. Ich krieg ihn nur noch zu Gesicht, wenn er schlafen geht. Und er ist auch noch stolz auf seinen Stress. Was wollen Sie eigentlich von ihm?«

»Nur ein paar Fragen in einem Fall, in dem er vielleicht Zeuge ist.«

»Wie gesagt, Sie treffen ihn in der Agentur. Er hat dort noch länger zu tun.«

»Hat er gestern Abend auch gearbeitet?«

»Nein. Nur am Nachmittag war er ein paar Stunden in der Agentur. Ich wollte meine Eltern besuchen und er kann sie nicht besonders leiden. Da war die Arbeit auch ein schöner Vorwand. Abends haben wir Freunde getroffen.«

»Wann?«

»Um zwanzig Uhr.«

»Hier in Gräfrath?«

»Ja, im *Kaffeehaus*, warum fragen Sie?«

»Warum so schweigsam, Norbert?«, fragte Marietta, als sie wieder auf der Autobahn waren.

Ihm fiel auf, dass sie sich an die Geschwindigkeitsbeschränkung hielt. »Erzähl du mir etwas«, bat er.

»Ich habe mit meiner Mutter telefoniert«, sagte die Kollegin.

»Und?«

»Sie kann sich noch gut an Carola Andermatt, geborene Lank, erinnern. Sie nennt sie die Zicke aus dem zweiten Stock.«

»Und?«

»Carola hat Erzieherin gelernt. Wollte aber schon früh etwas Besseres sein. Bildete sich eine Menge auf ihr Aussehen und ihre Umgangsformen ein. Trat den Jungen Liberalen bei, um sich einen Typen wie Andermatt zu angeln. Hat sich ja auch gelohnt, wenn man sich die Bude ansieht, die sie in Rath gekauft haben.«

»Sozialneid liegt dir völlig fern«, spottete Scholz.

»Ich zitiere nur meine Mutter.«

»Wenn du noch immer glaubst, die Andermatt hätte meine Hormone in Wallung gebracht, bist du schiefgewickelt, Marietta.«

Sie erreichten die Ausfahrt Bilk/Hafen und reihten sich in die rechte Spur ein, die Richtung Innenstadt führte. Ein langer Stau vor der Ampel, und das an einem Sonntag. Die Stadt sollte weniger Autos hereinlassen, fand Scholz. Keiner tat etwas gegen Feinstaub und Lärm. Die Verantwortlichen lenkten nur den Lkw-Verkehr um, damit er nicht an der Messstation vorbeibrummte.

Die Kollegin sagte: »Mir ist regelrecht ein Stein vom Herzen gefallen, als es vorhin hieß, dass an den Vorwürfen gegen dich nichts dran ist.«

»Ja, mir auch.«

Scholz blätterte in seinen Notizen nach der Hausnummer der Werbeagentur, die Frontzecks Freundin genannt hatte.

»Du hast gar keine Ahnung, wie sehr unser Dienstgruppenleiter die ganze Zeit hinter deinem Rücken gegen dich gehetzt hat.«

»Ach.«

»Als wärst du der Maulwurf der Drogenmafia.«

56.

»Bruno, hast *du* sie umgebracht?«, fragte Reuter.

»Bist du verrückt?«

Das *Seifenhorst* war ein kleines Café gegenüber der Bilker Kirche, benannt nach der verwitterten Inschrift über dem Fenster, die noch von dem Seifen- und Parfumladen stammte, den es hier einmal gegeben hatte. Hohe Hocker um ein paar Stehtische, eine Bank mit Kissen im Schaufenster. Sie waren die einzigen Gäste im Inneren und bezogen Posten mit Blick nach draußen, wo ein paar Stühle aufgestellt waren und ein junges Paar Händchen hielt.

Der Kaffee schmeckte tatsächlich nicht schlecht, aber Reuter hatte schon den ganzen Tag kaum etwas anderes getrunken. Allmählich wurde ihm kribbelig davon.

»Erst quatschst du Marius Karge auf *Liquid Ecstasy* an, dann stellt sich heraus, dass Henrike mit genau diesem Zeug umgebracht worden ist.«

»Interessant«, erwiderte Wegmann. »Das wusste ich nicht.«

»Aber?«

»Mir war bekannt, dass Lenas Clique damit dealt, und vielleicht liegt darin der Grund für die Morde, wer weiß?«

»Mensch, Bruno, warum rückst du damit nicht eher raus?«

Der Exboxer senkte die Nase über seinen Cappuccino und schwieg.

Er hat die Droge selbst konsumiert, schoss es Reuter durch den Kopf. »Du kanntest Henrike«, riet er.

Wegmann nickte.

»Und?«

Der Kollege zündete sich eine Zigarette an, inhalierte und lehnte sich zurück.

»Sie hat mir das Lokal hier gezeigt. Sie saß hier, auf deinem Stuhl.«

»Warst du auf einer ihrer Partys, Bruno?«

»Es ist viel komplexer, als du denkst.«

»Ach du Scheiße.«

»Es begann vor ein paar Wochen in der Straßenbahn. Ein paar Typen bedrängten sie. Ich verscheuchte die Kerle und lud Lena auf einen Kakao ein. Sie war ein verdammt schönes Ding. Na, das weißt du ja selbst.«

»Und weiter?«

»Wir redeten über Kinofilme. Sie schwärmte von *Lost in Translation* und sagte, sie fühle sich oft wie Charlotte, das Mädchen, das von Scarlett Johansson gespielt wird. Eine verlorene Frau, das waren Henrikes Worte. Kennst du den Film?«

»Ja.«

»Henrikes größter Wunsch war es, einmal in diesem Hotel zu übernachten, von dem aus man Tokio überblickt.«

»Das *Park Hyatt*. Ziemlich teuer.«

»Lena bezeichnete sich als Wanderin zwischen den Welten. Ich verstand sie sehr gut.«

»Inwiefern?«

»Na, hör mal! Was tun wir in unserem Job? Wir versuchen, alles und jeden zu hinterfragen, wittern überall nur Lug und Trug und irgendwann kennen wir uns selbst nicht mehr. Lena meinte, sie sei auf der Suche nach ...« Wegmann fand die richtigen Worte nicht.

»Nach dem nächsten Fick.«

»Quatsch. Es ging ihr um den Sinn im Leben, um Identität. Ihr Weltschmerz berührte mich.«

»Klar, die Hormone.«

»Was willst du, Jan? Erst stellst du mich als Mörder hin, dann ziehst du alles ins Lächerliche. Ich kann diese Sache nicht einfach auf diesem Niveau abhaken.«

»Erzähl weiter.«

»Ja, ich war auf einer ihrer Partys. Ja, ich habe *Liquid E* geschluckt und es war geil. Rennst du jetzt zu Engel, um mich zu verpetzen?«

»Reg dich ab, Bruno. Wir sind Partner. Ich muss nur wissen, woran ich mit dir bin. Leg die Karten auf den Tisch, damit wir den Kerl kriegen, der Henrike vergiftet und so zugerichtet hat.«

Wegmann qualmte und kniff die Augen zusammen. »Drei Kerle.«

»Nein, zwei. Der dritte war Karge am Mittag in *Sam's Lounge*. Du hast es selbst von der Kellnerin erzählt bekommen.«

»Dann eben zwei. Und alles ist nur geschehen, weil ich sie im Stich gelassen habe.«

»Wie soll ich das verstehen?«

»Sie hat am Samstag nicht nur Karge angerufen, sondern auch mich. Vermutlich hat sie jeden Kerl angerufen, den sie kannte, weil sie einen Unterschlupf suchte. Aber was sollte ich tun? Zu dem Zeitpunkt vernahmen wir gerade Juli Winters, ihre Freundin.«

Reuter erinnerte sich: der Anruf, wegen dem sein Partner das Dienstzimmer verlassen hatte.

»Ich sagte ihr, sie solle sich stellen. Wir beide würden alles regeln. Aber Lena antwortete bloß, sie gehe nicht mehr zurück zu Richter Andermatt, und legte auf.«

»Das war alles?«

»Sie erwähnte auch, dass sie nach Duisburg wollte. Eine Spritztour mit meinem Z3, sagte sie. Als hätte ich während einer Mordermittlung die Zeit dazu.«

»Ich wusste gar nicht, dass du einen solchen Schlitten fährst«, bemerkte Reuter und erinnerte sich: *der andere.*

»Gebraucht gekauft, aber gut in Schuss.«

»Du warst in der Nacht zum Samstag ebenfalls draußen bei den Andermatts, stimmt's?«

»Ja. Ich war beunruhigt. Du sagtest selbst, dass der Täter sie im Visier haben könnte. Nachdem wir uns getrennt hatten, wollte ich nach dem Rechten sehen, ihr irgendwie nahe sein. Ich war beruhigt, als sie zu dir einstieg.«

»Du bist uns gefolgt.«

»Reine Neugierde. Weißt du, was ich glaube, Jan? Wir haben uns beide in sie verknallt. Nur dass du es nicht wahrhaben willst.«

»Unsinn.«

»Hör auf, Jan. Alle waren verrückt nach ihr.«

Reuter hoffte, nicht rot zu werden.

Die Bedienung trat an ihren Tisch. »Darf es noch was sein?«

Wegmann schüttelte den Kopf. »Danke.«

Sie bezahlten und machten sich auf den Weg zur Festung.

»Wie ist es deiner Meinung nach gelaufen?«, fragte Reuter, während sie die Lorettostraße entlangschlenderten.

»Der Mord an Lena?«

»Ja.«

»Das Spekulieren bringt uns nicht weiter. Wir müssen uns an die Spuren halten.«

»An das Wohnmobil.«

»Zum Beispiel. Jan, ich muss dir ein Kompliment machen.«

»Wieso?«

»Das Ausquetschen liegt dir. Du hast mich zum Reden gebracht wie ein alter Hase.«

»Unsinn, Bruno, du wolltest beichten.«

»Weißt du, was ich dachte, als ich sie letzte Nacht neben diesem Parkplatz liegen sah, nackt und blutverschmiert?«

Reuter schwieg.

»Dass ich ein verdammtes Schwein bin. Als Lena Hilfe brauchte, habe ich sie abgewimmelt. Als sie vernommen wurde, hab ich mich verdrückt. Ich wollte einfach nicht mit ihren Sex- und Drogengeschichten in Verbindung gebracht werden.«

Schuldgefühle – Reuter spürte, dass er selbst nicht frei davon war.

Sie kamen an dem Haus vorbei, in dem er wohnte. Kids standen an der Kreuzung und spielten sich gegenseitig die großen Macker vor. Irgendwo kläffte ein kleiner Hund. Reuters Handy tönte.

Es war Thilo Becker, der MK-Leiter. »Ist Wegmann bei dir?«

Reuter warf seinem Partner einen Blick zu. »Ja, was gibt's?«

»Könnt ihr für eine Vernehmung reinkommen?«

»Was liegt an?«

»Ein Wohnmobilbesitzer aus Wülfrath ist auf dem Weg hierher. Er ist wegen Vergewaltigung vorbestraft und sein Bremslicht war bis gestern defekt.«

»Du machst Scherze, Thilo.«

»Nein, ich glaube, wir haben einen der Kerle.«

Reuter beschleunigte seinen Schritt. Ihm glitt fast das Handy aus der Hand. Bleib cool, sagte er sich. »In drei Minuten sind wir da«, antwortete er.

57.

Sie fanden eine Parklücke im absoluten Halteverbot vor der Kreuzung Berliner Allee und liefen das kurze Stück zu dem Gebäude zurück, in dem die Agentur ihre Büros hatte. Die gläserne Eingangstür war unverschlossen. Im Foyer ein riesiges, kunterbuntes Gemälde und eine runde Kanzel, hinter der ein Wachschutzangestellter saß: hellblaues Hemd, dunkelblaue Jacke.

Scholz nannte Frontzecks Namen und den der Werbefirma. Der Uniformierte griff zum Telefon.

Der Junior-Artdirector ließ nicht lange auf sich warten. Beschwingt trabte Pascal Frontzeck die Treppe herunter. Seine Fröhlichkeit schwand sofort, als Scholz und Marietta ihre Dienstmarken zeigten.

»Können wir uns in Ihrem Büro unterhalten?«, fragte Scholz.

»Das geht schlecht.«

»Wieso?«

»Ich teile es mit einem Kollegen und da wird gerade gearbeitet. Können wir ... das nicht draußen machen?«

Scholz blickte seine Partnerin an.

»Im Auto?«, schlug Marietta vor.

Scholz nickte.

Frontzeck ging neben ihnen her wie ein Verurteilter zum Schafott. Im Vergleich zum Foto aus der Akte hatte er sich verändert: kürzeres Haar, kein Kinnbart mehr. Mit seinem blassen Gesicht wirkte er geradezu unscheinbar. Legere Kleidung: Unter seinem T-Shirt lugten die langen Ärmel eines Sweatshirts hervor, beides schlabberte über der Jeans –

dabei hatte Scholz immer geglaubt, Werber trügen schwarze Anzüge.

Sie passierten das *Pleasure Dome,* das Koksbaron Böhr einst in einem ehemaligen Kino eröffnet hatte. Frontzecks Arbeitsplatz befand sich also schräg gegenüber von dem der Türsteher Marthau und Maisel. Jetzt wirkte der Ort verwaist, aber nachts ging hier die Post ab.

Scholz ließ den Zeugen hinten einsteigen und setzte sich neben ihn, nicht anders als bei einer Festnahme. Marietta wählte den Beifahrersitz.

»Sie wissen, worum es geht«, begann Scholz.

»Woher sollte ich?«

»Spielen Sie nicht den Unschuldigen.«

»Okay, sowohl Robby Marthau als auch Lena sind ermordet worden und ich kannte beide. Wenn auch nur sehr flüchtig.«

»Fangen wir mit dem Freitagabend an. Wo waren Sie da?«

»In der Agentur. Bis etwa dreiundzwanzig Uhr.«

»Das ist die Version, die Sie Ihrer Freundin erzählt haben. Wir wissen es besser.«

»Wieso, was wissen Sie?«

»Wir wollen es von Ihnen hören, Herr Frontzeck.«

Der junge Mann schien zu schrumpfen. Er starrte auf seine Knie. Seine Hand rieb das Kinn, wo einmal der Bart gesessen hatte.

»Und?«, fragte Marietta.

»Sie versprechen mir, dass meine Freundin nichts erfährt?«

Es ist immer das Gleiche, dachte Scholz. Die jungen Leute probierten alles aus: Partydrogen, Sex in allen Varianten. Oder sie gingen in ihren Jobs auf. Sie glaubten, sie könnten das Rad neu erfinden, und fühlten sich dem Rest der Welt überlegen. Dabei waren sie die gleichen Spießer wie alle anderen auch.

Er sagte nur: »Kommen Sie, Frontzeck.«

»Sie kennen die Internetadresse von Lena und Robby?«

Scholz nickte.

»Ich habe die Seite für sie gebaut. Wir sind zufällig mal in der Disko ins Gespräch gekommen, beim After-Work-Chill-out, und da hat sich das ergeben. Sie brauchten eine Homepage und für mich war das ein Klacks.«

»Hat man Sie bezahlt?«

»Ach, das war ein Freundschaftsdienst. Nicht der Rede wert. Ich habe ohnehin nur das Redaktionssystem programmiert. Bilder und Texte haben die beiden selbst eingefügt.«

»Wie oft haben Sie Lena und Robby getroffen?«

»Wegen der Homepage? Einmal, zweimal vielleicht.«

»Und insgesamt?«

»Nicht oft. Man sah sich in der Disko, das war alles.«

»Ach ja? War Ihre Freundin dabei, wenn Sie Lena trafen?«

»Worauf wollen Sie hinaus?«

»Dass Sie uns endlich erzählen sollten, was Sie wissen. Wenn es übereinstimmt mit dem, was uns bekannt ist, und wenn wir zufrieden sind, dann ersparen wir es uns, in dieser Sache Ihre Freundin und Ihre Kollegen zu befragen.«

»Meine Kollegen?« Der Junge war entsetzt.

Marietta ergänzte: »Wir können Sie auch ins Präsidium mitnehmen, wenn Ihnen das mehr zusagt als unsere improvisierte Sitzung hier. Aber dann könnte es recht spät werden.«

»Nicht nötig.«

»Und?« Scholz klappte den Laptop auf.

Der Werbeheini atmete tief durch. Dann begann er zu reden, den Blick wieder auf seine Knie gerichtet. »Am Freitagabend war ich im *Hotel Villa Rheinblick* in Düsseldorf-Lohausen. Robby und Lena hatten mich eingeladen, weil ich ihnen bei ihrem Internetauftritt geholfen hatte, und ich war einfach neugierig, was da abgeht. Bis um zehn waren etwa ein Dutzend Leute da, vielleicht auch ein paar mehr. Ausgerechnet Robby und Lena fehlten. Und als die Party halbwegs in Gang kam, war sie auch schon wieder vorbei.«

»Was ist passiert?«, fragte Marietta, während Scholz tippte.

»Sascha, der den Zeremonienmeister machte, erhielt einen Anruf und meinte, wir sollten verduften, weil es sein könnte, dass die Polizei käme. Das haben wir dann auch getan.«

»Nicht alle.«

»Das weiß ich nicht. Ich war einer der Ersten, die abhauten. Sascha sagte mir, dass auf Robby geschossen worden sei, und am nächsten Tag hörte ich es dann im Radio.«

»Erzählen Sie uns von den Drogen.«

»Welche Drogen?«

Scholz unterbrach das Mitschreiben. »Marietta, ich glaube, wir müssen doch noch einmal nach Gräfrath raus.«

»Okay«, gab Frontzeck zu, »einige haben was genommen, aber ich nicht.«

»Wir besitzen Beweise, die uns das Gegenteil erzählen. Ich gebe Ihnen eine letzte Chance, Herr Frontzeck. Wenn Sie zu blöd sind, sie zu nutzen, kommen wir morgen wieder und befragen jeden Ihrer Kollegen bis hinauf zum Oberboss Ihres Reklameladens. Also?«

»Ich nehme an, Sie wollen wissen, wer das *Liquid E* verkauft hat?«

Scholz antwortete nicht, denn Fragen verrieten dem Gegner, was man nicht wusste.

»Es war Sascha«, sagte Frontzeck. »Er hatte etwas dabei. Sascha hatte mich auch von der Firma abgeholt und auf der Rückfahrt ein Stück mitgenommen. Robby und Lena waren an dem Tag in Amsterdam gewesen, um noch mehr von dem Stoff zu besorgen, und Sascha meinte, Lena sitze jetzt mit einer Leiche im Auto auf der Straße vor dem Kinocenter und traue sich nicht zur Polizei, weil die Karre voller Ampullen sei. Er musste quasi den Cleaner spielen wie Harvey Keitel in *Pulp Fiction*, wenn Sie wissen, was ich meine.«

»Er nahm Lena die Drogen ab, damit sie mit dem Toten zur Polizei fahren konnte?«

»Genau.«

Scholz tippte, so rasch er konnte. »Waren Sie dabei?«

»Nein, Sascha hat mich zuvor an den Rheinterrassen abgesetzt. Dort war ein Riesenauflauf wegen des Feuerwerks. Ich ging zu Fuß zum Parkhaus, wo mein Auto stand, und fuhr sofort nach Hause.«

»Was noch?«

Frontzeck schüttelte den Kopf. »Keine Ahnung, wer Robby erschossen hat. Sascha ist das auch ein Rätsel. Dass jetzt auch Lena tot ist, kann ich gar nicht fassen. Ich habe mit alledem nichts zu tun, ich schwör's! Und dass ich am Freitag *Liquid E* probiert habe, war das erste und letzte Mal im Leben. Das müssen Sie mir glauben!«

»Was hatte Sascha mit dem Stoff vor? Wo wollte er das Zeug hinbringen?«

»Keine Ahnung. Selbst wenn ich in der Stimmung gewesen wäre, ihn danach zu fragen, hätte ich es nicht getan. Es gibt Dinge, in die man sich besser nicht einmischt.«

»Sie haben ohne Verzögerung Ihr Auto geholt und sind direkt nach Gräfrath gefahren?«

»Ja.«

»Sie geben also zu, unter Drogeneinfluss Auto gefahren zu sein?«

»Nein. Zuerst habe ich gekotzt, wenn Sie's ganz genau wissen wollen. Mir war schlecht bei der Vorstellung, was Robby passiert war.«

»Kommen wir zu gestern. Wann haben Sie Lena getroffen?«

»Wie kommen Sie darauf?«

»War sie schon tot, als Sie es mit ihr trieben, oder starb sie erst hinterher?«

Frontzeck krallte sich am Vordersitz fest und schrie fast: »*Bitte?*«

»Wir wissen, dass Sie dazu neigen, Frauen Gewalt anzutun.«

»Sie meinen die alte Geschichte mit der Politesse? Das war völlig aufgebauscht und wurde eingestellt. Wann löschen

Sie diese Sache endlich aus Ihren Dateien? Sehe ich aus wie ein Verbrecher, der Frauen schlägt?«

»Wo waren Sie gestern Abend um acht?«

»Im *Kaffeehaus* am Gräfrather Markt. Mit meiner Freundin und weiteren Bekannten.«

»Dann haben Sie sicher nichts dagegen, eine Speichelprobe abzugeben.«

Marietta ließ den Werbeheini die Zunge herausstrecken, fuhr mit einem Wattestäbchen darüber und verschloss es luftdicht in einem Plastikröhrchen, das sie beschriftete.

»Wird in der Werbebranche noch so viel gekokst?«, fragte Scholz.

Frontzeck starrte ihn an, immer noch verunsichert. Dann fragte er: »Kann ich jetzt gehen?«

Er wollte aussteigen, doch da, wo er saß, ließ sich die Tür nicht von innen öffnen.

Scholz schüttelte den Kopf. »Erst müssen wir wissen, wer am Freitagabend außer Ihnen noch die Party besucht hat.«

»Ich kenne die Leute nicht. Und ich wette, keiner hat seinen wirklichen Namen genannt.«

»Dann geben Sie uns die Decknamen und Personenbeschreibungen. Machen Sie schon, Herr Frontzeck. Wo wollen Sie reden, hier oder im Präsidium?«

Marietta kurbelte das Fenster einen Spalt herunter, um frische Luft hereinzulassen. Hinter ihnen stritten sich zwei Porschefahrer um eine frei gewordene Lücke.

Frontzeck beschrieb vor allem das blonde, sommersprossige Mädchen mit den violett gefärbten Strähnen, das Scholz und Marietta noch in der Nacht angetroffen hatten. Die übrigen Teilnehmer schienen ihn weit weniger interessiert zu haben.

58.

Schritte schallten draußen auf dem Flur, Stimmen auf Deutsch und Russisch.

Simone blickte auf die Uhr. Eigentlich Zeit für *Tagesschau* und *Tatort,* dachte sie. Stattdessen saß sie an ihrem Arbeitsplatz im Vorzimmer des Oberbürgermeisters und brütete noch immer über dem Text, mit dem Kroll den Medien seine neuen Pläne verkaufen wollte.

Immerhin lenkte sie die Arbeit von den seltsamen Erinnerungen an die letzte Nacht ab, zumindest zeitweise.

Magnus Pröll hatte sich tatsächlich als Niete entpuppt. Bereits vor einer Stunde hatte sie den Leiter des Amts für Kommunikation nach Hause geschickt, um allein weiterzutexten. Aber auch ihre Entwürfe zerriss Kroll, einen nach dem anderen. Er forderte mehr Pomp und Glamour. *Die Medienfuzzis sollen niederknien.*

Während Simone sich neue Formulierungen überlegte, führte der OB seine russischen Gäste durch das Rathaus. Wie ein Makler, der Käufern ihr neues Heim präsentiert, so empfand es Simone. Vitali Karpow war in Begleitung des Großen, den der Bodyguard Wladimir genannt hatte und der Simone wie der tatsächliche Anführer des Clans vorkam.

Wenn Karpow nur vorgeschoben wird, stimmt doch etwas nicht, dachte sie.

Simone recherchierte im Internet und fand Reden, die andere Stadtoberhäupter gehalten hatten. In Berlin zur Einweihung des Potsdamer Platzes. In Hamburg über die Pläne zur Hafencity an der Elbe. In London zu den Docklands. Ungleich größere Bauvorhaben als das HCC, aber Kroll konnte es ja nicht gigantisch genug sein: feuilletonistisches Geschwurbel über Hochhäuser der Superlative in Dubai, Schanghai und Petersburg.

Simone goss sich frischen Kaffee ein und tippte: *Die Intertextualität architektonischer Formensprache verweist auf die vitale Korrespondenz zwischen urbaner Situation und ökonomischer Dynamik, für die ich bekanntermaßen stehe und die unsere zukunftsgerichtete Partnerschaft kongenial zur innovativen und nachhaltigen Top-Performance entwickeln wird.*

Sie verstand selbst nur die Hälfte von dem, was sie aus verschiedenen Quellen kombinierte. Aber sie fand Gefallen am Fabulieren und kam in Fahrt. Sie reihte Sätze aneinander, die immer das gleiche Thema variierten: Die Stadt blüht und gedeiht nur deshalb, weil Dagobert Kroll höchstpersönlich die Sonne scheinen lässt.

Bis gestern hatte sie das sogar halbwegs geglaubt.

Als der Oberbürgermeister das nächste Mal nach dem Rechten sah, runzelte er die Stirn und kniff die Augen zusammen – vermutlich verstand er nur Bahnhof.

»Vielleicht habe ich jetzt um einen Tick übertrieben«, sagte Simone.

»Nein, endlich!«, rief er aus. »Sie haben genau getroffen, was ich sagen wollte.«

Der russische Bodyguard war hinter ihm in Simones Büro getreten.

»Sie haben sich für mich und das HCC den Sonntag um die Ohren geschlagen, Frau Beck. Deshalb bietet Ihnen Herr Karpow an, dass sein Leibwächter Sie nach Hause bringt.«

»Danke«, antwortete Simone. Sie wusste nicht, was sie davon halten sollte.

Der OB verschwand nach nebenan. Der Muskelmann zeigte seine Goldzähne. Simone erklärte ihm, dass sie sich noch rasch die Hände waschen wolle.

Auf halbem Weg zur Toilette machte sie kehrt, schlich zurück und spähte durch den Türspalt. Jewgeni hatte sich über ihre Tasse gebeugt. Aus einem Fläschchen in seiner Hand tropfte Flüssigkeit in den Kaffee. Der Russe bewegte die Lippen, als zählte er leise mit.

Simone stürmte in das Zimmer.

Der Muskelprotz hatte sich ebenfalls Kaffee eingeschenkt und prostete ihr zu. »Ist noch warm«, sagte er. »Trinken Sie.«

Simone holte aus und traf das Gesicht des Russen mit voller Wucht. Seine Tasse zerklirrte auf dem Boden, der Inhalt verspritzte – hässliche Flecken auf dem Teppichboden.

Jewgeni hielt sich die Wange und staunte.

Sie schrie: »Brutales Schwein! Du hast mich heute Nacht vergewaltigt! Ich zeige dich an!«

Ich habe den Inhalt meiner Tasse als Beweis, dachte Simone. Sie griff zum Telefon. Die Notrufnummer.

Bevor sie die dritte Ziffer gedrückt hatte, stand Kroll neben ihr und entriss ihr den Apparat. Karpow und Wladimir waren in die offene Tür zum holzgetäfelten OB-Zimmer getreten. Der Größere sprach Jewgeni auf Russisch an.

Kroll strich sich über die Glatze. Rote Flecken auf den Wangen – als hätte Simone ihn geohrfeigt. Zu seinen Gästen sagte er: »Keine Sorge, ich bringe das in Ordnung. No worry, everything okay.«

Die drei Russen nickten, bedachten Simone mit irritierten Blicken und verzogen sich.

Der OB rückte das Telefon zurecht. »Wie können Sie mich so in Verlegenheit bringen, Frau Beck?«

Simone war noch ganz außer Atem. War ihr Chef schwer von Begriff? Hatte sie sich missverständlich ausgedrückt?

»Dieser Bodyguard hat mir gestern in der Disko eine Droge ins Getränk geschüttet, um mich zu vergewaltigen. Und jetzt hat er es wieder versucht. Ich habe gesehen, wie er etwas in meinen Kaffee ...« Sie musste schlucken. Die Erinnerungsfetzen aus der Nacht ergaben ein Bild. »Wir müssen sofort die Polizei ...«

Kroll griff nach der Tasse und goss den Inhalt in den Ficus. »Reißen Sie sich um Gottes willen zusammen, Frau Beck!«

59.

Im MK-Raum trafen sie nur Wiesinger an. Scholz stöpselte seinen Laptop an und ließ den präsidiumseigenen Drucker rattern. Marietta setzte ihr Namenskürzel unter das Protokoll, dann verabschiedete sie sich in den Feierabend.

Scholz gab die Mitschrift der Vernehmung Frontzecks an den Aktenführer weiter und sagte: »Wir wissen jetzt, wo Marthau und Andermatt waren, bevor sie im Hafen beschossen wurden. Und warum Henrike dreißig Minuten brauchte, um den Toten zu uns zu bringen.«

»Und wir haben den Mörder der Richtertochter«, erwiderte Wiesinger.

»Was?«

»Georg Ziebrath aus Wülfrath. Er wird gerade vernommen. In Thilos Zimmer im zweiten Stock.«

»Das sagst du mir erst jetzt?«

Becker kam herein. Er wirkte müde.

»Was ist los?«, fragte Scholz den MK-Leiter.

»Ziebrath ist ein hartnäckiger Bursche. Er gibt zu, dass er die Birne an seinem Bremslicht ausgewechselt hat. Aber das ist bislang alles, was von ihm zu erfahren ist.«

»Bremslicht?«, fragte Scholz.

»Ich weiß, der Jogger hat von Rücklicht gesprochen, aber das ist leicht zu verwechseln.«

»Speichelprobe für den DNA-Test?«

»Ist gemacht, aber es dauert bis morgen Abend, bis wir den Abgleich haben, und wer sagt uns, dass er positiv ausfällt? Was ist, wenn Ziebrath ein Kondom getragen hat oder nur den Fahrer für seine Mittäter machte?«

»Wieso seid ihr euch so sicher, dass er dabei war?«

»Ziebrath ist Halter eines Mercedes-Benz Sprinter James Cook, wie der Jogger ihn beschrieben hat. Und er ist einschlägig bekannt. Ziebrath hat in den Neunzigern Notzuchtdelikte an Minderjährigen auf Campingplätzen an der Ostsee begangen und saß dafür ein. Schließlich das Bremslicht. Und ein Nachbar hat den Kollegen der Kreispolizei Mettmann verraten, dass Ziebrath am Samstagabend nicht zu Hause war und heute den halben Tag an seinem Wohnmobil herumgefummelt hat. Die Kollegen von der Spurensicherung sagen, dass die Karre auf den ersten Blick blitzblank erscheint, innen wie außen.«

Jetzt war auch Scholz überzeugt. »Wo steckt der Kerl?«

»Wegmann und Reuter päppeln ihn gerade in meinem Büro mit Kaffee auf. An der zweiten Vernehmungsrunde will auch unsere Kommissariatsleiterin teilnehmen. Wahrscheinlich kommt auch noch Staatsanwalt Balthus dazu. Ich glaube, das machen wir dann besser hier oben.«

»Wenn dieser Ziebrath vorbestraft ist, weiß er, wie der Hase läuft. Balthus wird nicht mehr aus ihm herausbekommen als du. Und sein Anwalt wird zu verhindern wissen, dass sich der Kerl selbst belastet.«

»Bisher hat er noch nach keinem Anwalt verlangt. Aber trotzdem müssen wir sensibel vorgehen. Wenn der Typ sich beklagt, er sei müde, muss er seine Pause bekommen, sonst nimmt uns ein guter Verteidiger im Prozess jedes Geständnis auseinander.«

Scholz nickte und ging hinaus.

Nachdem er die Tür hinter sich geschlossen hatte, beschleunigte er seinen Schritt. Hinunter zur zweiten Etage. Die OK-Dienststellen lagen nach hinten raus, die Büros des KK 11 in entgegengesetzter Richtung. Scholz wollte den Kerl sehen. Vielleicht konnte er die Vernehmungspause nutzen, um auf seine Art etwas herauszubekommen. *Sensibel vorgehen* – der Sittenstrolch tat das mit seinen Opfern auch nicht.

Scholz fand das Zimmer und riss die Tür auf. Kühle Luft schlug ihm entgegen. Wegmann stand am offenen Fenster und blies Zigarettenrauch nach draußen. Auf dem Tisch ein altes Aufnahmegerät, das mit Kassetten arbeitete.

Davor saß der Festgenommene, ein etwa vierzig Jahre alter Mann mit spitzer Nase und zurückweichendem Kinn – Scholz musste sofort an eine Ratte denken. Ziebraths dunkles, schütteres Haar war straff nach hinten gekämmt, mit Gel fixiert und in Kragenhöhe abgeschnitten. Seine rechte Hand hing herab und war an das Stuhlbein gefesselt, weshalb er etwas schief saß.

Du warst es, dachte Scholz. Verrat uns deine Mittäter, du Ratte. Er fragte Wegmann: »Warum die Handschellen? Sie machen es schwerer, den Kerl aus dem Fenster zu werfen.«

»Wer sind Sie?«, fragte Ziebrath, nur wenig eingeschüchtert.

Wegmann antwortete mit schiefem Lächeln: »Unser Verhörspezialist für harte Fälle.«

Reuter kam herein und stellte ein Tablett auf den Tisch. Vier Tassen und eine Kanne mit Kaffee sowie Zucker und Milch. Wegmann schnipste die Kippe nach draußen und schloss das Fenster. Reuter schenkte ein.

Scholz bemerkte, wie angespannt der Streber war, als er eine Tasse vor dem Gefesselten abstellte. Jeder im Raum hielt Ziebrath für Henrikes Mörder.

Keiner setzte sich.

Scholz sagte: »Ich hoffe, du hast die Tasse unseres Kunden mit Pisse ausgewaschen.« Er schüttete reichlich Zucker in die dunkle Brühe. Nervennahrung. Scholz wandte sich an den Festgenommenen: »Wie lange hält das tolle Gefühl eigentlich an, das ein Triebtäter empfindet?«

»Meinen Sie mich?«, fragte Ziebrath.

»Wen sonst, du Ratte?«

»Nennen Sie mich nicht so.«

»Geht dir einer ab, wenn du dich an deine Taten erinnerst? Wie war es mit Henrike Andermatt? Ist sie gestorben, während du sie gefickt hast? Oder hast du erst gewartet, bis sie tot war? Antworte mir, du Ratte!«

»Sie sollen mich nicht beleidigen.« Ziebraths Blick suchte bei den Kollegen Zuspruch – vergeblich.

»Wie soll ich dich sonst nennen? Wiesel, Mausgesicht? Kein anderer Junge wollte mit dir spielen und die Mädchen haben stets einen Bogen um dich gemacht. War es so? Hat dich das dazu gebracht, dir mit Gewalt zu nehmen, was du anders nicht kriegen kannst?«

»Herr Ziebrath ist verheiratet«, warf Wegmann ein und verschränkte die Arme wie ein Zuschauer, der neutral bleiben wollte.

»Ach, so einer bist du also«, höhnte Scholz. »Normaler Sex mit der Gattin genügt dir auf Dauer nicht. Du brauchst das Winseln deiner Opfer. Also hast du nicht gewartet, bis Henrike tot war. Du wirst dich doch nicht auf einen Unfall herausreden? Uns vorschwindeln, du hättest ihr nur aus Versehen zu viel von der Droge verabreicht?«

»Ich weiß nicht, wovon Sie reden.«

»Lasst mich mit der Ratte mal für ein paar Minuten allein, Kollegen.«

»Bitte nicht!«, rief Ziebrath.

Scholz goss ihm ein paar Spritzer heißen Kaffee über die gefesselte Hand.

Der Verdächtige schrie auf, als sei seine Flosse in flüssiges Blei getaucht worden.

»Die Ratte hat mich angerempelt«, sagte Scholz.

»Hör auf damit«, murmelte Wegmann.

Der Halter des Wohnmobils kreischte: »Das dürfen Sie nicht!«

Reuter atmete schwer und ballte die Fäuste.

Scholz sagte zu Ziebrath: »Dein jüngstes Opfer ist die Tochter unseres zukünftigen Innenministers. Glaubst du, der Mann würde es uns übel nehmen, wenn wir *alles* daransetzen, um dich zum Geständnis zu bewegen?«

»Sie lügen. Sie ist nicht tot. Das kann nicht sein.«

»Sie ist nicht tot?«

»Als ich sie zuletzt sah, lebte sie noch.«
Für einen Moment herrschte Stille im Raum.

Wegmann zog einen Stuhl heran, setzte sich dem Gefesselten gegenüber und schaltete das Aufnahmegerät ein.

»Es ist zwanzig Uhr dreißig, Herr Ziebrath hat sich erholt und mit Kaffee gestärkt. Im Raum sind KOK Jan Reuter, KOK Bruno Wegmann und KHK Norbert Scholz. Der Beschuldigte wurde noch einmal über seine Rechte aufgeklärt und will mit seiner Aussage fortfahren. Ist das richtig?«

Der mutmaßliche Mörder hatte Panik im Blick.

Wenn er jetzt das Wort »Anwalt« ausspricht, ist alles aus, dachte Scholz.

»Ist das richtig, Herr Ziebrath?«, wiederholte Wegmann mit Nachdruck.

»Mhm.«

»Bitte wiederholen Sie, was Sie gerade bei ausgeschaltetem Band gesagt haben.«

»Als ich sie zuletzt sah, lebte sie noch.«

Reuter trat näher. Seine Kiefermuskeln arbeiteten.

Wegmann fragte: »Berichten Sie von Anfang an.«

»Da waren keine Drogen im Spiel und kein Gift, echt nicht!«

»Von Anfang an, bitte. Wie kam das Mädchen in Ihr Auto?«

»Ich hatte ein Messer dabei.«

»Wo war das?«

»Uni-Gelände.«

Scholz war verblüfft. Wegmann runzelte die Stirn.

Reuter fragte, einen Tick zu laut: »Und?«

»Weil in der Zeitung die Beschreibung des Serienvergewaltigers stand, der an der Bochumer Uni umgeht. Ich dachte, wenn ich es mache wie er, wird keiner nach mir suchen. Und am Samstagabend ist auf dem Uni-Gelände nichts los. Ich habe mir die Erste geschnappt, die vorbeikam. Wir hatten großen Spaß in meinem Wohnmobil. Sie stand auf meine Messerspielchen. Und meine Salami hat ihr mächtig imponiert.«

»Deine Salami«, wiederholte Scholz.

»Genau.« Ziebrath zeigte ein Grinsen und begann mit der freien Hand an seiner Hose zu rubbeln – der Sittenstrolch in seinem Element. Dabei beugte er sich zum Mikro hin, als sei er stolz auf sein Geständnis. »Die Kleine hatte so etwas noch nie gesehen. Die hat es genossen, und wie! Sie hätten mal ihre Schreie hören sollen, als sie kam. Die hat sich sogar bedankt, als ich sie gehen ließ. Ich schwör's, meine Herren.«

Reuter stürzte sich auf den Mann und schlug ihm in den Magen. Der Stuhl kippte, Ziebrath krachte zu Boden und schrie auf. Reuter holte mit dem Fuß aus.

Scholz riss den Kollegen weg und hielt ihn fest. Zu Wegmann sagte er: »Dein Partner sollte mehr Zucker in den Kaffee tun, zur Beruhigung der Nerven. Der Typ redet nicht von Henrike. Anderer Ort, andere Frau.«

Der Exboxer hielt das Band an und löschte das Gepolter und Ziebraths Schreie.

Scholz griff zum Telefon, rief die Leitstelle an und fragte nach der Nummer der Bochumer Polizei. Er notierte die Ziffern am Rand eines Formulars, tippte sie ein und bekam die dortige Leitstelle an den Draht.

»Scholz, Kripo Düsseldorf. Hattet ihr gestern Abend oder im Lauf der Nacht eine Vergewaltigung auf dem Bochumer Unigelände?«

»Gegen halb neun. Warum?«

»Wir haben hier jemanden für euch.«

»Das Schwein ist aus Düsseldorf?«

»Aus Wülfrath, Kreis Mettmann. Und es ist nicht euer Serientäter, sondern ein Trittbrettfahrer. Hat soeben die Tat gestanden. Wir haben es auf Band. Ihr könnt euch den Kerl holen.«

»Super.«

»Wir trinken Bollinger. Eine Kiste zu Händen KHK Norbert Scholz, okay?« Er legte auf und zeigte den Kollegen den erhobenen Daumen.

Wegmann sagte: »Ich bring dann unseren Kunden ins Gewahrsam.« Er machte Ziebrath los und schubste ihn auf den Flur. Scholz schloss die Tür hinter den beiden.

Reuter wirkte noch immer, als habe er den Tunnelblick. Geballte Fäuste, Schweiß auf der Stirn.

Scholz legte ihm die Hand auf die Schulter: »Bochum, nicht Düsseldorf, hörst du? Ein anderes Mädchen, nicht unseres. Hey, Reuter, krieg dich ein.«

»Ich hab's kapiert.«

Scholz schaufelte Zucker in Reuters Tasse und schob sie ihm hin. »Hast du dir schon die CDs angehört?«

Reuter sah ihn an.

»Die unterschlagenen Beweismittel, die du bei Koch gefunden hast.«

»Ich weiß, was du meinst.«

»Und?«

»Erst den Anfang.«

»Was hältst du davon, wenn wir uns den Rest gemeinsam reinziehen?«

Reuter nahm einen Schluck und spuckte den Kaffee wieder in die Tasse zurück.

Scholz fragte: »Oder wartet zu Hause jemand auf dich?«

Der Kollege schüttelte den Kopf.

Teil IV

Verletzungen

Why do I find it hard to write the next line? I want the truth to be said.

Spandau Ballett, *True*

60.

Der Himmel war verhangen und es dämmerte bereits, als Simone das Rathaus verließ. Sie prüfte den Inhalt ihres Portemonnaies: zehn Euro und ein paar Cent-Stücke – vermutlich zu wenig für ein Taxi zur anderen Rheinseite.

Ihr Blick fiel auf das Reiterstandbild des Kurfürsten Johann Wilhelm, den die Einheimischen Jan Wellem nannten. Laut Sockelinschrift war die mächtige Bronzestatue ein Geschenk dankbarer Bürger an den Barockregenten. Simone hatte gehört, dass in Wirklichkeit der Fürst selbst sein Prunkbild in Auftrag gegeben und die Steuern erhöht hatte, um die Kosten stemmen zu können.

Das Hafen-Congress-Centrum ist Krolls Reiterstandbild, ging es Simone durch den Kopf. Mit dem Komplex am Hafen wollte er sich verewigen – mithilfe von Karpow und Wladimir noch weit pompöser, als bislang geplant. Was war der Preis, den die Russen dafür verlangten? Wer besaß nach Abschluss des Deals die Macht in der Stadt?

Sie schritt über das Pflaster und stolperte. Der Absatz blieb intakt, aber ihr Knöchel schmerzte. Sie humpelte weiter.

»Frau Beck!«

Simone blickte sich nicht um. Sie hatte die Stimme erkannt. Lohmar gehörte nicht zu den Leuten, die sie jetzt um sich haben wollte.

Der große Weißhaarige holte sie ein und bot ihr den Arm. »Haben Sie sich verletzt?«

Simone ignorierte ihn.

»Wo wollen Sie hin, Frau Beck? Kann ich Ihnen helfen?«

»Ausgerechnet Sie!«

»Es tut mir leid.«

Simone blieb stehen. »Können Sie mir zehn Euro leihen?« Sie winkte nach einem der Taxis, die am Burgplatz warteten. Keines schickte sich an, der Kundschaft entgegenzufahren. Der Unternehmensberater hielt einen Schein in der Hand. Es war ein Fünfziger. Simone nahm ihn an sich.

»Bekommen Sie morgen wieder.«

Sie erreichte das vorderste Taxi und ließ sich auf den Rücksitz sinken. »Kaiser-Wilhelm-Ring, bitte.«

Die Tür auf der anderen Seite ging auf und Lohmar stieg zu ihr ein. »Wollen Sie nicht lieber in ein Krankenhaus? Womöglich ist das Sprunggelenk verletzt oder eine Sehne gerissen.«

»Unsinn.«

Sie fuhren die Mühlenstraße entlang. Vorbei an Gerichtsgebäude, Andreaskirche, Kunstsammlung NRW. Simone fragte sich, was der Weißhaarige von ihr wollte. An der Heinrich-Heine-Allee beschleunigte der Fahrer und lenkte den Wagen auf die Brückenrampe.

»Machen Sie sich nichts draus, wenn Kroll sauer auf Sie ist«, sagte Lohmar. »Ich finde, Sie haben richtig gehandelt. Das wollte ich Ihnen nur sagen, Frau Beck. Ich stehe auf Ihrer Seite.«

Wenn du glaubst, auf diese billige Tour ein Remake deines Hamburg-Abenteuers erleben zu können, hast du dich geschnitten, dachte Simone. Sie nannte dem Fahrer die Hausnummer.

Beim Bezahlen genügte ihr ein Zehner für den Fahrpreis inklusive Trinkgeld. Sie warf Lohmar den Fünfzig-Euro-Schein in den Schoß.

Der Weißhaarige öffnete auf seiner Seite ebenfalls die Tür.

Unverschämter Kerl, dachte Simone. Dich nehme ich garantiert nicht mit nach oben. »Gute Nacht, Herr Lohmar.«

Sie schloss die Haustür auf.

Der Mann stand immer noch da. Er sagte: »Wenn Sie möchten, kann ich Ihnen etwas über Krolls neue Freunde erzählen. Damit Sie etwas in der Hand haben, falls er auf die Idee kommt, Sie feuern zu wollen.«

Simone blickte sich um. Der Weißhaarige wirkte, als meinte er es ernst. Doch das konnte trügen.
»So etwas Ähnliches wie ein Dossier?«
Der Unternehmensberater nickte.

61.

Reuter schloss die Schreibtischschublade auf, in der er die beiden Datenträger verwahrte, die ihm in Kochs Haus in die Hände gefallen waren. Unterdessen setzte sich Scholz auf Reuters Stuhl.

»Drei Dinge solltest du wissen«, sagte Reuter. »Erstens hat mein Bruder den Rückkauf des gestohlenen Gemäldes vermittelt und wurde noch am gleichen Tag, als deshalb sein Name in der Zeitung genannt wurde, fast totprügelt. Kaum war er einigermaßen wieder bei Sinnen, rief er Michael Koch an, der jedoch bereits untergetaucht war, vermutlich weil ich ihm schon von dem Vorfall erzählt hatte. Es gibt also eine Verbindung zwischen Michael und meinem Bruder.«

Scholz legte seine Füße auf den Tisch – als wollte er demonstrieren, dass dieses Büro noch immer sein Reich sei.

Reuter schaltete den PC ein und zog sich einen zweiten Stuhl heran. »Zweitens steckt nicht Koksbaron Böhr hinter dem Artnapping, sondern Grusew. Er hat die beiden Ukrainer ins Land geschleust, die das Bild geklaut haben. Und auch Robby Marthau ist in die Sache verwickelt gewesen, das behauptet zumindest sein Kumpel Sascha Maisel. Robby soll Sascha das Bild gezeigt haben, als er es mal transportierte. Anscheinend hat Robby Marthau nicht nur für Böhr gearbeitet, sondern auch für Grusew.«

»Und für uns.«

»In diesem Gewirr hat sich Einstein schließlich verheddert.«

»Einstein«, Scholz musste grinsen, »war das euer Spitzname für Marthau?«

Reuter nickte.

»Und drittens?«

»Drittens nimmst du deine dreckigen Treter von meinem Tisch.«

Scholz gehorchte. »Und wie bist du die ganze Zeit mit Koch zurechtgekommen?«

»Gut, wenn man davon absieht, dass Michael faul und träge ist, zumindest wenn es um dienstliche Belange geht.«

»Er hat gegen mich Stimmung gemacht, noch bevor der Kripochef den Inneren Dienst eingeschaltet hatte. Koch ist eine feige Sau und ich traue ihm alles zu. Er hat offenbar seine eigene Nummer durchgezogen und du hast nichts davon gemerkt.«

»Hör mal, ich bin seit fast einem Jahr nicht mehr im Inneren Dienst. Ich bin hierhergekommen, um mit Koch und den anderen zusammenzuarbeiten. Nicht, um jemanden zu beschnüffeln. Keiner von uns hat bemerkt, dass Koch nicht sauber war.«

»Sei doch nicht gleich so eingeschnappt.«

Reuter schob die erste CD ein. Telefonate von Mitte Dezember 2005. Scholz bestand darauf, sie von Beginn an zu hören, als gebe es Dinge, die er besser heraushören könnte. Der Kerl nervte.

Sie lauschten.

Wie geht's? – ein Anrufer, der sich nicht mit Namen gemeldet hatte. Die Nummer war nicht feststellbar, vermutlich unterdrückt.

Besser. – Böhrs Stimme, unverkennbar.

Die transnistrische Grippe?

Ach die. Hab ich weggehustet. War nichts als ein leichter Schnupfen. Kommt nicht wieder.

Scholz griff nach der Maus und klickte auf *Pause.* Er warf Reuter einen langen Blick zu, dann kritzelte er etwas auf seinen Schreibblock.

Wichtigtuer, dachte Reuter.

Weiter.

Das Gespräch drehte sich um eine neue Beschallungsanlage für das *Pleasure Dome*, um das neue Toupet eines bekannten Fernsehmoderators, der kürzlich im *Goldenen Einhorn* gespeist hatte, sowie um irgendwelche Miezen auf Sylt.

Zuletzt ein langatmiger Abschied.

Bleib gesund, Manfred.

Klar.

Was sagt der Onkel Doktor? Du weißt schon, der Doktor, der uns die Medizin bringt?

Es ist wirklich nur ein kleiner Krankheitsherd. Ignorieren und isolieren.

Wieder hielt Scholz an. »Was bedeutet das?«

Er fragte wie ein Pauker, dachte Reuter. Manchmal legte Katja den gleichen Ton an den Tag, der signalisieren sollte, dass sie die Antwort selbst am besten kannte.

Reuter sagte: »Wir wissen, dass Böhr der Statthalter Alfonsos war, sozusagen der Zwischenhändler für die Kolumbianer. Böhr garantierte gute Preise, dafür verkaufte Alfonso nicht an andere Dealer in dieser Region. Also, der Doktor, der die Medizin bringt, ist Alfonso, ganz klar.«

»Und die Kolumbianer haben deiner Meinung nach Böhrs Eltern gekidnappt?«

»Weil der Koksbaron die Bezahlung einer größeren Fuhre Stoff schuldig geblieben ist. Wie soll es sonst gewesen sein?«

»Wer ist der Krankheitsherd, die transnistrische Grippe?«

»Meine Theorie ist, dass Böhr alles verkauft hat, um seine Eltern freizubekommen. Offiziell gehören die Läden jetzt Lohmar, aber vermutlich spielt Lohmar nur den Strohmann. Eine direkte Verbindung zu Grusew haben wir noch nicht finden können, aber vielleicht ist mit der Grippe der junge Russe gemeint.«

»Klingt schlüssig.«

Sie ließen die Scheibe weiterlaufen. Reuter musste mehrfach gähnen.

Dann erreichten sie endlich die Stelle, ab der die Aufzeichnung auch für ihn neu war.

Hallo, Snoopy, ich bin's noch mal.
Hi, Manni.

›Snoopy‹ war der Bursche, der sich zu Beginn der CD nach Böhrs Gesundheit erkundigt hatte. Dieses Mal ging es um unzuverlässiges Personal, das in die Kasse griff und eigene Geschäfte aufzog. Böhr gleicht mehr einem Unternehmer als einem Mafiapaten, überlegte Reuter. In Sizilien hätte man Veruntreuung vermutlich mit dem Tod bestraft.

Es war fast einundzwanzig Uhr, als sie die erste Scheibe zu Ende abgehört hatten. Bevor sie die zweite in das Laufwerk schoben, besorgte Reuter frischen Kaffee. Sein Kollege wollte ihm schon wieder Zucker in die Tasse schütten, Reuter konnte ihn gerade noch davon abhalten.

Scholz sagte: »Ich dachte, ich hätte die Aufzeichnungen gründlich studiert und die meisten davon als Erster in die Hand bekommen. Aber was wir gerade gehört haben, kannte ich noch nicht. Offenbar war Koch doch nicht so faul.«

Die zweite CD enthielt die Telefonate des folgenden Tages, zumindest einen Teil davon.

Nach einer Viertelstunde vernahm Reuter eine Stimme, die ihm bekannt vorkam.

Hallo, Chef, wir ...
Was geht ab?
Wir müssen uns treffen.
Keine Zeit, Junge. Red schon.
Aber ich kann doch nicht am Telefon ...

»Sascha Maisel«, erklärte Reuter.

Scholz nickte.

Klar, kannst du. Nenn keine Namen und sprich nicht über etwas, was die Kavallerie aufscheucht, dann geht's auch am Telefon. Aber mach's kurz. Ich muss zum Flieger.
Es geht um diesen Typen, der sich einbildet, erwachsen zu sein.

Snoopy nennt ihn die Grippe.
Das passt, Chef. Ist echt 'ne Krankheit.
Bloß ein Schnupfen, mehr nicht.
Er hat uns zwei Kuckuckseier ins Nest gelegt, böse Sache.
Junge, was meinst du damit?
Zwei Vogelscheuchen, die aussehen, als kämen sie direkt aus dem Heimatdorf von Borat.
Haben sie was angestellt?
Ich nehme an, ihnen gefielen die Uniformen und die Möglichkeit, nachts durch ein Museum zu spazieren. Sie verstehen, was ich meine?
Diese Kerle arbeiten in meiner Firma?
Jetzt nicht mehr. Ich hab sie rausgeworfen.
Scheiße, ich seh schon die Kavallerie, wie sie mir auf den Pelz rückt. Habe erst gestern mit Snoopy darüber gesprochen, wie schwer es ist, gutes Personal zu kriegen. Du bist dir sicher, dass dieser beschissene Schnupfen dahintersteckt?
Sieht so aus. Ich kann das jetzt schlecht am Telefon …
Wir müssen uns treffen. Morgen Abend, okay?

Ende des Gesprächs. Reuter stoppte die Aufzeichnung. Er sagte: »Die zwei Kunsträuber arbeiteten in Böhrs Wachschutzfirma, die damals auf die Kunstsammlung aufpasste. Sascha Maisel wusste also, wer die Räuber waren, und Kollege Koch erfuhr durch diesen Datenträger, dass Sascha es wusste.«

Ihm fiel die Aussage Maisels ein, in der er seinen Freund Robby ›Einstein‹ genannt hatte.

Scholz folgerte: »Koch hat mit Saschas Hilfe die beiden Ukrainer geschnappt.«

Reuter nickte. »Aber interessant ist, dass Maisels Name in keiner Akte zu diesem Fall auftauchte.«

»Uns hat Koch damals erzählt, der Tipp stamme von einem gewissen Kai Feuerstein.«

»Wer ist das?«

»Wir nannten ihn Fusel-Fuzzi. Eigentlich war Feuerstein

eine komplett andere Baustelle. Er arbeitete am Flughafen und sollte uns helfen, Diebstähle im Cargobereich aufzudecken. Hat nichts gebracht. Letztlich haben wir die Bande mit elektronischen Mitteln geknackt. Das ist drei Jahre her und das Beeindruckendste an Feuerstein war seine ständige Fahne.«

»War?«

»Letztes Jahr ist er gegen einen Baum gefahren und hat sich gehimmelt.«

»Glaubst du, was ich glaube?«

»Ja. Koch hat ihn vorgeschoben, weil Fusel-Fuzzi nichts mehr dementieren konnte.«

»Er wollte nicht, dass jemand bei Sascha Maisel nachfragt.«

Reuter wühlte in seinen Unterlagen und fand die Nummer des MEK-Kollegen, der die Observation Maisels koordinierte. Reuter wählte und drückte die Taste für den Zusatzlautsprecher, damit Scholz alles mitbekam.

»Kilian.«

»Jan Reuter hier, MK *Feuerwerk*, Kollege Scholz hört zu. Was gibt's Neues bei euch?«

»Der Kunde ist wieder zu Hause.«

»Und zuvor?«

»Spät aufgestanden, vermute ich mal. So gegen drei hat er 'ne Runde gedreht. Shell-Tankstelle am Südring, dann zum Hauptbahnhof, wo er sich mit Lebensmitteln eindeckte, und auf dem Rückweg ein Pizzaladen an der Corneliusstraße.«

»Wie observiert ihr ihn? Auf Sicht oder mit GPS-Peilung?«

»Klassisch auf Sicht. Wir haben noch keinen Sender fixieren können. Die Zielperson parkt in einer Tiefgarage unter dem Haus, in dem er wohnt. Dazu haben wir keinen Zugang. Und als die Karre vor dem Bahnhof stand, haben wir uns nicht getraut.«

»Ihr überblickt beides, Haustür und Garagenausfahrt?«

»Mach dir keine Sorgen, Kollege. Beides geht zur gleichen

Seite und einen weiteren Ausgang hat das Haus nicht. Wir sind dran. Bisher war's ganz einfach.«

»Danke. Gebt mir bitte Bescheid, sobald er sein Haus verlässt.«

»Womit rechnest du?«

»Wir gehen davon aus, dass er irgendwo Drogen bunkert, die das Mordopfer Robby Marthau aus Amsterdam mitgebracht beziehungsweise in seiner Wohnung gelagert hat. Vielleicht führt Maisel uns zu dem Versteck.«

»Wir rufen dich an, Kollege.«

»Ich bin die ganze Nacht zu erreichen.«

Ich mach's für Henrike, sagte sich Reuter. Er nannte dem MEK-Häuptling seine Mobilfunknummer und legte auf.

Zu Scholz gewandt: »Ich bräuchte einen Partner, falls ich Maisel befrage.«

»Klar, ruf mich an, meinetwegen mitten in der Nacht. Hab sowieso einen schlechten Schlaf. Wer von uns gibt dem MK-Leiter Bescheid?«

»Ich mach das.«

Sie gaben sich die Hand, als würden sie eine Versöhnung besiegeln.

62.

»Kaffee?«, fragte Simone. Sie war gespannt, was Lohmar auf der Pfanne hatte.

»Danke«, antwortete der Unternehmensberater, »so spät lieber nicht.«

»Dann eben Wein, wenn's ein einfacher Cabernet aus dem Supermarkt sein darf.« Simone entkorkte die Flasche. Gut, dass sie zwei davon gekauft hatte.

Er fragte: »Was hat Jewgeni Ihnen angetan?«

»Bitte ersparen Sie es mir, Details zu nennen. Jedenfalls hat er mich gestern mit K.-o.-Tropfen schachmatt gesetzt und heute versuchte er es schon wieder. Mitten im Rathaus, es ist unglaublich.«

»Er scheint Sie zu mögen.«

»Ihre Scherze können Sie sich sparen.«

»Kroll hat sich jedenfalls unmöglich verhalten.«

Sie reichte Lohmar ein Glas.

Lohmar schwenkte es und trat ans Fenster. »Schöne Aussicht.«

»Demnächst blicke ich noch auf zwei weitere Hochhäuser.«

»Nach allem, was man hört, wird sie ein Architekt von Weltruf bauen.«

»Sind Sie stolz darauf, dass Ihr Russe das Hafen-Congress-Centrum retten wird?«

Lohmar wandte sich zu ihr um. »Er ist nicht *mein* Russe.«

Simone wies auf das Sofa. Der Weißhaarige nahm Platz. Sie wählte den Sessel. »Was ist er dann?«

»Ein Geschäftspartner, mit dem ich viel Geld verdient habe. Ich habe Häuser für ihn erworben, Betriebe in diversen Branchen, sogar die Diskothek, in der Sie gestern Abend getanzt haben. Kennen Sie das *Goldene Einhorn*?«

»Dort speist Kroll am Vorabend jeder Ratssitzung mit dem Fraktionsvorsitzenden.«

»Das gehört jetzt auch meinem Klienten. Ferner habe ich für ihn eine gemeinnützige Stiftung gegründet sowie ungemein nützliche Briefkastenfirmen. Eine ganzes Geflecht davon. Und ich habe Kontakte geknüpft.«

»Das heißt, Sie haben nicht nur den Oberbürgermeister gekauft.«

»Mein Klient denkt langfristig.«

»Zuallererst hat er jedoch Sie in die Tasche gesteckt. Warum sollte ich Ihnen vertrauen? Sie, Karpow und OB Kroll – das ist doch jetzt eine eingeschworene Gemeinschaft. Und ich bin ein Störfaktor, weil ich mich von einem Bodyguard des großen Investors nicht widerspruchslos vergewaltigen lasse.«

Lohmar hielt das Glas gegen das Licht der Stehlampe. »Haben Sie mir etwas in den Wein gekippt, um sich dafür zu rächen?«

»Probieren Sie's aus.«

Der Kerl lächelte, roch am Glas, nahm einen Schluck und ließ sich Zeit, als sei es ein großer Tropfen.

Lohmar hat Stil, fand Simone.

»Sie sollten mich inzwischen besser kennen, Frau Beck. Mich steckt niemand in die Tasche. Ich schließe lediglich Projektverträge über begrenzte Zeiträume. Ich bin finanziell unabhängig genug und kann Jobs auch ablehnen. Wenn morgen Nachmittag alles unter Dach und Fach ist, endet meine Beziehung zu diesem Klienten. Am kommenden Wochenende fliege ich erst einmal in den lang verdienten Urlaub.«

Simone hielt sich an ihrem Glas fest. Dieser Unternehmensberater war ein Mann mit Regeln, die ihr gefielen – wenn es stimmte, was er sagte.

»Was wollen Sie mir über Krolls neue Freunde verraten, Herr Lohmar?«

»Ich heiße Ulrich.« Der Weißhaarige hielt ihr sein Glas entgegen.

Sie stieß an. »Simone.«

»Jetzt können wir uns endlich duzen. Geküsst haben wir uns ja schon.«

»Hab's vergessen.«

»Schade.«

»Zur Sache, Ulrich.«

»Du hast völlig recht, wenn du diesen Leuten nicht über den Weg traust. Jewgeni ist nicht der Einzige, der eine Schraube locker hat. Es tut mir aufrichtig leid, wenn er dir etwas angetan hat, und ich möchte dich herzlich bitten, auf Mallorca mein Gast zu sein. Du könntest Abstand gewinnen und Erholung tanken.«

»Kroll wird mir keinen Urlaub genehmigen.«

»Brauchst du diesen Job?«

»Bin ich darauf angewiesen, Geld zu verdienen? Ist der Papst katholisch?«

»Ich habe genug zurückgelegt, dass es auch für zwei reicht.«

Simone ließ den Wein im Glas kreisen und spottete: »Klingt ja fast wie ein Antrag.«

Er sagte nichts. Sie wich seinem Blick aus und schenkte nach. »Ulrich, wer sind diese Leute?«

»Die Antwort weißt du. Du hast den Clan kennengelernt. Wer ist unter den Frauen die Nummer eins?«

»Laut diesem schrecklichen Leibwächter heißt sie Turinowa.«

»Und unter den Männern?«

»Der Große. Jewgeni nannte ihn Wladimir. Der Mann der Turinowa, wenn ich das richtig sehe.«

»Da hat sich der Leibwächter ganz schön verplappert, denn sein Name ist ein Geheimnis, das Wladimir aus guten Gründen streng hütet.«

»Aber warum? Aus welchem Grund geht jemand hinter einem Gefolgsmann wie Karpow in Deckung?«

»Verfügst du über einen Internetanschluss?«

Simone nickte.

»Dann gib mal *Wladimir Turin* in die Suchmaschine ein.«

Sie sprang auf und ging zu ihrem PC hinüber. Ein Knopfdruck – es dauerte, bis das alte Ding in Gang kam.

Lohmar griff nach seinem Glas und nippte. »Okay, ich bin mindestens zwanzig Jahre älter als du. Und vermutlich erwartest du von einem Partner, dass er seine berufliche Zukunft vor sich hat und nicht schon seinen Rückzug plant.«

»Hör auf, Ulrich, sonst muss ich annehmen, du seiest betrunken.« Sie tippte den Namen in die Maske und klickte auf *Suche*.

2450 Ergebnisse für *Wladimir Turin*.

Lohmar blickte ihr über die Schulter. »Es gibt einen gleichnamigen Fechter, der schon tot ist, und einen Skilangläufer, der einige Medaillen gewonnen hat. Zieh die beiden ab und du kommst auf höchstens zwanzig Erwähnungen. Turin legt es nicht auf Popularität an.«

»Wie kann ich die Suche einschränken?«

»Gib Transnistrien als weiteres Stichwort ein.«

Sie kam sich vor wie bei einer Schnitzeljagd. Die Kombination aus *Wladimir Turin* und *Transnistrien* ergab nur noch ganze elf Erwähnungen.

»Was ist das für ein Ort?«, fragte Simone.

»Ein kleines Land, das sich beim Zerfall der Sowjetunion infolge eines kurzen, aber blutigen Bürgerkriegs von Moldawien abgespalten hat. Seit fünfzehn Jahren regiert dort Wladimirs Vater und begreift sich als letzter Nachfahre Lenins. Die Familie handelt mit allem, was sich in dem schmalen Streifen zwischen Dnjestr und ukrainischer Grenze zu Geld machen lässt. Mit den Waffen der dort stationierten russischen Armee beliefern sie sämtliche Bürgerkriegsparteien der Welt. Die Dorfschönheiten verkaufen sie an die Bordelle des Balkans. Inzwischen ist das Land ausgeblutet und hoch verschuldet. USA und EU versuchen, den Schmuggel einzudämmen, und es gibt Bestrebungen zu einer Wiedervereinigung mit Moldawien. Aus diesen Gründen sehen sich die Turins nach neuen Anlagefeldern um.«

»Warum ausgerechnet diese Stadt?«

»Natürlich nicht Düsseldorf allein. Sie senden Späher aus, sondieren die Standortfaktoren.«

»Du meinst, was vor Ort zu holen ist.«

»Auch das.«

»Legal oder auch kriminell?«

»Wladimir Turin hält sich nicht lange mit solchen Unterscheidungen auf.«

»Entzückend. Und bei uns will er richtig klotzen.«

»Darauf kannst du dich verlassen. Ich habe mich selbst gewundert, wie schnell alles in den letzten Tagen ging. Dagobert Kroll hat daran zweifellos einen großen Anteil. Da haben sich zwei Partner gesucht und gefunden.«

Simone hatte sich wieder dem Monitor zugewandt. Eines der Suchergebnisse verwies auf einen Artikel des Berliner *Tagesspiegel*, etwa zwei Jahre alt. Simone las darin über ein Land, das von keinem anderen der Welt anerkannt wurde, eine eigene Währung besaß und sogar einen eigenen Mobilfunkstandard. Wladimirs Vater: ein Tyrann. Der Sohn: ein Unternehmer, der praktischerweise alles kontrollierte.

... sämtliche Filetstücke gehören dem Magnum-Konzern. Dessen Logo, ein gelber Stern, verdrängt den roten Sowjetstern zunehmend aus dem Straßenbild. Firmengründer ist Wladimir Turin, der nach der Abspaltung vom mehrheitlich Rumänisch sprechenden Moldawien das Kommando über die Polizei übernommen hat, die vor allem durch brutales Vorgehen gegen Oppositionelle in Erscheinung tritt. Zudem leitet Turin das Zollamt und kontrolliert damit jeglichen Außenhandel. Dem Konzern gehören Supermärkte, Tankstellen, eine Mercedes-Niederlassung, Fernsehsender, Zeitungen, das Mobilfunknetz sowie ein Fußballverein, der es bereits in die Qualifikationsrunde zur Champions League geschafft hat ...

Lohmar sagte: »Auf einer dieser Internetseiten müsste erwähnt sein, dass Wladimir und sein Vater sowie einige der wichtigsten Magnum-Bosse wegen Bandenkriminalität und alten Bürgerkriegsverbrechen auf der Fahndungsliste von Interpol stehen. Deshalb wird Karpow vorgeschoben, dieser armselige Trottel.«

»Wenn das die Presse erfährt, ist Kroll geliefert.«

Simone spürte Lohmars Hände auf ihren Schultern. Sie ließ es zu, dass er sie massierte.

Der Unternehmensberater senkte den Kopf und flüsterte in ihr Ohr: »Mallorca um diese Zeit – ein Traum, zumindest auf meiner Finca.«

63.

Auf dem Heimweg musste Reuter wieder an Katja denken. Er sehnte sich nach ihr und sagte sich, dass nichts falscher sei als das. Es ärgerte ihn, dass sie sich dem Gespräch entzog und die Nacht bei ihrer Mutter verbrachte. Oder bei wem auch immer.

Ich brauche Zeit – Reuter fürchtete, dass es nicht für ihre Beziehung sprach, wenn seine Partnerin nicht wusste, wie es weitergehen sollte.

Das Eckhaus, in dem er wohnte, kam in Sicht. Die Fenster im zweiten Stock unbeleuchtet. Er fühlte sich jetzt schon verlassen.

Reuter wühlte nach dem Schlüssel, als ihn ein Auto anblinkte. Fernlicht, zweimal kurz angetippt. Er schreckte zusammen und dachte an den Lexus, der ihn von Schiefbahn aus verfolgt hatte. Aber der Wagen hier war ein Polo älterer Bauart. Reuter lief hinüber.

Marion kurbelte das Fenster herunter. »Ich habe etwas gefunden.«

»Du hättest mich anrufen können.«

»Michael meint, dass möglicherweise unser Telefon abgehört wird.«

»Du hast mit ihm gesprochen?«

Sie nickte.

»Komm mit. Lass uns oben reden.«

Sie nahm eine Leinentasche vom Beifahrersitz, schloss ihren Kleinwagen ab und folgte Reuter die Treppe hoch. Die Tasche behielt sie in der Hand, als er sie ins Wohnzimmer führte.

»Etwas zu trinken?«, fragte Reuter.

»Wasser, bitte.«

Er holte die Flasche aus dem Kühlschrank und goss ihr

ein Glas ein. »Jetzt siehst *du* aus, Marion, als hättest du ein Gespenst gesehen.«

»Hunderttausende von Gespenstern.«

»Hast du Michael ausgerichtet, was ich dir gesagt habe?«

»Ja.«

»Und?«

»Er wollte nichts von einem Deal wissen.«

»Was hat er vor?«

Marion zitterte, als sie in ihre Stofftasche griff und einen transparenten Beutel herauszog, den sie auf den Tisch legte. Luftdicht verknotet und mit Erdkrümeln behaftet.

Der Inhalt ließ Reuters Herz heftiger pochen. »Wo hast du das her?«

»Michael hatte es vergraben. Er beschrieb mir die Stelle und sagte, ich solle damit nach Düsseldorf fahren und auf seinen Anruf warten, um ihn zu treffen.«

»Er will damit türmen.«

»Scheint so.«

»Was schätzt du, wie viel das ist?«

»Hunderttausend?«

»Nein, mehr.«

Reuter fragte sich, ob er den Beutel unversehrt lassen sollte oder aufreißen, um das Geld zu zählen. Große Scheine, kleine Scheine, bunt durcheinander. Vielleicht eine Million.

Kochs Anteil vom Erlös aus dem Rückkauf des Beckmann-Gemäldes.

Marion sagte: »Fast wäre ich schon heute Nachmittag darauf gestoßen, als ich die Rosenstöcke gepflanzt habe. Das Geld war dicht daneben verbuddelt.«

Reuter entschied sich dafür, die Plastiktüte nicht aufzureißen. Er könnte Spuren verwischen – Sachbeweise, die entscheidend sein könnten, falls sich Marion vor Gericht weigern würde, gegen ihren Gatten auszusagen.

Ein Handy tönte. Marion kramte in ihrer Tasche. Reuter riss ihr das Mobiltelefon aus der Hand.

Er suchte die richtige Taste und drückte darauf. »Michael? Ich bin's, Jan.«

Kochs Stimme, verbittert: »Also hat Marion mich verpfiffen.«

»Hör zu, wir haben das Geld.«

»Scheiße, warum tut sie das? Fickst du sie?«

»Lass deine Frau aus dem Spiel. Du hast dich selbst in die Scheiße geritten. Woher stammt die Kohle? Sag nicht, du hättest im Lotto gewonnen. Wo steckst du?«

»Glaubst du, das werde ich ausgerechnet dir auf die Nase binden?«

»Wir suchen dich und wir sind nicht die Einzigen. Ein Typ mit russischem Akzent hat sich bei Marion nach dir erkundigt und ein dunkler Lexus lauert vor deinem Haus. Schon mal etwas von einer Stiftung für deutsch-russischen Kulturaustausch gehört? Ich glaube, da sind wir im Zweifelsfall die angenehmere Adresse, zumal das Angebot von Engel wirklich unschlagbar ist.«

Ein paar Sekunden war Stille im Handy. Dann antwortete Koch: »Das muss ich erst aus seinem Mund hören.«

»Du willst mit dem Leitenden Kriminaldirektor verhandeln?«

»Ja.«

»Warte.« Reuter fand sein Adressbuch und den Eintrag mit Engels Nummer. Er gab sie durch.

»Du hast die Privatnummer des Kripochefs?«

»Das war beim Inneren Dienst so üblich.«

»Schwert und Speerspitze der Behördenleitung. Ich hätte wissen müssen, dass du mir auf die Schliche kommst.«

Aufgelegt.

Hastig wählte Reuter die Nummer aus seinem Adressbuch.

»Engel.«

»Jan Reuter hier. Jeden Moment wird sich Koch bei Ihnen melden. Machen Sie ihm keine Versprechungen, die Sie nicht halten können. Wer weiß, was er außer der Unterschlagung von Beweismitteln noch verbrochen hat.«

»Danke.«

Reuter gab Marion das Handy zurück.

»Und jetzt?«, fragte sie.

»Hängt davon ab, wie Michael sich entscheidet.«

»Du willst, dass er in den Knast kommt, stimmt's?«

»Wenn es nach mir ginge, ja.«

»Was hat er dir getan?«

»Mir? Darauf kommt es nicht an, Marion.«

»Du kannst ihn nicht leiden.«

»Er hat mich nach Strich und Faden hintergangen. Dich auch.«

»Ich weiß, Jan.«

»Und du liebst ihn dennoch?«

»Vermutlich ist es nur Gewohnheit. Und ich frage mich schon seit einiger Zeit, was mir diese Gewohnheit noch wert ist.«

Mir geht es mit Katja ähnlich, erkannte Reuter.

Marion hatte das Aquarium entdeckt, das im Halbdunkel leise brummte und gurgelte. Sie spähte durch die Scheibe. Die meisten Bewohner schliefen längst. Nur die Feuerfische jagten sich – es war ihre Zeit. Reuter musste an Frau Wüpperfürth denken, die ihm das Pärchen verkauft hatte.

»Faszinierend«, staunte Marion.

»Katja nennt es den gläsernen Sarg.«

»Geht es unter den Fischen friedlicher zu als bei uns?«

»Zumindest habe ich noch kein Verbrechen registriert.«

»Vielleicht sollte ich beim nächsten Mal als Fisch auf die Welt kommen.« Ihr trauriges Lächeln zeigte, dass sie nicht ernsthaft an einen zweiten Versuch glaubte.

Reuter erkundigte sich: »Wirst du deinen Mann belasten, wenn die Sache vor Gericht geht? Ich meine, wirst du bezeugen, wo du das Geld gefunden hast und dass Michael dir verraten hat, wo es vergraben lag?«

Marion blickte ihn lange an. Ihr Handy klingelte. Sie nahm das Gespräch an. Dann gab sie den Apparat an Reuter weiter.

Er hielt sich das Ding ans Ohr. »Ja?«

Engels Stimme, von ganz weit her: »Koch stellt sich. Morgen um zehn. Bereiten Sie alles vor, Reuter.«

»Okay.«

»Ihr Fang, Reuter. Gratulation.«

»Danke.« Noch haben wir das schwarze Schaf nicht im Sack, dachte er.

Der Kripochef hatte das Gespräch bereits beendet.

Marion sagte: »Weißt du was, Jan? Als ich das Geld fand, war mein erster Impuls, es zu behalten. Einfach damit abzuhauen.«

Reuter warf einen Blick auf die Tüte. »Das kann ich gut verstehen.«

»Was meinst du: Wird es einen Prozess gegen Michael geben?«

Reuter zuckte mit den Schultern.

Sie trat näher an ihn heran. »Was hat Michael über mich gesagt, als ihr vorhin miteinander telefoniert habt?«

»Er meinte, du hättest ihn verpfiffen.«

»Was noch?«

»Er wollte wissen, ob wir ein Verhältnis haben.«

Marion ließ ein bitteres Lachen hören. »Das sieht dem Kerl ähnlich.«

64.

Scholz starrte auf den schwarzen Kasten. Sein Anrufbeantworter war ein flaches, rechteckiges Teil mit vielen Knöpfen und lag im Kabelgewirr neben seinem privaten Schreibtisch wie in einem Nest. Die blinkende Digitalanzeige machte Scholz nervös.

Er drückte den Knopf, um die neue Nachricht abzuhören.

Warum rufen Sie nicht zurück? Ich will mich doch nur revanchieren. Sie sollten wissen, dass ich die Nachrichten aus der alten Heimat weiterhin mit Interesse verfolge und sehr bestürzt über den Tod eines ehemaligen Mitarbeiters bin.

Es folgte die gleiche lange Nummer wie gestern.

Scholz schrieb sie auf seine Handfläche.

Dann löschte er die Nachricht, rief per Handy den eigenen Anrufbeantworter an und sagte seinen Spruch in leichter Abwandlung: »Ich bin klein, mein Herz ist rein, meine Weste ist schmutzig, ist das nicht putzig?«

Als er den Quatsch abhörte, vernahm er Angst in seiner Stimme. Er drückte noch einmal den obersten Knopf. Wieder die Bestätigung durch die Computerstimme, die in dem flachen Kasten wohnte: *Aufzeichnung wurde gelöscht* – hoffentlich gründlich genug, dachte Scholz.

Er stand unmittelbar vor seiner Rehabilitierung. Kollege Koch war der Bösewicht, nicht er. Das Disziplinarverfahren würde eingestellt werden, die Strafversetzung rückgängig gemacht – so dicht vor dem Ziel durfte Koksbaron Böhr ihm nicht dazwischenfunken.

Scholz ging an den Kühlschrank und öffnete ein Bier. Im Fernsehen liefen Nachrichten. Die Moderatorin hatte den gleichen Vornamen wie seine Kollegin aus der Kriminalwache. Doch sie schaffte es nicht, ihn abzulenken.

Böhrs Worte: *Bestürzt über den Tod eines ehemaligen Mitarbeiters.* Er meinte Marthau, kein Zweifel.

Es ließ Scholz keine Ruhe. Ein großer Schluck, dann schaltete er die Glotze aus und griff nach dem Telefon.

Die Nummer aus seiner Handfläche.

»Ja, hallo?« Eine schnarrende Stimme aus einem anderen Land.

»Was wollen Sie von mir?«

»Herr Kommissar, sind Sie's wirklich? Was macht Ihr Sohnemann?«

»Das geht Sie einen Dreck an.«

»Schlechte Laune, oder was?«

»Ist Ihnen langweilig oder warum rufen Sie mich an?«

»Was soll die Aufregung? Sie werden doch nicht mehr abgehört. Oder versuchen Ihre Kollegen immer noch, Sie dranzukriegen?«

»Erinnern Sie sich noch an unsere Abmachung? Was habe ich Ihnen damals gesagt?«

»Nicht anrufen.«

»Und was haben Sie getan? Zweimal, unmittelbar nach Ihrem Freispruch!«

»Ich wollte mich nur bedanken.«

»Sie können sich nicht ausmalen, was mir das eingebrockt hat.«

»Ich habe das Telefon einer Kneipe benutzt und keinen Namen genannt.«

»Die Kneipe stand keine hundert Meter von Ihrem Haus entfernt und der Wirt hat Sie beschrieben. Für wie blöd halten Sie meine Kollegen?«

»Ich dachte, Sie hätten Ihre Leute im Griff. *Darin* bestand doch unsere Vereinbarung.«

»Es gibt keine Vereinbarung mehr. Was sollen diese Liebesgrüße aus dem toskanischen Exil auf meinem Anrufbeantworter?«

»Einer meiner früheren Mitarbeiter wurde ermordet, ein netter Junge, und ich dachte, es würde Sie interessieren, wer das getan hat. Aber wenn ich mich geirrt habe, tut es mir leid und ich will Sie nicht länger behelligen.«

»Was wissen Sie über den Mord?«

»Also doch interessiert?«

»Reden Sie schon.«

»Der Mann heißt Denis Grusew.«

»Ach.«

»Grusew drängt sich in den Markt. Ich habe versucht, ihn auszubooten, indem ich einen seiner Kokaintransporte habe auffliegen lassen, die er laufen hatte. Dreißig Kilo Schnee, den Ihre Kavallerie abgefangen hat. Dafür hat er sich offenbar gerächt.«

»Unsere Leute dachten, die Lieferung sei für Sie bestimmt gewesen.«

»Nein, Grusew hat bereits mehr als einen Fuß im Geschäft.«

»Und Robert Marthau ...«

»Ich wusste, dass Robby für Ihre Kollegen arbeitete, und ließ ihn den Tipp an sie weitergeben.«

»Und?«

»Reicht Ihnen das nicht?«

»Was bedeutet die *transnistrische Grippe*?«

Der ehemalige Koksbaron ließ ein kurzes Lachen hören. »Schöne Bezeichnung. Könnte von mir stammen.«

»Geben Sie mir konkrete Hinweise, dass Grusew in den Mord verwickelt ist.«

»Seit er meine Eltern entführt hat, lautet meine Devise: Der Klügere gibt nach und schweigt. Grusews Hinterleute verfügen über Verbindungen nach Italien. Ich habe Ihnen den Namen genannt. Den Rest müssen Sie erledigen.«

»Wissen Sie, was ich glaube, Böhr?«

»Nein.«

»Der Klügere gibt nicht nach. Er sitzt in seiner toskanischen Fattoria und sinnt darüber nach, wie er Grusew und seine Hinterleute erledigen kann, damit ihm die Rückkehr in seine alten Geschäfte möglich wird. Sie haben den Kampf noch nicht aufgegeben.«

»Ich bin nun einmal heimatverwurzelt. Das können Sie mir nicht übel nehmen.«

»Glauben Sie, Sie könnten mich noch einmal instrumentalisieren? Mannomann, Böhr. Außerdem kann ich ohne Beweise nichts tun.«

»Doch, sehr wohl.«

»Was denn?«

»Töten Sie Grusew.«

Stille im Äther. Scholz lauschte auf ein Echo dieses ungeheuren Satzes, doch da kam nichts.

Böhr sagte: »Sie werden es für unsere Freundschaft tun, Hauptkommissar Scholz.«

»Freundschaft?«

»Ja. Oder soll ich Ihren Kollegen flüstern, dass Sie Datenträger mit abgehörten Telefonaten beseitigt haben, damit die Kokainsucht Ihres eigenen Sohnes nicht aktenkundig wird?«

Scholz knallte den Hörer auf die Gabel und holte tief Luft. Der Koksbaron hatte nicht mehr alle Tassen im Schrank – größenwahnsinnig und unberechenbar wie eh und je.

Scholz lief ins Bad und wusch sich die Telefonnummer von der Handfläche. Er schrubbte mit heißem Wasser und reichlich Seife, bis auch der letzte Rest der Kugelschreibertinte verschwunden war.

Seine Haut war rot und wund, als hätte er glühende Kohlen angefasst.

65.

Mission Impossible – der Klingelton riss Reuter aus dem Schlaf. Rasch knipste er das Licht an und tastete nach seinem Handy. Ein Blick auf das Display: zehn Minuten nach Mitternacht, höchstens eine halbe Stunde geschlafen.

Er nahm das Gespräch an. »Was gibt's?«

»Spreche ich mit Jan Reuter von der MK *Feuerwerk*?«

»Ja.«

»Kilian, MEK. Die Zielperson hat das Haus verlassen und bewegt sich in ihrem Fahrzeug in nördlicher Richtung auf der Merowinger Straße im Stadtteil ...«

»Ich weiß, wo das ist. Ruf mich in zwei Minuten wieder an.«

Rein in die Klamotten. Autoschlüssel, Schulterholster und Waffe. Das Sakko. Das Univiertel lag ganz in der Nähe.

Als das Handy zum zweiten Mal klingelte, rangierte Reuter seinen Micra bereits aus der Garage.

»Jan?«

»Am Apparat. Wo ist unser Kunde?«

»Friedrichstraße, Ecke Fürstenwall. Jetzt biegt er ab. Fürstenwall in östliche Richtung.«

»Danke.«

Vor ihm eine Ampel, die auf Rot sprang. Reuter presste die Faust auf die Hupe und bog mit quietschenden Reifen ab. Auch er raste jetzt den Fürstenwall entlang. Sascha Maisel hatte keine zwei Minuten Vorsprung.

Reuter versuchte, Scholz zu erreichen – besetzt.

Leute kamen aus einer Kneipe, wollten die Straße überqueren. Reuter hupte und geriet beim Ausweichen ins Schlingern. Tempo achtzig. Die nächste Ampel schaffte er bei Gelb. Er rief den MEK-Kollegen zurück.

»Kilian.«

»Wo seid ihr?«

»Fürstenplatz. Die Zielperson biegt halb links in die Helmholtzstraße.«

Der Vorsprung war auf eine Minute geschrumpft. Die Straße führte geradewegs in die Bahnhofsgegend. Reuter nahm sich vor, Sascha festzunehmen, sobald der Kerl einen Zug besteigen wollte.

Er drückte das Handy ans Ohr und steuerte mit einer Hand. Kilian sagte: »Wir stehen jetzt vor der Bahnunterführung an der Ampel.«

»Passt auf, dass er euch nicht entdeckt.«

»Im Dunkeln ist ein Auto wie das andere. Offenbar will die Zielperson in die Ellerstraße einbiegen. Zur Oberbilker Seite des Hauptbahnhofs. Wo bist du, Kollege?«

»Hinter euch, gleich bin ich da.«

Vermutlich steuerte Sascha das Parkhaus an der Zufahrt zum Bahnhofsgebäude an. Reuter bretterte über die Helmholtzstraße. »Ich glaube, ich kann euch sehen.«

»Er fährt nach rechts. Vulkanstraße. Weißt du was, Reuter? Der Kerl will nicht türmen, sondern zum Puff hinter dem Bahndamm!«

Oder auch nicht, dachte Reuter und fuhr langsamer.

Kilians Stimme im Handy: »Hoppla, Puff war Falschmeldung. Zielperson betritt Wohnhaus. Wir warten im Einsatzfahrzeug, okay?«

Gespräch beendet.

Reuter hielt neben dem Wagen des Mobilen Einsatzkommandos. Dreißig Meter vor ihnen stand Maisels Geländefahrzeug mit dickem Ersatzreifen am Heck in zweiter Reihe vor einem Haus, das Reuter kannte. In der Nacht zum Samstag hatte er Henrike hier abgesetzt.

Juli wohnte hier, Robbys Freundin.

Reuter stieg aus und klopfte den Kollegen aufs Dach. Eine Scheibe glitt herunter. Kilian war der Beifahrer, ein schmächtiger Bursche mit spitzer Nase, langen Koteletten und Augen, die tief in ihren Höhlen lagen.

»Was schlägst du vor?«, fragte der Kollege.

»Die Freundin des Mordopfers wohnt hier mit ihrem Kind. Wir überprüfen Sascha Maisel, sobald er die Wohnung verlässt.«

»Warten wir hier?«

»Nein, oben vor der Tür. Auf diese Weise ist die Überraschung für ihn am größten und wir wissen mit Sicherheit, dass er bei Juli Winters war.«

Kilian stieg aus und folgte Reuter zum Haus. »Ich dachte, der ermordete Informant hätte ein Verhältnis mit dem zweiten Mordopfer gehabt, dieser Richtertochter.«

»Das auch, nebenher.«

»Die Andermatt soll ja eine scharfe Schnalle gewesen sein.«

Reuter verkniff sich die Antwort.

Er drückte die Eingangstür auf. Kein Licht. Ein leises Knarren der Stufen ließ sich nicht vermeiden. Mondschein fiel durch die Fenster ins Treppenhaus. Ein Zug donnerte draußen vorbei, schier endlos. Auf dem obersten Absatz blieb Reuter stehen.

Seine Augen gewöhnten sich an die Dunkelheit. Er konnte den handgeschriebenen Zettel neben der Klingel lesen. Eine Mädchenhandschrift mit langen, nach links geneigten Bögen: *Juli Winters.*

Hinter der Tür Stimmen. Babygeschrei. Schritte, hin und her. Ein hässliches Geräusch drang aus Kilians Funkgerät.

Hundegebell antwortete von drinnen – der Pitbull.

Hastig drehte der Kollege den Regler, um den Empfänger stumm zu stellen. Reuter griff unter sein Sakko und zog die Pistole aus dem Schulterholster.

Juli rief nach Gonzo. Das Baby plärrte unaufhörlich.

Schritte, die näher kamen.

66.

Scholz hatte gerade ein zweites Bier geöffnet und war alles andere als müde, als noch einmal ein Telefon klingelte, dieses Mal das Handy.

Er stellte den Fernsehton stumm und ging ran. »Ja.«

»Sven Mielke. Stör ich?«

Scholz erinnerte sich: der Exfreund der Andermatt-Tochter, der als Praktikant beim *Blitz* gejobbt hatte und Henrike für ein Inzestopfer hielt.

»Sind Sie gut angekommen?«, erkundigte sich Scholz.

»Nein, ich fahre doch erst morgen. Irgendwie ein Scheißgefühl, diese Stadt zu verlassen. Nur die Matratze liegt noch in der Wohnung, aber ich kann nicht schlafen, weil mir Henni nicht aus dem Kopf geht.«

»Kann ich verstehen.«

»Sind 'ne Menge Erinnerungen. Wir haben viel unternommen. Henni war voller Pläne. Was sie sich in zwei Monaten ausdachte, erleben andere in zwei Jahren nicht. Durch Henni habe ich vieles kennengelernt. Auch ihre schrecklichen Eltern, das war eine echte Erfahrung. Glauben Sie, Andermatt wird tatsächlich Minister?«

Der Junge will plaudern, warum nicht, dachte Scholz. »Keine Ahnung«, antwortete er. »Politik ist nicht meine Stärke.«

»Sind Sie Henni mal begegnet, als sie noch lebte?«

»Nach dem Mord an Robert Marthau, nur kurz.« Scholz sah sie vor sich: ein Häufchen Elend neben Marthaus Ungetüm von Pick-up, das sie zur Festung gesteuert hatte. In Tränen aufgelöst bei der Vernehmung in Ela Bachs Büro.

»Eine faszinierende Frau«, sagte der angehende Filmstudent.

Scholz überlegte, ob er der gleichen Meinung war. Was faszinierte ihn an Frauen? Jugend und Schönheit waren relativ. Ihm fiel Bettina ein, einst das begehrenswerteste Mädchen der Welt – in seinen Augen. Scholz kam zu dem Schluss, dass er sich mit Frauen noch weniger auskannte als mit Politik.

Er antwortete: »Vielleicht werden Sie mal einen Film über sie drehen.«

»Über Henni und ihre Familie, gute Idee.«

»Und über ihre Eskapaden. Darüber, dass sie spürte, wie ihr dieses Leben nicht guttat und sie trotzdem alles mitmachte, solange es nur dem widersprach, was ihre Eltern wollten.«

»Sehen Sie Henni so?«

»Ich bin überzeugt davon, dass andere Menschen sie anders sehen. Sie zum Beispiel. Oder Henrikes Mutter. Ihr Film sollte das aufgreifen und seine Hauptfigur als vielschichtige Person zeigen.«

»Es wird ein Krimi.«

»Natürlich, was sonst.«

»Mir fiel übrigens noch einer dieser Typen ein, die Henni umschwirrten. Ein absolut unangenehmer Kerl. Deshalb rufe ich an.«

»Noch ein falscher Freund?«

»Eher ein Möchtegernfreund, der jeden Tag schon nach

Büroschluss in die Disko gelaufen ist, um zu sehen, ob sie da ist. Wie ein Stalker, der sie sogar dann anschmachtete, wenn ich dabei war. Er arbeitet irgendetwas mit Werbung und Internet und hat eine schwere Macke, wenn Sie mich fragen.«

»Pascal Frontzeck.«

»Sie kennen ihn?«

»Ich muss Sie enttäuschen. Er hat ein Alibi, das dicht zu sein scheint.«

»Dann habe ich Sie also umsonst gestört, mitten in der Nacht. Tut mir leid.«

»Kein Problem.«

»Was meinen Sie, hätte ich Henni mit nach München nehmen sollen?«

»Nein, Sven. Dieses Was-wäre-wenn-Spiel hat keinen Sinn.«

»Danke, Herr Scholz.«

»Wofür?«

»Für das Gespräch. Der Film ist eine gute Idee. Irgendwann werde ich ihn machen. Dann komme ich auf Sie zu, wenn ich darf.«

»Als Berater in Polizeifragen?«

»Sind solche Details wichtig? Ich dachte eher an Ihre Menschenkenntnis. Sie wissen, wie es im Leben zugeht, und ich bewundere, wie Sie alles im Griff haben.«

Scholz unterließ es, dem jungen Mann zu widersprechen. Vielleicht brauchte Mielke das: die Illusion, man könnte den ganzen Scheiß in den Griff bekommen.

Nachdem Scholz aufgelegt hatte, trank er sein Bier aus und starrte auf einen hysterischen Moderator, der ihn animieren wollte, wegen irgendwelchen Schwachsinns beim Sender anzurufen. Er dachte über das Gespräch von eben nach: falsche Bettgenossen, Möchtegernfreunde.

Pascal Frontzeck.

Scholz fiel ein, was dessen Freundin ausgesagt hatte: *Ich wollte meine Eltern besuchen und die kann er nicht besonders leiden. Da war die Arbeit ein schöner Vorwand.*

Der Samstagnachmittag – Frontzeck hatte ihn angeblich in der Agentur verbracht.

Der blasse Werber und Internetspezialist hatte notorisch seine Freundin beschwindelt und war Henrike Andermatt alias Lena nachgestiegen. Vielleicht war *er* der letzte Kerl gewesen, den die Richtertochter angerufen hatte, um nach Duisburg gebracht zu werden.

Pascal Frontzeck – ein Typ, der dem Mädel keinen Gefallen abschlagen konnte. Scholz beschloss, sich ihn gleich morgen noch einmal vorzuknöpfen.

67.

Die Tür sprang auf und ein Kerl in Jeans ließ sich blicken, noch halb umgewandt, um sich zu verabschieden. Rote Converse-Stoffschuhe, zwei halb volle Plastiktüten von Aldi in der Hand, eine goldene Uhr am Gelenk. Was er mit Juli redete, war nicht zu verstehen. Schon wieder ratterte ein Zug vorbei. Dann trat der junge Glatzkopf ins Treppenhaus.

»Hallo, Sascha«, sagte Reuter. »Wir müssen noch einmal mit dir reden.«

Maisel blieb stehen.

Kilian befahl: »Sachte zur Wand, Hände auf den Rücken. Wir müssen Ihnen Handschellen anlegen.«

Reuter ergänzte: »Mach es uns nicht unnötig schwer, ich sag's im Guten.«

Sekundenlang regte sich der Dealer nicht. Dann lief er plötzlich los, rempelte die beiden Beamten beiseite und rannte die Treppe hinunter. Etwas klirrte in den Tüten, als sie gegen die Wand schlugen.

Reuter und Kilian folgten dem Getrappel der Schritte. Sie hörten die Haustür, Tumult auf der Straße, einen Aufschrei.

Reuter trat als Erster ins Freie. Sascha Maisel lag mit dem Gesicht nach unten auf dem Gehsteig. Ein Uniformierter kniete auf seinen Beinen, ein anderer bog ihm die Arme auf den Rücken. Der Dritte legte dem Festgenommenen Handschellen an.

»Aua! Sie tun mir weh!«

Zwei Passanten machten einen großen Bogen und glotzten, während sie weitergingen.

Maisel rief: »Polizeiwillkür!«

Reuter ergriff Saschas Kragen und hob ihn an. »Warum hast du nicht auf mich gehört?«

Die Tüten lagen im Straßendreck. Reuter steckte seinen Kugelschreiber durch einen der Henkel und hob den ersten Beutel auf. Durch die klaffende Öffnung erspähte er lose Ampullen, Kartons und kleinere Säckchen mit unklarem Inhalt – Arbeit für das Labor des Landeskriminalamts und für die Fingerabdruckspezialisten.

Die Uniformierten schoben den Festgenommenen auf die Rückbank ihres grün-silbernen Passat. Sanfter Druck beim Einsteigen. Der kräftigste Kollege rutschte neben Maisel auf den Sitz. Reuter bedankte sich für die Unterstützung. Der Streifenwagen fuhr los.

Mithilfe seines Kugelschreibers trug Reuter beide Aldi-Tüten zum Auto des MEK-Teams und deponierte sie im Kofferraum. Als er zur Hausfassade hochsah, verschwand gerade ein Gesicht von einem der oberen Fenster. Juli mit ihrem Lockenschopf.

Reuter sprach Kilian an: »Kommst du noch einmal mit?«

Der Kollege nickte. Sie stiegen die Treppe hoch und klingelten bei Juli. Robbys Freundin ließ sich Zeit.

Als sie endlich öffnete, kläffte ihr Pitbull hinter der Tür zum Bad. Das Baby war still und schläfrig. Juli hielt es vor ihrer Brust, fast demonstrativ, als verleihe das Bündel der jungen Mutter Unantastbarkeit.

Im Flur hing ein Poster, das Reuter beim ersten Besuch noch nicht bemerkt hatte: Jesus Christus mit langem Haar. Trotz des Vollbarts wirkte das Gesicht mädchenhaft. Die eine Hand zum Segen erhoben, die andere hielt eine blaue Kugel, auf der ein Kreuz thronte.

Juli bemerkte Reuters Blick. »Das hat mir Robby vermacht.«

»Dieses Poster plus zwei Tüten voller Drogen.«

»Was?«

»Tun Sie nicht so unschuldig. Wir wissen Bescheid. Robby war mit Ihrer gemeinsamen Freundin Lena in Amsterdam zum Großeinkauf. Nachdem er tot war, holte Sascha die Drogen aus dem Auto und räumte Robbys Wohnung leer. Dann brachte er den ganzen Stoff bei Ihnen unter, weil ihm die Ware zu heiß war. Los, Frau Winters, zeigen Sie uns, wo die Tüten versteckt waren.«

Juli ging voraus in die Küche und zeigte auf Kartons mit Einwegwindeln, die unter dem Babybett gestapelt waren.

»Damit haben Sie sich strafbar gemacht, Frau Winters.«

»Ich wusste doch nicht, was drin war.«

»Nicht gefragt? Auch nicht nachgesehen? Nichts angefasst?«

Juli schüttelte ihre Locken. »Sie müssen mir glauben!«

»Wann kam Sascha mit den Sachen an?«

»Am Freitag, spät in der Nacht.«

»Genauer, bitte.«

»Auf jeden Fall nach Mitternacht. Ich hatte schon geschlafen. Als Lena kam, war Sascha schon wieder weg.«

»Und ich soll Ihnen abnehmen, dass Sie nicht wussten, was er Ihnen da unterjubelte?«

Juli schaukelte schweigend das Baby.

»Denken Sie an Ihren Sohn. Schlimm genug, dass er seinen Vater verloren hat. Sie können sich ausmalen, was passiert, wenn Sie uns anlügen und dafür ins Gefängnis müssen. Pflegefamilien, Heime. Ersparen Sie ihm das, Frau Winters. Dass Sie nicht ehrlich zu uns waren, als wir uns am Samstag im Präsidium unterhielten, will ich mal vergessen. Aber seitdem ist einiges geschehen. Ihre Freundin Lena ist ebenfalls ermordet worden, wie Sie wissen. Sie müssen jetzt ehrlich sein und uns bei der Aufklärung helfen.«

Die junge Mutter brach in Tränen aus. »Ich gebe Justin nicht weg, niemals!«

Reuter war nicht wohl dabei, ihr so zuzusetzen. Aber er wusste sich nicht anders zu helfen. »Wer hat Robby ermordet?«, fragte er.

»Weiß ich nicht.«

»Hat der Mord mit Drogen oder dem Kunstraub zu tun?«

»Kunstraub?«

»Was wissen Sie darüber?«

»Robby und Sascha wussten, wer das Bild geklaut hat. Robby hat es diesem anderen Polizisten verraten.«

»Wie heißt der Polizist?«

»Weiß ich nicht.«

»Und dann?«

»Was soll dann noch gewesen sein?«

»Die Räuber sind verurteilt worden, aber das Bild blieb verschwunden. Robby wusste, wo es steckte. Er hat es selbst transportiert. In wessen Auftrag?«

»Keine Ahnung.«

»Hat sich Robby mit diesem Polizisten öfter getroffen?«

»Ja, er war doch Informant!«

Das Baby war aufgewacht und musterte die Welt mit großen Augen. Juli drückte dem Kind einen Kuss auf die Stirn.

Sie flüsterte: »Ich geb dich nicht weg, mein Engelchen. Niemals.«

»Was hat Robby Ihnen über das Bild erzählt?«

»Hören Sie, es ist spät. Sie regen Justin auf. Ich kann so nicht mehr.«

»Es hat keinen Sinn, einen Toten zu schützen. Denken Sie an Ihren Jungen. Reden Sie.«

»Sascha meinte, Robby hätte sich mit viel zu wenig Geld abspeisen lassen. Es ist alles Saschas Schuld. Er hat Robby aufgehetzt.«

»Und?«

»Robby wollte sich mit diesem Polizisten treffen und nachverhandeln oder so.«

»Am Freitag im Hafen?«

»Ob sie sich dort verabredet hatten, weiß ich nicht.« Juli heulte. Ihre Wimperntusche war verschmiert. Das Baby betrachtete seine Mutter und schnitt eine Grimasse.

Kollege Kilian räusperte sich – offensichtlich war ihm unwohl.

Reuter sagte: »Wir reden morgen weiter, Frau Winters. Und denken Sie daran: Es ist zu Ihrem Vorteil, wenn Sie kooperieren.«

Justin plärrte los. Die beiden Polizisten machten, dass sie hinauskamen. Sie sprachen kein Wort. Reuter begleitete den Mann vom Mobilen Einsatzkommando bis zum Auto, in dem dessen Partner wartete.

»Danke, Kollege.«

Kilian nickte nur, bevor er die Autotür schloss. Der Motor sprang an. Der Wagen verschwand.

Reuter blickte die Fassade hoch. Nichts als verdunkelte Fenster. Wieder donnerte ein Zug vorbei, diesmal aus der anderen Richtung kommend.

Montag, 21. Mai, *Blitz*, Titelseite:

**MORDFALL HENRIKE ANDERMATT:
HÄSSLICHE SCHMUTZKAMPAGNE –
WER STREUT DIE ÜBLEN GERÜCHTE?**

Sexpartys im Drogenrausch! Musste die schöne Richtertochter deshalb sterben?

Von Alex Vogel

Jetzt erst recht, verkündete FDP-Rechtsaußen Konrad Andermatt gestern Mittag. Nur wenige Stunden nach dem rätselhaften Tod seiner Tochter erklärte der Richter seine Bereitschaft, das Amt des NRW-Innenministers zu übernehmen. Lange hatte seine Partei ihn gedrängt. Doch schon folgt der nächste Schock für Andermatt: Private Details über die Vergangenheit seiner Tochter Henrike (21) werden ans Licht gezerrt.

Henrike Andermatt – ein Partygirl, das sich auf einer Internetseite als ›Lena‹ zum Sex für Jedermann geboten haben soll? Wer steckt hinter dieser Schmutzkampagne? Wo bleibt die Rücksicht auf die trauernden Eltern?

Tatsache ist allerdings: Seit Wochen kursieren Gerüchte. Henrikes Drogenkonsum soll legendär gewesen sein. Wie wird Andermatt reagieren, der als ›Minister Gnadenlos‹ für Moral und härtere Drogenpolitik zu Felde ziehen will?

Offenbar war die schöne Tochter auch in den Mord an dem Diskoangestellten Robert Marthau verwickelt (*Blitz* berichtete). Wie gestern bekannt wurde, steuerte Henrike den amerikanischen Pick-up des Türstehers, als die tödlichen Schüsse fielen. Das Pärchen soll auf dem Weg zu einer Sexparty gewesen sein, für die im Internet geworben wurde.

Konrad Andermatt war bislang nicht für eine Stellungnahme zu erreichen. Wird er an seinen Ministerambitionen festhalten – trotz der Schmutzkampagne, die immer mehr Details über das Privatleben seiner toten Tochter ans Tageslicht zerrt?

Die Polizei hält sich bedeckt. Beide Fälle werden von derselben Mordkommission bearbeitet, heißt es im Präsidium. Nach wie vor gilt ein Wohnmobil, das am Samstagabend am Fundort der toten Studentin beobachtet wurde, als heißeste Spur. Für Hinweise, die zur Ergreifung des Täters führen, haben Eltern und Staatsanwaltschaft eine Belohnung von 20.000 Euro ausgelobt.

Das geheime Doppelleben der wilden Richtertochter: S. 3

Kann Andermatt noch Minister werden? Was Politiker und Bürger sagen: S. 4

Montag, 21. Mai, *Morgenpost*, Lokalteil:

ABSCHIEDSPARTY IM HAFEN – TAUSENDE TRAGEN GEKKO SYMBOLISCH ZU GRABE

Im Namen der Zukunft Düsseldorfs muss Oberbürgermeister Dagobert Kroll der beliebten Strandbar *Gekko-Beach* ein Ende setzen, doch gestern feierten noch einmal weit über tausend Nachtschwärmer Kehraus. Bevor ab heute das Grundstück im Medienhafen geräumt wird, rockten sie bei Live-Musik und ließen Caipirinhas und Mojitos in Strömen fließen. Um Mitternacht wurde eine überlebensgroße Echse zu Grabe getragen, begleitet von einer Prozession tanzender Gäste.

Gekko-Chef Echternach lästerte in seiner Ansprache über das an gleicher Stelle geplante Hafen-Congress-Centrum, das »niemand will und niemand braucht«. Pfiffe erntete Echternach jedoch, als er eine südlich Düsseldorfs gelegene Millionenstadt als neuen Ort für *Gekko-Beach* in Erwägung zog.

68.

»Jetzt habe ich auch noch die Presse gegen mich«, sagte Andermatt mit Blick in den Spiegel und zog den Knoten seiner Krawatte stramm.

»Das geht so nicht.« Carola trat vor ihn. »Siehst du nicht, dass sie zu weit über den Hosenbund hängt?« Sie löste den Schlips und band ihn neu.

»Hast du Vogels Aufmacher gelesen?«

»Natürlich.«

»Er verschanzt sich hinter seiner angeblichen Empörung. Dabei ist er es ganz allein, der die Schmutzkampagne lostritt. Die Steigerung von Feind lautet Parteifreund.«

Seine Frau strich über die Seide. »Jetzt passt es.«

»Was soll ich dem Ministerpräsidenten sagen?«

»Der *Blitz*-Artikel ist reine Heuchelei, aber er gibt die Richtung vor: Nicht Henrike ist das Übel, sondern ominöse Widersacher, die in Henrikes Privatleben wühlen, um dir zu schaden. Wer dich kritisiert, unterstützt solche Praktiken. Also muss Kritik tabu sein, verstehst du? Deine Standhaftigkeit wird dir noch mehr Bewunderung einbringen als bisher schon. Am Ende bist du der Held.«

»Am liebsten würde ich alles hinwerfen.«

»Jetzt, wo du vor dem Ziel stehst? Wo wir so viel investiert haben? Kommt nicht infrage!«

»Sie werden Dinge ausgraben, die uns wirklich schaden.«

»Werden sie nicht. Henrike hat dichtgehalten.«

Andermatt erinnerte sich an den Streit vor vier Wochen. An seine unbeherrschten Worte, die das Mädchen so sehr getroffen hatten. Als ihm die Wahrheit herausgerutscht war.

»Bist du dir sicher?«, fragte er.

69.

»Kannst du mich zurückrufen?«, bat Juli ihre Tante. »Meine Karte ist fast abtelefoniert.«

»Warum hast du kein normales Telefon?«

»Bitte.«

Sie legten beide auf. Gleich darauf klingelte Julis Handy.

»Du hast kein Geld mehr, stimmt's?«, sagte Tante Uschi. »Er hat dir keinen Pfennig hinterlassen, aber ein Kind und einen Köter. Wie konntest du nur so dumm sein und dich mit diesem Kerl abgeben?«

»Die Polizei war wieder da.«

»Und?«

»Sie glauben, ich hätte etwas mit den Drogen zu tun.«

»Drogen?«

»Robbys Zeug und so.«

»Hat der Kerl gehascht? Hoffentlich hat er dich nicht

auch noch mit Aids angesteckt. Man liest so viel darüber. Wie geht's dem Baby?«

»Könntest du Justin für eine Weile nehmen? Ich weiß nicht, wie ich mit allem fertig werden soll.«

»Unmöglich.«

Juli begann zu weinen.

»Isst du genug, Kind? Wenn du stillst, brauchst du mehr als sonst. Und wenn du Hilfe brauchst, dann komm doch zurück nach Uedem. Bauer Hendricks würde dich jederzeit wieder nehmen. Er hat erst neulich nach dir gefragt.«

»Nein«, schluchzte Juli leise. »Bitte ...«

»Ich versteh dich schlecht. Schaff dir mal ein richtiges Telefon an. Hendricks hätte übrigens nichts gegen das Baby. Du, ich muss jetzt Schluss machen. Iss anständig. Und denk mal über Bauer Hendricks nach. Versprichst du mir das?«

70.

»Sie sehen blendend aus, Frau Beck!«, lobte Kroll, während Simone die Pressemappen auf den Stühlen des Plenarsaals verteilte.

Lügner, dachte Simone – sie hatte die halbe Nacht vor dem Computer gesessen und am Morgen doppelt so viel Make-up benötigt wie sonst.

»Ich will, dass Sie mit uns auf dem Podium sitzen.«

»Da gehöre ich nicht hin, Herr Oberbürgermeister.«

»Doch, unbedingt. Ohne eine junge Frau stimmt die ganze Optik nicht.«

Vor ein paar Tagen hätte ich diesen Satz noch als Kompliment aufgefasst, dachte Simone und wunderte sich über sich selbst. Eine DVD rutschte aus einer der Mappen. Sie schob das Ding zurück und richtete die Mappe akkurat aus.

»Funktioniert die Technik auch wirklich?«, fragte Kroll. »Wie heißt diese Projektionsmaschine?«

»Beamer.«

Seit sieben Uhr hatten sie und der Haustechniker Probeläufe gefahren. Bis zum letzten Moment hatte die Firma von Krolls Vetter an der Präsentation gearbeitet und Änderungen eingebaut. Die Musik, die den bunten Projektionen als Untermalung diente, hallte als Ohrwurm in Simones Kopf nach: das Thema aus *Rocky* – ihr Chef hatte darauf bestanden.

Er sagte: »Schön, dass Sie sich nach der kleinen Aufregung am gestrigen Abend wieder beruhigt haben, Frau Beck. Ich weiß das zu schätzen. Mittelfristig plane ich mit Ihnen als Büroleiterin. Was halten Sie davon?«

»Der Beamer funktioniert, Herr Oberbürgermeister. Die Show wird großartig.«

»Sie sitzen zwischen mir und dem Beigeordneten Miehe. Schickes Kostüm, Frau Beck. Sie wissen, wie eine Frau ihre Reize zur Geltung bringt. Kein Wunder, dass unsere russischen Gäste da auch mal den Kopf verlieren.« Kroll senkte die Stimme. »Geben Sie's zu, Frau Beck: Ein wenig hatten Sie's darauf angelegt.«

Simone spürte den Impuls, dem Stadtoberhaupt eine Pressemappe über die Glatze zu ziehen. Doch sie beherrschte sich.

71.

Reuter blickte auf die Uhr und verließ das Büro, in dem Sascha Maisel vernommen wurde. Es war Zeit, sich auf den Auftritt des Kollegen Koch vorzubereiten.

Noch bestand die Gefahr, dass der Tag unergiebig enden würde. Der eine schob den schwarzen Peter dem anderen zu – darauf könnte es hinauslaufen.

Sascha hatte angedeutet, dass Koch seinem Freund Robby die Identität der beiden Kunsträuber entlockt und das Bild für sich behalten habe. Einstein sei Kochs Handlanger gewesen und bei der Entlohnung übers Ohr gehauen worden. Doch der Türsteher wollte diese Aussage nur unterschreiben und später vor Gericht bestätigen, wenn er wegen der beiden Tüten voller Drogen straffrei ausgehen würde. Noch hielt sich Staatsanwalt Balthus bedeckt und wollte Sascha den Deal nicht so einfach einräumen.

Reuter fuhr in die Teppichbodenetage. Im Vorzimmer des Kripochefs begrüßte er Frau Wüpperfürth, die Verkäuferin aus der Zoohandlung, die während des Feuerwerks die Flucht des mutmaßlichen Mörders beobachtet hatte. Ein schimmernder Schal in Rosa und Lindgrün lag auf ihren runden Schultern. Reuter vergewisserte sich, dass sie mit Kaffee und Keksen versorgt war. Ein wenig Small Talk – der Puddingdampfer kam sich offenbar vor wie Miss Marple.

»Hübscher Schal«, schmeichelte er.

»Danke. Übrigens haben wir Wasserschlangen hereinbekommen. Wäre das nicht etwas für Ihr Aquarium?«

»Ich fürchte, dafür ist mein Becken zu klein.«

»Aber Sie stehen doch auf Giftiges?«

»Darüber reden wir später, okay?«

Reuter klopfte an die Tür zu Engels Büro.

»Ja, bitte?«

Der Kripochef studierte Akten. »Alles vorbereitet?«

»Ich glaube schon.«

»Was sagt Maisel?«

»Deutet an, dass KOK Koch damals das Beckmann-Gemälde in seinen Besitz gebracht habe.«

»Also den Kunsträubern das Bild geklaut.«

»Und es danach an das Museum verkauft.«

»Ausgerechnet jemand aus unseren Reihen.«

»Juli Winters meint, dass ihr Freund Robby sich mit Koch treffen wollte, um eine höhere Entlohnung auszuhandeln.«

»Am Freitag?«

»Das ist nicht ganz klar.«

Das Telefon klingelte. Engel hob den Hörer ab, lauschte kurz, dann bedankte er sich und legte auf. »Sie kommen.«

»Sie?«

»Er hat einen Anwalt dabei.«

Reuter ging hinaus. Auf dem Flur warteten die Kollegen, die Engel hergebeten hatte: Wegmann, Wiesinger und ein Beamter aus dem Rauschgiftkommissariat, der Koch einigermaßen ähnlich sah.

Am Ende des Gangs schwang die Glastür auf. Zwei Männer traten auf den Flur. Michael Koch wirkte locker, als ginge es um eine Runde Skat. Er machte Reuter mit dem Anwalt bekannt. Sie gaben sich die Hände.

»Jan Reuter?«, fragte der Rechtsbeistand. »Ich arbeite in der Kanzlei Ihres Bruders.«

Reuter hatte das fast erwartet.

Der Anwalt sagte: »Heute wollen sie Dr. Reuter von der Intensivstation entlassen. Wissen Sie schon, welches Schwein ihn so zugerichtet hat?«

Reuter verneinte.

»Was soll der Volksauflauf?«, fragte Koch mit mürrischem Blick auf Exboxer Wegmann und die übrigen Kollegen.

»Komm schon, der Leitende Kriminaldirektor wartet auf dich.« Reuter ließ Koch vorausgehen.

Im Gänsemarsch zogen sie zu sechst durch das Vorzimmer ins Chefbüro. Engel begrüßte den Anwalt per Handschlag und nickte den anderen zu.

Koch sagte irritiert: »Für meinen Geschmack stehen hier ein paar Leute zu viel herum.«

Reuter ging nach draußen, wo Frau Wüpperfürth ihren Kaffee kalt werden ließ. Als sie Reuter sah, sprang sie sofort auf.

»War er dabei?«, fragte er.

»Der Mann an vorderster Stelle war es.«

»Sicher?«

»Ich würde ihn unter tausend Leuten erkennen.«

Reuter öffnete wieder die Tür. »Michael, kommst du mal?«
»Was soll der Scheiß?«
»Tun Sie, was er sagt«, verlangte der Kripochef.
Kollege Koch trottete ins Vorzimmer, den Anwalt im Schlepptau.
»Und, Frau Wüpperfürth?«, fragte Reuter.
»Wie gesagt, ich bin mir sicher. Am Freitag war er allerdings ganz in Schwarz gekleidet.«
Koch wurde blass. »Was soll das bedeuten?«
»Dass du Einstein erschossen hast.«
Der Kollege blickte zu seinem Anwalt, dann zur Tür, die auf den Flur führte.
Dort hatte Wegmann Posten bezogen.
Plötzlich hielt Koch eine Pistole in der Hand.

72.

Scholz lehnte an dem dunkelroten Omega, den ihm die Fahrbereitschaft zugeteilt hatte. Marietta ließ auf sich warten. Er war froh, dass sie inzwischen fuhr, ohne zu meckern, und hoffte, dass sie ihn mit dem Unfalltod seiner Tochter in Ruhe lassen würde – er bereute es, ihr davon erzählt zu haben.

Drei Jahre, fünf Monate und vier Tage.

Scholz kontrollierte den Kofferraum – alles drin, was im Ernstfall nützlich sein konnte. Er war gespannt, ob sich seine Vermutung bewahrheiten würde: dass Pascal Frontzeck sich am Samstagnachmittag mit Henrike Andermatt getroffen hatte.

Plötzlich ein Knall – wie der Zusammenprall einer Seifenkiste mit Autoblech. Der Krach fuhr Scholz durch Mark und Bein. Er duckte sich. Sein Puls raste.

Er drehte sich und sah auf: Michael Koch kniete auf dem eingebeulten Dach des Omega und fuchtelte mit einer Waffe –

gerade vom Himmel gefallen. Am Fenster über ihnen erschienen verdutzte Gesichter: Engel, Reuter, weitere Kollegen.

»Einsteigen!«, schrie Koch und ließ sich vom Dach gleiten. Der KK-22-Mann verzog das Gesicht, als er auftrat, offensichtlich hatte er sich verletzt.

Scholz gehorchte. Er zitterte noch immer.

Koch ließ sich auf dem Beifahrersitz nieder und hielt Scholz die Knarre an den Kopf. »Los! Worauf wartest du?«

Scholz drehte den Schlüssel und gab zu viel Gas. Der Motor heulte auf, die Reifen drehten durch. Sein Kopf stieß gegen das Wagendach, das tief eingedrückt war.

»Weiter!«

Sie durchbrachen die Schranke.

»Wohin?«, fragte Scholz und versuchte, sich auf die Straße zu konzentrieren.

»Rheinufertunnel.«

Koch ließ Scholz in nördlicher Richtung abbiegen und gleich darauf die Röhre wieder verlassen. Scharfe Kehre nach links, die Auffahrt zur Kniebrücke.

»Schneller!« Koch tippte mit links eine Nummer in sein Handy und zielte mit der Rechten. »Hallo?«, rief er ins Mobiltelefon. »Ich habe eine Geisel. Klar, ich will zurückhaben, was mir gehört, und natürlich freien Abzug. – Ja, im Austausch kriegst du die Geisel. Aber keine Verfolger, verstehst du? Du ganz allein, sonst gibt's ein Unglück!«

Scholz fiel es schwer, sich nicht ablenken zu lassen. Stiche in seinem Rücken, weil er geduckt sitzen musste. Es zog und klapperte – die Heckscheibe saß nicht mehr dicht im Rahmen. Um sie herum starker Verkehr auf der dreispurigen Fahrbahn.

Der Wagen rumpelte über eine Bodenwelle. Koch stieß ihm den Lauf der Waffe gegen die Schläfe. »Nächste ab!«

Scholz versuchte, sich mit überhöhter Geschwindigkeit in die rechte Spur einzuordnen, ohne einen Unfall zu bauen. Er hasste es zu fahren – mehr denn je.

»Am Ende wenden und wieder auf die Brücke.«

»Wenden?« Eigentlich ging es hier nur nach rechts oder geradeaus.

»Mach schon!«

Scholz wartete eine Lücke im Gegenverkehr ab, trat das Gaspedal durch und schoss nach links. Haarscharf einer Kollision entkommend, nahm der Omega wieder Fahrt auf.

Scholz schwitzte. Sie rasten die Rampe hoch. Kurs auf die Innenstadt. Plötzlich ein andauerndes Hupen von hinten. Fernlicht im Rückspiegel. Ein Wagen raste vorbei, nur Millimeter zwischen ihnen – Scholz wollte instinktiv ausweichen, doch zur Rechten waren nur das Geländer und der Fluss.

Er trat auf die Bremse. Reifen quietschten. Ein Hupkonzert um ihn herum.

Koch schrie: »Fahr weiter, du Idiot!«

Scholz' Hände zitterten, obwohl er sich am Lenkrad festhielt.

Der verrückte Kollege schoss durch das Wagendach, dann spürte Scholz die Mündung des Laufs über seinem Ohr.

»Tu, verdammt noch mal, was ich sage!«

Scholz legte den ersten Gang ein. Der Omega setzte sich wieder in Bewegung. Hochschalten, behutsames Beschleunigen. Durchatmen.

Dann hatte der Wagen wieder achtzig Sachen drauf und das Gehupe zurückgelassen. Immer wieder blickte Koch nach hinten und kontrollierte, ob ihnen jemand folgte.

Er befahl: »In den Tunnel, jetzt in Richtung Süden.«

Scholz hasste den Kerl, der offenbar nicht wusste, wohin er wollte. Als sie in die Röhre tauchten, überlegte Scholz, wie lange die Kollegen brauchen würden, um einen Fahndungsring einzurichten und das Spezialeinsatzkommando zu mobilisieren. Koch hatte keine Chance und eigentlich musste er das wissen.

Sie erreichten das Tunnelende. Koch telefonierte wieder. »... wenn du nicht tust, was ich sage. Geh zu den Gehry-

Bauten und stell dich ans Ufer. Wenn ich sehe, dass du allein bist, rufe ich dich an. Mach schnell!«

Ein Streifenwagen kam ihnen mit Blaulicht entgegen. Koch wandte sich um, Panik in den Augen. Scholz behielt den Rückspiegel im Blick – der Grün-Silberne verschwand, ohne seine Richtung geändert zu haben.

Koch steckte das Mobiltelefon ein und lotste Scholz in großem Bogen über den Stadtteil Hamm in das Hafengebiet.

Zehn Minuten später fuhren sie die Speditionsstraße entlang bis an das Ende der Landzunge.

»Auf den Parkplatz!«, verlangte Koch. »Ganz hinten, letzte Reihe.«

Scholz atmete auf. Die Odyssee hatte ein Ende. Erst jetzt fiel ihm auf, dass er noch immer zitterte.

Koch humpelte beim Aussteigen. Er öffnete den Kofferraum und wühlte in der Einsatztasche, bis er Kabelbinder fand. Scholz wusste, was ihm bevorstand. Für einen Moment spekulierte er, was geschehen würde, wenn er sich weigerte. Kochs verzweifelte Miene und das dunkle Loch der Pistolenmündung ließen ihn den Gedanken beiseiteschieben.

Der Kollege fesselte ihm die Hände auf den Rücken – viel zu eng, die Plastikriemen schnitten ins Fleisch. Dann trieb Koch Scholz vor sich her. Vor ihnen lag das Gelände, das bis gestern noch *Gekko-Beach* geheißen hatte und jetzt auf Baumaschinen wartete, die einen Hochhauskomplex errichten würden.

Das Tor zu dem weitläufigen Grundstück stand offen. Vernagelte Bretterbuden, behangen mit Lautsprecherboxen. Lampionketten überspannten das Areal. Liegestühle und Strandkörbe warteten auf ihren Abtransport. Sie passierten ein Volleyballfeld und sandgefüllte Öltonnen, in denen abgebrannte Fackeln steckten. Scherben zerschlagener Gläser knirschten unter den Sohlen. Überall Bierbänke, Tische und Sand. Scholz las nutzlos gewordene Wegweiser: *Grill 59 m, Cocktailbar 77 m.*

»Dort rüber«, befahl Koch und wies auf das Holzgebäude, das dem Hafenbecken am nächsten stand.

»Was hast du vor?«

»Du machst jetzt 'ne kleine Pause.«

»Und du?«

»Abhauen.«

»Klingt nach einem besonders ausgefeilten Plan.«

»Schnauze.«

Der Geiselnehmer trat die Tür zu dem Schuppen ein und stieß Scholz ins Innere. Dort war es düster, nur spärliches Licht drang durch die Ritzen der verschlossenen Fensterläden. Das Gebäude hatte einmal die Hafenfeuerwehr beherbergt, dann hatten es die Gekkos zum Restaurant umgebaut. Jetzt ähnelte es mehr einer Rumpelkammer: Der vordere Raum war mit Grillrosten vollgestellt, Säcken voller Kohle, Benzinkanister und Gasflaschen. Hinter dem Tresen Sonnenschirme sowie Heizbrenner für den Aufenthalt im Freien bei kühler Witterung.

Koch schubste Scholz in einen Nebenraum. Hier sah es ähnlich aus. Die Tische waren an die Wand geschoben und aufeinandergestellt. Davor gestapelte Stühle aus Rattangeflecht.

»Hinlegen!«

Scholz gehorchte. Staub bedeckte die Bodendielen. Es roch nach Moder.

Koch fesselte ihm die Beine. Ein dritter Kabelbinder verband Hände und Füße – in dieser Stellung konnte sich Scholz kaum noch rühren. Er fragte sich, was in Kochs Kopf vorging. Die Behörde würde sich niemals auf die Forderungen eines Geiselnehmers einlassen.

Koch verschwand im Hauptraum. Ein Fensterladen knarrte. Licht fiel in einem schmalen Streifen durch die Tür. Für einen Moment spürte Scholz leichten Durchzug.

Er hörte, wie Koch einen Kanister schüttelte – Flüssigkeit, die gegen Plastikwände schwappte. Gleich darauf der knirschende Laut eines Verschlusses, der aufgeschraubt wurde. Ein lang anhaltendes Plätschern und ein hohles Poltern, als Koch den leeren Behälter durch den Raum schleuderte. Die Prozedur wiederholte sich zwei Mal.

Dann ein hässliches Geräusch, ganz nah. Scholz drehte den Kopf. Sein Entführer riss Klebebandstreifen von einer Rolle. Wieder wusste Scholz, was kommen würde.

Koch beugte sich zu ihm herab. »Drück mir die Daumen, Kollege. Denn wenn es schiefgeht, fliegst du mit mir in die Luft.«

Er knebelte Scholz und verschwand wieder nach nebenan. Sein Schatten ließ den Lichtstreifen, der durch das Fenster fiel, unruhig und schmal werden. Am Gemurmel erkannte Scholz, dass sein Entführer erneut telefonierte.

Scholz verfluchte den Scheißkerl. Mühsam stemmte er sich in eine kniende Position – Benzindampf war schwerer als Luft und je höher er den Kopf hielt, desto weniger atmete er davon ein. Der Gestank und die Anstrengung ließen seinen Schädel dröhnen.

73.

Reißen Sie sich um Gottes willen zusammen, Frau Beck.

Ihr fiel es nicht leicht, neben dem Oberbürgermeister gute Miene zum bösen Spiel zu machen. Simone war froh, in dieser Pressekonferenz keine tragende Rolle spielen zu müssen.

Sie ließ den Blick durch den Plenarsaal schweifen. Mindestens fünfzig Medienvertreter, die mitschrieben oder ihre Aufnahmegeräte laufen ließen, sowie zahlreiche Angestellte der Stadt. Kamerateams hatten sich an den Seiten und im Mittelgang postiert. Auf der Besuchertribüne ein paar Bürger, darunter unverbesserliche *Gekko-Beach*-Demonstranten, deren Transparente und Megafone die Fachkräfte vom Ordnungsamt beschlagnahmt hatten.

Jewgeni war nicht zu sehen. Kein stiernackiger Muskelprotz mit Goldzahngrinsen. Simone vermisste ihn nicht.

Der Beigeordnete Miehe kam vom Rednerpult zurück. Er hatte dargelegt, welchen Nutzen das Hafen-Congress-Centrum der Stadt bringen würde. Ein großer Redner war Miehe noch nie gewesen. Aber sein Beitrag war auch erst der Anfang.

Jetzt stand die Präsentation der *Düssel-Bau* auf dem Programm. Das Licht wurde gedimmt, die Leinwand erstrahlte. Gisbert Valerius saß in der ersten Reihe mit dem Laptop auf den Knien und steuerte die Projektion höchstpersönlich.

Simone warf Kroll einen Seitenblick zu. Der Oberbürgermeister malte kleine Quadrate an den Rand seines Redemanuskripts. Schweiß stand auf seiner Glatze. So nervös hatte sie ihn noch nie erlebt.

Die Show verlief ohne Panne. Die plastisch wirkende und von Musik untermalte Animation, die der Beamer auf die Leinwand warf, hielt den Saal in Bann.

Zu Krolls Rechter hatten Vitali Karpow und Wladimir Turin Platz genommen – was Simone durch Lohmar und das Internet über den steinreichen Turin-Clan aus der von keinem Land der Welt anerkannten transnistrischen Moldaurepublik erfahren hatte, hatte ihre schlimmsten Befürchtungen übertroffen.

Wusste Düsseldorfs Erster Bürger, worauf er sich da einließ?

Die letzten Takte des *Rocky*-Themas. Auf der Leinwand drehte sich das HCC, die Kamera zog auf, der Medienhafen, die Rheinschleife, die Stadt von weit oben, schließlich nur noch ein strahlender Punkt in der Mitte Europas.

Applaus brandete auf. Simone hatte unter den Presseleuten ein paar Rathausmitarbeiter platziert, die besonders heftig klatschten. Die Journalisten ließen sich anstecken – ein voller Erfolg.

Kroll zeigte Zähne und erhob sich. Er schritt zum Rednerpult, ein Verfolgerscheinwerfer setzte ihn ins rechte Licht. Mehrfach ruckte der OB das Mikrofon zurecht, dann begann er, den Vortrag abzulesen, den Simone verfasst hatte. Seine Stimme klang salbungsvoll wie immer.

Die Pressefritzen schrieben mit. Eine Dolmetscherin saß ganz außen und übersetzte für Turin und Karpow.

Simone dachte an Mallorca. *Ein Traum, zumindest auf meiner Finca.*

74.

Eine schmale Fußgängerbrücke überspannte das Hafenbecken. In der Mitte ein angebauter Würfel, der ein Luxusrestaurant beherbergte. Jetzt, am späten Montagvormittag, war nur wenig Betrieb.

Reuter blickte sich um. Niemand lief ihm hinterher. Kein Mensch weit und breit, den Koch für einen weiteren Polizisten halten konnte – hoffentlich.

Langsam ging er weiter, in der Hand Marions Leinentasche. Reuter erreichte das Ufer und blieb stehen. Er ließ seinen Blick schweifen. Der Himmel war diesig. Ziemlich schwül für einen Maitag.

Das Handy spielte den Klingelton. »Jan Reuter.«
»Was geht so?«
»Ich bin allein.«
»Hast du mein Geld dabei?«
Reuter hob den Beutel.
»Kennst du das *Gekko-Beach*-Restaurant im ehemaligen Haus der Hafenfeuerwehr?«
»Ja.«
Aufgelegt.
Reuter steckte das Handy ein und betrat das verlassene Biergartengelände. Er überquerte das Volleyballfeld. Bretterbuden für den Verkauf von Grillgut und Getränken. An

einer davon lehnte noch die Tafel mit den Preisen für Caipi und Weizenbier. Dahinter der aufgeschüttete Sand.

Am Rand des Areals eine Baracke aus hellem Holz. Die Tür stand auf, Reuter trat ein. Es war dunkel. Benzingeruch schlug Reuter entgegen. So stark, dass ihm fast sofort der Schädel schmerzte.

Langsam gewöhnten sich Reuters Augen an das Dämmerlicht. Er tappte weiter. Allerlei Gerümpel im vorderen Raum. Ein Tresen und Durchgänge zu Nebenräumen. Überall Pfützen auf den Dielen, ein feuchter Film an den Wänden.

»Michael?«, rief Reuter. »Ich bin's.«

»Zeig mir, was du mitgebracht hast.«

Reuter wandte sich um. In der dunklen Ecke hinter der Eingangstür war Koch kaum auszumachen. Er zielte mit seiner Waffe. Zu seinen Füßen lagen leere Kanister und aufgerissene Säcke mit Grillkohle. Aus einem der hinteren Räume drang ein gedämpftes Stöhnen.

»Warum hast du den ganzen Treibstoff vergossen?«

»Red nicht, zeig's mir!«

Reuter zog die transparente Tüte aus dem Stoffbeutel und hielt sie hoch. »Selbst mit so viel Geld wirst du nicht weit kommen, Michael. Was hast du vor?«

»Ich weiß, dass du eine Waffe unter dem Sakko trägst. Und dass du die Million für dich behalten willst. Ich spür deine Gedanken in meinem Kopf, Kollege!«

»Unsinn.«

»Du überlegst, wie du mich am besten töten kannst. Aber denk dran, Jan: Jeder Schuss verursacht Funken. Dann fliegt hier alles in die Luft und wir verbrennen beide.«

»Du bist verrückt.«

»Wirf das Geld rüber!«

Reuter zögerte. Er hatte ein paar Geldscheine an einen Zeitungsstapel geklebt. In der kurzen Zeit war ihm nichts Besseres eingefallen. Er fand, dass es einigermaßen echt aussah. Zumindest auf zwei Meter Entfernung.

Er fragte: »Was hast du mit Scholz gemacht?«
»Er hat sich etwas hingelegt.«
»Lass ihn frei.«
»Erst die Kohle.«
»Gib auf, Michael.« Im Augenwinkel nahm Reuter eine Bewegung wahr, draußen vor der Tür: Grau vermummte Gestalten bewegten sich hinter dem Zaun. Sie streckten die Läufe ihrer Maschinenpistolen durch das Eingangstor und zielten auf das Gelände. Das Spezialeinsatzkommando – die Jungs waren früher da, als Reuter es erwartet hatte.

Koch hatte seinen Blick bemerkt und spähte ebenfalls hinaus.

Reuter nutzte den Moment und schleuderte ihm die Plastiktüte zu. Dem Geiselnehmer gelang es, sie zu fangen. Zeitungspapier fiel heraus. Reuter zog seine Waffe und schoss, bevor es der andere tun konnte.

Koch sackte zusammen. Seine Pistole polterte zu Boden. Überall schimmerte es nass auf den Brettern, aber die angedrohte Verpuffung war ausgeblieben. Koch stöhnte und tastete nach seiner Waffe.

Reuter trat zu ihm, steckte die eigene Sig Sauer ein, hob Kochs Pistole auf und hielt sie dem Kollegen an den Kopf. *Du überlegst, wie du mich am besten töten kannst.*

Reuter fiel ein, dass ein Schuss in Bodennähe die Dämpfe entzünden konnte. Deshalb zog er sich mit der Linken das Sakko über den Kopf und drückte dann erst ab.

Ein Fauchen und Splittern, als der Druck die Fenster aus den Zargen riss. Er spürte die Stichflamme auf der ungeschützten Schusshand, aber die Verpuffung erschütterte ihn nicht – wie im Auge eines Wirbelsturms.

Reuter wagte es, das Sakko vom Gesicht zu nehmen. Die Luft war heiß, er duckte sich instinktiv. Noch brannte nur das vergossene Benzin. Flammen züngelten auf den Pfützen und leckten die Wände hoch.

In der Ecke lag Koch, die Haare versengt, eine kleine,

schwarze Einschusswunde an der rechten Schläfe – die richtige Seite. Reuter legte die Waffe neben die rechte Hand des Kollegen und lief ins Freie.

Er rang nach Luft. Sein Herz pochte bis in den Hals. SEK-Männer kletterten an mehreren Stellen über den Zaun und suchten Deckung. Rufe schallten herüber. Reuter ignorierte sie.

Lautes Prasseln setzte ein – drinnen hatten sich die Bretter entzündet. Die Türöffnung wurde im Nu zur Feuerwand. Die ersten Flammen schlugen durch ein Oberlicht im Dach.

Scholz lag noch im Holzhaus.

Reuter eilte zur Rückseite der Bude. Ein Fenster war aus der Laibung gefetzt worden. Es war auf dem Sand gelandet, das Glas hatte nur einen Sprung. Reuter spähte durch die Öffnung hinein – nichts.

Das Prasseln wurde lauter. Reuter bog um das Eck. Aus dem nächsten Fenster quoll Rauch und verwehte. Er kletterte hinein.

Hitze und Qualm ließen ihn sofort zu Boden gehen, wo es gerade noch erträglich war. Die Geisel lag in der Mitte des Raums. Ein gekrümmter Körper, stöhnend und zappelnd.

Reuter kroch hin und ertastete Plastikfesseln. Er fragte sich, ob Koch dem Entführten etwas über das Geld erzählt hatte. Egal – keine Zeit, sich Gedanken zu machen.

Aus dem Holster zog er seine Dienstwaffe, setzte die Mündung auf den Riemen und drückte ab. Es musste schnell gehen und er hatte keine andere Idee.

Ohrenbetäubendes Gepolter – nebenan stürzte etwas ein. Jetzt stand die Zwischenwand in Flammen. Die Hitze nahm zu und die Rauchschwaden wurden dichter. Ein Hustenanfall schüttelte Reuter. Er duckte sich tiefer und japste nach Sauerstoff. Ihm fiel ein, gelesen zu haben, dass neun von zehn Brandopfer nicht durch die Flammen getötet wurden, sondern an Kohlenmonoxidvergiftung starben.

Er musste noch zwei Mal schießen, dann waren zumindest die Füße des Kollegen frei. Doch Scholz war kraftlos und kam nicht auf die Beine.

Die Flammen kamen näher. Der beißende Rauch wurde dichter.

Reuter hielt den Atem an. Er packte den schweren Kollegen unter den Armen und schleifte ihn über den Boden. Sein Sakko fing Feuer, er schlug danach und stolperte durch Hitze und Rauch, die Fensteröffnung suchend, durch die er gekommen war.

73.

»Die Intertextualität architektonischer Formensprache verweist auf die vitale Korrespondenz zwischen urbaner Situation und ökonomischer Dynamik, für die ich bekanntermaßen ...«

Die Medienvertreter lauschten. Kroll verlieh den Sätzen eine Melodie, setzte bedeutungsvolle Pausen und betonte fast jedes zweite Wort. Er hätte auch Prediger werden können, dachte Simone. Erst am Schluss wich Kroll von ihrer Vorlage ab. Er konnte es einfach nicht lassen.

Der Oberbürgermeister pries die neuen Investoren des Hafen-Congress-Centrums – und sich selbst dafür, deren Geld in die Stadt gelenkt zu haben. Er ritt eine Attacke gegen diejenigen Journalisten, die in den letzten Wochen Sympathien für *Gekko-Beach* bekundet hatten.

»Eine Schwalbe macht noch keinen Sommer«, sagte er abschließend. »Und eine Eidechse erst recht keinen Aufschwung, meine Damen und Herren. Dafür sorgt allein eine zukunftsgewandte Politik, und gemeinsam mit starken Partnern und allen, die guten Willens sind, werde ich dafür sorgen, dass die Wirtschaftsmetropole Düsseldorf weiterhin auf einem Niveau wächst und gedeiht, von dem andere Städte nicht einmal zu träumen wagen. Ich danke Ihnen.« Kroll zeigte wieder seine Zähne. Er blickte in jede Richtung, aus der ein Blitzlicht aufflammen könnte.

Erneut applaudierten sogar Journalisten. Simone wusste, dass es in Düsseldorf morgen keine Zeitung geben würde, die das Stadtoberhaupt nicht in den Himmel heben würde.

Nach ihm ergriff Karpow das Wort, die Marionette des transnistrischen Präsidentensohns. Eine umständliche Rede, die nicht recht in Schwung kam. Der angebliche Ölmilliardär lobte die Stadt, ihre Bedeutung in Europa und ihre moderne Verwaltung. Die Dolmetscherin las die deutschen Sätze vom Blatt.

Dann sang der Russe plötzlich die Hymne auf Düsseldorfs Fußballverein. Karpow erklärte, die neue HCC-Betreibergesellschaft werde Fortuna Düsseldorf ab sofort als Hauptsponsor unterstützen und die Kosten für fünf neue Profikicker übernehmen, die in ihren Heimatländern allesamt zum Nationalkader gehörten.

Blitzlichtgewitter, Kamerascheinwerfer blendeten. Die Reporter drängten aus ihren Sitzreihen nach vorn. Der große Moment war gekommen: Kroll und sein Investor schritten zur Unterschrift.

Das Stadtoberhaupt schüttelte Karpow die Hand, als wollte er sie dem Russen vom Arm reißen. Der Pressesprecher reichte einen rot-weißen Fortuna-Schal nach vorn. Kroll und Karpow reckten das Fan-Utensil gemeinsam in die Luft. Krolls Zähne leuchteten im grellen Licht.

Er will gar nicht wissen, worauf er sich einlässt, dachte Simone.

Der Verwaltungschef winkte die umstehenden Leute zu sich – sie alle sollten mit aufs Bild.

Simone folgte widerstrebend. Lohmar fiel ihr ein, dessen Projektauftrag nun erledigt war. Der Unternehmensberater konnte sich neuen Geschäften zuwenden oder ganz aufhören, wie es ihm beliebte.

»Frau Beck?« Eine tiefe Stimme mit schwerem Akzent. Simone blickte in Turins blaue Augen. »Haben Sie nicht Sorge wegen Jewgeni. Er wird lassen Sie in Ruhe.«

Sie zwang sich zu einem Lächeln. Noch immer knipsten die Fotografen.

Kroll legte eine Hand auf Simones Schulter. »Die HCC-Betreibergesellschaft braucht jetzt einen Geschäftsführer, der die Strukturen dieser Stadt kennt und Durchsetzungsfähigkeit bewiesen hat.«

Nimm deine Finger weg und bleib mir vom Leib, schoss es ihr durch den Kopf.

Das Stadtoberhaupt hatte eine würdevolle Miene aufgesetzt. »Herr Karpow denkt dabei an Sie, Frau Beck.«

Simone blickte in die Gesichter, die sie umringten, und spürte, wie ihr der Kopf schwirrte. Sie musste dringend an die frische Luft.

76.

Die Hitze wurde unerträglich. Ein Stapel brennender Rattansessel fiel in sich zusammen. Reuter trat die Trümmer aus dem Weg.

Wieder wurde der Qualm so dicht, dass Reuter die Luft anhalten musste. Scholz wurde immer schwerer. Reuter umschlang ihn fester und zerrte ihn zur Außenwand.

Unmittelbar neben ihm krachte ein Balken von der Decke. Funken sprühten. Reuter musste atmen. Ein neuer Hustenanfall und beginnende Panik. Die Kraft verließ ihn.

Plötzlich spürte er Hände, die ihn packten und aufrecht hielten. Er stemmte Scholz ein Stück hoch, damit ihn die Helfer greifen und durch die Fensteröffnung ziehen konnten.

Reuter wollte folgen, doch seine Beine gaben nach. Die rettenden Hände ließen nicht locker und zerrten ihn ebenfalls ins Freie.

Erschöpft fiel er auf den Sand. Endlich frische Luft. Reuter musste wieder husten und spuckte Schleim – schwarzes Zeug aus seinen Bronchien.

Kollegen halfen ihm auf. Er wankte weiter, um Abstand von dem brennenden Chaos zu gewinnen, bis seine Knie erneut einknickten. Reuter nahm den Martinshornlärm wahr: Feuerwehr, Rettungswagen.

Durch den Tränenvorhang seiner schmerzenden Augen erkannte er Bruno Wegmann, der sich über ihn beugte.

»Du hast Scholz rausgeholt«, sagte der Kollege. »Gratuliere.«

Hinter dem Exboxer loderte eine Feuersäule. Ein lautes Prasseln, als ein weiterer Teil des Daches einstürzte. Der Rauch wogte schwer unter dem grauen Himmel. Feuerwehrleute brachten ihre Schläuche in Stellung und begannen die Löscharbeit. Es schien Reuter, als wehrten sich die Flammen gegen das Wasser.

Er untersuchte seine rechte Hand. Erst jetzt spürte er den Schmerz. Die Haut war gerötet. Seine Kleidung war ruiniert und stank.

Sanitäter hoben ihn auf eine Krankentrage. Reuter protestierte. Er wollte auf eigenen Füßen gehen, doch sie schleppten ihn bereits zum Rettungswagen.

Es war ein seltsames Gefühl, als er in den rot-weißen Transporter geschoben wurde. Die Hecktür knallte. Jemand drückte Reuter eine Sauerstoffmaske auf den Mund und fingerte am Handgelenk nach dem Puls.

Reuter riss die Maske herunter. »Wo ist mein Kollege?«

»Im anderen Sani unterwegs zur Klinik.«

»Hat er es überlebt?«

»Fragen Sie am besten in ein oder zwei Stunden noch einmal.«

Der Typ auf dem Betreuerstuhl schnallte sich an. Das Martinshorn jaulte auf und der Rettungswagen raste los.

Der Arzt, der in der Ambulanz des Evangelischen Krankenhauses seine Hand versorgte, murmelte etwas von möglicher Brandgasintoxikation. Er wollte ihn am liebsten dabehalten und wie Scholz stationär behandeln, doch Reuter erklärte sich für fit und verließ die Klinik.

Zu Hause stopfte er die stinkenden Klamotten in den Mülleimer und stieg unter die Dusche, die Rechte in die Höhe gereckt, damit der Verband nicht nass wurde.

Im Spiegel musterte er seine neue Frisur. Abgeflämmte Haare, kurz und an den Enden gekräuselt. Egal, sagte sich Reuter – seine rötliche Wolle würde nachwachsen.

Frische Sachen und ein Blick auf den Wecker: Es war gerade mal eins – Reuter dachte zunächst, die Uhr sei stehen geblieben. Ihm wurde übel und er übergab sich in die Kloschüssel. Danach spülte er den schlechten Geschmack mit einem Becher Buttermilch hinunter, den er im Kühlschrank fand.

Auf dem Weg zum Präsidium fühlte er sich noch etwas schwindlig. Mattigkeit im Kopf, die Hand schmerzte stärker als zuvor.

Im MK-Raum wurde er von den anwesenden Kollegen mit Applaus empfangen: Jan Reuter, der heldenhafte Retter des Kollegen Scholz.

Bruno Wegmann bot ihm einen Stuhl an, servierte Kaffee sowie ein Stück Pizza, ölig und kalt. Thilo Becker setzte sich dazu und brachte Reuter auf den neuesten Stand.

Aufgrund des Hinweises einer Streifenwagenbesatzung waren sämtliche Teams der Mordkommission ausgeschwärmt. Wegmann und Marietta Fink hatten den roten Omega entdeckt und das Spezialeinsatzkommando verständigt. Erst vor wenigen Minuten konnte der Geiselnehmer als Brandleiche geborgen werden – schwarz verschmort und zur typischen Fechterstellung verkrümmt. Kochs Gesicht war bis zur Unkenntlichkeit entstellt, aber das Zahnschema würde den Toten identifizieren.

»Michael hat mich angerufen«, erklärte Reuter. »Er wollte Scholz freilassen, wenn ich ihm einen Fluchtwagen bringe. Deshalb wusste ich, wo er sich und seine Geisel versteckt hielt. Ich wollte ihn zur Aufgabe überreden.«

»Warum im Alleingang?«

»Wir haben ein Jahr lang das Büro geteilt. Ich dachte, er würde auf mich hören. Vielleicht hätte es sogar geklappt. Aber als Koch die Rambos vom SEK sah, ging alles ganz schnell. Er jagte sich eine Kugel in den Kopf und plötzlich brannte die Hütte.«

»Hast du gesehen, wie der Kollege sich umgebracht hat?«

Reuter nickte.

Er wunderte sich, wie ruhig er dabei blieb. Wenn der Erkennungsdienst die zweite Schussverletzung feststellen sollte, würde ihm schon eine Erklärung einfallen.

Als er die Pizza vertilgt hatte, wischte er seine Fettfinger ab und setzte sich an einen PC. Er tippte einen Vermerk über die Karriere des Kriminaloberkommissars Michael Koch vom Erpresser der Kunstsammlung NRW zum Mörder Robby Marthaus, wie sie sich nach seiner Meinung darstellte.

Zwei Ukrainer, die insgeheim für Grusew arbeiteten, hatten in Böhrs Wachschutzfirma angeheuert und das millionenschwere Gemälde geraubt. Sascha Maisel war dahintergekommen und hatte es seinem Chef am Telefon gemeldet. Koch war beim Abhören des Mitschnitts darauf gestoßen, hatte sein Wissen für sich behalten und von seinem Spitzel Einstein mehr erfahren. Nach ihrer Festnahme schwiegen die Räuber über den Verbleib des Bildes – entweder hatten sie nicht mitbekommen, dass Koch es gemopst hatte, oder sie zitterten vor Grusew, der ihnen das Versagen übel nehmen würde.

Als nach dem Rückkauf der Name des gefeierten Vermittlers in der Zeitung stand, wusste Grusew, an wem er sich zu rächen hatte. Er schickte einen Komplizen, der den Anwalt

Edgar Reuter überfiel und aus ihm die Information herausprügelte, dass Koch die Fäden gezogen hatte. Besagter Komplize überwachte Kochs Haus – im schwarzen Lexus, der einer Stiftung für deutsch-russischen Kulturaustausch gehörte.

Als Robby Marthau eine Aufstockung seines Helferlohns forderte und drohte, Koch anzuschwärzen, beorderte ihn der Kripomann in den Hafen, wo er ihn erschoss.

Unklar blieb, ob Koch auch die Richtertochter mit *Liquid Ecstasy* vergiftet hatte. Weder die Droge noch die Vergewaltigung entsprachen Kochs Handschrift.

Für seinen zweiten Bericht benötigte Reuter mehr Zeit und Überlegung. Der Hergang, der zu Kochs Tod führte – hier durfte sich Reuter keinen Fehler erlauben. Er überlegte, sich auf einen posttraumatischen Blackout herauszureden und alles Weitere der Kriminaltechnik zu überlassen.

Das Telefon auf Reuters Tisch klingelte und er hob ab. Marietta, die im Krankenhaus war.

»Wie geht es Norbert?«, fragte Reuter.

»Stell dir vor, er ist verschwunden. Einfach abgehauen. Dabei besteht Verdacht auf Lungenödem und Kohlenmonoxidvergiftung. Scheiße, daran kann man sterben! Bei euch ist er nicht?«

In diesem Moment trat Scholz in den Raum. Sein Gesicht war unnormal gerötet. Als er Reuter entdeckte, winkte er ihm mit der bandagierten Linken zu.

Reuter grüßte mit seiner Rechten zurück, den eigenen Verband präsentierend.

»Mannomann!« Gut gelaunt trat Scholz näher. Seine Frisur war ebenfalls verhunzt. Krauses, dunkles Zeug.

»Hör zu, du solltest im Bett liegen«, antwortete Reuter.

»Und du?«

»Unsinn.«

»Na, eben. Wollen wir Henrike Andermatts Mörder finden oder nicht?«

Reuter hielt ihm den Telefonhörer hin. »Erklär das mal deiner Kollegin Marietta.«

Scholz nahm den Hörer, sah das Plastikteil an und drückte es auf die Gabel. »Wir müssen los.«

77.

Die A59 nach Duisburg war wegen irgendeines Biotops nie zu Ende gebaut worden und endete kurz hinter dem Flughafen. Nach wie vor quälte sich der Verkehr über die alte Landstraße durch Kaiserswerth, den ältesten Teil Düsseldorfs.

Auf dem Beifahrersitz hockte Pascal Frontzeck. Scholz hatte Reuter alles erzählt, was er über den Werbegrafiker und Homepagebastler wusste. Noch so ein armer Tropf, den Henrike verhext hat, dachte Reuter.

Vor ihnen schlich ein Kleinwagen nordwärts. Der beständige Gegenverkehr machte jedes Überholmanöver unmöglich.

Frontzeck war nicht gerade gesprächig – vielleicht hatte ihn die Art eingeschüchtert, mit der Scholz ihn behandelte. Der Kollege hatte den Grafiker regelrecht zur Mitfahrt genötigt.

»Und Sie wissen nicht, zu wem Sie Henrike beziehungsweise Lena vorgestern Nachmittag gefahren haben?«, fragte Reuter.

»Nein.«

»Hat sie nichts dazu gesagt?«

»Kein Wort. Ich habe im Auto auf sie gewartet. Es dauerte nicht lange, vielleicht zwanzig Minuten. Auf der Rückfahrt hat Lena die meiste Zeit geweint.«

Scholz maulte von hinten: »Dann war wohl nichts mit dem geilen Fick, auf den du spekuliert hast, was?«

»Darum ging es nicht.«

»Sondern?«

»Ich wollte ihr helfen.«

Reuter fragte: »War Lena betrunken?«

»Sie hatte eine leichte Fahne. Im Auto riecht man so etwas schnell. Aber betrunken – so weit würde ich nicht gehen.«

»Habt ihr Drogen genommen?«, wollte Scholz wissen.

»Nein.«

»Gib's zu.«

»Ehrlich nicht.«

»*Liquid Ecstasy?*«

»Sie müssen mir glauben, Herr Kommissar.«

Reuter malte sich aus, dass Frontzeck den Weg nicht finden würde. Dass sie stundenlang durch Duisburg kurven würden. Dass sie schließlich vor einem Haus mit fünfzig Mietparteien landen würden – und jeder Bewohner könnte Henrikes ominöses Ziel gewesen sein.

Sie hatten Kaiserswerth hinter sich gelassen. Felder und malerische Pferdekoppeln rechts und links. Der Kleinwagen vor ihnen furzte Dieselruß und beschleunigte kein bisschen.

Frontzeck identifizierte das Haus im Stadtteil Hamborn ohne jeden Zweifel. Ein grünlich verputzter fünfstöckiger Klotz aus der Nachkriegszeit, im Erdgeschoss ein Kiosk mit Lotto-Annahmestelle. Es gab noch schlimmere Gegenden in Duisburg.

Scholz fragte den Werbegrafiker: »Können wir dich allein lassen?«

»Sie brauchen doch nicht lange, oder? Ich muss so rasch wie möglich zurück zur Agentur.«

Reuter zog den Schlüssel ab und warf die Tür zu. Scholz schnaufte, als strenge ihn das Gehen an. Sie passierten den Kiosk. Daneben die Eingangstür. Ein rundes Dutzend Klingeln. Scholz wollte mit der untersten beginnen.

»Warte.« Reuter trat näher, um die Namen auf den Schildern zu entziffern: Deutsche, Türken, Portugiesen.

Ein Name, der Reuter ins Gesicht sprang: *Winters.*

Er drückte den Klingelknopf und sagte: »Verwandtschaft von Juli, Robbys Freundin.«

Eigentlich stamme ich aus dem Ruhrgebiet – je nach Blickwinkel zählte Duisburg sowohl zum Niederrhein als auch zum Pott.

Keine Reaktion.

»Und jetzt?«, fragte Scholz.

»Wir könnten die Duisburger Kollegen besuchen. Herausfinden, wer hier wohnt. Erkundigungen einziehen.«

Reuter versuchte es noch einmal. Er rüttelte am Türgriff. Die Gegensprechanlage blieb stumm.

Der Austräger eines Anzeigenblatts kam die Straße entlang. Er ließ eine Zeitung durch die offene Kiosktür segeln, dann stemmte er mit vollem Körpereinsatz die Haustür auf und legte einen Packen auf die Briefkästen. Er würdigte die beiden Beamten keines Blicks und zog mit seinem Handkarren weiter.

Reuter hielt die Tür fest, bevor sie ins Schloss fiel. Scholz folgte ihm ins Innere. Essensgeruch hing in der Luft.

»Paniertes Schweinskotelett mit Bratkartoffeln«, sagte Scholz. »Ich kriege Hunger.«

Dann kann es ihm nicht so schlecht gehen, dachte Reuter. Marietta hatte übertrieben.

Die Wohnungstüren trugen keine Namensschilder. Reuter schellte auf gut Glück im ersten Stockwerk. Eine Blondgefärbte mit dunklem Haaransatz öffnete. Skeptischer Blick, innen dudelte orientalische Popmusik.

»Winters?«

»Gegenüber.«

Reuter bedankte sich und klingelte dort. Er lehnte das Ohr an die Tür. Der Fernseher lief. Er hämmerte gegen das Holz.

Schlurfende Schritte. Nach einer Weile ging die Tür auf. Eine Sicherheitskette, darüber ein rundes Gesicht mit rosa Wangen.

Reuter zeigte seine Marke. »Kripo Düsseldorf. Nur ein paar Fragen. Können wir hereinkommen?«

Die Tür schloss sich, die Kette rasselte, dann schwang die Tür wieder auf. Wortlos walzte eine dicke Frau durch den Flur. Sie trug eine Art Hausanzug aus türkisgrünem, eng anliegendem Frotteestoff, der all ihre Wülste und Speckrollen zur Geltung brachte.

Die Wohnungsinhaberin führte ihren Besuch ins Wohnzimmer und ließ sich auf das Sofa plumpsen. Mit müden Augen musterte sie die Beamten. »Was haben Sie mit Ihren Haaren gemacht?«

Reuter hielt Abstand. Dem Geruch nach zu urteilen, wusch sie sich und ihre Kleidung nur selten.

Auf der Mattscheibe schworen sich junge Leute ewige Liebe. Scholz setzte sich in den Sessel, griff nach der Fernbedienung und stellte den Ton leiser. »Sind Sie Frau Winters?«

»Ja.«

Reuter sah sich um. Ein Regal voller Puppen, an der Wand Poster von weißen Pferden und einer Boygroup. Wie das Zimmer eines pubertierenden Mädchens. Reuter trat näher an die Plakate. Die Jungs waren *Take That* – Robbie Williams zum Zeitpunkt der Aufnahme kaum erwachsen.

Scholz fragte: »Die Mutter von Juli Winters, die in Düsseldorf lebt?«

Die Frau stöhnte, als bereite ihr die Antwort Mühe. »Ist was mit ihr?«

Reuter nahm ein Foto vom Tisch. Ein Baby in Bauchlage, den Kopf erhoben, große, braune Augen. »Ist sie das?«

»Ja. Aber jetzt ist Juli schon groß. Demnächst heiratet sie.«

Am 10. September sollte es sein, dem Geburtstag meiner Mutter – die Tochter hat ihr noch nicht verraten, dass die Hochzeit ausfällt, dachte Reuter.

Winters deutete auf einen Teller Kekse. »Bedienen Sie sich.«

Auf einer Anrichte stand eine ganze Sammlung gerahmter Babyfotos. Säuglinge in allen Varianten: nackt, in Windeln, im Strampelanzug. Darunter auch asiatische und afrikanische Gesichter, zum Teil aus Illustrierten geschnitten. Ein Bild hatte ein größeres Format und steckte in einem aufwendigen Rahmen. Blattgold, schätzte Reuter.

»Hübsch«, sagte er und deutete darauf.

»Ja, das ist Lena.«

»Lena?«

»Meine zweite Tochter. Juli und Lena. Sie sind ein Jahr auseinander. Lena geht zur Universität. Sie schreibt Gedichte und so.«

Reuter warf Scholz einen Blick zu. »Sie meinen Henrike Andermatt?«

»Ich hab sie damals Lena genannt. Lena Winters, weil es so schön klingt. Aber leider konnte ich sie nicht großziehen. Ich hatte ja schon Juli und mein damaliger Freund mochte keine Kinder. Und außerdem meine Krankheit. Ich hab Kreislauf, wissen Sie?« Die Frau begann zu weinen und ihre Stimme sprang in eine höhere Tonlage. »Die Hebamme sagte, sie wüsste Leute, bei denen es Lena gut haben würde. Der Mann war Richter, verstehen Sie? Und die Frau hat sich immer so sehr ein Kind gewünscht. Reiche Leute. Sie haben mir Geld gegeben.«

Reuter setzte sich nun ebenfalls.

Die Mutter ächzte. »Sie haben versprochen, Lena gut zu behandeln. Aber zu Juli waren sie gemein, als sie Arbeit brauchte. Stellen Sie sich vor: Sie haben Juli sogar den Kontakt zu ihrer Schwester verboten. Das geht doch nicht, oder?«

»Die Andermatts sind Lenas Pflegeeltern?«

Sie schnaufte und wischte sich mit dem Ärmel über das Gesicht. »Wie richtige Eltern. Die Hebamme meinte, es wäre das Beste für das Kind. In den ersten Jahren haben sie mir Weihnachtskarten geschickt. Aber dann ...« Sie holte mehrmals tief Luft und gab dabei ein brummendes Geräusch von sich. »All die Jahre kein Lebenszeichen. Können Sie sich vorstellen, wie weh das einer Mutter tut?«

»War Lena vorgestern bei Ihnen?«

»Am Samstag, ja. Wenn ich gewusst hätte, dass sie kommt, hätte ich Kuchen gebacken.«

»Was hat sie gesagt?«

»Sie wollte wissen, wie das damals alles war. Warum ich sie weggegeben habe, und so. Ich hab mich sehr über den Besuch gefreut. All die Jahre diese Sehnsucht. Lena ist ein gutes Mädchen.«

Scholz zeigte auf den Fernseher: »Gucken Sie auch mal Lokalnachrichten, Frau Winters?«

»Ach, die zeigen doch nur Unfälle, Brände und so. Ich hatte in meinem Leben schon genügend Unglück. Das brauch ich nicht mehr.« Sie griff nach dem Teller. »Wollen Sie wirklich keinen Keks?«

»Danke.«

Winters mampfte und sagte: »Lena hat mir ein Gedicht vorgelesen, das sie mir gewidmet hat. Über ein dunkles Haus mit zwei Ausgängen und so. Einer nach vorn, der andere nach hinten. Den Rest habe ich mir leider nicht gemerkt. Ich wollte, dass sie bleibt, aber leider hatte sie keine Zeit.«

Reuter stellte sich vor, wie groß der Schock für Henrike gewesen war. Er fragte sich, wann sie erfahren hatte, wer ihre wahre Mutter war.

»Wissen Sie noch, wie die Hebamme hieß, die Ihnen damals geholfen hat?«

Die dicke Frau überlegte lange, dann sagte sie: »Das ist jetzt über zwanzig Jahre her. Sie war von hier, aus Hamborn. Der Name ...« Sie deutete zur Kommode hinüber. »In der Anrichte sind Briefe. Da ...« Sie keuchte schwer. »Schauen Sie nach. Ich kann jetzt nicht.«

Reuter zog die Schublade auf und begann zu wühlen. Er fand einen dünnen Packen Briefe und Weihnachtskarten.

Krippenmotive und allerlei Engel – Karten der billigsten Sorte, knappe Grußworte.

»Kinder sind ein Segen«, sagte Frau Winters und blickte zum Fernsehschirm.

Reuter erinnerte sich, den Satz schon einmal von Juli gehört zu haben. »Wie viel haben Sie von den Andermatts für das Baby erhalten, Frau Winters?«

»Zweitausend Mark. Ich habe mir davon die Küche gekauft. Immer, wenn ich den Kühlschrank aufmache, sage ich mir, dass es Lena jetzt besser hat. Stimmt doch, oder?«

Reuter überlegte, wie er der Frau beibringen sollte, dass ihre Tochter nicht mehr lebte.

»Ich bin so stolz auf Lena. Mir hat noch nie jemand zuvor ein Gedicht gewidmet.«

Reuters Handy tönte. Thilo Becker, der MK-Leiter: »Seid ihr noch in Duisburg?«

»Ja, wieso?«

»Vielleicht interessiert es euch, dass wir einen neuen Hinweis auf ein Wohnmobil haben. Diesmal scheint es das richtige zu sein.«

78.

Auf dem Weg zum Auto berichtete Reuter, was Becker ihm am Telefon über die neue Spur erzählt hatte. Der Wagen war zwar kein Mercedes Sprinter, hatte aber ein Peace-Zeichen auf der Front, das man mit dem Daimler-Logo verwechseln konnte. Das rechte Rücklicht war defekt. Außerdem hatte der Halter zwei Kumpels zu Besuch gehabt, mit denen er Touren unternommen hatte. Am Sonntagmorgen sei der Besuch abgereist – laut Angaben des Nachbarn in aller Frühe und in Katerstimmung.

Da ist ein netter Anwohner scharf auf die Belohnung, dachte Scholz.

Reuter war ganz außer Rand und Band. »Der Halter wohnt in einem Kaff, das zu Dormagen gehört. Kollegen der Kreispolizeibehörde Neuss haben das Wohnmobil sichergestellt. Der Verdächtige wird gerade in die Festung gebracht. Wenn wir uns beeilen, schaffen wir es zur Vernehmung.«

»Aber werde nicht wieder handgreiflich«, antwortete Scholz.

Das Auto stand noch da, mit dem Werbefritzen Frontzeck an Bord.

»Willst du fahren?«, fragte Reuter.

»Auf keinen Fall«, wehrte Scholz ab. »Mein Bedarf ist gedeckt.«

Er stieg hinten ein und kurbelte das Fenster herunter. Er wollte den Geruch aus der Nase bekommen, der in Winters Wohnung geherrscht hatte. Außerdem war ihm noch immer schwindlig und er litt unter Atemnot – sicher nur vorübergehend.

»Wie war's?«, wollte Frontzeck wissen.

»Das geht dich nichts an«, beschied Scholz. Er ließ sich den Fahrtwind um die Ohren blasen. Als sie den Düsseldorfer Norden erreichten, ging es ihm besser. Er beugte sich nach vorn und drückte Frontzecks Schulter. »Wohin hast du Lena gebracht, als ihr aus Duisburg zurückkamt?«

»Ich habe sie an der Kö abgesetzt. Ich musste noch kurz in die Agentur und dann rasch nach Hause.«

»Wann war das?«

»Etwa achtzehn Uhr.«

Zwei Stunden später war Henrike Andermatt tot gewesen.

»Wo wollte sie hin?«

»Das habe ich sie nicht gefragt.«

»Habt ihr es getrieben?«

»Ihre Fragen wiederholen sich.«

»Alkohol, Drogen, *Liquid Ecstasy?*«

»Hören Sie, wir sind so rasch wie möglich zurückgefahren. Sie war nicht in der Stimmung zu reden. Ich hab sie abgesetzt, das war's.«

»Nicht gerade das, was du dir erhofft hattest, was?«

Der junge Kerl wandte sich an Reuter. »Warum duzt mich Ihr Kollege die ganze Zeit?«

Scholz sah den Blick des Kollegen im Rückspiegel. Ein vertrauliches Zwinkern.

»Der Typ ist so«, antwortete Reuter. »Den werden wir nicht mehr ändern, fürchte ich.«

Sie hatten den Werbegrafiker an der Königsallee abgesetzt und waren auf dem Weg zur Festung, als der rasselnde Klingelton seines Mobiltelefons Scholz aus den Gedanken riss.

Bettinas Stimme: »Hast du Freitagabend schon etwas vor?«

»Wieso?«

»Ich dachte mir, es wäre schön, mal wieder zu dritt zu sein. Ich weiß nicht, warum, aber du hast einen stabilisierenden Einfluss auf Florian.«

»Ist etwas mit ihm?«

»Tessa, seine Freundin – es scheint nicht so gut zu laufen. Mit mir redet er nicht darüber. Vielleicht braucht er ein Männergespräch. Ich dachte, ich koch uns was Nettes. Am Freitag um halb acht, was hältst du davon?«

Scholz sagte zu. Er war guter Stimmung und beschwerte sich nicht, als Reuter die Neusser Straße entlangraste.

Der junge Kollege fragte: »Was meinst du, Norbert: Wann hat Henrike erfahren, dass diese Frau ihre Mutter ist und nicht Carola Andermatt?«

Scholz überlegte. »Vielleicht bei dem großen Krach im April, als die Andermatts durch den Schmähartikel von Sven Mielke erfahren haben, was das Mädel so alles trieb. Keine Ahnung.«

Sie erreichten die Einfahrt zum Präsidium. Scholz gab per Funk der Wache im Erdgeschoss Bescheid und das Tor schwang auf. Bevor Reuter den Wagen auf den Hof rollen ließ, stieg Scholz aus.

»Was hast du vor?«, fragte Reuter.

»Ich brauch noch etwas frische Luft. Komme gleich nach.«

Scholz wartete, bis der Omega verschwunden war und sich das Tor geschlossen hatte.

Dann ließ er sich auf die Knie nieder und kroch unter das Gestrüpp, das längs der Mauer wucherte. Er tastete im Dreck. Sein Gesicht streifte Dornen. Vermutlich bot er mit seinem Hintern, der aus den Sträuchern ragte, keinen allzu würdevollen Anblick. Er konnte nur hoffen, dass niemand ihn sah.

Irgendwo musste sein Ehering doch hingekullert sein, als er ihn in der Nacht zum Samstag aus dem Autofenster geworfen hatte.

Etwas Goldenes blinkte. Der Ring war bis an den Stamm der Staude gekullert. Scholz bekam ihn zu fassen.

Er richtete sich auf und klopfte den Dreck von den Knien. In diesem Moment nahm das Schwindelgefühl zu. Wieder diese beklemmende Atemnot.

Die Welt wurde schwarz und drehte sich. Sein letzter Gedanke: Jetzt verpasse ich den Mordverdächtigen.

79.

Reuter stieß die Tür zum alten Frühbesprechungsraum auf. Nur Wiesinger, der Aktenführer, saß darin und tippte etwas.

Er blickte hoch. »Wie geht's dir?«

Reuter ignorierte die Frage. »Ist unser Kunde schon da?«

»Der Halter des Wohnmobils? Er heißt Lothar Schubries, von Beruf Fliesenleger, geboren in Halle an der Saale, fünfunddreißig Jahre alt. Und er brutzelt gerade im Verhörzimmer des KK 22.«

»Danke.«

Zwei Stockwerke tiefer im gegenüberliegenden Flügel – Reuter hätte es sich denken können.

Als er die Glastür zum Mördertrakt öffnete, vernahm er Stimmen. Eine Bürotür stand auf, drinnen saßen Anna Winkler und Staatsanwalt Balthus. Sie starrten auf ein Fenster. Auf der anderen Seite der Scheibe beteuerte ein hagerer Mann seine Unschuld. In seinen Augenwinkeln zuckte es und beim Reden befeuchtete er mit der Zunge seine Lippen. Gelbliche Zähne, unruhiger Blick – dass der Kerl nervös war, musste noch nichts heißen.

»Schubries?«, fragte Reuter leise.

Kollegin Winkler bejahte.

Das Fenster war ein venezianischer Spiegel. Ein kleiner Lautsprecher am oberen Rand übertrug, was im Nebenraum gesprochen wurde.

Neben dem Beschuldigten saß ein Anwalt, mit dem Reuter noch nicht zu tun gehabt hatte. Vermutlich jemand vom anwaltlichen Notdienst, der später die Pflichtverteidigung übernehmen würde.

Ihnen gegenüber saßen zwei Kollegen. Reuter erkannte sie auch von hinten: Blondschopf Thilo Becker, der MK-Leiter, und Marietta Fink, die Hübsche aus der Kriminalwache. Am offenen Fenster stand Bruno Wegmann und rauchte mit der Verzweiflung des Süchtigen. Eine Videokamera auf einem Stativ zeichnete das Gespräch auf.

Schubries' Stimme, mit weinerlichem Unterton: »Ich will's mal so sagen: Meine Kumpels wollten das Düsseldorfer Nachtleben erleben.«

»Und dann?«, fragte Becker.

»Ich fuhr mit ihnen zum Brauhaus an der Oststraße, aber Maik und Patrick wollten unbedingt Frauen auftun. Also Puff, sozusagen.«

»Wer sind diese Freunde?«, raunte Reuter, an Anna Winkler vom KK 11 gewandt.

»Ein Installateur aus Kassel und ein weiterer Fliesenleger aus Halle. Sie haben früher in der gleichen Firma gearbeitet, als der Osten mit unserem Geld zum Blühen gebracht wurde.«

»Nennt er Namen und Anschrift?«

»Klar. Seine Strategie läuft darauf hinaus, den Spezis die Tat anzuhängen.«

Der Staatsanwalt räusperte sich.

Reuter lauschte wieder den blechernen Stimmen aus dem Lautsprecher.

»Sie lief die Straße entlang und irgendwie war klar, was die wollte. Schon allein von der Kleidung her.«

»Wie meinen Sie das?«

»Bordsteinschwalbe, sozusagen.«

»Und dann?«

»Meine Kumpels meinten, ich solle mal anhalten. Dann haben wir sie zu einer Spritztour eingeladen.«

»Und?«

»Na ja.«

»Was: Na ja?«

»Diese Nutte hat's meinen Kumpels besorgt.«

Reuter beobachtete, wie Wegmann seine Zigarette auf dem Fensterbrett ausdrückte – er klopfte den Stummel energisch aufs Blech. Danach trat er an die Kamera und kontrollierte im Sucher die Bildeinstellung.

»Ihre Freunde haben Henrike Andermatt vergewaltigt.«

»Ach wo, die wollte es doch. Die hat alles mitgemacht.«

»Und Sie?«

»Ich bin nur gefahren.«

»Und dann?«

»Als wir sie absetzen wollten, sagte Maik, also, dann sagte er, die rührt sich ja gar nicht mehr. Wir haben Panik bekommen und Maik meinte, wir sollten sie irgendwo im Wald abladen.«

»Statt sie in ein Krankenhaus zu fahren.«

»Das wollte ich ja, aber meine Kumpels meinten, dass da sowieso nichts mehr zu machen war. Sozusagen mausetot.«

»Wer von Ihnen hat sie umgebracht?«

Schubries antwortete hastig: »Keiner. Ich will's mal so

sagen: Die muss krank gewesen sein. Drogensüchtig. Sind doch viele von denen. Die hatte sich was gespritzt – und plötzlich war's aus!«

Marietta fragte: »Herr Schubries, Sie haben Ihr Reisemobil hübsch ausgebaut. Richtig nett, würde ich sagen.«

Der Mann straffte seinen Rücken und musterte die K-Wachen-Kollegin. »Besser als jedes Hotel. Und billiger. Meine Meinung.«

»Und wenn man mit einer Frau intim werden möchte, dann sorgt man ja erst recht für eine nette Atmosphäre, stimmt's?«

»Hm.«

»Herr Schubries, haben Sie oder Ihre Freunde der Frau etwas zu trinken gegeben, vielleicht einen Schnaps, um es sich gemütlich zu machen?«

Schubries glotzte die Kollegin an, dann schüttelte er den Kopf.

»Haben Sie ihr sonst irgendwelche Drogen verabreicht?«

»Nein!«

»Haben Sie beobachtet, dass das Mädchen etwas nahm?«

Kopfschütteln und ein ratloser Blick zum Anwalt.

»Ekliger Typ«, entfuhr es Reuter.

Anna sagte: »Hoffentlich trifft er im Knast viele nette Jungs, denen er es dann auch *freiwillig* besorgen muss.«

»Pst«, machte Balthus, der offenbar kein Wort verpassen wollte. Reuter fragte sich, wo Kollege Scholz blieb.

Jenseits der Scheibe schrillte ein Handy. Der MK-Leiter nahm das Gespräch an, lauschte kurz, bedankte sich und sprach Schubries an: »Henrike hat es freiwillig mit Ihnen getrieben, was?«

»Mit meinen Freunden. Sag ich doch.«

»Wie erklären Sie sich dann, dass die Spurensicherung Blut in Ihrem Reisemobil gefunden hat? Praktisch überall: Matratze, Rückbank, Beifahrersitz.«

»Frauen haben manchmal ihre Tage.«

Wegmann trat an den Tisch und hieb die Boxerfaust auf die Platte. »Aber nicht Henrike. Nicht vorgestern Abend.«

»Sie schüchtern meinen Mandanten ein«, protestierte der Anwalt.

Becker sagte ganz ruhig: »Noch einmal, Herr Schubries. Und denken Sie daran, dass wir dahinterkommen, wenn Sie lügen. Haben Sie oder Ihre Freunde der Frau Alkohol eingeflößt, um sie gefügig zu machen?«

»Nein.«

»Drogen oder Medikamente?«

»Nein, gar nichts.«

»Wenn Sie nicht in vollem Umfang geständig sind, Herr Schubries, kann Ihnen die Staatsanwaltschaft eine Anklage wegen Mordes nicht ersparen.«

»Ich war das nicht!«

»Die Spuren lügen nicht, Herr Schubries. Noch geben wir Ihnen Gelegenheit, Reue zu zeigen und mit der Wahrheit herauszurücken. Wenn Sie erst einmal vor Gericht stehen, ist es dafür zu spät.«

Balthus räusperte sich. »Ich rede mal ein paar Takte mit dem Anwalt.«

Stühlerücken, der Staatsanwalt ging hinaus.

Bevor Balthus im Nachbarraum ankam und die Vernehmung unterbrechen konnte, tönte Wegmanns Stimme aus dem Lautsprecher: »Wo haben Sie die Frau eigentlich aufgegabelt? Bei welchem Bordellbetrieb?«

»Na, der große Puff sozusagen hinter dem Hauptbahnhof. An der Straße, die dort am Bahndamm entlanggeht. Anständige Frauen laufen da nicht rum. Meine Meinung.«

Reuter sah Wegmann durch die Scheibe an, dass der Kollege das Gleiche dachte wie er: *Vulkanstraße.*

Auf dem Gang traf er auf den Exboxer. Sie rannten die Treppe hinunter.

80.

Oberstes Stockwerk, die abgenutzte Holztür. Der angeklebte Zettel mit der Mädchenhandschrift: *Juli Winters.*

Klingeln – keine Reaktion.

Drinnen kläffte der Köter. Reuter zog seine Waffe. Der Pitbull machte ihn jedes Mal nervös. Möglicherweise ein braves Tier, das tatsächlich nur Auslauf brauchte. Aber wer wusste das schon.

Er donnerte gegen die Tür. »Polizei!«

Der Hund legte an Phonstärke zu. Reuter fragte sich, wie die Nachbarn das aushielten.

Wegmann klappte sein Einbruchsbesteck auf und stocherte im Schloss. Die Tür sprang auf.

Juli hockte im Flur und tätschelte den Hund.

»Können Sie Gonzo noch einmal ins Bad einschließen?«, verlangte Reuter.

Sie stand auf und gehorchte. Er steckte die Pistole ins Holster. Cool down, sagte er sich.

Juli ging voraus in die Küche. Sie wirkte müde. Wie ferngesteuert, fand Reuter.

Es roch nach frisch gebrühtem Kaffee.

Wegmann entdeckte die Kanne auf dem Tisch. »Darf ich?«

Das pummelige Mädchen nickte. Der Kollege nahm sich eine Tasse aus dem blau lackierten Regal, aber die Kanne gab nur noch ein paar Tropfen her.

Irgendetwas stimmt hier nicht, dachte Reuter.

»Warum haben Sie uns verschwiegen, dass Lena am Samstag spätnachmittags noch einmal hier war?«

Juli schwieg.

»Lena war in Duisburg. Bei Ihrer Mutter. Lena war Ihre jüngere Schwester. Warum haben Sie uns das nicht gesagt?«

»Weil sie das nicht wollte.«

»Nachdem sie tot war, hätten Sie uns das sagen müssen.«

»Lena wollte nichts mit Mama zu tun haben. Lena war etwas Besseres, verstehen Sie?«

»Erklären Sie uns das, Juli«, bat Wegmann.

»Wir stammen aus dem gleichen Haus. Nur hat Lena es durch die Vordertür verlassen und ich durch die Hintertür.«

»Lenas Worte?«

Der Lockenkopf nickte.

»Hat Sie das neidisch gemacht? Wütend?«

Müdes Kopfschütteln.

»Aber Sie hassten die Andermatts.«

»Schon.«

Plötzlich wusste Reuter, was fehlte. Das Kinderbett war leer. Kein Baby an Julis Schulter, kein Geschrei.

»Wo ist Justin?«, fragte er.

»Drüben.«

Während Wegmann auf Juli aufpasste, lief Reuter ins andere Zimmer. Ein kleiner, voll gestellter Raum. Ein schlichtes Metallbett – ungemacht, ein blassgelber Bezug mit aufgedruckten Pinguinen.

Reuter hob das Federbett von der Matratze. Er riss die Kissen weg. Der Säugling kam zum Vorschein: kotverschmiert und eingenässt, stinkend, still und noch körperwarm, als würde er schlafen.

Ein Griff nach der Halsschlagader – kein Puls feststellbar. Das kleine Gesicht war gerötet, rote Pünktchen auf den Augen und Lidern. Erstickungszeichen.

Wegmann telefonierte bereits nach einem Arzt.

Reuter ging in die Küche, wo Juli sitzen geblieben war.

»Was haben Sie gemacht?«

»Justin soll nicht ins Heim.«

»Und Lena?«

»Sie sollte nicht sterben. Ich wollte ihr doch nur einen Denkzettel verpassen.« Juli sprach schleppend, ihr Blick

fixierte einen Punkt in weiter Ferne. »Sie hat meine Mama schlechtgemacht.« Ihre Lider flatterten.
»Was ist mit Ihnen?«
»Scheiße!«, rief Wegmann telefonierte noch einmal.
Reuter sah sich um, kontrollierte den Abfalleimer, spähte in Vasen und Schüsseln. Er zog die Windelpackung unter dem Kinderbett hervor – nichts außer Einweg-Wattekram.
Juli verdrehte die Augen.
Wegmann tätschelte ihre Wange. »Nicht einschlafen, Juli! Der Notarzt ist jeden Moment da.«
Die junge Frau nickte knapp.
In der Spüle wurde Reuter fündig. Fünf leere Ampullen. *Liquid Ecstasy*. Er sagte zu seinem Partner: »Gut, dass sie dir keinen Kaffee übrig gelassen hat.«
Draußen donnerte ein Intercity vorbei. Robby Marthaus Pitbull kläffte ihn vom Badezimmer aus an.
Es klingelte an der Tür. Wegmann lief hin, um zu öffnen. Auch Juli raffte sich auf. Nach zwei Schritten sackte sie in sich zusammen.

Teil V

Dossiers

Den Menschen ein Bild ihres Schicksals geben.

Max Beckmann

Dienstag, 22. Mai, *Blitz,* Titelseite:

GEKKO-BEACH: MYSTERIÖSER SELBSTMORD!

Nach einem Brand im Restaurant des erst am Wochenende stillgelegten Biergartens *Gekko-Beach* wurde gestern die verkohlte Leiche eines Mannes geborgen. Laut Polizeiangaben handelt es sich um den mutmaßlichen Mörder des 23-jährigen Türstehers Robert Marthau. Über die Hintergründe des Mordes und die Identität des Täters gab es zunächst keine Information. Der Mann hatte das Holzgebäude in Brand gesteckt und sich mit einer Schusswaffe das Leben genommen, als Fahnder ihm auf die Spur gekommen waren.

Dienstag, 22. Mai, *Morgenpost,* Titelseite:

HAFEN-CONGRESS-CENTRUM BRINGT DÜSSELDORF VORAN

Oberbürgermeister Dagobert Kroll hat einen dicken Fisch an Land gezogen: Rund 120 Millionen Euro will eine Investorengruppe um den russischen Ölmilliardär Vitali Karpow am Rheinhafen verbauen. Das »Hafen-Congress-Centrum« (HCC) soll nicht nur wie geplant ein Hotel der Luxusklasse sowie zukunftsweisende Kongress- und Office-Facilitys umfassen, sondern auch ein Kasino und eine Shoppingmall von Weltrang.
Diverse Interessenten hatten sich um das begehrte Areal beworben, so OB Kroll. Mit der Karpow-Gruppe habe das stimmigste Konzept gewonnen. Entscheidend seien die Seriosität des Investors und die Übereinstimmung mit stadtplanerischen Vorgaben gewesen. »Wir ticken auf einer Wellenlänge«, sagte Kroll.
Dass der Ölmilliardär auch Fortuna Düsseldorf mit einem zweistelligen Millionenbetrag fördern werde, habe bei der Vergabe des Geländes keine Rolle gespielt, hieß es. Karpow werde seinen Le-

bensschwerpunkt in die Landeshauptstadt verlegen und gilt als fußballbegeistert. Somit hat OB Kroll auch als Aufsichtsratschef des Traditionsvereins alles richtig gemacht.

Der Streit um *Gekko-Beach* ist Geschichte, sorgte trotzdem für ein Bonmot: Das HCC werde auf keinen Fall »in den Sand gesetzt«, scherzte das Stadtoberhaupt in Anspielung auf das bisherige Strandlokal und bewies Humor.

81.

Reuter parkte vor der Schule, nahm die drei Stufen vor dem Eingang mit einem Satz, durchquerte das Foyer und folgte dem Gekreische, das die Schüler veranstalteten. Es war Mittag, die meisten Kids tobten im Hof und Katja hatte Pausenaufsicht.

Fünftklässler schrien sich an. Seine Freundin versuchte zu schlichten. Ein Ball prallte neben Reuter an die Betonwand. Er fing ihn auf und nahm Katja beiseite.

Das Blut schoss in ihre Wangen und sie sah sich um. »Was willst du hier?«

»Ein Ende des Versteckspiels.«

»Nicht so laut, Jan.«

Reuter bemerkte Schülerinnen, die stehen blieben und kicherten. Pubertierende steckten ihre Pickelgesichter zusammen und glotzten herüber. Eine Gruppe Jungs wartete auf ihren Ball. Auch ein älteres Semester machte lange Ohren – die zweite Aufsicht, womöglich der Fachleiter Deutsch, Katjas Lieblingsfeind.

»Ich verstecke mich nicht«, flüsterte sie. »Ich wohne nur vorübergehend bei einer Kollegin.«

»Und bis wann gedenkst du, Klarheit über unsere Beziehung zu bekommen?«

»Willst du mir ein Ultimatum stellen? Das ist das falsche Zeichen, wenn du mein Herz gewinnen willst.«

»Weißt du was, Katja? Ich will überhaupt nichts mehr von dir. Du brauchst nicht mehr zurückzukommen.«

Der Gong tönte. Die Kids spazierten nur zögerlich zurück zum Unterricht. Einige gafften weiter.

Reuter sagte: »Ich gebe dir bis Sonntagabend Zeit, deine Sachen aus der Wohnung zu räumen. *Das* ist mein Ultimatum.«

Katja musterte ihn. »Schade, dass es so kommen musste«, antwortete sie schließlich.

»Ja, schade.«

Reuter kickte den Jungs ihren Fußball zu und ging.

Auf der Fahrt nach Schiefbahn fühlte er sich erleichtert.

Als er vor dem Haus der Kochs aus dem Micra stieg, sah er sich unwillkürlich um. Kein schwarzer Lexus weit und breit. Die Stiftung für deutsch-russischen Kulturaustausch hatte sich offenbar neuen Aufgaben zugewandt.

Reuter klingelte an der Haustür. Marion öffnete. Sie hatte sich freigenommen, wie er wusste. Die Witwe des Kollegen blinzelte ins Tageslicht, als sei sie gerade erst aufgestanden.

Er fürchtete, dass sie ihn zur Begrüßung umarmen würde, und streckte ihr sofort die Leinentasche hin. »Du hast etwas bei mir liegen lassen.«

»Komm rein.«

Sie setzten sich ins Wohnzimmer. Er packte die Tasche auf den Tisch und blickte in den Garten. Irgendwo neben den Rosenstöcken hatte Michael das Geld vergraben. Der Erlös aus dem Kunstraub hatte den Kollegen zum Mörder an Robby Marthau gemacht und zum Geiselnehmer, der weitere Tode in Kauf nahm.

Reuter wollte nicht darüber nachdenken, was das Geld aus ihm selbst gemacht hatte.

Marion zog die Plastiktüte aus der Stofftasche.

»Deine Hälfte«, erklärte Reuter.

»Das geht nicht.«

»Wieso?«

»Gehört das nicht in eure Asservatenkammer?«
»Keiner außer uns beiden weiß davon.«
Marion griff in die Tüte. »Fühlt sich gut an.«
»Hör zu, bring es nicht zur Bank. Zeig es niemandem. Gönn dir was Schönes, aber gib es nicht auf einmal aus.«
Sie nickte.
Er stand auf und ging.

Mittwoch, 23. Mai, *Blitz*, Titelseite unten:

HENRIKE ANDERMATT:
ZULETZT LIEF IHRE MÖRDERIN AMOK!

Drama aus enttäuschter Liebe: Juli W. (22), Freundin des am Freitag ermordeten Türstehers Robert Marthau und Mutter ihres gemeinsamen Babys, erfuhr nach der brutalen Tat, dass der Mann, den sie abgöttisch liebte, eine Affäre mit der leichtlebigen Henrike Andermatt hatte. Ein Schock, der sie schier um den Verstand brachte. »Um ihr einen Denkzettel zu verpassen«, so ein Polizeisprecher, habe Juli W. der Politikertochter die Droge *Liquid Ecstasy* verabreicht, an der Henrike Andermatt am Samstagabend starb. Jetzt erstickte sie auch ihr Baby und nahm selbst eine hohe Dosis der Todesdroge. Die Fahnder konnten sie in letzter Sekunde retten. Für Sohn Justin (2 Monate) kam jede Hilfe zu spät.

Mittwoch, 23. Mai, *Morgenpost*, Lokales:

OB KROLL: LEGE FÜR KARPOW HAND INS FEUER

Im Rathaus kursieren Gerüchte; die Opposition glaubte bereits, darauf ein Süppchen kochen zu können. Doch Oberbürgermeister Dagobert Kroll liest seinen Gegnern die Leviten: »Für meinen Freund Vitali Karpow lege ich die Hand ins Feuer.«

Hintergrund sind Spekulationen über die Herkunft des Milliardenvermögens des künftigen HCC-Bauherrn. Die Rede ist von Geschäftsbeziehungen des Ölmagnaten zum sogenannten Turin-Clan, dem Waffen- und Drogenhandel nachgesagt wird. Das Hafen-Congress-Centrum diene als Geldwaschanlage, so das kolportierte Szenario.

»Absurde Verleumdungen«, stellt OB Kroll klar, »in die Welt gesetzt von böswilligen Neidern, denen meine Erfolge und das blühende Wachstum dieser Stadt ein Dorn im Auge sind.« Dagobert Kroll, als streitbar bekannt, geht zum Gegenangriff über. Er hat Anzeige gegen unbekannt erstattet und fordert die Polizei auf, die Ehrabschneider dingfest zu machen.

Mittwoch, 23. Mai, *Blitz,* Titelseite, Aufmacher:

AFFÄRE ANDERMATT: NEUE VORWÜRFE!

Jetzt trifft es den zum künftigen Innenminister Nordrhein-Westfalens erkorenen Konrad Andermatt knüppelhart. Neue Enthüllungen werfen die Frage auf: Hat der FDP-Rechtsaußen seine Tochter Henrike als Baby gekauft?

Heike W. (42) lebt als Hartz-IV-Empfängerin in Duisburg. Sie beteuert: »Ich bin Henrikes Mutter. Der reiche Richter hat mir 1987 zweitausend D-Mark für sie gegeben. Eine Hebamme hat den Handel vermittelt.«

Andermatt dementiert, spricht von der »Lebenslüge einer grenzdebilen ehemaligen Gelegenheitsprostituierten« und einer Medienkampagne, die seinen Kurs einer »ehrlichen Politik« verhindern wolle.

Blitz-Leser fragen sich: Was ist dran an dem ungeheuerlichen Vorwurf? Warum geht ›Richter Gnadenlos‹ nicht juristisch gegen Heike W. vor? Ist dieser Mann der Richtige für den Ministerjob?

82.

Im Frühbesprechungsraum bauten die Kollegen die Zelte ab. Die Morde an Robby Marthau und Henrike Andermatt alias Lena Winters waren weitgehend geklärt. Die Staatsanwaltschaft bereitete Anklagen gegen Schubries und seine beiden Freunde wegen gemeinschaftlicher Vergewaltigung einer hilflosen Person und unterlassener Hilfeleistung sowie gegen Juli Winters wegen Mordes vor. Diese Arbeit bedurfte nicht mehr der großen Maschinerie.

Auch Reuter packte seine Unterlagen und schaffte sie hinunter in sein Büro. Bis auf Weiteres saß er allein hier. Der Schreibtisch neben seinem war leer geräumt. Ein beklemmendes Gefühl – Reuter versuchte, nicht weiter an Koch zu denken.

Kollegen des Inneren Dienstes hatten Kochs PC und den Inhalt der Schubladen sichergestellt. Reine Routine – einen Prozess würde es im Fall Robert Marthau nicht mehr geben.

Reuter brachte den Abreißkalender auf den aktuellen Stand. Die Fette Henne brauchte Wasser. Vielleicht würde Scholz hier einziehen. Für die Behörde sprach nichts mehr dagegen, das einstige schwarze Schaf in seine alte Dienststelle zurückkehren zu lassen. Es hieß, der Kollege befinde sich auf dem Weg der Besserung. Reuter überlegte, wie es wäre, mit Scholz das Zimmer und die künftigen Fälle zu teilen.

Reuter sortierte seinen Papierkram. Das Moleskine-Buch mit Lenas Gedichten fiel ihm in die Hand. Er hatte es eingesteckt – sein Gefühl sagte ihm, dass er ein Recht auf dieses Andenken hatte. Für die restlichen Ermittlungen war es ohne Belang.

Beim Lesen der Verse kam es ihm vor, als halte er Zwiesprache mit der Toten.

Er versprach Henrike, sich an sie eine andere Erinnerung

zu bewahren als das, was die Schlagzeilenlyrik der Gazetten als angebliche Sensation herausposaunte. Auch die nüchterne Prosa der Mordakte enthielt nur die halbe Wahrheit.

Reuter legte die Vermerke und Protokolle, an denen er weiterarbeiten wollte, auf einen Stapel. Ein Ziel war ihm geblieben: die Anklage gegen Konrad und Carola Andermatt wegen Menschenhandels. In Gedanken redete Reuter darüber mit Henrike: *Ich werde dir diesen letzten Dienst erweisen.*

Das Telefon auf seinem Tisch schrillte.

Es war die Angestellte aus dem Vorzimmer des Kripochefs. Der Leitende Kriminaldirektor wollte ihn sprechen.

83.

Es klopfte an der Tür. Scholz legte den Inhalator weg, der seine Lungenbläschen wieder in Schwung bringen sollte. Er kippte das Rückenteil des Betts hoch, damit er aufrecht saß und nicht wie ein Kranker wirkte.

Bettina trat ein. Ein gespanntes, sorgenvolles Gesicht über einem bunten Blumenstrauß. Sie wirkt schlanker als früher, fand Scholz. Sie sieht gut aus, nicht nur für ihr Alter.

Seine Frau umarmte ihn. Dann ging sie auch schon wieder hinaus, um eine Vase zu suchen. Während er wartete, ertappte er sich dabei, dass er nervös an seinem Ring spielte.

Sie kam zurück, stellte die Vase mit den Blumen auf den Tisch und zupfte die Stängel zurecht.

»Du hast abgenommen«, sagte sie und setzte sich auf den Bettrand.

»Das bewirken die Wasser abführenden Mittel.«

»Wie geht es dir?«

»Das Wasser in der Lunge ist fast weg. Ich kriege Luft. Eigentlich weiß ich gar nicht, warum ich noch hier liege.«

»Hör bitte auf die Ärzte.«

»Am Wochenende haue ich ab, egal, was sie sagen.«

»Du kannst froh sein, dass du alles überlebt hast.«

Für einen Moment lag er noch einmal gefesselt im Staub. Die Schüsse, das Feuer. Am schlimmsten war das Gefühl der Hilflosigkeit – Scholz versuchte, die Erinnerung rasch zu verdrängen. Solche Anfälle hatte öfter, seit er hier lag.

»Du trägst noch den Ring, wie ich sehe«, sagte Bettina.

»Du auch.«

Ein verlegenes Lächeln.

»Das Dienstaufsichtsverfahren ist eingestellt worden«, berichtete Scholz. »Ich gehe zur Organisierten Kriminalität zurück.«

Kein Dienstgruppenleiter Ritter würde ihm länger auf den Sack gehen. Endlich wieder richtige Verbrecher jagen, große Kaliber – dass er womöglich mit dem Streber Jan Reuter ein Team bilden würde, hätte er sich nie träumen lassen. Aber immerhin hatte der junge Kerl sein Leben riskiert, um ihn zu retten.

»Schön«, antwortete Bettina.

»Wie geht es Florian?«, fragte er.

»Der Junge hat mit Tessa Schluss gemacht. Die Neue heißt Klara.«

»Also hat er seinen Liebeskummer überwunden.«

Bettina nickte.

»Und du?«, fragte Scholz.

»Wie meinst du das, Norbert?«

»Flo hat mir erzählt, dass es da einen Apotheker gibt.«

»Wirklich?« Bettina gab sich amüsiert. Ihre Hand fuhr durch ihr blondes Haar. Etwas nervös.

»Geht ihr miteinander ins Bett?«

»Geht dich das etwas an?«

Sie hat recht, dachte Scholz. Die Ehe stand nur noch auf dem Papier. Seit Monaten gingen sie eigene Wege. Aber er hätte ihr gern so vieles erzählt. Dass er nur deshalb in Schwierigkeiten geraten war, weil er Florian hatte schützen wollen. Dass es nicht an ihr gelegen hatte, wenn er aggressiv und mürrisch gewesen war. Dass es damit vorbei war – so hoffte er zumindest.

Sie sagte: »Florian hat mich übrigens dazu gebracht, die Fotos abzuhängen.«

»Welche Fotos?«

»Du weißt schon. Die Bilder von Stefanie.«

Scholz nickte. *Drei Jahre, fünf Monate und sechs Tage.*

Er beschloss, ab heute nicht mehr zu zählen. Er war noch nicht zu alt für eine Zukunft – wie auch immer sie aussehen würde.

Bettina nahm seine Hand. »Da ist nichts mit diesem Apotheker. Ich habe nicht mit ihm geschlafen, Norbert. Aber ...«

»Ja?«

»Manchmal denke ich in letzter Zeit daran, es mal wieder mit dir zu tun.«

Scholz zog sie zu sich heran und küsste sie. Er hätte heulen können, so gut tat das. Mannomann.

84.

Kroll kam aus seinem Büro gestürmt und baute sich vor Simone auf. »Es war Miehe, ich bin mir sicher!«

»Was meinen Sie?«

»Haben Sie die Zeitung noch nicht gelesen? Jemand will mich verleumden und ich wette, der Verräter sitzt im Rathaus!«

»Wie kommen Sie auf den Beigeordneten Miehe?«

»Ein Gefühl. Er gehört zu denen, die mich vor Karpow warnen wollten. Ich finde es heraus. Und wenn er es war, mache ich ihn fertig. Macht er nicht ehrenamtlich irgendetwas mit Kindern?«

»Beim Verein *Düsseldorfer in Not,* glaube ich.«

»Rufen Sie dort mal an, was er da genau macht. Vielleicht können wir lancieren, dass Miehe pädophil ist. Dagobert

Kroll lässt sich nicht ungestraft in die Nähe der Mafia rücken!« Er verschwand wieder. Die Tür krachte hinter dem Stadtoberhaupt ins Schloss.

Simone zog das Telefon zu sich heran. Ihr Chef hielt sie auch ansonsten auf Trab. Das Angebot eines leitenden Managerpostens in der Geschäftsführung des Hafen-Congress-Centrums war offenbar ernst gemeint. Sie hatte es nicht ausgeschlagen. Sie hatte aber auch noch nicht zugesagt.

Im Herbst würden die Bauarbeiten beginnen. Der Turin-Clan hatte das Hotel an der Königsallee verlassen und sich auf diverse Villen in den Nobellagen des Stadtgebiets verteilt. Die ersten neu zugekauften Starkicker hatten ihren Dienst bei Fortuna Düsseldorf angetreten. Die Stadt war im Fußballtaumel – Simone verstand nichts davon.

Jewgeni hatte sich nicht wieder blicken lassen. Vielleicht hatte ihn der Clan zurück nach Transnistrien geschickt. Dafür hatte Wladimir Turin begonnen, Simone den Hof zu machen – dezent und hinter dem Rücken seiner angetrauten Natascha.

Dass Dagobert Kroll wegen der Zeitungsnotiz vor Wut schäumen würde, hatte sie erwartet. Jemand hatte der Presse geflüstert, was es mit der Turin-Bande auf sich hatte. Simone fragte sich, wie lange es dauern würde, bis der Oberbürgermeister die undichte Stelle ausfindig gemacht hatte.

Sie hob den Hörer ab und wählte die Nummer auf dem Visitenkärtchen, das sie in ihrem Portemonnaie aufbewahrte.

Ulrich Lohmar ging nach dem ersten Läuten ran.

»Wann geht der Flieger?«, fragte Simone.

85.

Die Angestellte winkte ihn durch. Reuter klopfte und trat ein. Als Erstes stellte er fest, dass die Jalousie noch immer nicht repariert worden war.

Zu Reuters Überraschung war Engel nicht allein. Den hageren Mann mit dem asketisch wirkenden Gesicht hatte Reuter in der Nacht nach Henrikes Tod kennengelernt: Konrad Andermatt.

Händeschütteln, Platznehmen am runden Besprechungstisch. Einen Espresso bot der Kripochef diesmal nicht an, auch keine seiner Salbeibonbons.

Andermatt trug einen dunklen Anzug mit schräg gestreifter Krawatte, wie es sich für einen Politiker gehörte. Sein Haar erschien Reuter noch grauer als neulich. Nur eine störrische Strähne störte den Eindruck des perfekten Scheitels.

Der Minister in spe schenkte ihm ein kaltes Lächeln. »Ich höre, Herr Reuter, dass Sie maßgeblich an der Aufklärung der beiden Mordfälle mitgewirkt und nebenbei einen Kollegen gerettet haben. Als Vater, der seine Tochter verloren hat, und als künftiger Innenminister sage ich: Wir brauchen Männer wie Sie.«

Komm zum Punkt, dachte Reuter.

Der Politiker hob den Zeigefinger. »Und ich lasse mich nicht von bestimmten Medien aus dem Amt mobben, noch bevor ich es angetreten habe. Ministerpräsident Fahrenhorst steht hinter mir, weil seine Koalition auseinanderbricht, wenn er mich und meinen Parteiflügel nicht einbindet. Meine Umfragewerte sind in den letzten Tagen sogar noch gestiegen. Wer eine Tochter durch ein Gewaltverbrechen verloren hat, dem traut man zu, das Thema Sicherheit ernst zu nehmen. Nächste Woche steht meine Vereidigung an.« Ein kurzes Husten in die hohle Hand. »Dieser, äh, absurde Vorwurf, ich hätte meine Tochter gekauft, muss schleunigst aus der Welt geschafft werden.«

Jetzt war es ausgesprochen – Reuter wunderte sich nicht, dass sich Andermatt höchstpersönlich zu dem Versuch herabließ, die Ermittlung zu unterdrücken. Der Regierungsapparat stand ihm noch nicht zur Verfügung. Womöglich arbeitete die Ministerialbürokratie sogar gegen ihn.

»Zweitausend Mark«, antwortete Reuter. Er staunte selbst, dass ihn Andermatts Attacke so kaltließ. »War das damals der übliche Kurs? Lenas Mutter hat sich dafür eine Küche gekauft. Was die Hebamme kassiert hat, um die Papiere zu fälschen, werde ich herausfinden. Sie wird eine gute Kronzeugin abgeben, denke ich. Am besten, Sie sagen Ihre Vereidigung ab, Herr Andermatt.«

Reuter warf einen Blick auf Engel, doch der Kripochef ließ nicht erkennen, auf welcher Seite er stand.

Andermatt beugte sich vor und sagte langsam, jedes Wort betonend: »Welches Leben hätte Henrike geführt, wenn sie bei dieser Frau geblieben wäre?«

Reuter schüttelte den Kopf. »Unglücklicher und tragischer, als ihr Leben war, hätte es kaum werden können.«

»Für einen jungen Polizisten Ihres Dienstgrades reden Sie ziemlich anmaßend.« Auch Andermatt sah den Kripochef an, als wollte er sich eines Bündnispartners versichern.

Reuter stand auf. »Ich sehe nicht ein, was dieses Gespräch bringen soll.«

Engel mischte sich ein: »Bleiben Sie, Reuter. Lassen Sie für einen Moment den Wettstreit, wer von Ihnen besser weiß, was gut für Henrike war oder gewesen wäre. Hören Sie sich einfach mal an, was Herr Andermatt Ihnen zu bieten hat.«

Andermatt nickte und strich über sein silbriges Haar. Die Strähne blieb störrisch und stand weiterhin ab.

Als Reuter eine Stunde später das Büro des Kripochefs verließ, hatte er das Versprechen in der Tasche, bis zum Jahresende zum Hauptkommissar befördert zu werden und eines der OK-Kommissariate zu leiten. Um Andermatt noch etwas zittern zu lassen, hatte er sich Bedenkzeit bis morgen ausbedungen.

Wenn ich mich kaufen lasse, dachte Reuter, dann vom Innenminister. Der Mann bezahlt ohnehin mein Gehalt.

In seinem Büro beschriftete er einen großen Umschlag und steckte Lenas Gedichte hinein. Er fand, dass sie bei Carola Andermatt am besten aufgehoben sein würden.

Die Akte, die er in Sachen Babyhandel angelegt hatte, würde er zu Hause behalten. Solange Andermatt seiner politischen Laufbahn nachging, würde Reuter ihn in der Hand haben – kein schlechtes Gefühl.

Henrike hätte es so gewollt. Dessen war sich Reuter sicher.

86.

Wladimir sprach mit ihm die Baupläne durch. Die oberste Etage des HCC würde den Turins vorbehalten sein. Den Hubschrauberlandeplatz auf dem Dach wollten sie mit Abschussrampen für Flugabwehrraketen flankieren. In Transnistrien lagerte noch etliches Gerät, das dafür hervorragend taugen würde.

Der Boss ließ sich nichts anmerken, aber Jewgeni wusste, dass er ihm wegen der Mieze des Oberbürgermeisters grollte. Wenn Grusew nicht bei der Übergabe geschmuggelter Zigaretten erwischt worden wäre, hätte Wladimir ihn vermutlich nach Abchasien versetzt, wo der Präsident derzeit weilte. So aber wurde Jewgeni hier noch gebraucht.

Es klingelte an der Tür. Die Schilder waren da. Wladimir überwachte das Anbringen persönlich.

Lohmar-Consult – das war einmal. Der Unternehmensberater hatte seine Büros aufgegeben und die Firma des angeblichen Ölmagnaten Vitali Karpow als Nachmieter empfohlen. Wladimir beabsichtigte, das Gebäude zu kaufen.

Anna Investment GmbH stand auf den blank polierten Messingtafeln. Wladimirs Idee – er glaubte, es bringe Glück, die Firma nach seiner kleinen Tochter zu benennen.

Als der Handwerker gegangen war, holte der Präsidentensohn den Wodka aus dem Kühlschrank, den Lohmar hinterlassen hatte, und goss zwei Gläser voll.

Die Männer traten ans Fenster und blickten auf die Straße hinunter. Im Wassergraben spiegelte sich der silbrige Himmel, flankiert vom Grün der Platanen. Auf dieser Seite der Straße befanden sich die Banken, Büros und Hotels. Drüben die Läden, die den Luxus der ganzen Welt zum Kauf boten. Jewgeni fragte sich, wer hier eigentlich das Schutzgeld kassierte.

»Königsallee«, sagte Wladimir.

Seine Augen waren zu Schlitzen verengt. Wie immer, wenn er über etwas nachdachte. Jewgeni fürchtete, dass es ihn betraf.

Sie stießen an und tranken.

Schließlich erklärte Wladimir: »Nastja will dich heiraten.«

»Bitte?«

»Eigentlich finde ich, du bist zu alt für sie, Jewgeni. Aber meiner Schwester kann ich keinen Wunsch abschlagen.«

»Das hat sie mir noch gar nicht gesagt.«

»Der Boss wird eben zuerst konsultiert.« Wladimir schenkte nach. »Auf die Familie!«

Sie kippten den Schnaps. Jewgeni konnte es nicht fassen, dass er demnächst zum innersten Zirkel gehören würde.

Sein Chef sagte: »Ich habe mir übrigens berichten lassen, wie diese Straße zu ihrem Namen kam. Einst haben die Einwohner dieser Stadt hier ihren König mit Pferdescheiße beworfen. Zwei Jahre später tat es ihnen leid und sie haben die Allee nach ihm benannt, um ihn milde zu stimmen.«

Jewgeni hörte nicht hin. *Auf die Familie* – der Trinkspruch hallte in seinem Kopf nach.

»Ich glaube, die Leute haben daraus gelernt. Sie würden sich nicht wieder gegen denjenigen erheben, der ihnen Lohn und Arbeit gibt und ihnen schöne Fußballspiele schenkt. Oder was meinst du?«

»Und derjenige bist du, Wladimir.«

Der Chef lächelte. »Wir haben eine gute Wahl getroffen, oder?«

»Sicher.«

»Und ich bin froh, dass du endlich auf Nastja gehört hast und zum Arzt gegangen bist. Der Gips verleiht dir etwas Geheimnisvolles. Als würde sich mehr darunter verbergen als eine gebrochene Hand.«

Jewgeni schüttelte die Rechte. Der Mechanismus, der mit eingegipst war, ließ eine lange, zweischneidige Klinge herausspringen.

Wladimir lachte. »Ja, klar, Schwager. Auf dich ist Verlass.« Er griff nach der Flasche. Jewgeni ließ die Klinge wieder zurückfahren und hielt sein Glas hin.

Der Boss hat tatsächlich *Schwager* gesagt, dachte er.

Danksagung

Freunde und Helfer haben mich während der Arbeit an diesem Roman begleitet. Ohne die Verantwortung für Fehler auf ihre Schultern zu legen, möchte ich folgende Fachleute nennen, die ich um Rat bitten durfte:

Karin und Rudolf Holzer aus Wien unterstützten mich in Sachen Transnistrien – durch sie bin ich überhaupt erst auf das ungewöhnliche Land gestoßen, das tatsächlich existiert.

Klaus Dönecke und Jürgen Rautenstrauch aus dem Düsseldorfer Polizeipräsidium beantworteten geduldig meine Fragen bezüglich polizeilicher Organisation und Ermittlungsarbeit, speziell in Sachen organisierter Kriminalität.

Hermann Gläser, langjähriger Soko-Leiter in Mainz, stand mir erneut mit seinem unerschöpflichen Erfahrungsschatz zur Seite.

Mit Christoph Müller diskutierte ich über Familienstrukturen, Borderlinesyndrom sowie die ›feine‹ Düsseldorfer Gesellschaft und gewann dabei Klarheit über die eine oder andere Figur.

Und schließlich konnte mir der Brandursachenermittler Guido Schweers, Phoenix Consult, wertvolle Tipps geben, wie man eine Holzhütte auf *Gekko-Beach* am besten niederfackelt.

Für Kritik und Ansporn bedanke ich mich wie immer bei meiner Frau Kathie und meinem Bruder Klaus, die mir eine unschätzbare Stütze sind.

Danke auch einigen Tippgebern aus Politik und Wirtschaft, die es vorziehen, nicht genannt zu werden. Ihnen verdanke ich die Einsicht, dass die Wirklichkeit der Autorenfantasie manchmal näher kommt, als man es glauben möchte.

Krimis von Horst Eckert

»*Wenn Hitchcock Deutscher wäre, hieße er vermutlich Horst Eckert. In einer moderneren Variante natürlich: Eckert spielt mit unseren Nerven und dies mit den Mitteln des 21. Jahrhunderts.*«
Olivier Mannoni, Goethe-Institut Paris

»*Mehrere Preise hat der 46-Jährige schon eingesackt für seine Bücher – zu Recht.*« Brigitte

»*Horst Eckert ist in Deutschland der wichtigste Vertreter des hartgesottenen Polizeiromans.*« Ulrich Noller, WDR

Annas Erbe
ISBN 978-3-89425-053-9

Bittere Delikatessen
ISBN 978-3-89425-059-1

Aufgeputscht
ISBN 978-3-89425-078-2
Ausgezeichnet mit dem ›Marlowe‹

Finstere Seelen
ISBN 978-3-89425-218-2

Die Zwillingsfalle
ISBN 978-3-89425-238-0
Ausgezeichnet mit dem ›Friedrich-Glauser-Preis‹

Ausgezählt
ISBN 978-3-89425-265-6

Purpurland
ISBN 978-3-89425-284-7

617 Grad Celsius
ISBN 978-3-89425-297-7

Königsallee
ISBN 978-3-89425-654-8

Krimis von Pentti Kirstilä

Tage ohne Ende
ISBN 978-3-89425-837-4

»Der finnische Autor führt den Leser in seinem Krimi ›Tage ohne Ende‹ nach allen Regeln der Kunst aufs Glatteis.« Ruhr Nachrichten

»Ein kleines Juwel unter den Neuerscheinungen« Darmstädter Echo

»Lesenswert – ausgesprochen lesenswert!« www.krimi-forum.de

»Ein derart raffiniertes Strickmuster für eine Geschichte gibt es tatsächlich nur selten. ... Autor Kirstilä setzt auf den großen Bluff – und der Rest ist Staunen.« Westdeutsche Zeitung

Nachtschatten
ISBN 978-3-89425-548-0

»Unglaublich spannend!« Neue Luzerner Zeitung

»Wer das Krimitüfteln liebt, wird mit einem ungewöhnlichen Rätsel belohnt!« www.krimi-forum.de

»Unbedingt lesenswert« Heilbronner Stimme

»Ein kühnes Konstrukt, zynisch, bissig, packend. ... Ein spannendes Buch, eine gewagte, aber gelungene Romankonstruktion.« Titel Magazin

»Fesselnd!« Lübecker Nachrichten

»Finnisch-ironisch-lakonisch-skurril, ein Krimi zum Schmunzeln und Staunen« Listen

»Columbo auf Finnisch« Badische Zeitung

»›Nachtschatten‹ entwickelt sich in kurzer Zeit zu einem so spannenden Buch, dass man es kaum aus der Hand legen mag.« Associated Press – Susanne Gabriel

»Nichts zum Nörgeln gibt es bei ›Nachtschatten‹ von Pentti Kirstilä.« Thomas Wörtche, kaliber .38

Schwarzer Frühling
Hardcover, ISBN 978-3-89425-651-7

»Ein großartiger Roman, der raffiniert konstruiert ist.« Ulrich Noller, WDR Funkhaus Europa

»Was er uns da erzählt, wie er es uns erzählt und mit welchen Personen, das tippelt elegant auf der schmalen Linie zwischen Wirklichkeit und Wahnsinn. Sofort zugreifen.« Dieter Paul Rudolph, Watching the detectives

»Lakonie und Witz, ein elegant-sarkastischer und produktiv-skeptischer Blick auf die Welt; politisch und politisch hellsichtig, feinste kondensierte Prosa, mit unendlich maliziösen kleinen Nebensätzen; kluger Plot, gute Figuren.« Thomas Wörtche, kaliber .38

»So wird aus dem Kriminalfall eine Tragikkomödie, ein Roman über die Sehnsucht nach Einsamkeit und das Verrücktwerden jener, die sich ihren Wunsch allzu lange erfüllen.« Thomas Klingenmaier, Stuttgarter Zeitung / Tages-Anzeiger (Zürich)

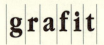

Internationale Thriller

Jacques Berndorf
Die Raffkes
ISBN 978-3-89425-283-0
»*Im großen Format verleiht Berndorf hier Einblicke in Mittäterschaft, Fragen nach Zeugenschaft und Wahrhaftigkeit ... ein höchst spannender Politthriller, von dem man sich mehr wünscht.*« WDR 3

Ole Bornemann
Es lebe der Präsident!
Aus dem Dänischen von Roland Hoffmann
ISBN 978-3-89425-526-8
»*Bis zum erschreckend konsequenten Ende staunt der Leser nicht schlecht über den Hass auf Korruption und Manipulation der Mächtigen, der aus den provokanten Zeilen des dänischen Autors blitzt.*«
Kieler Nachrichten

Giampiero Rigosi
Nachtbus
Aus dem Italienischen von Christiane von Bechtolsheim
ISBN 978-3-89425-522-0
»*Rigosis Roman entwickelt ein Tempo, das Schnellzüge entgleisen lässt: Action, mit viel Luft für Figuren. ... ein Reißer, der nach Verfilmung schreit.*« WAZ

Charles den Tex
Die Macht des Mr. Miller
Aus dem Niederländischen von Stefanie Schäfer
ISBN 978-3-89425-653-1
Niederländischer Krimipreis 2006
»*Weltweite Verschwörungen und sich selbst weiterentwickelnde Computer – das hatten wir erst kürzlich beim Ex-Bush-Berater Clarke. Aber Charles den Tex ist ungleich begabter: Er schildert einen globalen Krieg, der nicht mit Waffen, sondern mit manipulierten Informationen geführt wird.*« Der Standard, Wien

Jac. Toes
Verrat
Aus dem Niederländischen von Stefanie Schäfer
ISBN 978-3-89425-528-2
»*Der niederländische Autor schildert in aller Deutlichkeit, wie wenig sich die amerikanische Drogenfahndung um nationale Gesetze kümmert.*« Der Standard, Wien